新潮日本古典集成

梁塵秘抄

榎　克朗　校注

新潮社版

目次

はじめに

ここに来て梁塵秘抄《りやうぢんひせう》を読むときは
　金色光《こんじきくわう》のさす心地する
と謳《うた》ったのは北原白秋ですが、後白河院の撰に成る『梁塵秘抄』が再び日の目を見てまだ間もないころのことでした。
　平安末期の女芸人たちによって弘められ、「今様《いまよう》」と呼ばれた流行歌の集大成が『梁塵秘抄』で、不幸にも早く散逸して、永く幻の古典と化していたのですが、明治四十四年の秋、偶然「巻二」の写本が発見せられ、翌大正元年八月、活字になって世に出たのでした。
　白秋はまた、先の歌と同じころ、
　一心に遊ぶ子どもの声すなり
　赤きとまやの秋の夕ぐれ
という歌を詠《よ》んでいますが、これは『秘抄』の第三五九歌、
　遊びをせんとや生《う》まれけむ
　戯《たはぶ》れせんとや生《む》まれけん
　遊ぶ子どもの声きけば

わが身さへこそゆるがるれ

にヒントを得たものであることは明らかです。

芥川龍之介も『秘抄』の熱心なファンで、

「ひとの音せぬ暁に
ほのかに夢に見え給ふ」

仏のみかは君もまた
「うつつならぬぞあはれなる」

この瀟洒《しょうしゃ》たる恋愛詩は、全四行中三行までもが、左記『秘抄』第二六歌の絶妙な本歌取《ほんかどり》なのです。

ほとけは常にいませども
うつつならぬぞあはれなる
人のおとせぬあかつきに
ほのかに夢にみえたまふ

「遊びをせんとや」と「ほとけは常に」とは、『秘抄』中で今日最も人口に膾炙《かいしゃ》する歌ですが、ほかにも興味深い歌が数多く収められています。ただ、何分にも古い昔の作なので、現代人の好みに合いにくいと思われるものも相当含まれてはいます。老婆心から一言すれば、概して三百番台の歌の中に、「詩」としておもしろいものが多いのではないかという気がしますが……。

〔本文について〕

一、本文はすべて天理図書館所蔵（竹柏園《ちくはくえん》文庫及び綾小路《あやのこうじ》家旧蔵）の写本を底本とし、既刊の諸活字本を参考にしながら作成した。

一、歌集の部に収められた五百六十六首について、便宜のため諸注釈書と共通の通し番号を付した。

一、原本では、歌詞はみな散文風に棒書きになっているが、本書では適宜に行を分ち、近代詩のような体裁に改めた。また『口伝集《くでんしゅう》』の文についても、適当に段落を切って読みやすくした。

一、原本は大部分ひらがなで書かれているが、本書では大幅に漢字をあてた。また、原本の旧漢字や異体漢字は、原則として今日通用の字体に直し、また誤字・宛字の類は正しい字に置き換えた。

一、原本の仮名づかいは相当乱れているが、原則として歴史的仮名づかいに修正統一した。ただし、若干の特殊な場合、及び助動詞「む」「ん」の表記のたぐいは、原文のままとした。

一、仮名には濁点を補った。また拗音《ようおん》・促音・撥音《はつおん》・長音に読まれたと思われる語については、原文の表記法を少し改めた。

〔例〕　さうし→生死《しやうじ》　すみ→須弥《しゆみ》　そさ→書写《しよしや》
　　　さた→薩埵《さつた》　すた→純陀《じゆんだ》　くし→窮子《ぐうじ》

ただし仏教語に多い連声《れんじよう》は、中世以後の現象と見て、本文には採用しなかった。

〔例〕　りんゑ→輪廻《りんゑ》（ただし頭注では「輪廻《りんね》」とした）
　　　てちゐ→鉄囲《てちゐ》（ただし頭注では「鉄囲《てつち》」とした）

一、原本、特に巻二には、意味の通じにくい個所が非常に多い。誤写と判断される個所については、(イ)本文を改訂した場合と、(ロ)本文はひとまず原文どおりに掲げ、頭注で私案を示した場合とがある。
一、奥書《おくがき》など、漢文体のものには、便宜上、返り点を付し、送り仮名を補った。

〔頭注・傍注について〕

一、新潮日本古典集成の方針に則《のっと》り、頭注はなるべく本文と同じ見開き（偶数頁と次の奇数頁）に収まるよう配慮した。そのため、説明を幾分短縮ないし割愛した個所もある。
一、一般に現代仮名づかいを用いたが、古典を引用した場合は歴史的仮名づかいによった。また漢文の引用は原則として書き下し文に改め、送り仮名にはカタカナを使用した。
一、同じ語句が他の個所にも重ねて出る場合、(イ)繰り返して注を付けた場合もあるが、(ロ)その多くは「〇〇歌参照」のように処置した。
一、紙幅の制約上、記述を簡略にした場合がある。例えば、『法華経《ほけきよう》』方便品《ほうべんぼん》を詠じた歌の注に「経」とあれば、それは同経同品をさす。また地名や社名についても、旧新の両呼称を示したかったが、完全には実行できなかった。
一、学者によって解釈に相違のある場合でも、ほとんど触れ得なかった。反面、筆者自身の新見を思い切って提示した個所も多い。
一、意味不明の語句には、必ず「未詳」と注しておいた。
一、語句の訳注にあたっては、単に辞書的意味を示すに止めることなく、その文脈での意味合い、ニュアンス、気分などが明確になるよう、特に心掛けた。

一、語句の意味さえ分れば、通釈を要しない歌が多いが、見開き二頁中に最低一首は全訳をセピア刷りで掲げた。訳に際し、三味線歌曲まがいの詞章を工夫してみたが、今様の主な歌い手が当時の女芸人だったことを思えば、あながちに奇矯《ききよう》の振舞でもなかろう。

梁塵秘抄

梁塵秘抄　巻第一

長歌《ながうた》[一]　十首

古柳《こやなぎ》[二]　三十四首

今様《いまやう》[三]　二百六十五首

春十三首　夏七首　秋十五首　冬九首

四季八首　二季八首　祝《いはひ》八首　月九首

恋十四首　思《おもひ》十二首　怨《うらみ》二十首　別《わかれ》四首

雑《ざふ》上七十六首 下六十二首

一 短歌の冒頭に「そよ」という囃《はや》し詞《ことば》の加わったもの。『古今集』雑体《ざってい》の部に、『万葉集』でいう長歌を短歌と誤記して以来、本来の長歌を短歌、本来の短歌を長歌と呼ぶ習慣が生れた。藤原俊成の『古来風体抄』には、三十一字の歌は声を長く詠ずるので長歌というのであろう、と説明している。

今様としての曲調などについては未詳（以下の各種目みな同じ）。

二 本来は「小柳」で、おそらく草仮名《そうがな》の「古《こ》」が漢字に固定してしまったのであろう。なお目録には「三十四首」とあるが、実際には一首しか掲げられていない。

三 ここでは狭義の今様をさす。広義の今様（長歌・古柳・法文歌《ほうもんのうた》・神歌《かみうた》などをも含めた総称）と区別するために、「只《ただ》の今様」「常の今様」と呼ばれることもある。なお目録には「二百六十五首」とあり、さらにそれが「春十三首」等々と細分されているが、実際には全部で十首しか掲げられていない。しかもそのうち四首は巻二所収の法文歌と重複している。

四 祝言《しゅうげん》の歌を最初に置くのは日本芸能の伝統。なお「塵《ちり》」を詠《よ》み込んだ第一歌を巻頭に据えたのは書名の『梁塵秘抄』に因《ちな》んでの処置と思われる。

1　お前さまには御全盛、幾久しくておわしませ。これを例《たと》えば、千年に一《ひと》たび塵が落ちとまり、積もり積もって白雲の、かかる高嶺《たかね》となるまでも。

原作者は大江嘉言《よしとき》（『後拾遺集』賀）。原作は帯刀《たちはき》の陣（皇太子護衛官の詰所）での歌合《うたあわせ》に詠まれた和歌であるが、今様としては、原意にかかわらず、いろんな場合に、いろんな目的で、いろんな人物によって歌われた。中で遊女《あそび》・傀儡子《くぐつ》など、当時の女芸人が、貴族の宴席などで歌ったと想像される今様の相《すがた》を、ひとまず標準と仮定し、できるだけその感じの出るように訳出してみた（以下同じ）。
◇そよ　囃し詞。民謡の歌い出しの「ハアー」などに相当するもの。◇君が代　「君」は広く相手をさし、必ずしも天皇や主君には限らない。「代」は一生・寿命の意。◇居る　とどまる。ここでは、浮遊していた微塵《みじん》が沈着すること。

2　暦の上に春立てば、思いなしかや、雪深い　吉野の山もほんのりと、今朝はかすんでいるわいな。
原作者は壬生忠岑《みぶのただみね》（『拾遺集』春）。今様としては、新春の御慶《ぎよけい》の気分を込めて歌われたものであろう。
◇春立つ　立春の日になる。旧暦正月・二月・三月を春とするが、元日と立春とは必ずしも一致せず、立春の方が数日早く来る年も多い。◇いふばかりにや　（立春だと）いうだけのことなのに、早くも……のであろうか。◇み吉野　「み」は接頭語。吉野の美称。
◇かすみて　春到来の徴候はまず霞《かすみ》に現れる。

長歌　十首

祝[四]

1　そよ　君が代は
千世《ちよ》に一《ひと》たび　居《ゐ》る塵《ちり》の
白雲《しらくも》かかる　山となるまで

春

2　そよ　春立つと
いふばかりにや　み吉野の
山もかすみて　今朝《けさ》は見ゆらん

3　人待ち顔のわがやどの、梅の盛りに目をとめて、思いがけないお前さま、よくぞたずねてくだされた。

原作者は平兼盛《かねもり》（『拾遺集』春）。

◇やど　ここでは庭先の意。◇立ち枝　高く伸びた枝。春の歌として、当然その枝には花が咲いている。

4　原作者不明（『古今集』夏）。初夏の風情《ふぜい》を歌っているが、あるいは「藤波」を女、「山ほととぎす」を男に見立てて歌われた可能性もあろう。

〔参考〕「わたしゃ真室川《まむろがわ》の梅の花コーリャ、あなたマタこの町のうぐいすよ。花の咲くのも待ちかねてコーリャ、つぼみのうちから通《かよ》て来る」（山形県民謡「真室川音頭」）。

◇藤波　藤の花房が風になびいてゆれるさまを波に見立てていう語。「波」は「池」の縁語。◇いつか来鳴かん　いつ来て鳴くのだろうか。早く来て鳴いてほしい。

5　小さい秋が来たぞえな。目にはあらわに見えずとも、そよろに渡る秋風が、肌《はだ》に心にひいやりと。

原作者は藤原敏行《としゆき》（『古今集』秋上）。あるいは「秋」に「飽き」の意を掛け、女が男の愛の冷却の気配を、ちらりとほのめかして歌ったかも知れない。

◇おどろかれぬる　はっと気がついたことよ。

6　原作者は源信明《さねあきら》（『新古今集』冬）。初冬の風情を歌っているが、あるいは、男女後朝《きぬぎぬ》の別れの

3
そよ　わがやどの
梅の立《た》ち枝《え》や　見えつらん
思ひのほかに　君が来《き》ませる

夏

4
そよ　わがやどの
池の藤《ふぢ》波《なみ》　咲きにけり
山ほととぎす　いつか来《き》鳴かん

秋

5
そよ　秋来《き》ぬと
目にはさやかに　見えねども
風の音にぞ　おどろかれぬる

艶《えん》に物寂しい気分を寓《ぐう》して歌ったかも知れない。なお「月の月かげ」「吹きおろす山おろし」と二回も同語を反復しているのは、本来歌謡向きだと言えよう。
◇ほのぼのと　有明の月のほの明るさと同時に、明けゆく空の気配をもとらえた表現。◇有明の月　明け方に空に残っている月。◇月かげ　月の光。◇山おろしの風　山から吹きおろす風。

7　原作者不明（『後撰集』冬）。やはり初冬の風情を歌っているが、不実な男へのうらみつらみを込めて歌われたことも考えられる。
◇神無月　旧暦の十月。◇降りみ降らずみ　降ったり降らなかったり。

8　世に古物《ふるもの》と名にし負う、長柄の橋も朽ち果てて、ただ名ばかりを残すとか。花の色香も年たけて、すがれて今はこの身をば、何にたとえてよいのやら。
原作者は伊勢（『金玉《きんぎよく》集』。『古今集』雑体《ざってい》・誹諧《はいかい》歌では初句「なにはなる」）。年増《としま》女が、男の冷淡さにちょっと拗《す》ねてみせた、という歌でもあろうか。
◇津の国　摂津の国。今の大阪府北部と兵庫県東南部とにまたがっていた。◇長柄の橋　淀川の旧支流の長柄川にかかっていた橋。今も大阪市内に同名の橋があり、新淀川にかかっている。「世の中にふりぬる物は津の国のながらの橋とわれとなりけり」（『古今集』雑上）に見られるごとく、「古い」の連想を伴い、おおむね老残の身の譬《たと》えとして用いられた。

冬

6　そよ　ほのぼのと
有明《ありあけ》の月の　月かげに
紅葉《もみぢ》吹きおろす　山おろしの風

7　そよ　神無月《かみなづき》
降りみ降らずみ　定めなき
時雨《しぐれ》ぞ冬の　はじめなりける

雑

8　そよ　津の国の
長柄《ながら》の橋も　尽くるなり
今はわが身を　何にたとへん

9　大原の、おぼろの清水、澄むならば、ぬしもこの世に住むならば、またもめぐり会う時もあろ。ゆめゆめやつれてくださるな。

原作者不明（『袖中抄《しゅうちゅうしょう》』に古歌として掲載）。女の気持として訳してみたが、男の気持と見てもわるくはない。

◇大原　京都北郊の名勝地（同市左京区内）。◇朧の清水　寂光院の近くの泉で、古来の歌枕。この歌の場合、「涙にくもる」のイメージが感じ取れよう。「大原や朧の清水」までは「すまば」を引き出す序詞《じょことば》。◇すまば　序詞を承《う》けて「澄まば」となると同時に、掛詞《かけことば》で「住まば」へと転ずる。◇面がはり　顔かたちが変ること。ここでは男女別離の悲哀のためにやせ衰えること。

10　もろ手にすくう山の井の、水はしずくのしたたりに、たちまち濁るものなれば、飽くほどまでも飲めやせぬ。飽きも飽かれもせぬ人に、別れて切れたわが心。

原作者は紀貫之《きのつらゆき》（『古今集』離別）。一応、女の愁嘆場と解しておいたが、知友の送別や追悼に歌われたこともあったろう。

◇掬ぶ　手のひらで水などをすくうこと。◇山の井　山水の湧き出る小さく浅い水たまり。「掬ぶ手の……山の井の」までは「飽かで」を引き出す序詞。◇飽かでも　「飽かずしても」の約。「も」は詠嘆の助詞。水を飲み足りぬ意から、別離に未練を残す意へと転ず

9
そよ　大原や
朧《おぼろ》の清水《しみづ》　世にすまば
またも相見《あひみ》ん　面《おも》がはりすな

10
そよ　掬《むす》ぶ手の
しづくに濁《にご》る　山の井の
飽《あ》かでも人に　別れぬるかな

古柳　三十四首

春　五首

11
そよや　小柳《こやなぎ》によな
下がり藤の花やな　咲きにをゑけれ　ゑりな
むつれたはぶれ　や　うちなびきよな

る。

11　一見長い歌詞のようだが、囃《はや》し詞《ことば》や装飾的文句を除き去ると、「小柳に　下がり藤の花　咲き匂《にほ》へり　むつれたはぶれ　いとぞめでたき」という短歌の形態に還元できよう。表面は春ののどかな光景を歌っているが、裏では小柳を若い男に、藤の花を若い女に見立てて、そのなまめかしい恋愛遊戯のさまを暗示しているものと思われる。

◇そよや　囃し詞。以下の「よな」「やな」「や」「なにな」「そよな」も同様。◇にをゑけれ　「にほへりけり」の訛《なま》ったもの。「匂《にほ》ふ」は色美しく映《は》えること。◇ゑりな　「にをゑけれ」を承けて、「にをゑりな」(匂へりな)の「ゑりな」だけを、半ば囃し詞のように挿入して歌ったのであろう。◇むつれ　仲睦《むつ》まじくし合うこと。◇いと　「糸」(柳の細い枝)に副詞「いと」(きわめて)を掛けた表現。◇めでたき　愛すべき風情である。

一　後人の注記。

二　目録の記数「十三首」と食い違っており、また春の歌は実際には二首しか収められていない。

12　春の歌であるが、門松に寄せて相手の長寿を祝うほうに重点が置かれている。

◇春　ここは、新春の意。「新年」と重複した表現。

13　初春の歌枕を列挙した、「物は尽し」の歌。

◇歌枕　広義には和歌に詠《よ》みこむべき言葉、狭義には古歌に詠みこまれた名所をいう。ここは前者。

青柳《あをやなぎ》のや　や　いとぞめでたきや
なにな　そよな
是《これ》[一]以下略《ス》レ之《これヲ》

今様　二百六十五首

春　十[二]四首

12　新年　春来れば
門《かど》に松こそたてりけれ
松は祝ひのものなれば
君がいのちぞながからん

13　春の初めの歌枕《うたまくら》
霞《かすみ》たなびく吉野山

◇佐保姫　春の女神。◇翁草　キンポウゲ科の草。名の由来は、長い羽毛状の花柱をもった実の集まりを、白髪になぞらえたもの。

14　◇をかしき　興味深い。◇後撰　第二番目の勅撰集。◇古今　最初の勅撰集。◇拾遺抄　『拾遺集』（第三勅撰集）の前身の和歌集。◇新撰　紀貫之撰の『新撰和歌集』。◇金玉　藤原公任《きんとう》撰の『金玉集』。◇朗詠集　公任撰の『和漢朗詠集』。漢詩文と和歌とを併載するが、ここでは漢詩文を度外視している。◇六帖　『古今和歌六帖』のこと。撰者未詳。◇前後の十五番　『前十五番歌合《うたあわせ》』は公任の撰。『後十五番歌合』は撰者未詳。

15　「歌人尽し」の歌。道命以外の八人は『小倉百人一首』に名を残している。
◇めでたき　すばらしい。◇人丸　柿本人麻呂のこと。平安時代以後「人丸」と俗称された。◇赤人　山辺赤人。◇小野小町　六歌仙の一人。絶世の美女であったといわれる。◇躬恒　凡河内躬恒《おおしこうちのみつね》。紀貫之・壬生忠岑とともに『古今集』の撰者。◇遍昭　六歌仙の一人。俗名は良岑宗貞《よしみねのむねさだ》。◇道命　藤原道綱の子。道命は法名《ほうみょう》。『宇治拾遺物語』等に、和泉式部との情事を伝える。◇和泉式部　平安中期の代表的女流歌人。派手な男性遍歴によって有名。

16　壱岐《ゆき》の島とは申せども、雪じゃないゆえ消えやせぬ。ほたるは火をばともせども、その身は焼けて消えやせぬ。しとどの鳥と名乗れども、しとどに

うぐひす　佐保姫《さほひめ》　翁草《おきなぐさ》
花を見すてて帰る雁《かり》

14
聞くにをかしき和歌の集は
後撰《ごせん》　古今《こきん》　拾遺抄《しふゐせう》
新撰　金玉《きんぎよく》　朗詠集《らうえいしふ》
六帖《ろくでふ》　前後の十五番

15
和歌にすぐれてめでたきは
人丸《ひとまる》　赤人　小野小町《をののこまち》
躬恒《みつね》　貫之《つらゆき》　壬生忠岑《みぶのただみね》
遍昭《へんぜう》　道命《だうみやう》　和泉式部《いづみしきぶ》

16
常に消えせぬ雪の島

濡れたためしなし。一声鳴いて千鳥とは、ハテマアどんなわけじゃやら。

物の名から浮んだ言語遊戯の歌。
◇雪の島　「雪」に「壱岐」（通常「いき」と読む）を掛ける。◇火はともせ　「こそ」の結びの已然形。◇巫鳥　スズメ科の鳥。副詞の「しとど」（ぐっしょり濡れるさま）と掛けてある。

17　「……の好むもの」という形式の歌は『秘抄』中に六首あり、風俗史的に見ておもしろい。◇博打　ここは「ばくちうち」の意。◇好むもの　付き物。いつも必ずついてまわるもの。◇平さい　未詳。◇かなさい　鉄製の「さいころ」か。◇四三さい　さいころ二個を振って、四の目と三の目とが出ること。◇文三・刑三　どちらも当時有名だった博打の名人。◇月々　未詳。あるいは原形は「つきつき」で、勝ち運の付きに付いた、の意か。◇清次　未詳。

18　巻二の一九四歌にほとんど同じ。◇釈迦の月　釈迦の入滅を、新月が西の山に没したのに譬《たと》えた。◇慈氏　弥勒菩薩《みろくぼさつ》の漢訳名。釈迦入滅後、五十六億七千万年を経て、この世に出て仏と成り、説法して衆生を救うとされる。それを朝日の出るのに譬えた。◇長夜　仏のいない長い長い暗黒時代の譬え。◇法華経　諸経の王として広く信ぜられた。巻二の法文歌にこの経を歌ったものが多い。◇照らいたまへ　お照らし下さるのだ。月光の全くない暗夜の中の一点の燈明《とうみやう》としてとらえた表現。

螢《ほたる》こそ消えせぬ火はともせ
巫鳥《しとど》といへど濡《ぬ》れぬ鳥かな
一声《ひとこゑ》なれど千鳥《ちどり》とか

17
博打《ばくち》の好むもの
平さい　かなさい　四三さい
それをば　たれか打ち得たる
文三《もんさん》　刑三《ぎやうさん》　月々清次とか

18
釈迦《しやか》の月は隠れにき
慈氏《じし》の朝日は　まだ遥《はる》か
そのほど長夜《ぢやうや》の暗きをば
法華経《ほけきやう》のみこそ照らいたまへ

19
ほとけはさまざまにいませども
まことは一仏なりとかや
薬師《やくし》も弥陀《みだ》も釈迦　弥勒《みろく》も
さながら大日《だいにち》とこそきけ

20
釈迦牟尼《むに》ほとけは薩埵《さつた》王子
弥勒　文殊《もんじゆ》は一二《いちに》の子
浄飯王《じやうぼんわう》は最初の王
摩耶《まや》は昔の夫人《ぶにん》なり

21
釈迦の　正覚《しやうがく》成ることは
このたび初めと思ひしに
五百塵《ぢん》点《でん》劫《ごふ》よりも
あなたにほとけに成りたまふ

19　巻二の三五歌に同じ。◇一仏　ひとりの仏。密教では大日如来を宇宙の根本仏とするので、すべての仏・菩薩も結局は大日一仏に帰することになる。◇薬師　薬師瑠璃《るり》光《こう》如来。人々の病をいやし、苦悩を救う仏。東方浄瑠璃世界の教主。◇弥陀　阿弥陀如来。無量光・無量寿の仏で、西方極楽浄土の教主。◇弥勒　一八歌の「慈氏」に同じ。◇さながら　そのまま。◇大日　大日如来。密教で最高位を占める仏。

20　巻二の三歌に同じ。『金光明《こんこうみよう》最勝王経《さいしようおうぎよう》』捨身《しやしん》品《ぼん》に説く釈迦の前世の物語を題材とする。◇釈迦牟尼ほとけ　二七歌参照。◇薩埵王子　釈迦が前世で大車王の第三王子であった時の名。竹林中で出産後の飢えた母虎を見て慈悲心を起し、自身を餌《えさ》として虎に与え食わせた。この場面は法隆寺蔵・玉虫厨子《たまむしのずし》の台座にも描かれ、「捨身飼虎《しやしんしこ》」と呼ばれる有名な説話。◇文殊　仏の智慧《ちえ》を象徴する菩薩。美術では釈迦の脇侍《わきじ》として、獅子《しし》に乗る。◇一二の子　（前世では）大車王の第一王子と第二王子であった。◇浄飯王　釈迦の父。◇最初の王　大車王をさす。◇摩耶　釈迦の母。◇昔の夫人　大車王の夫人をさす。

21　釈迦が悟りを開いたは、この世に生れ出家して、修行ののちと思うたに、法華経聞けばありがたや、久遠《くおん》の過去の前《さき》の世に、まこと仏であったとさ。
巻二の三歌にほとんど同じ。釈迦が単なる歴史上の人

[一]梁塵秘抄と名づくる事。

[二]虞《ぐ》公《こう》・韓娥《かんが》といひけり。声よく妙にして、他人の声及ばざりけり。聞く者愛《め》で感じて、[三]涙おさへぬばかりなり。歌ひける声の響きに、[四]梁《うつばり》の塵《ちり》たちて、三日[五]居《ゐ》ざりければ、梁の塵の秘抄とはいふなるべしと、云々《うんぬん》。

物でなく、『法華経』寿量品《じゆりやうほん》に説く「久遠実成《くをんじつじやう》」の絶対者であることを讃嘆したもの。◇釈迦の　釈迦が。「の」は主格を表す。◇正覚成る　悟りを開く。「成る」はここでは他動詞。「正覚ヲ成ル」という言い方が親鸞《しんらん》の『教行信証《きやうぎやうしんしよう》』などに見える。◇このたび　今度。今生《こんじやう》。◇五百塵点劫　想像を絶する長い時間の意。五百千万億《まんのく》那由他《なゆた》阿僧祇《あそうぎ》（「那由他」も「阿僧祇」も、古代インドにおける巨大な数量の単位）という多数の世界をすりつぶして微塵《みじん》とし、その一塵ずつを、東方《とうぼう》五百千万億那由他阿僧祇の国を過ぎるごとに落して行って、落し尽す。さらに、その塵の付いた国も付かない国も、ことごとくすりつぶして塵とする。この一塵を一劫《こう》と見なした時の劫数をいう。「劫」の語自体が、きわめて長い時間を表す。◇あなた　遠い過去。

一　以下、書名の由来についての後人の注記。
二　虞公も韓娥も、ともに中国古代の名歌手。
三　涙をおさえきれないぐらいであった。
四　柱の上に渡して屋根を支える材木。
五　落下沈着しなかったので。

梁塵秘抄　巻第二

一「法文」は仏法をのべた文言《もんごん》の意。歌詞はおおむね七五調ないし八五調の四句から成る。その点は狭義の今様（巻一所収）と変りないが、歌い方の面で差異があったらしい。「仏・法・僧・雑」の順に配列され、また「法」のうち、経典の順序は、天台大師の五時説（すべての経典を釈迦一代の五時期すなわち華厳《けごん》時・阿含《あごん》時・方等《ほうどう》時・般若《はんにゃ》時・法華《ほっけ》涅槃《ねはん》時に配当分類する説）に従っている。目録に「二百二十首」とあり、実際の収録歌数と一致する。ただし目録の細部について言えば、その記数と本文中の標題の記数との間には小異がある。

二 内容は雑多で、神祇《じんぎ》と無関係な歌詞が多く、また七五調四句形式からはずれたものも多い。なお目録には「百七十首」とあるが、実際には二百四首を収める。後から追加された歌があるのであろう。

三 原本の目録には脱落しているが、本文中の標題により補う。短歌体の歌詞が多く、「二句」の名称は「上の句」「下の句」に由来するのであろう。歌数は「百十八首」とあるが、実際には百二十一首ある。

四 目録と照合すれば、本文の前に、まず「法文歌二百二十首」という標題があるべきはずだが、原本はこれを欠き、「仏歌二十四首」で始まっている。また「仏歌」とあるが、仏だけでなく、菩薩《ぼさつ》に関する歌も多く含まれている。

一法文歌《ほふもんのうた》　二百二十首

仏歌《ほとけのうた》二十四首

華厳経《けごんきやう》一首　阿含経《あごんきやう》二首　方等経《はうどうきやう》二首

般若経《はんにやきやう》三首　無量義経《むりやうぎきやう》一首　普賢経《ふげんきやう》一首

法華経《ほけきやう》二十八品百十五首

懺法歌《せんぼふのうた》一首　涅槃歌《ねはんのうた》三首　極楽歌《ごくらくのうた》六首

僧歌《そうのうた》十首

雑法文《ざふほふもん》五十首

二四《し》句《くの》神《かみ》歌《うた》　百七十首

三二《に》句《くの》神《かみ》歌《うた》　百十八首

仏歌[四] 二十四首

22
釈迦《しやか》の 正覚《しやうがく》成ることは
このたび初めと思ひしに
五百塵点劫《ぢんでんごふ》よりも
あなたにほとけと見えたまふ

23
釈迦牟尼《むに》ほとけは薩埵《さつた》王子
弥勒《みろく》 文殊《もんじゆ》は一二《いちに》の子
浄飯王《じやうぼんわう》は最初の王
摩耶《まや》は昔の夫人《ぶにん》なり

24
釈迦の御法《みのり》のうちにして
五戒 三帰《さんき》をたもたしめ

22 巻一の二一歌にほとんど同じ。ただし二一歌の結句「ほとけに成りたまふ」よりも、この歌の「ほとけと見えたまふ」のほうが、歌の姿も響きもすぐれている。なお「塵」を詠み込んだこの歌を巻頭に据えたのは、書名の『梁塵秘抄』に因《ちな》んでの配慮であろう。

23 巻一の二〇歌に同じ。

24 釈迦の遺《のこ》せる御法とて、五戒・三帰を身にたもち、たとい一ぺん南無仏と、となえるほどの人はみな、五十六億七千万年後、弥勒《みろく》が成仏し、華林園《けりんおん》にて説法の、その時きっと参り会い、仏道成就することに、ちゃんときまっているそうな。

仏教徒としては最低限の者でも、必ず未来の成道《じやうどう》が約束されていることを詠じた歌。◇うちにして (釈迦の遺法《ゆいほう》の)中に生きて。仏弟子《ぶつでし》として。◇五戒 不殺生《ふせつしやう》・不偸盗《ふちゆうとう》・不邪婬《ふじやいん》・不妄語《ふもうご》・不飲酒《おんじゆ》。仏教徒として最も初歩の戒。◇三帰 帰依《きえ》仏・帰依法・帰依僧。仏教徒として最も基本的な信条。◇たもたしめ 漢文口調の語法。自分自身をしっかりと心に刻みつけ、身に保有する意。〔参考〕「釈迦遺法ノ弟子、三帰五戒ヲタモチ、袈裟《けさ》ヲカクル程ノ人ハ……」(『沙石集《しやせき》』巻二)。なお、こういう再帰的用法の助動詞「しむ」は親鸞の和讃に多く見られる。……を持《たも》たしめて。「持《たも》ち」と同義。「持つ」は、「本師龍樹《りゆうじゆ》菩薩ノ、ヲシヘヲツタヘキカンヒト、本願コヽロニカケシメテ、ツネニ弥陀ヲ称スベシ」(『高僧和讃』)。◇南無　梵語《ぼんご》。帰依《きえ》するの意。後世、多く「なむ」と発音する。◇華の園　華林園。一八四歌の「龍華《りゆうげ》の暁《あかつき》」参照。◇道成りぬ　「道成る」は「正覚成る」(三歌参照)と同義。「ぬ」はここでは完了でなく、確認の意を表す助動詞。

25　巻一の一九歌に同じ。

26　みほとけは、常に在《いま》すと聞きながら、凡夫《ぼんぶ》の身とてかなしやな、確《しか》とこの目に拝まれぬ。みほとけ恋し恋しやと、思い寝の夜のふけすぎて、ものの音《ね》絶えし夢枕、アレほんのりとお姿が……。

「想夫恋《そうふれん》」ならぬ「想仏恋」の歌ともいうべく、しっとりとした情感にあふれた、法文歌中随一の秀作。◇ほとけ　『法華経』には釈迦の常住不滅を説き、また『般舟三昧経《はんじゆざんまい》』には、一心に念ずれば夢中に阿弥陀仏を見たてまつる、と説いている。この場合、理詰めに何仏と特定する必要はなかろう。◇うつつならぬ　現実でない。肉眼では見えない超自然的存在である、の意。◇あはれなる　しみじみと心打たれる。ここでは哀感が主になっている。◇あかつき　夜中を過ぎ、あけぼのより前の、まだ暗いうちをさす。◇ほのかに夢にみえたまふ　人の夢の中に、ほんのりとお姿をお見せになる。〔参考〕「天喜三年十月十三日の夜の夢に、ゐたる所の屋のつまの庭に、阿弥陀仏たち給へり。さだかには見え給はず、霧ひとへ隔たれるやうに、透きて見え給ふを、……」(『更級《さらしな》日記』)。

一《ひと》たび南無《なも》といふ人は
華《はな》の園《その》にて道成りぬ

25
ほとけはさまざまにいませども
まことは一仏なりとかや
薬師《やくし》も弥陀《みだ》も釈迦　弥勒《みろく》も
さながら大日《だいにち》とこそ聞け

26
ほとけは常にいませども
うつつならぬぞあはれなる
人のおとせぬあかつきに
ほのかに夢にみえたまふ

27
ほとけはどこよりか出《い》でたまふ

中天竺《ちゆうてんぢく》よりぞ出でたまふ
こさがらふら城　王舎城《わうしやじやう》
きりだらこた　に　鷲峰山《じゆぶせん》

28
弥陀の御《み》顔《かほ》は秋の月
青蓮《しやうれん》の眼《まなこ》は夏の池
四《し》十の歯ぐきは冬の雪
三十二相《さう》　春の花

29
阿弥陀ほとけの誓願《せいぐわん》ぞ
かへすがへすも頼もしき
一《ひと》たび御名《みな》を称《とな》ふれば
ほとけに成るとぞ説いたまふ

27　釈迦の説法所として主要な地名をあげたもの。◇ほとけ　ここは釈迦をさす。◇出でたまふ　ここは出生の意でなく、説法のために世に出られた、の意。◇中天竺　古代インドを東・西・南・北・中の五天竺に大別するが、その一つ。◇こさがらふら城　梵語「矩奢褐羅補羅《くさがらふら》」の訛。上茅宮《じようぼうぐう》と漢訳する。「城」は都市の意。中天竺摩掲陀《まかだ》国の旧都。◇王舎城　摩掲陀国の新都の漢訳名。◇きりだらこた　梵語「姞栗陀《きりだ》羅矩吒《らくた》」の訛。「耆闍崛山《ぎしやくつせん》」に同じ。漢訳して鷲峰山《じゆぶせん》（また霊鷲山《りようじゆせん》）といい、王舎城の東北にある山。従って第四句は一見二つの地名をあげたようで、実は同じ山の名である。

28　弥陀の尊容を四季の風物に準《なぞら》えて讃美した。◇青蓮　青蓮華《しようれんげ》。睡蓮《すいれん》の一種。その葉は長く広く、青と白とが分明《ぶんみよう》であり、仏の眼に譬《たと》えられる。◇歯ぐき　「歯」の古語。仏の歯は四十本ある（人は三十二本）。◇三十二相　仏の身体に具わっている三十二の特徴。真青眼相《しんしようげんそう》・四十歯相も中に含まれる。

29　阿弥陀信仰・念仏往生の義を端的に歌った。◇誓願　願を起して、なしとげようと誓う事。『無量寿経』によれば、阿弥陀仏がまだ法蔵菩薩であった時、衆生を救済するため四十八の誓願を立てた。◇一たび……　第十八願に「乃至《ないし》十念」（せめて十回念ずる）とあるが、経の後段には「乃至一念」とある。「念」とは本来「憶念」の意だが、中国で仏の名号を称《とな》える意に誤解され、それが日本に継承された。

元歌の意を一層具体化して歌ったもの。

30　◇十悪　殺生《せつしよう》・偸盗《ちゆうとう》・邪婬《じやいん》・妄語《もうご》・綺語《きご》・悪《あつ》口《く》・両舌《りようぜつ》・貪欲《とんよく》・瞋恚《しんに》・愚痴《ぐち》の十の悪業。◇五逆　殺《し》父《ぶ》・殺母《しも》・殺阿羅漢《しあらかん》（聖者を殺す）・出仏身血《すいぶつしんけつ》（仏の身体を傷つけて出血させる）・破和合僧（教団の和合を破り分裂させる）の五つの重罪。五逆を犯す者は無《む》間《げん》地獄におちるとされ、『無量寿経』第十八願にも「唯《ただ》五逆ト誹《ひ》謗《ばう》正《しやう》法《ぼふ》ヲ除ク」と明言されているが、『観無量寿経』下品下生《げぼんげしよう》段では、五逆十悪の者にも念仏往生を許している。◇来迎引接　念仏者の臨終に際し、阿弥陀仏が迎えに来て、浄土へ引きとる事。

31　経文を引用しつつ薬師仏の功徳《くどく》を讃美した歌。◇十二の大願　薬師仏が菩薩であった時に立てた十二の誓願。中でも第七の「除病安楽」の願が人々に最も重んぜられた。◇衆病悉除　『薬師如来本願功徳経』の一句。「衆《もろもろ》ノ病悉《ことごと》ク除コラン」の意。◇一経其耳　経の一句。「（薬師の名号が）一《ひと》タビ其《そ》ノ耳ニ経《ふ》レンニ」の意。◇さておきつ　それはそれとして。◇皆令満足　経の一句。「皆《みな》満足セシメン」の意。

32　『口伝集』巻十にも見える。二四五頁参照。◇像法　「像」は似るの意。正法《しようぼう》に似た教え。またそれが行われている時代をいう。〔参考〕正法時とは、仏の入滅後、教《おしえ》と行《おこない》と証《さとり》との三つが具現されている時期。像法時とは、証を得る者はないが、教と行の二つがなお存して、正法時に似た時期。末法《まつぼう》時とは、教のみあって行と証との欠けた、仏教衰微の時期。

30
弥陀の誓ひぞ頼もしき
十悪五逆の人なれど
一《ひと》たび御名を称ふれば
来《らい》迎《かう》引《いん》接《ぜふ》疑はず

31
薬師の十二の大願《だいぐわん》は
衆《しゆ》病《びやう》悉《しつ》除《ぢよ》ぞ頼もしき
一経其《いつきやうご》耳《に》は　さておきつ
皆令《かいりやう》満足　すぐれたり

32
像《ざう》法《ほふ》転じては
薬師の誓ひぞ頼もしき
一《ひと》たび御名を聞く人は
万《よろづ》の病ひを無しとぞいふ

一般に、仏滅後五百年を正法、次の一千年を像法、その後の一万年を末法とする。◇転じては　「転」は、はたらくの意。像法が行われている時代には。◇病ひを無し　「を」は強意の間投助詞。『口伝集』巻十では「病ひ無し」となっている。

33　◇医王　すぐれた医者。薬師仏の別称。◇瑠璃　青色の宝珠。薬師仏の浄土を浄瑠璃世界という。◇十二の船　薬師の十二大願を船に譬《たと》えた。◇重ね得て　「重ね、満《み》て」の誤写か。とすれば、集結して、の意。◇渡い　「渡し」の音便。

34　お薬師さまのお浄土は、瑠璃の玉をば敷きつめて、月光菩薩《がっこうさま》の御《み》光が、照らせば底の底までも、澄み透っては、末の世の　心の闇を晴らすよな。
薬師仏の浄瑠璃浄土の美しさを讃嘆したもの。◇いさぎよし　清潔である。◇月の光　第四句の「遍く照らす」と結び付けて、月光遍照菩薩《へんじょうぼさつ》（略して月光菩薩）と解しておいたが、薬師仏自身の光明を譬えたと見ても差支えない。月光菩薩は日光（遍照）菩薩とともに、薬師仏の脇侍《わきじ》。◇末の世　仏法のおとろえた時代。末世。末法よりもやや広い概念。

35　歌詞の前半と後半とが遊離し、主題が不明確。◇普賢　仏の慈悲（ないし理・定・行の徳）を象徴する菩薩。美術では釈迦の脇侍として象に乗る。◇薩埵　菩提《ぼだい》薩埵の略。菩薩に同じ。◇朝日　普賢菩薩の威徳を譬えた表現。◇昔の契り　過去の世の因縁。◇し　副助詞。三八歌参照。◇達多　二〇歌参照。

33
薬師医王の浄土をば
瑠璃《るり》の浄土と名づけたり
十二の船を重ね得て
われら衆生を渡いたまへ

34
瑠璃の浄土はいさぎよし
月の光はさやかにて
像法転ずる末の世に
遍《あまね》く照らせば底もなし

35
普賢《ふげん》薩埵《さつた》は朝日なり
釈迦は夜《よる》昼《ひる》身を照らし
昔の契りし　ありければ

達《だっ》多《た》はほとけに成りにけり

36
文《もん》殊《じゅ》はそもそも何人《なにびと》ぞ
三《さん》世《ぜ》のほとけの母といます
十《じっ》方《ぱう》如《にょ》来《らい》諸法の師
みなこれ文殊の力なり

37
観音《くわんおん》大《だい》悲《ひ》は　船《ふね》　筏《いかだ》
補《ふ》陀《だ》落《らく》海《かい》にぞうかべたる
善《ぜん》根《ごん》求むる人しあらば
乗せて渡さむ極楽へ

38
観音　光を和《やは》らげて
六《むつ》の道をぞ塞《ふた》げたる

36　『心地観経《しんじかんぎょう》』の偈《げ》「文殊師《もんじゅし》利大聖尊《りだいしょうそん》ハ、三世ノ諸仏以テ母ト為ス。十方如来ノ初発心《しょほっしん》ハ、皆是レ文殊ガ教化《けうけ》ノ力ナリ」を和《やわ》らげた歌。◇文殊　二〇歌参照。◇三世　過去・現在・未来の世。◇母といます　母でいらっしゃる。◇十方如来諸法の師　あらゆる仏とその教えとの師。ただし「諸法の師」は「初発心」を歌い訛《なま》って生じた形であろう。とすれば、諸仏が初めて菩《ぼ》提心《だいしん》を起したのは、の意。

37　◇観音　観世音《かんぜおん》の略。『法華経』その他の諸経に説かれる有名な菩薩。◇大悲　仏・菩薩の広大なあわれみの心。ここでは観音の別称。◇補陀落　インドの南海岸にあると信ぜられた山の名で、観音の浄土。補陀落海は、その周辺の海をいう。◇善根　善行。善を樹の根に譬《たと》える。◇極楽　阿弥陀仏の浄土。『観無量寿経』では、観音は阿弥陀の脇侍である。

38　南無大悲、観音《かんのん》さまはさまざまに、お姿やつし、六道《ろくどう》の辻《つじ》に立っては見張り番。何時《いつ》浮ぶ瀬もなみだ川、苦界《くがい》を渡る人追うて、「彼《あれ》やるまいぞ、やるまいぞ」。
観世音菩薩の積極的な救済活動の有様を讃嘆した歌。◇光を和らげ　「和光同塵」すなわち仏・菩薩が衆生を救うために、威徳の光を包み隠し、姿をかえて、濁ったこの世に現れ出ることをいう。◇六の道　「六道」すなわち地獄・餓鬼・畜生・阿修羅・人間・天上の総称で、いずれも迷いの世界。◇塞げ　「ふたぐ」は「ふさぐ」に同じ。◇三界　欲界・色界《しき》（欲望を離れた存在の住む天上界）・無色界（物質を超えた、精神のみが住む天上界）の総称で、仏教の立場からは、いずれも迷いの世界。三界と六道とは結局は一致し、地獄から天上の下層までが欲界、天上の中層が色界、上層が無色界に相当する。◇劫数　きわめて長い時間。◇わたる　経廻《へめぐ》る。輪廻《りんね》する。◇やらじ　取り逃がすまい。救ってやろう。

39　『口伝集』巻十にも出る。二五七頁参照。
◇千手　千手観音（千手千眼《げん》観世音）の略。◇誓ひ　衆生利益《りやく》のため、千手千眼を身に具えようという誓願。◇枯れたる……　二五七頁注二四参照。

40　朝々《あしたあした》にもろもろの、定に入りつつ身はやがて、三途の戸をば押しひらき、猛火の炎くぐり抜け、奈落《ならく》の底の亡者《もうじゃ》らに、お地蔵さまが縁結び。
地獄の底にまで降下して、ひとり救済の手をさしのべる地蔵菩薩の大慈悲を讃詠した歌。
◇毎日恒沙の定に入り　『往生要集』に「毎日晨朝《じんでう》入恒沙定」とある。「恒沙」は「恒河沙《ごうがしゃ》」の略。ガンジス河の砂の意で、無数、の譬え。「定」は心が静かに統一された状態をいい、ここでは地蔵が六道の無数の衆生に対応するため、一時に無数の種類の定の境地に入って、無数に分身《ふんじん》することをいう。◇三途　地獄・餓鬼・畜生の三悪道。◇猛火　ここでは地獄の罪人を焼く火。◇地蔵　釈迦の滅後、弥勒が成道するまでの無仏の時代に、衆生済度を託された菩薩。民間信仰では、古来、観音に次いで人気のある菩薩。

三界《さんがい》　劫数《こふしゆ》　わたる人
やらじと思へる心にて

39
万《よろづ》のほとけの願《ぐわん》よりも
千手《せんじゆ》の誓ひぞ頼もしき
枯れたる草木もたちまちに
花さき実なると説いたまふ

40
毎日恒沙《ごうじや》の定《ぢやう》に入り
三途《さんづ》の扉《とぼそ》を押しひらき
猛火《みやうくわ》の炎をかき分けて
地蔵のみこそ訪《と》うたまへ

41
南《なん》天《てん》竺《ぢく》の鉄塔を

41　密教の起原にまつわる伝承を内容とした歌。◇龍樹　南インド出身の仏教学者。大乗の教学の樹立に貢献した人。古来、「龍猛《りゅうみょう》」と混同される。龍猛は初めて南インドの鉄塔を開き、密教の経典を得たとされる伝説的人物。◇や　音調を整えるため「龍樹大士」の中間に挿入された間投助詞。◇大士　菩薩の別称。◇開かずは　開かなかったならば。◇まことの御法　ここでは密教をさす。◇弘めまし　弘められようか。いや、弘められなかったであろう。

42　◇あはれなり　しみじみと心打たれる。ここでは、尊いことである、の意。◇金剛薩埵　金剛手秘密主ともいい、大日如来の悟りの内容を経典に編集し、龍猛に伝えたとされる菩薩。

43　阿弥陀さまのお顔には、眉間《みけん》白毫うずたかく、天を支える須弥山《しゅみせん》を、五つ合わせて立てたよう。青蓮華《しょうれんげ》なす瞳《ひとみ》には、四大海水、ふかぶかと。

恵心《えしん》僧都（源信《げんしん》）作『極楽六時讃』の一節を抜き出して歌詞としたもの（小異同あり）。◇白毫　仏の眉間の白毛。右回りに巻いていて、光明を放つという。三十二相の一つ。◇五つの須弥　須弥山は仏教の宇宙観で世界の中心に高くそびえていると考えられる山。『観無量寿経』に「仏身ノ高サ六十万《まん》億那由他《のくなゆた》恒河沙《ごうがしゃ》由旬《ゆじゅん》ナリ、眉間ノ白毫ハ……五須弥山ノ如シ」とある。◇四大海　須弥山を七つの金山《こんせん》が輪状に取り巻き、その外側は海水を湛《たた》え、四大州を浮べている、と考えられた。その海を四大海という。同経

龍樹《りゅうじゅ》や大士《だいじ》の開かずは
まことの御法《みのり》を　いかにして
末の世までぞ弘《ひろ》めまし

42
龍樹菩《ぼ》薩《さつ》はあはれなり
南天竺の鉄塔を
扉《とぼそ》を開きて秘密教を
金《こん》剛《がう》薩《さつ》埵《た》に受けたまふ

43
眉《まゆ》の間《あひだ》の白毫《びやくがう》は
五つの須弥《しゅみ》をぞ集めたる
眼《まなこ》の間の青蓮《しやうれん》は
四《し》大《だい》海《かい》をぞ湛《たた》へたる

に「仏眼ハ四大海水ノ如ク、青白分明《しやうびやくふんみやう》ナリ」とある。

44 ◇一つの相 『観無量寿経』に「無量寿仏ヲ観ゼン者ハ一ノ相好《さうがう》ヨリ入レ。但《ただ》眉間ノ白毫ヲ観ジテ極メテ明了《みやうれう》ナラシメヨ」とある。◇量り 大きさ。◇縦広 縦と横。須弥山は、底辺の縦横も高さも各八万由旬あるという。由旬は梵語。距離の単位。

45 真言秘密の教えには、埴生《はにゆう》の宿も何ならず、玉の台《うてな》と同じこと。国王といい民という、隔てもすべて消え失せて、大日如来に帰するとか。

◇真言教 密教。台密（天台宗系）と東密（真言宗系）との二流がある。◇蓬窓 蓬《よもぎ》の茂ったあばら屋。◇大日如来 宇宙に存在する一切のものは、この仏の顕現であるとされる。一九歌参照。

一 釈迦が初めて悟りを開いた時の境地を、そのまま明かしたとされる経典。絶対者としての仏（毘盧遮那《びるしやな》仏《ぶつ》）は深い瞑想《めいさう》に入り、普賢・文殊の二菩薩が中心となって説法が進行する、という体裁を取っている。その名にふさわしい華麗で荘厳な経典。

46 『華厳経』の美しい内容を春の花々に譬《たと》えた歌。

◇七所八会の園 『華厳経』の内容は、七か所、都合八回の集会において説かれたことになっており、それを花園に譬えた。◇法界唯心 万有はことごとく自己の一心に由来する、という思想。「法界」は通常「ほっかい」と読み、世界ないし宇宙の意。また、真理の世界の意味にも用いられる。◇色深く 深遠な教えを譬えた表現。◇三草二木 七九歌参照。この歌では

44
眉の間の白毫の
一つの相《さう》を想ふべし
須弥の量《はか》りを尋ぬれば
縦広《じゆうくわう》八万由旬《ゆじゆん》なり

45
真言教《しんごんけう》のめでたさは
蓬窓《ほうさう》宮殿《くでん》隔てなし
君をも民をもおしなべて
大日如来と説いたまふ

一華厳経《けごんきやう》 一首

46
華厳経は春の花
七所八会《はちゑ》の園ごとに
法界唯心《ほふかいゆいしん》 色深く

不適当な文句。

一　釈迦の言行を集録した経典。実際に釈迦が説いたと思われる言葉を数多く含み、南方（スリランカ・ビルマ・タイ）仏教の経典と類似しているが、北方（中国・日本）仏教では、小乗の教えとして軽視されてきた。

47　『阿含経』の説を秋の風物に譬《たと》えて歌った。◇鹿の声　『阿含経』を鹿の声に譬えたのは「鹿野苑」に掛けた洒落《しゃれ》。◇鹿野苑　インドのベナレス郊外サールナートにあり、釈迦がはじめて説法した地として有名。◇諦縁乗　四諦《したい》と十二縁起《えんぎ》（十二因《いん》縁《ねん》）との教え。四諦は苦・集《じゅう》・滅・道の四つの真理。十二縁起は無明《むみょう》・行《ぎょう》・識・名色《みょうしき》・六処・触《そく》・受・愛・取・有《う》・生《しょう》・老死の十二の要素が、順次に前のものが後のものを成立させる条件となり、また順次に前のものが滅すれば後のものが滅する、という理法のこと。ともに仏教の最も基本的な思想。◇偏真　小乗のかたよった真理。◇無漏　煩悩《ぼんのう》のなくなった境地。

48　◇一夏　雨期の三か月、外出せずに修行する期間。◇拘隣比丘　釈迦の最初の説法を聞いた五比丘のうち、最初に悟りを開いた人物。「比丘」は男子の出家修行者をいう。◇諦理　真実の理法。

二　広義には大乗経典の総称であるが、ここでは天台教学でいう方等時の経典の意。華厳・般若《はんにゃ》・法華《ほっけ》・涅《ね》槃《はん》の諸経を除く一般大乗経典をさす。小乗をけなした内容のものが多い。

三《さん》草《さう》二《に》木《もく》　法《のり》ぞ説く

阿含経《あごんきやう》一　二首

47
阿含経の鹿《しか》の声
鹿《ろく》野《や》苑《をん》にぞ聞ゆなる
諦《たい》縁乗《えんじよう》の萩《はぎ》の葉に
偏《へん》真《しん》　無《む》漏《ろ》の露ぞ置く

48
一夏《いちげ》の間《あひだ》を勤めつつ
昼《ちう》夜《や》に信心怠《おこた》らず
拘《く》隣《りん》比《び》丘《く》ぞ最初には
諦理《たいり》を悟りて道成りし

方等経《はうどうきやう》二　二首

49 大集《だいじふ》方等は秋の山
示教《じけう》の紅葉《もみぢ》はいろいろに
弾呵《たんか》法会《ほふゑ》は濃くうすく
随類ごとにぞ染めてける

50 須弥《しゆみ》の峰をば　たれか見し
法文《ほふもん》　聖教《しやうげう》に説くぞかし
阿修羅《あしゆら》王をば見たるかは
智者の語るを聞くぞかし

三 般若経《はんにやきやう》　四首

51 般若十六善神《ぜんじん》は
十六会《ゑ》をこそ守るなれ
もとより無漏《むろ》の法門は

49 多種多様の方等経典の所説を、秋の山の紅葉の色の濃淡に譬えて詠じたもの。
◇大集方等　『大方等大集経《だいじつきよう》』という名の経典があるが、ここでは方等経典の一大集成の意。◇示教　教えを説き示すこと。◇いろいろ　色さまざま。◇弾呵法会　小乗の考えをたたき、しかりつける集会。『維摩《ゆいま》経』の所説はその代表的なもの。◇濃くうすく　弾呵の程度の尖鋭《せんえい》なものと、穏便なものとの譬え。◇随類ごとに　衆生の素質・種類にしたがって。

50 須弥の峰をば見た者は、だれもなけれど、御教《み》えに、阿修羅王をば見た者は、だれもなけれど、智者たちに、説かれ語られするからは、ゆめゆめ疑うことなかれ。
◇須弥　四三歌参照。◇たれか見し　誰が見たか。いや、誰も見ない。◇阿修羅王　闘争を事とする鬼神の王。また、仏教を守護する鬼神とされる場合もある。◇見たるかは　見たことがあるか。いや、ない。

三 般若波羅蜜多《はんにやはらみつた》（智慧《ちえ》の完成の意）について説かれた経典の総称。

51 ◇十六善神　般若経とその信奉者を守護する十六の善神。◇十六会　十六の集会。『大般若経』（六百巻、玄奘《げんじよう》訳）は、十六会の説法を集成したものである。◇無漏の法門　ここでは般若経の教えをさす。「無漏」は四七歌参照。「法門」は仏の教えの意。それに従って学べば、悟りの境界に入ることができるから門という。◇中道　二つの見解の対立を離れた、不

中道《ちゆうだう》にこそ通ふなれ

52
大品《だいぼん》般若は春の水
罪障《ざいしやう》　氷の解けぬれば
万法《まんぼふ》空寂《くうじやく》の波立ちて
真如《しんによ》の岸にぞ寄せかくる

53
般若　畢竟空《ひつきやうくう》の理は
かくの如くぞ思ふべき
正法《しやうぼふ》　四《し》十余年に
一乗妙法《いちじようめうほふ》　説いたまふ

54
般若の御《み》法《のり》をたづぬとて
常啼《じやうたい》　東《ひんがし》へたづね行き

偏中正な道。仏教の根本的立場。ここでは「空《くう》」（五三歌参照）の理法をさす。

52　般若経の説く「空」（一切の存在は因縁《いんねん》によって生じたものであって、固定的実体がないということ）の理を、さわやかな譬《たと》えで述べた歌。◇大品般若　『大品般若経』（二十七巻、鳩摩羅什《くまらじゆう》訳）のこと。『大般若経』（六百巻）の一部分に相当する。◇罪障　悟りのさまたげとなる悪い行為。空の理を悟ることによって、罪障が解消するのを、氷が春の水に溶けるのに譬えた。◇万法　一切の存在。◇空寂「空」に同じ。◇真如　あらゆる存在の真の相《すがた》。普遍的真理。万法は空寂であると悟ることが、とりもなおさず真如に到達することにほかならない。

53　◇畢竟空　究極絶対の空。あらゆるものが空であると見徹《みとお》した究極の空。◇かくの如くぞ　このように。何をさすのか不明。歌詞の後半の二句をさすと解してみても、釈然としない。◇四十余年　釈迦は説法開始後の四十余年間、未《いま》だ真実を顕《あらわ》さず、最後に法華経を説いて真実を顕したとされる。◇一乗妙法　法華経をさす。六六歌参照。

54　般若の教えを求めて苦労した常啼菩薩の物語。◇常啼　『大品般若経』常啼品《ぼん》その他に登場する人物。彼はもと般若波羅蜜多を求めていたが、空中の声を聞いて東方に向って出発する。遠く東方に衆香城（妙香城）という都があり、そこに曇無竭《どんむかつ》という名の菩薩がいて、般若の教えを説いていた。常啼はさまざまの苦労の末、やっと目的地に着き、説法を聞くを得たという。◇畢竟空　五三歌参照。
一　古来、法華経の開経（前置きに当る経）と考えられた経典。

55　◇莟む花　（無量義経においては）莟《つぼみ》の状態の花。法華経をさす。◇霊鷲の峰　霊鷲山《せん》。法華経の説かれた場所。二七歌参照。◇三十二相　仏の身体に具わっている三十二の特徴。二八歌参照。◇木の実成果。法華経の功徳で多くの人が成仏でき、三十二相を具えることができる、との譬えであろう。◇四十二　釈迦は説法開始後、四十二年を経て、はじめて法華経を説いたとされるが、「四十二にこそなりにけれ」は舌足らずな表現で、正解を得がたい。
二　古来、法華経の結経（後書きに当る経）と考えられた経典。従って五六歌は本来は法華経二十八品歌全体の後（一七〇歌の後）に置かれるのが妥当。

56　われらの罪を譬うれば、夜置く霜や露に似て、慈悲の光のさすところ、たちまち消えてあともなし。されば行者は一心に、実相真如を思えかし。
経文「衆罪《しゅざい》ハ霜露ノ如シ、慧《ゑ》日《にち》能《よ》ク消除ス」による。◇慈悲の光　経文に照らせば「智慧《ちゑ》の光」の方が適当だが、仏の慈悲によって智慧が生ずる、と考えれば、このままでもよい。◇たとへすは　「たまらねば」の誤写か。堪えられないから。◇実相真如　一切の存在のあるがままの相《すがた》。それを思念すれば、罪障はおのずから消滅する。

妙《めう》香城《かうじやう》にいたりてぞ
畢竟空をば悟りてし

[一]無量義経《むりやうぎきやう》　一首

55
無量義経に莟《つぼ》む花
霊鷲《りやうじゆ》の峰にぞ開けたる
三十二相は木《こ》の実《み》にて
四《し》十二にこそなりにけれ

[二]普賢経《ふげんきやう》　一首

56
積もれる罪は夜の霜
慈悲の光にたとへすは
行者《ぎやうじや》の心をしづめつつ
実《じつ》相《さう》真《しん》如《によ》を思ふべし

法《ほ》[一]華経《けきやう》[二]二十八品《ほん》歌　百十五首

*序品《じよほん》五首　第一巻[三]

57
空より華雨《はなふ》り　地《ぢ》は動き
ほとけの光は世を照らし
弥勒《みろく》　文殊《もんじゆ》は　問ひ　答へ
法華《ほつけ》を説くとぞ　かねて知る

58
鷲《わし》の御山《みやま》の法《のり》の日は
曼陀羅《まんだら》　曼殊《まんじゆ》の華雨《ふ》りて
栴檀《せんだん》　沈水《ぢんすい》　満ちにほひ
六種《むくさ》に大地《だいぢ》ぞ動きける

59
法華経弘《ひろ》めしはじめには

一『妙法蓮華経《みようほうれんげきよう》』の略称。鳩摩羅什《くまらじゆう》の訳が流麗で、もっぱら用いられる。日本では古来一般に最も重んぜられた経典であり、天台宗の根本聖典。

二「品《ほん》」は書物の中の一章をいう。法華経は二十八章から成っている。

＊序章。王舎城郊外の霊鷲山《りようじゆせん》で、釈迦仏が定《じよう》（深い瞑想《めいそう》）に入ると、天は曼陀羅華《まんだらけ》・曼殊沙華《まんじゆしやけ》等を雨《ふ》らし、世界は六種に震動した。その時、仏は眉間《みけん》白毫《びやくごう》の光を放って、東方《とうぼう》万八千の世界を照らした。この不思議な現象を見て、一同は何かの前兆であろうと思い、弥勒《みろく》が代表者として文殊《もんじゆ》に質問した。そこで文殊は、「遠い昔、日月燈明仏《にちがつとうみよう》の時に今と同じ瑞相《ずいそう》（めでたい事が起るしるし）が現れ、その仏は妙法蓮華という大乗経を説き、その夜半に入滅されたが、今の奇瑞も釈迦仏が法華経を説かれる前触れであろう」と答えた。

三 法華経は八巻から成り、第一巻には序品と方便品《ほうべんほん》とが含まれる。

57　以下五首、みな序品の内容に取材しているが、歌詞に重複が多く、連作とは考えられない。

◇かねて知る　あらかじめ分ったのである。

58　霊鷲の峰に、法華経の　説かれる日とて、曼陀羅華　曼殊沙華が雨と降り、栴檀沈水　風香《かお》り、世界も六種に震動し、ホンニめでたいしるしじゃなァ。

◇鷲の御山　経の本文では耆闍崛山《ぎしゃくつせん》。漢訳して鷲峰《じゅぶ》山・霊鷲山ともいう。それを和《やわ》らげた表現。◇法の日　説法の日。◇曼陀羅　曼陀羅華《まんだらけ》。美しい色で、芳香を放ち、高潔で、見る者の心を喜ばせるといわれる天界の花。◇曼殊　曼殊沙華《まんじゅしゃけ》。白色柔軟で、見る者はおのずから悪業を離れるといわれる天界の花。◇栴檀　香木の一種。白・赤・紫などの諸材があり、芳香を発する。経には「栴檀香風」とある。◇沈水　沈水香の略。沈香《じんこう》ともいい、香木の名。堅くて重く、水に沈むので、この名がある。ただし序品の本文には見えない。◇六種　動・起・涌《ゆ》・覚・震・吼《く》の六通り（動・起・涌は動き方の違い、覚・震・吼は音響の違いを表す）。「六種震動」は仏が説法する時の瑞相の一つ。

59　この一首は、日月燈明仏がはじめて法華経を説いた過去の世の瑞相を詠じたもの。
◇無数の……　人間のほか、天・龍・夜叉《やしゃ》などを含む無数の衆生のその中に、本瑞が現れ。◇本瑞　もとの瑞相。日月燈明仏が現した諸瑞相。

60　◇白毫　四三歌参照。◇六種　五八歌参照。

61　◇あはれなり　しみじみと心打たれる。ここは、尊いことである、の意。◇天人大会　天上界に住む者と、人間界に住む者との大集会。◇昔のほとけ　日月燈明仏をさす。◇説い　「説き」の音便。

無数《むしゅ》の衆生《しゅじやう》そのなかに
本瑞《ほんずい》そらに雲晴れて
曼陀羅　曼殊の華ぞ雨《ふ》る

60
釈迦《しゃか》の法華経説くはじめ
白毫《びゃくがう》光は月の如《ごと》
曼陀　曼殊の華雨《ふ》りて
大地も六《む》種《くさ》に動きけり

61
弥勒《みろく》菩薩《ぼさつ》はあはれなり
天人《てんにん》大会《だいゑ》の前にして
昔のほとけのありさまを
文殊に問ひつつ説いたまふ

方便品《はうべんぼん》九首*

62
平等《びやうどう》大慧《だいゑ》の地《ち》の上に
童子《どうじ》の戯《たはぶ》れ遊びをも
やうやくほとけの種として
菩《ぼ》提《だい》大《だい》樹《じゆ》ぞ生《お》ひにける

63
釈迦の御《み》法《のり》は多かれど
十《じつ》界《かい》十《じふ》如《によ》ぞすぐれたる
紫《し》磨《ま》や金《ごん》の姿には
われらは劣らぬ身なりけり

64
十界十如は法華の義
法《ほふ》界《かい》唯《ゆい》心《しん》　悟りなば
一《いち》文《もん》一偈《げ》を聞く人の

＊釈迦仏は舎利弗《しやりほつ》（著名な弟子の一人で智慧《ちえ》第一と称せられた）の再三の請いに応じて説法した。仏が世に出た目的は、衆生をして一乗（仏乗）に目ざめさせることであり、三乗（声聞《しようもん》乗・縁覚《えんがく》乗・菩薩乗）の別を説くのは方便（便宜な手段）であって、真意ではない、というのがその要旨。〔参考〕「乗」は悟りに導く乗物《のりもの》の意。声聞は仏の教えを受動的に聞くだけの者。縁覚は辟支仏《びやくしぶつ》ともいい、自分だけ悟りすましてそれでよしとする者。菩薩は自他ともに仏道完成へ進もうとする者。前二者の乗物（道）は二乗・小乗と呼ばれ、後一者の乗物（道）は大乗と呼ばれる。方等経典はもっぱら小乗を排撃し、大乗を讃美するが、法華経はむげに二乗を斥《しりぞ》けるのでなく、三乗をそのまま一仏乗へと誘引・帰一させようとしている。天台教学では、方便品を法華経前半の要《かなめ》として重視する。

62　子供の遊び戯《たわむ》れに、砂を集めて塔を建て、指で仏像《みすがた》描くなど、はかないながら、み仏の　智慧の大地に種まけば、やがて菩提の木が茂る。

◇平等大慧　宝塔品に見える語。仏の智慧をさす。三乗の差別を説かず、一乗の法のみを示すので、こう呼ぶ。◇童子の戯れ遊び　経に「童子ノ戯レニ沙《すな》ヲ聚《あつ》メテ仏塔ヲ為《な》セル」「若《も》シハ草木及ビ筆或《あるい》ハ指ノ爪甲《さうかふ》ヲ以テ画《ゑが》キテ仏像ヲ作《な》セル」者は「皆已《みなすで》ニ仏道ヲ成《じやう》ジキ」とある。◇菩提大樹　悟りという大木。

ほとけに成らぬは一人《ひとり》なし

65 釈迦の御法は品々《しなじな》に
一《いち》実《じつ》真《しん》如《にょ》の理をぞ説く
経には聞《もん》法《ぼふ》歓《くわん》喜《ぎ》讃《さん》
聞く人　蓮《はちす》の身とぞなる

66 われらが宿世《しゆくせ》のめでたさは
釈迦牟《む》尼《に》ほとけの正法《しやうぼふ》に
この世に生れて人となり
一乗妙法　聞くぞかし

67 法《ほっ》華《け》はいづれも尊きに
この品《ほん》聞くこそあはれなれ　尊けれ

63 ◇十界十如　十界とは地獄・餓鬼・畜生・阿修羅・人間・天上・声聞《しょうもん》・縁覚・菩薩・仏の十の世界。十如とは如是《にょぜ》相《そう》・如是性《しょう》・如是体・如是力《りき》・如是作《さ》・如是因・如是縁・如是果・如是報・如是本末究《ほんまつく》竟等《きょうとう》の十如是（十のあり方）をいう。天台教学では十界互具《ごぐ》といって、十界の一つ一つが互いに他の九界を具えている（だから地獄の衆生も仏になり得る）とし、その百界に十如是・三種世間（衆生世間・国土世間・五陰《おん》世間）を掛けて三千の数となり、人間の一念（一瞬の思念）の中には三千のあり方が内含されていると説き、これを「一念三千」という。◇紫磨や金　紫色を帯びた最上等の金《きん》を紫磨《しま》金《ごん》といい、仏身は紫磨《しま》金色《ごんじき》であるとされる。「や」は間投助詞。

64 ◇法界唯心　四六歌参照。天台教学では一念三千の理をさす。◇一文一偈　「偈」は韻文の句、「文」は散文の句（広義には偈を含む）をいう。

65 ◇品々に　どの階層の者にも。◇一実真如　唯一の真実。一乗の教えをさす。◇聞法歓喜讃　「法ヲ聞キテ歓喜シ讃《ほ》メテ、乃至《ないし》一言ヲ発《もら》スハ、則《すなは》チ為《これ》已《すで》ニ一切ノ三世《さんぜ》ノ仏ヲ供養スルナリ」と経にある。◇蓮の身　浄土の蓮の台《うてな》にのぼる身。八三歌参照。

66 ◇宿世　前世。前世の因縁。◇めでたさ　すばらしさ。◇正法に　正法の時代に。今様が流行した時代はすでに末法に入っているが、仏の説法を直接聞いた弟子たちの身になって歌ったものであろう。◇一乗妙法　一乗を説くすぐれた教え。法華経。

童子《どうじ》の戯《たはぶ》れ遊びまで
ほとけに成るとぞ説いたまふ

68
いにしへ　童子の戯れに
沙《いさご》を塔となしけるも
ほとけになると説く経を
みな人　持《たも》ちて縁結べ

69
法華はほとけの真如なり
万《まん》法《ぼふ》無《む》二《に》の旨を述べ
一乗妙法　聞く人の
ほとけに成らぬはなかりけり

70
法華経八《や》巻《まき》がそのなかに

67　◇いづれも　どの品《ほん》も。◇この品　方便品。

68　◇あはれなれ　次句「尊けれ」と同義。◇沙を塔と……　六三歌参照。◇持ちて　しっかりと心に刻みつけて。◇縁結べ　仏法に縁を結べ。未来に救われるゆかりをつくるがよい。

69　◇真如　五三歌参照。ここは、真実の教え、の意。◇万法無二　あらゆる事物は本来無差別平等であるという理。◇一乗妙法　六六歌参照。

70　◇たのまるれ　頼りになることよ。「るれ」は自発の助動詞「る」の已然形。◇若有……　経の一節。「若法ヲ聞《もし》クコト有ラン者ハ、一《ひとり》トシテ成仏セズトイフコト無ケン」と読む。

＊方便品の説法を聞いて、舎利弗《しゃりほつ》は歓喜し讃嘆した。仏は、舎利弗が未来の世に華光《けこう》如来という名の仏になるであろう、と予言した。そして、一つの譬え話をして聞かせた。——一人の大富豪がいて、古い邸宅に住んでいたが、出口が一つしかない。ある日、突然火事が起った。子供たちは遊びに夢中になっていて、「出てこい」と言われても聞き入れない。そこで富豪は、「門の外には、お前たちの好きな羊の引く車、鹿の引く車、牛の引く車があるぞ。早く出て来てこれで遊ぶがよい」と呼びかけた。釣《つ》られて出て来た子供たちに、富豪は、宝物で飾り立て、大きな白い牛に引かせた車を一つずつ与えた。——羊車《ようじゃ》は声聞乗、鹿車《ろくしゃ》は縁覚乗、牛車《ごしゃ》は菩薩乗、大白牛車《だいびゃくごしゃ》は仏乗の譬喩《ひゆ》で

方便品こそたのまるれ
若有聞法者《にやくうもんぼふじや》
無一不成仏《むいちふじやうぶつ》　と説いたれば

譬喩品《ひゆほん》六首*　第二巻

71 四《し》大声聞《だいしやうもん》　こしらへて
三界火宅《さんがいくわたく》を教へ出《いだ》し
白牛《びやくご》の車をさし寄せて
直至《ぢきし》道場　定まりぬ

72 幼き子どもはいとけなし
三《み》つの車を乞《こ》ふなれば
長者《ちやうじや》はわが子の愛《かな》しさに
白牛《びやくご》の車ぞ与ふなる

ある。三乗を説くのは一時の方便であり、窮極の目的は一仏乗である、と仏は説いた。

〔参考〕右は天台宗の解釈に従ったもので、経文のみでは、牛車と大白牛車、菩薩乗と仏乗とは、同一のものか別物か判然としない。同一のものと解する学派（三論宗・法相宗《ほつそう》）を三車家《さんしやけ》、別物と解する学派（天台宗・華厳宗《けごん》）を四車家《ししやけ》という。

71 ◇四大声聞　須菩提《しゆぼだい》・迦旃延《かせんねん》・迦葉《かしよう》・目連《もくれん》の四大弟子。ただし譬喩品には登場せず、次の信解《しんげ》品《ほん》以下に出る。「声聞」は四〇頁＊印参照。◇こしらへて　（四大声聞を）たくみに誘導して。◇三界火宅経に「三界ハ安キコト無シ、猶《なほ》火宅ノ如シ」とある。苦に満ちた三界（三八歌参照）を、火災の起った家に譬えた表現。◇直至道場　仏の境地へ直行させること。経に「此《こ》ノ宝乗ニ乗ジテ、直《ただち》ニ道場ニ至ラシム」とある。「道場」は仏が悟りを開いた場所。◇定まりぬ（直至道場が）決定した。

72 幼い子らは頑是無《がんぜな》や、家の燃えるも気にとめず、遊びほうけて逃げぬゆえ、親の情けの方便に、「羊の車に乗せようぞ、鹿の車に乗せようぞ、牛の車に乗しょうぞ」と、父の長者が呼ばわれば、「羊の車下さいよ」「鹿の車を下さいな」「牛の車を下され」と、誘い出されて門のそと。さて愛子《いとしご》に与えたは、三つの車にひきかえて、大きな白い牛の引く、一つ車であったとさ。

◇長者　富豪。資産家。

73 ◇誘ると　うまくすかして誘導しようとして。◇構へつつ　（三つの車があるかのように）はかりごとをめぐらしたのだが。◇出でぬれば　（子供らが）出てしまうと。◇乗りたまふ　「乗せたまふ」の方が理にかなっている。

74 ◇二つ　羊車と鹿車の二つ。すなわち小乗の教えをさす。◇直至道場　七二歌参照。◇訪ひ行かむ　「直至道場」と一部重複した言い方で、すっきりしない表現。

75 ◇上根　素質や能力のすぐれていること。◇菩提樹果　菩提樹の果実。悟りの成果、仏果の譬え。◇ふたりいてて　「とりはてて」の誤写であろう。とすれば、完全にわがものとして、の意。◇そらをかけにかくれつつ　未詳。あるいは「空法《くうほふが》我見《けん》のがれつつ」が原形ではあるまいか。それだと、我見（実体的自我があるとする見解）と空法（我見を排する小乗の空の理法）との二つの誤りから解《げ》脱《だつ》して、の意となる。「空法」「我見」はいずれも譬喩品に見える語。◇八相　仏の生涯における八つの重要な事柄をさすが、成道《じようどう》が特に中心なので、八相成道ともいう。その場合「八相」は「成道」の枕詞《まくらことば》のような役割を果すに過ぎない。この歌でも、「八相」に実質的な意味はなく、「ほとけになりたまふ」という句にニュアンスを添える程度である。

76 ◇目も立たず　注目の対象にもならない。◇牛の車　羊車・鹿車とならぶ牛車でなく、「大白

73
幼き子どもを誘《をこつ》ると
三《み》つの車を構へつつ
門《かど》の外《ほか》にし出《い》でぬれば
一つ車に乗りたまふ

74
門《かど》の外《ほか》なる三《み》つ車
二つは乗らむと思ほえず
大白牛《だいびやくご》車《しや》に手をかけて
直《ぢき》至《し》道場　訪《と》ひ行かむ

75
上根《じやうこん》舎利《しやり》弗《ほつ》　先《ま》づ悟り
菩《ぼ》提《だい》樹《じゆ》果《くわ》　ふたりいてて
そらをかけにかくれつつ

八相《はつさう》ほとけになりたまふ

76 長者の門《かど》なる三つ車
羊《ひつじ》 鹿《しし》のは目も立たず
牛の車に心かけ
三界火宅を疾《と》く出《い》でむ

信解品《しんげほん》二首*

77 長者はわが子の愛《かな》しさに
瓔珞《やうらく》 衣《ころも》を脱《ぬ》ぎすてて
あやしき姿になりてこそ
やうやく近づきたまひしか

78 窮子《ぐうじ》の譬《たと》ひぞあはれなる

牛車」のつもりで言ったのであろう。◇三界火宅 七二歌参照。◇疾く はやく。

＊前の品《ほん》の説法を聞いて、迦葉《かしよう》たち四人の弟子は自分たちの幸運を喜び、次のような譬え話に託して述べた。——幼いころ家出した息子が、生活に窮して諸国を流浪すること五十年、たまたま父長者の住む豪邸の前を通りかかるが、父の家とは気が付かない。父が人をやって呼ばせると、罰せられるのかと恐れ、失心する始末。そこで父は、わざと貧相な二人の男に命じて「われわれと一緒に働く気はないか」と誘わせ、息子を汚物の清掃人夫として雇い入れる。長者自身も粗末な身なりをして息子に近づき、次第に親しくなる。そして段々と登用し、二十年後には財産の管理を一任する。そして臨終に際し、わが実子であることを告げ、全財産を相続させる。——自分たちはこの息子のようなもので、仏の方便力《りき》をもって、まず小乗の教えを与えられたが、今日真実の教えを聞くことができてうれしい、と迦葉は言った。

77 流れ流れて五十年、乞食《こじき》心の失《う》せぬ子を、父の長者はあわれがり、おのが衣裳も瓔珞も、脱いで粗服に身をやつし、やっと手なずけなされたと。◇瓔珞 インドの装身具。珠玉や貴金属を糸で編んで、頭・首・胸に飾るもの。貴人が用いた。

78 ◇窮子 貧乏し困窮した息子。◇あはれなる しみじみと心打たれることである。◇草の庵経に、窮子が父の家に雇われてから二十年、財産の管理を一任されるほどになっても、「猶《なほ》門外《もんげ》ニ処シ、草《さう》庵《あん》ニ止宿シテ、自《みづか》ラ貧事《ひんじ》ヲ念《おも》フ」とある。従って、この歌の第二・三句と第四句との間には、文意の飛躍があることになる。

＊仏は迦葉《かしよう》をほめ、さらに次のような譬えを述べた。――この世界にはさまざまな植物がある。そこへ雨雲が現れて一度に雨を降らせる。すると、大中小の薬草、大小の薬木《やくもく》は、それぞれ自分に応じた分量の水を吸収し、それ相当に異なる花を咲かせ、異なる果実を結ぶ。――仏も平等・一味の法を説くのであるが、法を聞く者の側に、声聞・縁覚・菩薩等の差がある。しかし、お前たち声聞の所行も実は菩薩道であり、やがてみな成仏するであろう、と。

79 ◇一味　雨水（もしくは海水）が、どの一滴を取っても同一の味であるように、絶対の立場からは、すべてのものが平等無差別であることをいう。
◇三草二木　大中小の薬草と大小の薬木。大きさに不同はあっても、雨にうるおされると、すべて育って薬用になるように、人々に素質・能力の差があっても、仏の教化《きようけ》をうけると、いつかは等しく悟りに入り、世を救うものとなることをいう。ただし経文には「三草二木」という熟語はなく、またこれと三乗（声聞・縁覚・菩薩）との対応関係に判然としない点がある。
◇品々に　それぞれの階層に応じて。
親を離れて五十年
よろづの国に誘はれて
草の庵《いほり》に留《とど》まれば

＊薬草喩品《やくさうゆほん》四首　第三巻

79 釈迦《しやか》の御法《みのり》はただ一つ
一味《いちみ》の雨にぞ似《に》たりける
三草《さんさう》二木《にもく》は品々《しなじな》に
花咲き実なるぞあはれなる

80 大空かき曇り
一味の雨をふらさばや
妙法《めうほふ》蓮華《れんげ》を植ゑひろげ
ほとけにならむてふ種取らん

80　平等一味の教えである法華経を、あまねく人々にひろめたいという願望を歌ったもの。◇ふらさばや　降らせたいものだ。◇妙法蓮華　妙法という蓮華。法華経を花に譬えた表現。◇植ゑひろげ　植える範囲を拡大して。法華経の教えをひろめて。◇てふ　「といふ」の約。◇種取らん　種を取ろう。成仏すべき人を獲得しよう。

81　薬草喩品の経文とは直接関係がない。第三・四句の意味が通じにくいが、「われら凡夫も平等大慧という摩尼宝珠の光炎の末端なのだ」の意か。◇平等大慧　六三歌参照。◇摩尼宝　意のままに宝を出すといわれる玉。如意宝珠。◇末の枝　摩尼宝珠の放つ光炎を樹木の枝に見立て、その末端の枝の意か。

82　われらは果報つたなくて、かくあさましの身と生れ、善根積むにすべもなし。されど御法《みのり》の隔てなき　恵みの雨に濡《ぬ》れ濡れて、仏とならでやむべきや。

◇薄地　下劣の意。◇凡夫　平凡な人間。おろかな者。◇善根　善行。三七歌参照。

＊仏は、迦葉《かしよう》・須菩提《しゆぼだい》・迦旃延《かせんねん》・目連《もくれん》の四人が、いずれもそれぞれ遠い未来に仏に成るという予言を与えた（舎利弗《しやりほつ》の成仏はすでに譬喩品で予言ずみ）。

83　◇大目連　摩訶目犍連《まかもつけんれん》の略（摩訶は大の意）。さらに略して目連ともいう。著名な仏弟子の一人。◇多くのほとけ……　目連らは成仏するまでに何

81
法《ほ》華《け》経《きやう》聞くこそあはれなれ
ほとけもわれらも同じくて
平等《びやうどう》大慧《だいゑ》　摩《ま》尼《に》宝《ほう》
末の枝とぞ説いたまふ

82
われらは薄地《はくち》の凡夫《ぼんぶ》なり
善《ぜん》根《ごん》勤むる道知らず
一味の雨に潤《うるほ》ひて
などかほとけに成らざらん

＊授記品《じゆきほん》四首

83
大《だい》目《もく》連《れん》等《ら》はあはれなり
多くのほとけに参りあひて

百万億もの諸仏を供養する、と経に説かれている。◇供養　奉仕すること。◇最後の身　生死《しょうじ》の世界における最後の身。その生涯が終れば、もはや生死輪廻《りんね》することなく、完全な仏になれるという位。◇浄土の蓮……　仏と成って各自の浄土を主宰し、蓮の台《うてな》に座するであろう。ただし経文には「蓮」の語はなく、阿弥陀仏の極楽浄土の蓮池から連想したものであろう。

84　◇授記　仏が弟子に、未来には仏に成れるであろうという保証を与えること。◇須菩提や　「や」は間投助詞。「目連よ」の「よ」も同じ。

85　迦葉・須菩提・迦旃延・目連　締《し》めて四大《し》弟子、手の舞い足の踏む　知らず。己《おの》が未来の成仏は、疑いなしと太鼓判、押された今日の嬉《うれ》しさに。

この歌は『口伝集』巻十の中に二回出ている。一回は延寿という女芸人が院から今様を伝授され、「よくできた」とほめられた時に歌っている。すなわち延寿自身の喜びを四大声聞の喜びに託したのである（二五四頁参照）。法文歌の一つ一つがどんな場面で歌われたかはほとんど不明だが、右のように歌詞本来の宗教的意味から離れた当意即妙の歌い方も、まま行われたものと思われる。二三歌の場合もその一例。◇四大声聞　「声聞」は仏の教えの声を聞いて修行する弟子。大乗の立場からは小乗としておとしめられるが、法華経では、一仏乗に目覚めさえすれば声聞の道もそのまま仏道として認められる。◇たしかに……　仏の予言をはっきり聞いた今日のことだから。

供養《くやう》して　最後の身《しん》なせば
浄土の蓮《はちす》にそのぼるべき

84
釈迦の御弟子《みでし》は多かれど
すぐれて授記にあづかるは
迦葉《かせふ》　須菩提《しゅぼだい》や　迦旃延《かせんえん》　目連《もくれん》よ
これらは後世《ごせ》のほとけなり

85
四大声聞《しだいしやうもん》　いかばかり
喜び　身よりも余るらむ
われらは後世のほとけぞと
たしかに聞きつる今日《けふ》なれば

86
四大声聞　つぎつぎに

86　◇あまたのほとけ　八三歌参照。◇八十随好　仏の身体的特徴のうち、顕著で見やすいものを三十二相（二六歌参照）、微細な八十種の特徴を八十随形《ずいぎやう》好《こう》、略して八十随好という。◇浄土の蓮　八三歌参照。
＊遠い過去の世に大通智勝《だいつうちしよう》仏という仏があって、十六人の子があり、みな出家し仏となったが、十六番目の王子が釈迦であり、娑婆《しやば》国土で悟りを開いた。仏は能力の劣った衆生を導くために、方便力をもって小乗の悟りを説くけれども、弟子たちがみなそれを得たと知れば、改めて真の仏智を示すのである。——例えば、遥《はる》か遠い所に珍しい宝があって、多くの人がそこへ行こうとしたが、道の険難さに堪えかねて、「疲れたから帰りたい」と言い出した。指導者はそこで幻術で一つの城（都市）を作り出し、「あそこへ行けば休息できる」とさとした。人々がその化城へ行って疲労を回復したのを見て、指導者は化城を消滅させ、「さあ行こう、宝のありかは近い」と言った。

87　◇一乗妙法　六六歌参照。◇五濁　悪世における五種のけがれ。劫濁《こうじよく》・見濁・煩悩《ぼんのう》濁・衆生濁・命濁《みようじよく》。◇結縁ひさしく……　「結縁」は仏法に縁を結ばせること。大通智勝仏の王子たちが法華経を説いて、無量の衆生を教化《きようけ》したことをさす。

88　◇休むる心し　休息させてやろうという指導者の配慮が。「し」は副助詞。◇帰らまし　むなしく引き返したであろうに。

あまたのほとけに会ひ会ひて
八十随好《ずいかう》そなへてぞ
浄土の蓮《はちす》にのぼるべき

＊化城喩《けじやうゆ》品《ほん》三首

87
一乗妙《いちじようめう》法《ほふ》　説く聞けば
五濁《ごぢよく》われらも捨てずして
結縁《けちえん》ひさしく説きのべて
ほとけの道にぞ入れたまふ

88
われらが疲れし所にて
休むる心し　なかりせば
宝の所に近くとも
途中《みちなか》にてぞ帰らまし

89
大《だい》通《つう》智《ち》勝《しよう》の王子ども
おのおの浄土に生るれど
第十六の釈迦のみぞ
娑《しや》婆《ば》にほとけに成りたまふ

*五百弟子品《ごひやくでしほん》四首　第四巻

90
最初の時には富《ふ》楼《る》那《な》比《び》丘《く》
内《うち》には菩《ぼ》薩《さつ》身《み》をかくし
外《ほか》には声聞形《しやうもんかたち》なり
されども　みなこれほとけなり

91
一乗実相《いちじようじつさう》　珠《たま》清し
衣《ころも》の裏にぞ繋《か》けてける

89　◇浄土に生るれど　仏となって各自の浄土を主宰したが。◇娑婆　梵語。堪忍土と訳。苦悩に満ちたこの世。クリスト教の「涙の谷」に当る語。

＊富楼那《ふるな》・憍陳如《きようじんによ》（拘隣《くりん》）をはじめ千二百の弟子が、未来に仏に成るという予言を与えられた。その時に五百の弟子たちは次のような譬《たと》え話を説いた。――ある男が親友の家で酒に酔いつぶれた。親友は公用で出張するため、無価《むげ》の（値段のつけられぬほど貴重な）宝珠を、酔った男の着衣の裏にかけ与えて立ち去った。男はそんなこととは知らず、その後、生活費を得るために苦労を重ねた。後年再会した親友は、「あの時君にすばらしい宝石をやったじゃないか。それなのになんで貧乏しているのだ」と責めた。――仏もこのように、われらを教化して一切智の心を起させて下さったのに、われらは無智のため、それが分らず、今まで小乗の悟りに甘んじていたのだ、と。

90　◇最初の時には　千二百人の中で最初に授記（八四歌参照）されたのは。◇富楼那　仏弟子の一人で、説法第一と称せられた。◇比丘　男子の出家修行者。◇内には……　経に「内ニ菩薩ノ行ヲ秘シ、外ニ是《これ》声聞ナリト現ズ」とある。◇みな　富楼那が成仏するのはもちろん、他の弟子たちもみな成仏するのである。

91　◇一乗実相　一仏乗という真理。それを珠に譬えた。◇酔ひののち　酔いがさめ、さらに親友から注意された後。◇昔の親　「親」は「親友《しんぬ》」の誤脱であろう。

92　歌詞の前半は化城喩品《けじょうゆほん》に、後半は五百弟子品に基づいているが、この歌の文脈だと、釈迦の前身の第十六王子を、衣の裏に珠をつつみ持った無智の愚人に譬えたことになり、とんでもない失礼な話である。ただし、第四句を「成したまふ」の誤りと見て、釈迦が弟子たちの衣の裏に珠をつつみ、彼らはそれを磨いたので、釈迦は彼らの成仏を約束された、と解すれば、一応つじつまは合うが、何となく不自然の感は免れない。

◇第十六王子　四九頁＊印参照。◇塵点劫数　想像を絶する長い時間。化城喩品では三千塵点劫といって、三歌の五百塵点劫とは計算法が少し異なる。◇磨けば　修行したので、の意であろうが、経文にはない。

93　親しい友の家に行き、振舞酒に酔いしれて、正体もなく眠りこけ、友は仕事で旅立つと、残してくれた宝石を、衣の裏にかけたまま、それに気付かず辛苦して、生計《たつき》求める人あわれ。

◇繫く珠　かけてある玉。繫《つな》ぎとめてある玉。「繫く」は四段活用の連体形で、「繫くる」（下二段活用の連体形）よりも古い形。

＊仏はさらに阿難《あなん》・羅睺羅《らごら》をはじめ、学（まだ学ぶべきものを残している人）・無学（もはや学ぶべきものを残していない聖者）の二千の声聞に、未来に成仏するであろうという予言を与えた。

酔《ゑ》ひののちにぞ悟りぬる
昔の親のうれしさに

92
釈迦は第十六王子
塵《ぢん》点《でん》劫《ごふ》数《しゆ》のあなたより
衣の裏に珠つつみ
磨けばほとけに成りたまふ

93
親しき友の家に行き
酒に酔《ゑ》ひ臥《ふ》し　臥せるほど
衣の裏に繫《か》く珠を
知らぬ人こそあはれなれ

＊人記《にんき》品《ほん》四首

94 釈迦の御弟子《みでし》は多かれど　ほとけの従弟《いとこ》は疎《うと》からず　親しきことは　たれよりも　阿《あ》難《なん》尊《そん》者《じゃ》ぞおはしける

95 あんなん尊者はあはれなり　慈悲の室《むろ》を住処《すみか》にて　忍《にん》辱《にく》衣《ころも》を身に着つつ　諸法空《くう》を御座《みざ》として　人に教へて知らしめき

96 阿難尊者　如《にょ》来《らい》の親しき弟子なり　疎《うと》からず　学《がく》地《ぢ》に住して年久し

94 ◇ほとけの従弟　阿難をさす。◇疎からず　疎遠でない。親密な間柄である。◇阿難　釈迦の従弟に当り、釈迦晩年の二十年間、侍者として仕え、仏滅後は第一結集《けつじゅう》（最初の経典編集）の時に高座にのぼって経を誦出《じゅしゅつ》した。〔参考〕仏教経典が「如是我聞《にょぜがもん》」（「是《かく》ノ如《ごと》キヲ我《われ》聞キキ」「是ノ如ク我聞キタマヘキ」等と訓読）の語で始まるのは、第一結集の形式を踏襲したもので、「我」とは阿難のことである。

95 法文歌としては例外的に五句から成る。◇あんなん　「阿難」を歌い誂《なま》った形。◇あはれなり　尊いことである。◇慈悲の室……　以下三句は法師品《ほっしほん》の偈《げ》、「大慈悲ヲ室ト為《な》シ、柔和《にうわ》忍辱《にんにく》ヲ衣ト為《な》シ、諸法ノ空ヲ座ト為ス、此《これ》ニ処シテ為《ため》ニ法ヲ説ケ」によったもの。◇忍辱　侮辱や迫害に対して忍び耐えて、心を安らかに保つこと。◇諸法空　あらゆる存在は実体がないこと。◇人に教へて……　阿難が釈迦の法を護りひろめたことをさす。

96 この歌の前半は八五ないし七五調のリズムから逸脱し、四句神歌の体裁に近い。◇学地　すでに四諦《したい》（苦・集《じゅう》・滅・道の四つの真理）を悟っているが、まだ煩悩《ぼんのう》が残っており、その煩悩を断ずるために戒《かい》・定《じょう》・慧《え》の三学を学習している者を有《う》学《がく》といい、その境地を学地という。◇大願　人記品に、釈迦と阿難とは空王仏のもとで同時に菩提心を起したが、釈迦の成仏後も阿難は仏法を護持し、また将来の諸仏の法蔵を護り、もろもろの菩薩衆を教化《きょうけ》するのが本願だ、とある。

97 仏の授記にあずかった、二千の弟子は喜びに、心みたされ口々に、仏をほめて申すよう、「まるで甘露がふりそそぎ、闇《やみ》にあかりが照るような」。

経の「世尊《せそん》ハ慧《ゑ》ノ燈明《とうみやう》ナリ、我《われ》授記ノ音《みこゑ》ヲ聞キタテマツリテ、心ノ歓喜充満セリ、甘露ヲモツテ灌《そそ》ガルルガ如シ」の心を歌ったもの。「授記」は八四歌参照。◇昼は　経文にはない。「夜は」も同じ。◇甘露　諸天（神々）の常用する飲料で、不老不死の霊薬。その味は蜜のように甘いといわれる。◇そそぐを見　経文は「如《によ》甘露見灌《けんくわん》」で、「見灌」は「灌《そそ》がるる」と受身に読むべきを誤ったものであろう。

＊仏は告げた。「現在または仏滅後に法華経の一偈《げ》一句《く》を聞いて随喜する者には、みな授記を与えよう。法華経を受持（一六〇歌参照）する者は諸仏に護念せられるであろう」と。

98 経文の「若《も》し説法ノ人、独空閑《ひとりくうげん》ノ処ニ在リテ、寂《じやく》寞《まく》トシテ人ノ声無カランニ、此《こ》ノ経典《きやうてん》ヲ読誦《どくじゆ》セバ、我爾《そ》ノ時ニ為《ため》ニ、清浄《しやうじやう》光明ノ身ヲ現ゼン」の心を歌ったもの。この歌の後半は、経文及び敬語の用法から見て、「釈迦は頭を摩でたまひ、普賢常に身を護る」の方が理にかなっている。◇寂寞　ひっそりとしてさびしいさま。◇普賢　三五歌参照。ただし法師品には見えない。◇頭を摩で　経に「如来ノ手《みて》ヲモツテ、其《そ》ノ頭ヲ摩デラルルコトヲ為《え》ン」とある。

大願《だいぐわん》ふかきによりてなり

97
二千声聞《にせんしやうもん》の
ほとけを讃《ほ》むる譬《たと》ひには
昼は甘露《かんろ》のそそぐを見
夜は燈火《ともしび》照るがごと

＊法師品《ほつしほん》七首

98
寂寞《じやくまく》　音せぬ山寺に
法華経《ほけきやう》誦《じゆ》して僧ゐたり
普賢《ふげん》　頭《かうべ》を摩《な》でたまひ
釈迦は常に身を護《まも》る

99
忍辱衣《にんにくころも》を身に着れば

99　◇忍辱衣　忍辱（九五歌参照）の心が一切の外障を防ぐことを衣に譬《たと》えていう。◇戒香　戒律を守るとその功徳《くどく》が四方に薫ずるのを、香に譬える。◇弘誓瓔珞　菩薩は自ら立てる四弘誓願《しぐぜいがん》（衆生を度《すく》おう、煩悩を断《た》とう、法門を学ぼう、仏道を成《じよう》じよう）をもって身を飾るので、これを瓔珞（七七歌参照）に譬える。◇五智　仏の五種の智慧。法界体性智《ほつかいたいしようち》・大円鏡智・平等性智《びようどうしようち》・妙観察智《みようかんざつち》・成所作智《じようしよさち》をいう。

100　法華経を説くに当っての三つの規範（弘経三軌《ぐきようさんき》）、すなわち大慈悲心を室とし、柔和忍辱心を衣とし、一切法空（諸法空）を座として、これを堅持すべきことを歌ったもの。九五歌参照。この歌も法文歌としては例外的に六句から成る。◇色深く　忍辱心の深いことを、衣の色が濃いことに譬えた。◇風吹かず　慈悲心の円満なことを、室に風が吹き荒れないことに譬えた。◇人には……　説法者は人々を教化して法華経を受持させるのだ。

101　前半は『維摩経《ゆいまきよう》』仏道品の、後半は法師品の文句によっているため、意味の一貫性に欠ける。維摩経には「高原ノ陸地ニハ蓮華ヲ生ゼズ、卑湿ノ淤《お》泥《でい》ニハ乃《すなは》チ此《こ》ノ華ヲ生ズルガ如」く、煩悩を離れて菩提はないことを説き、法師品には、渇《かつ》した人が水を求めて高原を掘っても、乾いた土を見ては水はまだ遠く、やがて湿った土を見、やっと泥に至れば水は必ず近いと知るように、菩薩も法華経を聞かないうちは悟りに遠く、聞いて修行すれば悟りに近づくことができ

戒《かい》香《かう》涼しく身に匂《にほ》ひ
弘《ぐ》誓《ぜい》瓔《やう》珞《らく》かけつれば
五《ご》智《ち》の光ぞ輝ける

100
慈悲の御室《みむろ》に住みながら
忍辱衣を身にかけて
忍辱衣は色深く
慈悲の室には風吹かず
諸法空《くう》を御座《みざ》として
人には教へ持《たも》たしむ

101
二乗《にじよう》　高原陸地《かうげんろくぢ》には
仏性蓮華《ぶつしやうれんげ》も咲かざりき
泥水《でいすい》掘り得てのちよりぞ

たと知れ、とある。
◇二乗……　煩悩を断じた声聞・縁覚の境地を、高原の陸地に譬えた。◇仏性……　仏となりうる人間の本性を蓮華に譬えた。◇妙法蓮華　法華経を花に見立てた表現。

102　物の音せぬ修行場、花をまいらせ　香をたき、仏を深く念じつつ、心静めて法華経を、しばらくの間《ま》も読むならば、妙《たえ》なる御身《おんみ》見せたもう。

典拠は九八歌に同じだが、そんな知識がなくてもすらりと理解できる。ともすれば仏教語の羅列に終りがちな法文歌の中にあって、調べもやわらかで、しんみりとした法悦をただよわせた作品。
◇道場　仏道を修行する場所（本来の意味は七一歌参照）。

103　◇一部　ひとまとまりの書物。◇いづれをも　二十八品中のどの品でも。◇須臾　短時間。
◇なかりけり　ないのである。「けり」は、ほんとうにそのとおりだ、という気持を表現する助動詞。

104　前半は法師品の、後半は普賢品の意に基づいているが、一首としては普賢品の歌に入れる方が妥当であろう。
◇法華は……　法師品の偈《げ》に「法華最第一」とあり、他の品にも類似の表現がある。◇人の音せぬ　九八歌参照。◇普賢薩埵は……　一六八歌参照。

妙法蓮華は開けたる

102
静かに音せぬ道場に
ほとけに華《はな》　香《かう》　たてまつり
心を静めて　しばらくも
読めばぞ　ほとけは見えたまふ

103
法華経八《や》巻《まき》は一部なり
二十八品　いづれをも
須臾《しゆゆ》のあひだも聞く人の
ほとけに成らぬはなかりけり

104
法華《ほつけ》は諸法にすぐれたり
人の音せぬ所にて

読《どく》誦《じゆ》つもれば　おのづから
普《ふ》賢《げん》薩《さつ》埵《た》は見えたまふ

＊宝塔品《ほうたふほん》五首

105
霊山界会《りやうぜんかいゑ》の大空に
宝塔扉《とぼそ》を押し開き
ふたりのほとけを一《ひと》たびに
喜び　拝み奉る

106
宝塔　出《い》でし時
はるかに瑠《る》璃《り》の地《ぢ》となして
瑪《め》瑙《なう》の扉《とぼそ》を押し開き
分《ふん》身《じん》ほとけぞ集まりし

＊その時、巨大な七宝《しつぽう》の塔が地から涌《わ》き出て、空中に静止した。そしてその塔の中から、「釈迦牟尼《むに》よ、よくぞ法華経をお説きになった。その言葉のとおり真実である」という声が聞えた。一同は怪しんで、そのわけを知りたいと思った。釈迦はそこで説明した。――過去に多宝という名の仏があったが、その仏は、自分の滅後、法華経の説かれる場所には、自分の遺体を収めた宝塔が出現して、法華経の真実性を証明しよう、との誓願を起した。今ここに見る塔はそれであり、今聞いたのはその仏の声である、と。――一同は多宝仏を見たいと願ったが、そのためにはまず十方世界に散在している釈迦仏の分身《ふんじん》をこの場に集めなければならない。釈迦が白毫《びやくごう》の光を放つと、諸仏の国土が見え、娑婆《しやば》も変じて清浄で平坦《へいたん》な宝地となった。分身の諸仏が集合した時、釈迦が右の指で宝塔の戸を開くと、多宝仏の全身が見えた。釈迦は塔の中に入り、多宝仏と並んで座した。そして釈迦は一同に、「自分は間もなく涅槃《ねはん》に入るであろう」と告げた。

105　◇霊山界会　霊鷲山《りようじゆせん》で釈迦が法華経を説いた時の集会。◇押し開き　この歌の文脈では聴衆一同が開いたように受け取れるが、経文によれば開いたのは釈迦。◇ふたりのほとけ　多宝仏と釈迦仏と。

106　経文と照合すれば、第三句と第四句とは順序が逆である。

◇出でし時　（宝塔が）出現した時。◇はるかに……　娑婆世界の大地を一面に瑠璃の地に変化させて。◇瑪瑙の扉　経文には「七宝《しつぽう》ノ塔ノ戸《とぼそ》」とある。瑪瑙は七宝の一つ。◇分身ほとけ　釈迦の分身の諸仏。

107　多宝塔の出現に、娑婆の大地も改まり、須弥も鉄囲《てつち》もどこへやら、見わたすかぎり瑠璃の地。さて十方の世界より、釈迦の分身集《つど》います。

◇須弥も鉄囲も　須弥山（四三歌参照）を七つの金山《こんせん》が輪状に取り巻き、その外側は海水を湛《たた》え、四大州を浮べ、さらにその外周を取り巻いている山が鉄囲山（後世「てっちせん」と読む）。鉄囲山は世界の果てを画する。◇投げ捨てて　釈迦の力で海も河も山もなくなり、平坦な宝地と化したことを強く表現したもの。

108　歌詞の前半と後半とが遊離し、一首のまとまりに欠ける。

◇仏神　ここは「分身《ふんじん》」を歌い訛《なま》ったものであろう。◇如来　釈迦をさす。経に「如来久シカラズシテ当《まさ》ニ涅槃《ねはん》ニ入ルベシ。仏此《こ》ノ妙法華経ヲ以テ付嘱《ふぞく》シテ在ルコト有ラシメント欲ス」とある。◇末の世に　末の世のために。「末の世」は三四歌参照。

109　経の「此《こ》ノ経ハ持《たも》ツコト難《かた》シ、若暫《もししばら》クモ持ツ者ハ、我即《すなは》チ歓喜ス、諸仏モ亦然《またしか》ナリ、……是《これ》ヲ戒ヲ持《たも》チ、頭陀ヲ行ズル者ト名《なづ》ク、則《すなは》チ為疾《これと》ク、無上ノ仏道ヲ得タリ」の意を歌ったもの。

◇持戒　戒律を守ること。◇頭陀　衣・食・住に関する貪《むさぼ》りを払い除く修行。

107
宝塔　出でし時
須弥《しゆみ》も鉄囲《てちゐ》も投げ捨てて
はるかに瑠璃の地となして
分身ほとけぞ集まれる

108
十方仏神《ぶつじん》集まりて
宝塔扉《とぼそ》を押し開き
如来滅後の末の世に
法華を説きおきたまひしぞ

109
法華経　しばしも持《たも》つ人
十方諸仏喜びて
持戒《ぢかい》　頭陀《づだ》に異《こと》ならず
ほとけになること疾《と》しとかや

＊提婆品《だいばほん》十首

110 釈迦の御法《みのり》を受けずして
背《そむ》くと人には見せしかど
千歳《ちとせ》の勤めを今日《けふ》聞けば
達多《だった》はほとけの師なりける

111 達多　五逆の悪人と
名には負へども　まことには
釈迦の　法華経ならひける
阿《あ》私《し》仙《せん》人《にん》これぞかし

112 氷をたたきて水掬《むす》び
霜を払ひて薪採《たきぎと》り

＊釈迦が過去の世に、王位を捨て法を求めていた時、阿私仙《あしせん》という仙人が来て、「わしは妙法蓮華経という大乗の法を持《たも》っておる。もしもわしの言い付けにそむかなんだら、教えて進ぜよう」と言った。王は喜んで、仙人のために果《このみ》を採り、水を汲み、薪《たきぎ》を拾い、食《じき》を設けなどして、千年ものあいだ仕えた末、やっと法を得た。その時の仙人が今の提婆達多《だいばだった》である。提婆達多は遠い未来に、天王如来という名の仏になるであろう、と釈迦は説いた。その時、文殊菩薩が龍宮での教化《きょうけ》を終えて帰還した。そして娑竭羅《しゃかつら》龍王の八歳になる女《むすめ》は智慧《え》が優《すぐ》れ、すみやかに悟りを開いた、と告げた。智積《ちしゃく》菩薩（多宝仏の従者）や舎利弗《しゃりほつ》は信じがたいと言ったが、その場へ現れた龍女《りゅうにょ》はたちまち変じて男子《なんし》と成り、南方無垢《むく》世界に往って成仏し、妙法を演説した。これを見た人々はみな歓喜した。

［参考］この品《ほん》は日本では古来すこぶる人気があり、天台宗の法華八講の際にも、「法華経ヲワガ得シコトハ、薪コリ、菜ツミ、水汲ミ、仕ヘテゾ得シ」（法華讃嘆）という声明《しょうみょう》を歌いながら、堂内を行道《ぎょうどう》（一九〇歌参照）する。また龍女成仏を説くところから、特に女性の間で重んぜられた。

110 ◇受けずして　受け入れないで。◇背く　（釈迦に）敵対する。一一歌参照。◇見せしかど　思わせたのであるが。◇千歳の勤め　＊印参照。◇今日　釈迦の法華経説法の場に居合せた者の身になっての表現。◇達多　提婆達多の略。阿難の兄弟、従って釈迦の従兄弟《いとこ》で、はじめは忠実な仏弟子であったが、のち異端の説をとなえて釈迦に敵対し、地獄におちたとされる人物。

111　◇五逆の悪人　提婆達多は、㈠異説をとなえて教団の和合を破り、㈡大石を投下し仏足を傷つけて血を出させ、㈢狂象を放って仏を襲わせ、㈣蓮華《れんげ》色比丘尼《しきびくに》を殺し、㈤自分の爪《つめ》に毒を塗って仏に近づき害しようとした、といわれる。◇名には負へども　名を持ってはいるが。

112　釈迦が法華経学んだは、遠い過去世の時のこと、阿私仙人に給仕して、冬は氷をくだいては、指もちぎれる水を汲み、霜置く枝を払いつつ、薪拾うて千年余、苦労に苦労を積んだ末、やっと一乗妙法を、聞きそめたとはありがたや。

経文にない「氷」「霜」「春秋」を詠み込んだのは、インドの気候に無頓着な、日本人的発想であるが、そのためかえって、よくこなれた表現になっている。◇掬び　手ですくい。◇一乗妙法　六六歌参照。

113　◇娑竭羅王　海龍王ともいい、八大龍王の一。◇だに　（穢《けが》れの多い女の身）でさえ。

114　◇ほとけの敵　二二歌参照。◇知らずして　問題にしないで。◇法の道にぞ入れたまふ　釈迦が達多の成仏を予言したことをさす。

115　釈迦自身の視点に立って、法華経を習い得た喜びをリズミカルに歌っている。

千歳の春《はる》秋《あき》を過ぐしてぞ
一乗妙法　聞きそめし

113
娑《しや》竭《かつ》羅《ら》王の女《むすめ》だに
生れて八《はち》歳《さい》といひし時
一乗妙法　聞きそめて
ほとけの道には近づきし

114
達多はほとけの敵《あた》なれど
ほとけはそれをも知らずして
慈悲の眼《まなこ》を開きつつ
法《のり》の道にぞ入れたまふ

115
阿私仙の洞《ほら》のうち

◇遇ふこと……難き法　めぐりあうことも、聞くことも、しっかりと心に刻みつけることも、容易ではない教え。法華経をさす。◇われ　釈迦自身をさす。

116　どうせ女は五障とて、梵天《ぼんてん》・帝釈《たいしやく》・魔王にも、転輪王にもなれやせぬ。それはともかく仏にも、成れぬというはなさけなや。されば浄土に縁薄い身ではあるけど、泥水《どろみず》に蓮華の開く習いとて、小娘ながら龍女さえ、成仏《じようぶつ》したではないかいな。

罪障深いとされた昔の女性が、龍女成仏の話によってどれだけの慰めを与えられ、救済の希望をかき立てられたか、現代人の想像を越えるものがあったろう。◇五つの障り　五障。女性だけに存する五つの障害。梵天王・帝釈・魔王・転輪聖王《てんりんじようおう》・仏身になれないこと。◇無垢　穢《けが》れを離れて清浄なこと。◇うとけれど　縁が薄いが。◇蓮華し……　蓮華は濁った水の中に開くものだから。一〇一歌のように、煩悩《ぼんのう》を離れて菩《ぼ》提《だい》はない、という譬《たと》えに通常用いられるが、五障は女性蔑《べつ》視に由来し、煩悩とは次元の違った問題だから、この場合適当な表現とはいいがたい。

117　◇おほよす　「凡《おほよ》そ」に同じ。◇この品　提婆品。◇蓮にのぼる　仏と成って各自の浄土を主宰し、蓮の台《うてな》に座する。◇中夜　真夜中。釈迦が悟りを開いた時刻（三八歌参照）を借用したもの。◇女人……　（成仏する時までに、たとい何度か生れ変り死に変りすることはあっても、提婆品を聞いた功《く》徳《どく》で）今後二度と女身を受けることはないであろう。

千《ち》歳《とせ》の春《はる》秋《あき》仕へてぞ
遇《あ》ふこと　聞くこと　持《たも》つこと
難《かた》き法《のり》をば　われは聞く

116
女《によ》人《にん》　五つの障《さは》りあり
無《む》垢《く》の浄土はうとけれど
蓮華し濁《にご》りに開くれば
龍女《りゆうによ》もほとけになりにけり

117
おほよす女人一《ひと》たびも
この品《ほん》　誦《じゆ》する声聞けば
蓮《はちす》にのぼる中夜《ちゆうや》まで
女人　永く離れなむ

118
昔の仙こそあはれなれ
法華を弘《ひろ》めずなりにせば
人もわが身も今までに
声だに聞かずなりなまし

119
常の心の蓮《はちす》には
三身《さんじん》仏性《ぶつしやう》おはします
垢《あか》つき　きたなき身なれども
ほとけになるとぞ説いたまふ

*勧持品《くわんぢほん》二首

120
わが身は夢に劣《おと》らねど
無《む》上道《じやうだう》をぞ惜しむべき
命《いのち》は譬《たと》ひの如くなり

118　◇昔の仙　阿私仙。◇あはれなれ　尊いことではある。◇法華を……　法華経を釈迦に伝授しなかったとしたら。◇人もわが身も　他人も自分も。一切の人は。◇声だに……　法華経というものがあることさえ知らないで終ったことであろう。

119　女人成仏の希望を歌ったものであろう。
◇常の心　平常心《びやうじやうしん》。ふだんの心。その本性は清浄なので蓮に譬えた。◇三身仏性　仏身は法身《ほつしん》（真如すなわち普遍的真理そのもの）・報身《ほうしん》（菩薩であった時の修行の報いとしての受楽身）・応身《おうじん》（衆生の能力に応じて現れた身）の三から成るという。三身は月の体と、月の光と、水に映った月の影とに譬えられる。仏性は仏となりうる人間の本性。三身仏性は仏性と同義で、この場合の「三身」は「仏性」の枕詞《まくらことば》のようなもの。◇垢つき……　提婆品に「女身ハ垢穢《くゑ》ニシテ、是法器《これほつき》ニ非ズ」とある。

＊薬王菩薩をはじめ多くの菩薩たち、また前に授記を受けた多くの声聞たちは、仏滅後にこの経を広く説くつもりであると誓う。また摩訶波闍波提《まかはじやはだい》（釈迦の養母）や耶輸陀羅《やしゆだら》（釈迦の昔の妃《きさき》）をはじめ多くの比丘尼《びくに》たちも、将来仏になるであろうという予言を得た。

120　◇夢　はかないものの譬え。◇無上道　最高の教え。法華経をさす。経に「我身命《われしんみやう》ヲ愛セズ、但《ただ》無上道ヲ惜シマン」とある。◇譬ひ　命は露に譬えられるごとく、はかないものである。◇如来付嘱　仏

如来付嘱《にょらいふぞく》はあやまたじ

121
法華を行ふ人はみな
忍辱《にんにくよろひ》鎧を身に着つつ
露の命を愛せずて
蓮《はちす》の上にのぼるべし

安楽行品《あんらくぎやうほん》三首*

122
輪王《りうわう》頭《かしら》に光あり
久しく隠して人知らず
法華経　一度も聞く人は
頭《かうべ》の珠《たま》をぞ手に得たる

123
法華経　読誦《どくじゅ》する人は

から宣教を託されること。

121　◇忍辱　九五歌参照。それを、一切の外障を防ぐ鎧に譬えた。◇愛せずて　「愛せずして」に同じ。◇蓮の上にのぼる　一二七歌参照。

＊仏は文殊《もんじゅ》に対して、後の悪世において法華経を説く時の心得をこまごまと説いた。そのあと、次のような譬えを述べた。――転輪聖王《てんりんじょうおう》（世界を統一支配する理想的帝王）が諸国を討伐する時、戦功のある部下に種々の褒美《ほうび》を与えるが、髻《もとどり》（頭上で束ねた髪）の中の明珠《みょうしゅ》だけはみだりに与えることはしない。――仏も人々に諸経を説いて喜ばせたけれど、今まで法華経だけは説かなかった。しかし、王が大功ある者に明珠を与えるように、今この最上のもの＝法華経を与える、と。

122　◇輪王　後世「りんのう」と読む。転輪聖王の略。◇頭に光あり　髻《もとどり》の中に宝石をもっている。◇一度も　一度でも。◇頭の珠……　髻中明珠《けちゆうみようしゆ》をもらったのと同様の大利を得たことになる。

123　経の「是《こ》ノ経ヲ読マン者ハ、常ニ憂悩《うなう》ナク、……天ノ諸《もろもろ》ノ童子《どうじ》、以《もつ》テ給使《きふじ》ヲ為《な》サン。……遊《ゆ》行《ぎやう》スルニ畏《おそ》レナキコト、師子王ノ如ク、智慧《ちゑ》ノ光明、日ノ照ラスガ如クナラン」の意を歌ったもの。◇天諸童子　護法天童。仏法を守護する童形《どうぎょう》の鬼神《きじん》。◇具足せり　満ち足りている。◇遊び歩く　「遊行《ゆぎやう》」の和訳。諸国を遍歴修行すること。◇師子や王　獅子《しし》を漢訳経典では「師子」と書き、百獣の王であるから師子王という。「や」は間投助詞。

124 ◇妙法……　法華経を読んだり、説いたりした効果としては。◇昔まだ見ぬ夢　法華経を読んだり説いたりする以前には、まだ見たことのない尊い夢。経に、「若《も》シ夢ノ中ニ於テモ、但《ただ》妙ナル事ヲ見ン、諸《もろもろ》ノ如来ノ、師子ノ座ニ坐シテ、諸ノ比丘衆《びくしゅ》ニ、囲《ゐ》繞《ねう》セラレテ説法シタマフヲ見ン」以下、行者自身の聞法、受記、成道、入涅槃などの場面を夢みるであろう、とある。◇生死の眠さめ　生れたり死んだりすること（迷いの世界）から離脱して。◇覚悟の月　悟りの境地の円満さを月に譬えた。

＊他方国土から来た諸菩薩は、仏滅後は娑婆世界で法華経を護持しようと申し出たが、釈迦はこの娑婆にも多くの菩薩がいて、わが滅後も心配はない、と答えた。その時、地中から無量千万億の菩薩が涌出して、仏を礼《らい》した。弥勒《みろく》菩薩の質問に対し、釈迦はこれらの菩薩はみな自分が過去に教化《きょうけ》したものである、と答えた。そこで弥勒は、仏が出家し成道してから四十余年にしかならないのに、その短期間にどうしてそんなことができたのか、と疑問を表明した。

125　釈迦が法華経説いた時、まだ見ぬ不思議さまざまに、大地の底から涌《わ》いて出た、菩薩は無量千万億、みんな金色燦然《こんじきさんぜん》と、光明放ちおわします。

◇そのかみ　昔。◇見知らぬ人　地涌《じゆ》の菩薩たちをさす。◇金《かね》の色　「黄金《こがね》の色」の誤脱か。

天諸童子《てんしょどうじ》　具足《ぐそく》せり
遊《あそ》び歩《あり》くに畏《おそ》れなし
師子《しし》や王の如くなり

124
妙法つとむるしるしには
昔まだ見ぬ夢ぞ見る
それより生死《しやうじ》の眠《ねぶり》さめ
覚悟の月をぞ　もてあそぶ

＊涌出品《ゆじゆつほん》二首

125
釈迦《しやか》の御法《みのり》のそのかみは
さまざま見知らぬ人ぞある
地《ぢ》より涌《わ》きつる菩薩《ぼさつ》たち
みなこれ金《かね》の色なりき

126
法《ほ》華《け》経《きやう》　このたび弘《ひろ》めむと
ほとけに申せど許されず
地《ぢ》より出《い》でたる菩薩たち
その数《かず》　六万恒《ごう》沙《じや》なり

＊寿量品《じゆりやうほん》三首　第六巻

127
法華経八《や》巻《まき》は一部なり
二十八品　そのなかに
あの　読まれたまふ　説かれたまふ
寿量品ばかり
あはれに尊きものはなし

128
ほとけは霊山《りやうぜん》浄土にて

126　◇このたび　ここは仏の滅後をさす。◇ほとけに申せど　他方国土から来た諸菩薩が、釈迦仏に申し出たけれど。◇六万恒沙　無数の意。「恒沙」は四〇歌参照。経には「無量千万億」ともある。

＊諸菩薩の請いに対し、仏は答えた――世間では、釈迦は王宮を抜け出して、伽《が》耶《や》の町の近くで悟りを開いたものと思っている。しかし実は、私が成仏したのは五百塵《じん》点《でん》劫《ごう》（三歌参照）よりもはるかに遠い過去のことであり、以来常にこの娑《しや》婆《ば》世界その他にあって、説法教化《きようけ》しているのである。私の寿命は無量で、常住不滅なのだが、仏がいつでも目の前にいると思うと、人々はつい油断して修行を怠るから、渇《かつ》仰《ごう》の心を起させる方便として、仏はまれにしか世に出ないとか、また仏はやがて入滅するだろうとか説くのである、と。

〔参考〕天台教学では、寿量品を法華経後半の要《かなめ》として重視する。

127　寿量品は、釈迦が歴史を超越した絶対者であると説くところから、他のすべての品《ほん》の真実性を保証するものとして、特に尊重されるのである。

◇一部なり　ひとまとまりのシリーズである。◇あの　囃《はや》し詞《ことば》。◇あはれに　しみじみと心打たれて。

128　◇ほとけ　釈迦仏をさす。◇霊山浄土　釈迦仏の浄土。法華経説法の場である霊鷲山《りようじゆせん》が、超自然的にはそのまま釈迦の浄土であり、常住不滅の釈迦が主宰する仏国土である、とされる。阿弥陀・薬師等の浄土が娑婆世界から隔絶した理想境であるのに対し、娑婆即《そく》寂光土の思想に基づくもの。◇浄土も……世界が焼け尽きる時でも、釈迦の浄土は毀《やぶ》れない。また釈迦は方便のために入滅することはあっても、実は常にここに住して法を説く、と経にある。◇始めも……「我成仏シテヨリ已来《このかた》、甚《はなは》ダ大イニ久《く》遠《をん》ナリ。寿命無量阿僧祇劫《あそうぎこふ》ナリ」と経にある。◇みなこれ法華なり　釈迦仏も霊山浄土も法華経と一体であり、法華経に内在しているのだ。

129　娑羅双樹の林にて、釈迦は涅槃《ねはん》に入りたまい、荼毘《だび》の煙と立ちのぼる、さだめ悲しきことなれど、法華の教えありがたや、仏入滅は実《じつ》ならず、まことはいつも霊山《りようぜん》に、法を説きつつおわします。

哀傷の和歌に多く用いられる「煙」のイメージがよくきいており、それを「空目なり」と打ち消すことによって、釈迦常住不滅の経旨をうまくこなした秀歌。◇娑羅林　娑羅の木の林。釈迦が入滅した場所。一七三歌参照。◇煙　火葬の煙。◇空目　見間違い。

＊仏は弥勒《みろく》に告げた。仏の寿命の長遠《じようおん》なことを聞いて、信じ解《さと》る者の功徳《くどく》は限りがない。また仏の滅後にこの経を読誦《どくじゆ》し受持《じゆじ》する者は、仏のために塔を建てたりなどする必要はない。この人はすでにこの上なく立派な塔を建てて供養したのであり、またすでに悟りに近づいたのである、と。

130　◇これにすぐれて　経意を一段と強めた表現。◇持てる　しっかりと心に刻みつけている。

浄土も変へず　身も変へず
始めも遠く　終りなし
されどもみなこれ法華なり

129
娑《しや》羅《ら》林《りん》に立つ煙《けぶり》
のぼると見しは空目《そらめ》なり
釈迦は常にましまして
霊鷲山《りやうじゆせん》にて法《のり》ぞ説く

＊分別功徳品《ふんべつくどくほん》三首

130
ほとけに華《はな》香《かう》たてまつり
堂塔建つるも尊《たふと》しや
これにすぐれてめでたきは
法華経持《たも》てる人ぞかし

131 法華経持《たも》たん人はみな
起きても臥《ふ》しても　この品《ほん》を
常に説き　読み　怠らで
塔を建てつつ拝むべし

132 釈迦の　説法説く場《には》に
幡《ばん》蓋《がい》　風にひるがへし
多《た》摩《ま》羅《ら》跋香《ばつかう》みちみちて
喜《き》見城《けんじやう》より華ぞ降る

*随喜功徳品《ずいきくどくほん》四首

133 法華経説かるる所にて
語り伝ふる　聞く人の

131　この歌は分別功徳品の歌と見て見られないことはないが、神力品《じんりきほん》（七〇頁*印参照）の歌と解する方が、理にかなっている。◇常に説き……　神力品に「汝等《なんだち》、如来ノ滅後ニ於テ、応当《まさ》ニ一心ニ受持、読誦《どくじゆ》、解説《げせつ》、書写シテ、……皆応《みなまさ》ニ塔ヲ起《た》テテ供養スベシ」とある。

132　経に見えない語を奔放に使用した歌。◇釈迦の　釈迦が。「の」は主格を表す。◇場　場所。◇幡蓋　幡《ばん》（はた）と天蓋《てんがい》（かさ）。仏前の荘《しよう》厳具《ごんぐ》。◇多摩羅跋香　香木の一種。ただし経には「細《さい》抹《まつ》ノ栴檀《せんだん》、沈水香《ちんすいかう》等ヲ雨《ふ》ラシ」とある。◇喜見城　須《しゆ》弥《み》山《せん》（四三歌参照）の頂上にあり、帝釈《たいしやく》（インドラ神。ヴェーダ神話で最も有力な神。仏教にとり入れられ、守護神とされた）の住所。二〇四歌参照。ただし経には「虚空《こくう》ノ中ヨリ、曼陀羅華《まんだらけ》、摩訶《まか》曼陀羅華ヲ雨《ふ》ラシテ」とある。

*　仏の滅後に法華経を聞いて喜んだ人がこれを他人に説き、それを聞いた人がまた喜んで他人に教え、このようにして順次に五十人に至ったとして、この五十人目の人が得る功徳はどれくらいであろうか。もしも無数の世界の多数の衆生に、その欲するままの娯楽や宝物を八十年間与えた上、さらに仏法を教えて阿羅漢《あらかん》（聖者）の境地を得させたとしても、この施主の功徳は、先の五十人目の人の功徳には、はるかに及ばないであろう。――と仏は説いた。

133　法華の説かれ語られる、場所に折よく居合せて、その教えをば伝え聞き、喜ぶ人は果報者。伝え伝えて五十ぺん、そのどんじりに伝え聞き、喜ぶ人の功徳さえ、まこと限りはないものを。

◇語り伝ふる　語り伝えるのを。◇功徳の量り　受ける利益の分量。◇五十随喜　五十人目の人が随喜すること。ここはその功徳をさす。「随喜」は他人がした善行（ここは法華経を説くこと）に随《したが》い喜ぶこと。

134　◇須臾　短時間。◇陀羅尼菩薩　陀羅尼（一六〇歌参照）の威徳を神格化した菩薩であろう。経に「乃至《ないし》須臾ノ間モ聞カン。此《こ》ノ人ノ功徳ハ、身ヲ転ジテ陀羅尼菩薩ト共ニ、一処ニ生ズルコトヲ得ン」とある。◇一つ蓮に入りて　同じ一つの蓮の台《うてな》に坐する身となって。経文からは多少ずれている。◇衆生教化……　衆生を教え導き、法華経をひろめるのである。

135　◇難行　困難な修行。経文に照らせば、衆生にその欲するままの娯楽や宝物を八十年間与え、さらに仏法を教えて阿羅漢の境地を得させること。◇五十随喜　一三三歌参照。◇さらなり　言うまでもないことだが。◇講座の場……　法華経の講ぜられる席で、聞いて随喜した最初の人の功徳こそは限りがないのである。

136　法華経の歌でなく、『華厳《けごん》経』入法界品《にゅうほっかいぼん》の歌が混入したもの。善財童子《ぜんざいどうじ》が道を求めて南方に旅し、歴訪した五十五善知《ぜんち》識《しき》（数え方によっては「五十三」となる。善知識は指導者の意）のうち、弥勒《みろく》菩薩

功徳の量《はか》りを尋ぬれば
五十随喜ぞ量りなき

134
須臾《しゅゆ》のあひだも聞く人は
陀羅尼《だらに》菩薩を伴《とも》として
一つ蓮《はちす》に入りてこそ
衆生教化《しゅじゃうけうけ》　弘《ひろ》むなれ

135
難行《なんぎゃう》勤むる人よりも
五十随喜ぞすぐれたる
さらなり　講座の場《には》にして
随喜功徳ぞ量りなき

136
海岸国の荘厳《しゃうごん》園《をん》

のくだりを詠じた歌。
◇海岸国……　海岸という国にある大荘厳という園の中の毘盧遮那荘厳蔵という一広大楼閣。◇大楼閣　大きなたかどの。◇大悲法門　仏菩薩の大いなるあわれみの教え。◇説いたまふ　主語は弥勒《みろく》。

＊仏は説いた。この法華経を受持《じゆじ》し、読み、誦《じゆ》し、解説《げせつ》し、書写する人は、眼《げん》・耳《に》・鼻《び》・舌《ぜつ》・身《しん》・意《い》の六根（六つの器官）が清浄になり、超人的感覚の持ち主となるであろうと。

137　われらはみんな仏性の、玉をもてども、あさましや、迷いのために汚れはてて、玉の光はさらになし。法華経持《たも》ち　読み　となえ、説き　書き写す功徳とて、六根清浄得てのちに、やっと　が照りそめる。

◇三身仏性　一二九歌参照。これを玉に譬えた。◇生死　生れ変り死に変りして、絶えることのない迷いの世界。それを塵《ちり》に譬えた。◇六根清浄　＊印参照。◇ほのかに光は……　生死の塵が払い去られ、仏性の玉の光が輝き出してくるのである。

138　◇身はすみ　身根《しんこん》は清浄になり。◇きよき鏡　経には「浄明《じやうみやう》ナル鏡」とある。◇心覚り知る（意根《いこん》が清浄になると）世界の衆生の心の中をことごとく知るであろう、と経にある。◇昔のほとけ……　意根清浄の人は、考えたり言ったりすることがみな仏法であり、真実でないことはなく、先仏の経の中の所説に等しい、と経に説かれている。

毘《び》盧《る》遮《しや》那《な》荘《しやう》厳《ごん》蔵《ざう》
大楼閣のうちにして
大悲法門　説いたまふ

法《ほつ》師《し》功《く》徳《どく》品《ほん》三首＊

137
三《さん》身《じん》仏《ぶつ》性《しやう》　珠《たま》はあれど
生《しやう》死《じ》の塵《ちり》にぞ汚《けが》れたる
六《ろつ》根《こん》清《しやう》浄《じやう》　得てのちぞ
ほのかに光は照らしける

138
釈迦の御《み》法《のり》を聞きしより
身《み》はすみ　きよき鏡にて
心　覚《さと》り知ることは
昔のほとけに異《こと》ならず

139　◇五種法師　法華経を信奉する五種の法師。五種とは受持・読・誦《じゆ》・解説《げせつ》・書写の五つの行為をいう。法師は仏法上の指導者の意。◇名づけつつ名づけるのだが。

＊過去の仏の世に常不軽《じやうふきやう》菩薩と名づける比丘《びく》がいた。この比丘はあらゆる出家・在家の男女をことごとく礼拝讃嘆しては、「我《われ》深ク汝等《なんだち》ヲ敬《うやま》フ。敢《あへ》テ軽慢《きやうまん》セズ。所以《ゆゑ》ハ何《いか》ン。汝等皆《みな》菩薩ノ道ヲ行ジテ、当《まさ》ニ作《さ》仏《ぶつ》スルコトヲ得ベシ」と言った。ののしられ、打たれ、石を投げられても、避け走りながらこの言葉をとなえた。この比丘は法華経を信奉して、六根清浄を得、心におそれるところがなかった。その常不軽菩薩とはすなわち今の釈迦にほかならない。

140　◇不軽大士　常不軽菩薩。大士は菩薩の別称。◇かまへ　思慮・工夫を張りめぐらすこと。うまいやりかた。◇逃るる人……　ひっかからない人はなかったのである。◇謗る縁……　常不軽菩薩を非難するというような逆縁をも、結縁《けちえん》のきっかけとして。◇ほとけになしたまふ　仏になさったのである。経に「諸《もろもろ》ノ著法《ちやくほふ》ノ衆《しゆ》、皆《みな》菩薩ノ教化《けうけ》成就シテ、仏道ニ住セシムルコトヲ蒙《かうむ》ル」とある。

141　◇あはれなる　しみじみと心打たれる。尊いことである。◇我深敬汝等　「我《われ》深ク汝等《なんだち》ヲ敬《うやま》フ」と訓読。「なんだち」は「なんぢたち」の転。◇罵りののしり。◇羅漢　阿羅漢の略。聖者。ただし経文に

139
妙《めう》法《ほふ》蓮《れん》華《げ》経《きやう》
書き　読み　持《たも》てる人はみな
五種法師《ほつし》と名づけつつ
つひには六根きよしとか

＊不軽品《ふきやうほん》四首　第七巻

140
不《ふ》軽《きやう》大《だい》士《じ》のかまへには
逃《のが》るる人こそなかりけれ
謗《そし》る縁をも縁として
つひにはほとけになしたまふ

141
不軽大士ぞあはれなる
我《が》深《じん》敬《きやう》汝《によ》等《とう》と唱へつつ

見えない。◇なしければ　したのだから。

142　不軽品の歌とも、他のどの品の歌とも、見定めにくい内容の歌。

◇月逝きし　月が沈んだ。仏の入滅の譬《たと》え。◇けしと　未詳。「されど」の誤写か。◇有漏　煩悩《ぼんのう》をもつもの、の意。

143　◇仏性真如　仏たる本質を具えた、本然の、ありのままの相《すがた》。それを月に譬えた。◇煩悩　身や心を煩《わずら》わせ悩ます精神作用。煩悩が仏性真如をおおい隠すのを、雲が月を隔て隠すのに譬えた。◇はるかに頼みてぞ　雲のはるかかなたに月があるのを信ずるように、悪人たちの心の奥にも仏性が宿ることを信頼して。◇礼拝……　主語は常不軽菩薩。

＊釈迦は一切の衆《しゆ》の前で大神力《だいじんりき》を現じ、光を放ってあまねく十方世界を照らした。十方世界の衆生は娑婆世界と釈迦・多宝の二仏を見、歓喜して「南無釈迦牟尼仏」と唱えた。「諸仏の神力はこのように無量無辺不可思議であるが、仏の一切の法、自在神力などについては、みなこの経に説き示してある。だから仏滅後には一心に受持・読誦・解《げ》説《せつ》・書写して、説の如く修行するがよい」と釈迦は述べた。

144　◇法華の……　法華経の存在しておられる所では。◇諸仏神力……　諸仏の不思議な力を拝むことができるのだが。◇みなこれ……　（法華経の存在する所は）すべて諸仏が悟りを開く場所にほかなら

打ち　罵《の》り　悪《あ》しき人もみな
救ひて羅《ら》漢《かん》となしければ

142
釈《しや》迦《か》牟《む》尼《に》ほとけの月逝《ゆ》きし
けしとおほくは法《ほ》華《け》経《きやう》の
力にてこそ　有《う》漏《ろ》の身の
仏道やうやく近しとか

143
仏《ぶつ》性《しやう》真《しん》如《によ》は月きよし
煩《ぼん》悩《なう》　雲とぞ隔てたる
仏性　はるかに頼みてぞ
礼《らい》拝《はい》　久しく行ひし

＊神力品《じんりきほん》二首

ない。経には「経巻《きやうぐわん》所住ノ処、……即《すなは》チ是《こ》レ道場ナリ」とあるが、菩提樹は道場の標識である。◇転法輪……諸仏が説法する場所にほかならない。

145 釈迦の請け合い頼もしや。「わが亡《な》きあとに法華経を、受持する人はおしなべて、成仏疑いなし」とかや。

◇釈迦の誓ひ　第二句以下の内容をさす。◇われら「われ」に同じ。釈迦の自称。◇ほとけになる……経には「是《こ》ノ人仏道ニ於テ、決定《けつぢやう》シテ疑ヒ有ルコト無ケン」とあり、この旨をつづめ、端的に表現した。

＊釈迦は右の手をもって無量の菩薩たちの頭をなでて、こう言った。「わたしは無限の長時間、この得がたい悟りの法を修習《しゆしゆう》してきたが、今これをお前たちに委託しよう。未来世に仏の智慧《ちえ》を信ずる者には、この法華経を説いて聞かせるがよい。もし信受しない者には、他の深遠な仏法を示してやるがよかろう。お前たちがそのようにするならば、それこそ諸仏の恩を報じたことになるのだよ」と。そこで菩薩たちは、ともに声をあげて答えた。「仰せのとおりにいたしましょう。どうか御心配は御無用に」と。

146 ◇一乗付嘱　一乗（四〇頁＊印参照）すなわち法華経布教の使命を付与すること。◇あはれに……しみじみと尊いものではある。◇座より下り　多宝塔内の座席（五六頁＊印参照）から下りて。◇菩薩の頂摩《な》でたまふ　釈迦の深い慈愛の表現であると同

144
法華《ほつけ》のましますところには
諸仏神力《じんりき》拝みつつ
みなこれほとけの菩提樹《ぼだいじゆ》
転法輪《てんぼふりん》の所なり

145
釈迦の誓ひぞ頼もしき
われらが滅後に法華経を
常に持《たも》たむ人はみな
ほとけになること難《かた》からず

＊嘱累品《ぞくるいほん》五首

146
一乗付《いちじようふ》嘱《ぞく》の儀式こそ
あはれに尊《たふと》きものはあれ
釈迦牟尼ほとけは座より下《お》り

時に、「お前たち、あとの事はしっかり頼んだよ」という激励の気持を込めた動作である。

147 法華の教えをひろめよと、釈迦は使命を授けつつ、あまたの菩薩の頂を、繰り返してはなでたもう。世にも得がたいこの経が、わが亡《な》きあとの末の世に、ひろまれかしと親心、さすが思いの残るまま。

釈迦の心情に入り込んだ表現をとることによって、宗教的題詠の陥りやすい平板さを免れた歌。

◇譲り菩薩 釈迦が法華経宣布の任務をゆずりわたした菩薩たち。語法的にはやや無理な表現。◇かへすがへすぞ 経には「三タビ」とある。◇掻い摩でし なでた。「掻い」は接頭語、「掻き」の音便。◇うしろめたなく…… 気がかりに思われるので。

148 同じ題材を扱った前歌に比べて、まとまりはよいが、理に流れ、迫力に欠ける。

◇釈迦の 釈迦が。「の」は主格を表す。◇たぶさ 「手」の古語。◇一乗 法華経の意。

149 薬王品の歌の紛れ込み。七三頁＊印参照。

◇われら われわれ衆生。◇頼もしき 法華経を聞き知っているから、その功徳を思うと頼もしい限りである。◇喜見 一切衆生喜見菩薩の略。◇経 法華経をさす。◇三昧 心が静かに統一されて、安らかになっている状態。薬王品には「現一切色身《しきしん》三昧」とある。◇総持 諸仏の所説をよくたもって、忘失しないこと。ただし薬王品には該当する経文がない。◇ほとけに…… 二度の焼身供養をさす。

菩薩の頂《いただき》 摩《な》でたまふ

147
譲《ゆづ》り菩薩の頂《いただき》を
かへすがへすぞ掻《か》い摩《な》でし
得がたき御《み》法《のり》の末の世の
うしろめたなく覚《おぼ》ゆれば

148
あまたの菩薩の頂を
釈迦の 右のたぶさして
三たび掻い摩でたまひしは
一乗弘《ひろ》めむためなりき

149
われらぞ思へば頼もしき
喜《き》見《けん》 経を聞きしゆゑ

三昧《さんまい》　総持《そうぢ》を得てこそは
ほとけに多くは仕へしか

150 如来《にょらい》付《ふ》嘱《ぞく》はいと重し
教へのごとも弘《ひろ》むれば
ほとけの恩をそむきつつ
大力《だいりき》はかうをつしてき

*薬王品《やくわうほん》四首

151 身を変へ　再び生れ来て
ほとけの滅期《めつご》に参りあひ
二つの臂《ひぢ》を然《とも》してぞ
多くの国をば照らしてし

150　◇如来付嘱　仏から付与された使命。◇ごとも　「ごとくも」に同じ。◇恩をそむきつつ　「恩をぞ報《むく》いつつ」が原形であろう。「背《そむ》きつつ」では、それこそ理に背く。経には「汝等《なんだち》、若《も》し能《よ》ク是《かく》ノ如クセバ、則《すなは》チ為《これ》、已《すで》ニ諸仏ノ恩ヲ報ズルナリ」とある。◇大力はかうをつしてき　未詳。あるいは「大力、量りを尽くすべき」が原形か。とすれば、あらん限りの努力を傾注すべきである、の意となる。

＊遠い昔、日月浄《にちがつじょう》明《みょう》徳仏が法華経を説いた時に、これを聞いて三昧《さんまい》を得た一切衆生喜見菩薩は、仏を供養するために、もろもろの香を服用すること千二百歳、さらに香油を身にそそぎ、われとわが身を燃やした。その火は千二百年間燃えつづけた。菩薩は命終ってのちに、また同じ仏の国に生れた。日月浄明徳仏はこの菩薩に一切を付嘱して涅槃《ねはん》に入った。菩薩は仏舎利《ぶつしゃり》（仏の遺骨）を拾い、塔を起《た》て、舎利を供養するために、みずからの臂《ひじ》を焼くこと七万二千歳に及んだ。この菩薩こそ、今の薬王菩薩である。薬王品《ほん》を聞く者は無量無辺の功徳を得るであろう、と釈迦は説いた。

151　◇身を変へ……　主語は一切衆生喜見菩薩。◇滅期　入滅する時。涅槃に入る時。◇多くの国……　経には最初の焼身供養の時に「自《みづか》ラ身ヲ然《とも》シテ、光明偏《あまね》ク八十億恒河沙《ごうがしゃ》ノ世界ヲ照ラス」とあるが、二回目についてはそのような記述がない。

152　法《のり》を求めしるしには
臂《ひぢ》を然《とも》して仕へつつ
わが身の髄《ずい》脳《なう》砕きてぞ
菩薩の位　得たりける

153　女の　殊《こと》に持《たも》たむは
薬王品に如《し》くはなし
如《によ》説《せつ》修《しゆ》行《ぎやう》　年経《ふ》れば
往《わう》生《じやう》極《ごく》楽《らく》　疑はず

154　娑《しや》婆《ば》に不思議の薬あり
法華経なりとぞ説いたまふ
不老不死の薬王は
聞く人　普《あまね》く賜《たば》るなり

152　◇しるしには　しるしとしては。◇臂を然して　前頁＊印参照。◇髄脳砕きてぞ　骨髄や脳《のう》漿《しよう》を砕くような難行苦行をして。ただしこの語、経にはない。◇菩薩の位……　はじめから一切衆生喜見菩薩という菩薩だったのだから、この句は不審。あるいは歌詞後半は、他の菩薩の行状を詠じたものか。

153　女のたもつ経とては、薬王品が第一よ。如説修行かさなれば、極楽往生極《きわ》め付き。

薬王品（薬王菩薩本事品の略）は女人往生を説くところから、龍女成仏を説く提《だい》婆《ば》品とならんで、とりわけ女性の間に人気があった。経には「若《も》シ女人有リテ、是《こ》ノ薬王菩薩本事品ヲ聞キテ、能《よ》ク受持セン者ハ、是ノ女身ヲ尽クシテ、後ニ復《また》受ケザラン。若《も》シ如来ノ滅後、後ノ五百歳ノ中ニ、若《も》シ女人有リテ是《こ》ノ経典《きやうてん》ヲ聞キテ、説ノ如ク修行セバ、此《ここ》ニ於テ命終《みやうじゆう》シテ、即《すなは》チ安楽世界ノ、阿弥陀仏ノ大菩薩衆ノ囲《ゐ》繞《ねう》セル住処ニ往《ゆ》キテ、蓮華ノ中ノ宝座ノ上ニ生ゼン」とある（「是ノ女身……」は、二度と女には生れ変らない、の意。また「後ノ五百歳」は仏滅後五百年を経て次の五百年間をいい、像法の時期に当る）。

◇女の……　女性が受持するのに特に適した経典としては。◇如説修行　経文を音読したもの。説かれているとおりに修行すること。

154　◇不思議の薬　経に「此《こ》ノ経ハ則《すなは》チ為《これ》、閻《えん》浮《ぶ》提《だい》ノ人ノ病ノ良薬《らうやく》ナリ。若《も》シ人病有ランニ、是《こ》ノ経ヲ聞クコトヲ得バ、病即《すなは》チ消滅シテ不老不死ナラン」

妙音品《めうおんぼん》二首*

155 わが身一つは　さて居《ゐ》つつ
十方界《じつぱうかい》には形《かたち》分け
衆生あまねく導きて
浄光国には帰りにし

156 妙音菩薩の誓ひこそ
かへすがへすもあはれなれ
娑婆《しやば》界《かい》の衆生ゆゑ
三十四までに身を分けつ

観音品《くわんおんぼん》四首*　第八巻

157 観音　誓ひし広ければ

とある。◇薬王　最上の妙薬。薬王品の所説であることをにおわせた言い方。◇聞く人……　法華経を聞く人には、すべて(不老不死の妙薬を)下さるのだ。◇賜る「たまはる」の転。

＊一切浄光荘厳国の妙音という菩薩が、釈迦仏を礼拝し供養するためにやってきた。この菩薩は過去の世に伎楽《ぎがく》をもって仏を供養したが、今や種々の身を現じて、所々にもろもろの衆生のために、この経典を説いているのである。

155　◇わが身　妙音菩薩自身。◇さて居つつ　そのまま、その場にいながら。◇十方界　東・西・南・北・東北・東南・西北・西南・上・下の十方の世界。◇形分け　身を分けて。◇浄光国　妙音菩薩の本国。

156　◇誓ひ　歌詞の後半二句の内容をさす。ただし経には「誓ひ」に当る語はない。◇三十四……　相手に応じ、三十四種もの多数に身を分けて出現した(観音の三十三身と共通するものが多い)。

＊観世音菩薩の名号《みようごう》を受持し、ないし一時も礼拝し供養するならば、無量無辺の福徳の利を得るであろう。例えば、大火に入っても焼けないし、斬られそうな時でも相手の刀がばらばらに折れる。観世音菩薩は方便力で仏・辟支仏《びやくしぶつ》・声聞《しようもん》・梵王《ぼんのう》・帝釈《たいしやく》・自在天・大自在天・天大将軍・毘沙門《びしやもん》・小王・長者・居士《こじ》・宰官・婆羅門《ばらもん》・比丘《びく》・比丘尼・優婆塞《うばそく》・優婆夷《うばい》・長者婦女《ぶによ》・居士婦女・宰官婦

女・婆羅門婦女・童男《どうなん》・童女《どうによ》・天・龍・夜叉《やしや》・乾《けん》闥婆《だつば》・阿修羅《あしゆら》・迦楼羅《かるら》・緊那羅《きんなら》・摩睺羅伽《まごらか》・執金《しゆうこん》剛神《ごうじん》の三十三に身を現じて、法を説くのである。

157　◇誓ひし広ければ　誓願が広大なので。「し」は副助詞。◇普き門……　衆生の苦難を救い、願望を満たすために、さまざまの形をおとりになり。経の「普門示現」を和《やわ》らげた表現。「普門」はあまねく門を開いていること、の意。〔参考〕観音品は具《つぶさ》には観世音菩薩普門品《ふもんぼん》という。◇十九の品　「品」は階層。観音の三十三身の救済対象である三十三種の存在を、つづめて十九の階層として勘定したもの。

158　◇弘誓　広大な誓願。通常は「弘誓の船」という。「弘誓の海に船うかべ」は変な言い方で、おそらく「苦海に弘誓の船うかべ」のつもりで言ったのであろう。◇沈める衆生　苦海に沈んでいる衆生。◇菩提の岸　悟りの世界である向う岸。彼岸。

159　あまねく門《かど》をあけひろげ、うれしや招き入れたもう。人は教えてくれずとも、観音さまに手を引かれ、いつしか大悲の門の内、入らぬ者とてないわいな。

一五七歌は観音が普門から出て、救済活動をするさまを詠じたのに対し、この歌では衆生が観音の大悲に導かれて、普門に入ることを詠じた。

◇普き門　一五七歌参照。◇教ふる人……　門に入るにはどうすればよいのか、教えてくれる人すらいないけれど。◇観音大悲　観音の大いなるあわれみ。

普《あまね》き門《かど》より出《い》でたまひ
三十三身《しん》に現じてぞ
十九の品《しな》にぞ法《のり》は説く

158
観音　深く頼むべし
弘誓《ぐぜい》の海に船うかべ
沈める衆生　引き乗せて
菩提の岸まで漕《こ》ぎ渡る

159
普き門のうれしきは
教ふる人だになけれども
観音大悲に導かれ
入らぬ者こそなかりけれ

陀羅尼品《だらにほん》五首*

160 ゆめゆめ　いかにも毀《そし》るなよ
一乗法華《ほつけ》の受持者《じゆぢしや》をば
薬王　勇施《ゆせ》　多聞《たもん》　持国《ぢこく》　十羅《ら》刹《せつ》の
陀羅尼を説いてぞ護《まも》るなる

161 法華経持《たも》てる人ばかり
うらやましきものはあらじ
薬王　勇施　多聞　持国　十羅刹に
夜昼《よるひる》護《まも》れ奉《たてまつ》る

162 持経法師《ぢきやうほふし》はゝらゝ門
悩ます人だに譬《たと》ひあり
頭破《かしらわ》れなん　七分《しちぶん》に

＊薬王菩薩は、「法華経の説法者に陀羅尼呪《だらにしゆ》を与えて守護しよう」と言って呪《しゆ》を説いた。勇施《ゆせ》菩薩、毘沙《びしや》門天王、持国天王もそれぞれ呪を説いた。最後に十羅刹女《らせつによ》が呪を説き、「説法者を悩ます者は頭が七つに裂けるぞよ」と述べた。

160　第三句に、リズムを無視して名前を列挙したのが、かえって素朴な重量感を与えている。

◇ゆめゆめ　決して。◇いかにも　どんなことがあっても。◇一乗法華　一乗（四〇頁＊印参照）の法である法華経。◇受持者　しっかりと心に刻みつけている人。◇薬王・勇施　ともに菩薩の名。◇多聞　毘沙門に同じ。四天王の一。◇持国　四天王の一。◇十羅刹　藍婆《らんば》・毘藍婆《びらんば》以下、十の羅刹女。羅刹は本来は悪鬼であるが、仏教の守護神とされることもある。◇陀羅尼　本来は総持（一四九歌参照）の意であるが、転じて呪《しゆ》（呪文《じゆもん》）をいう。例えば十羅刹女の呪は「イデビ　イデビン　イデビ　アデビ　イデビ　デビ　デビ　デビ　デビ　ロケ　ロケ　ロケ　ロケ　タケ　タケ　タケ　トケ　トケ」。このような呪文を法華の行者に与え、行者がこれを唱えると、たちまちその威力が発揮されて、行者を守護するのである。

161　◇……人ばかり　……人ほど。◇護《まも》れ　「まもられ」のつづまった形。

162　◇持経法師　法華経を受持する法師。◇はゝらゝ門　「はばら門」（持経法師は婆羅門《ばらもん》）と解すべきか。婆羅門は司祭者。インドで最高の階級《カースト》。

これを聞く人　信ずべし

163
法華経持《たも》てる人毀《そし》る
それを毀れる報いには
頭《かしら》七つに破《わ》れ　裂《さ》けて
阿《あ》梨《り》樹《じゆ》の枝に異《こと》ならず

妙荘厳王品《めうしやうごんわうほん》四首*

164
釈《しや》迦《か》の御《み》法《のり》は浮木《うきぎ》なり
参りあふわれらは亀《かめ》なれや
今は当来《たうらい》弥《み》勒《ろく》の
三《さん》会《ゑ》の暁《あかつき》　疑はず

165
昔の大王　妙荘厳

持経法師はこれに匹敵する結構な身分だ、の意か。◇悩ます人……　持経法師を悩ます程度の人ですら、譬《たと》えにあるように、頭が七つに裂けてしまうだろう。ましてて打ったりなどすれば、どんな目にあうことか。

163　「若《も》シ我ガ呪《しゆ》ニ順《したが》ハズシテ、説法者ヲ悩乱セバ、頭破《かうべわ》レテ七分《しちぶん》ト作《な》ルコト、阿《あ》梨《り》樹《じゆ》ノ枝ノ如クナラン」の経意を詠じたもの。◇阿梨樹の枝　諸説あるが、実体は不明。七つにわれることの譬えとして用いられる。

＊過去の仏の世に妙荘厳という王があり、王には浄蔵・浄眼《じようげん》という二人の子があった。二子は久しく菩薩の道を修《しゆ》していたが、外道《げどう》を信奉する父王の前で、種々の神変《じんぺん》を現じてその心を誘引し、ついに父を仏弟子とすることに成功した。その二子とは今の薬王・薬上の二菩薩にほかならない、と仏は説いた。

164　歌詞の後半は、この品には該当経文がない。◇釈迦の御法……　経に「仏ニハ値《あ》ヒタテマツルコトヲ得ルコト難《かた》シ。優曇波羅華《うどんばらけ》ノ如ク、又《また》、一眼《いちげん》ノ亀《かめ》ノ浮木《ぶもく》ノ孔《あな》ニ値《あ》ヘルガ如シ」とある。普通、阿含経等の表現に従って盲亀浮木《もうきふぼく》といい、大海を泳ぐ盲目の亀が浮木に会いがたいように、人が仏法に会うことの困難さを譬えたもの。◇亀なれや　亀にも譬えられようか。◇当来　未来の。◇三会《さんね》　三回の集会。一八四歌の「龍華の暁」参照。◇疑はず　釈迦の説いた法華経にめぐりあったからには、弥勒出世の機会にめぐりあうことも、また疑いはないのである。
165　◇いにしへ　第一句の「昔」と同義。「昔」よりも前の過去世をさすのではない。◇行ひ　二人の子の導きにより出家し、法華経を修行したことをさす。◇浄蔵・浄眼　王の二人の子の名。◇一仏乗　一乗に同じ。四〇頁＊印参照。ここは、一乗の教えによって成仏する、の意。◇聞きたまふ　妙荘厳王《みようしようごんのう》は、雲雷音宿王華智仏《うんらいおんしゆくおうけち》から、未来に仏に成るという予言をお聞きになった、の意。
166　宗教的な親孝行を讃美した歌。
◇親　妙荘厳王をさす。◇菩提の道……　悟りの道へ引き入れたのだから。
167　遊び戯れしながらも、心さとくも学び取り、次第に功徳《くどく》積む人を、やがて罪業《ざいごう》消滅し、仏道成就する日まで、法華に結縁《けちえん》させたやな。
妙荘厳王品には、この歌詞に該当する経文はない。むしろ六三・六七・六八歌との間に共通点が見られ、特に六八歌で法華との結縁を説くのに類似している。方便品の歌と考える方が自然であろう。
◇戯れ遊び　方便品に、戯れに沙《すな》をあつめて仏塔をつくり、また指の爪《つめ》などで仏像を画いた者は、みなすでに仏道を成《じよう》じた、とある。◇さきらに学びん人　才気をもって学ぶような人。方便品に「是ノ如《かく》キ諸人等《ら》、漸々《ぜんぜん》ニ功徳ヲ積ミ、大悲心ヲ具足シテ」とあるのに相当するか。◇罪を尽くす　罪をなくする。なお、第三・四句にあたる経文は、方便品にも見えない。

いにしへ　行ひせしゆゑに
浄蔵《じやうざう》　浄眼《じやうげん》もろともに
一仏乗とぞ聞きたまふ

166
聞くにうらやましきものは
妙荘厳の二人《ふたり》の子
浄蔵　浄眼　親を導きて
菩提の道に入れければ

167
戯《たはぶ》れ遊びのうちにしも
さきらに学《まね》びん人をして
未来の罪を尽くすまで
法華に縁をば結ばせん

普賢品《ふげんぼん》三首*

168
草の庵《いほり》の静けきに
持経法師《ぢきやうほふし》の前にこそ
生々世々《しやうじやうせぜ》にも値《あ》ひがたき
普賢薩埵《ふげんさつた》は見えたまへ

169
行住坐臥《ぎやうぢゆうざぐわ》に　この経を
読む人あらば　ひまもなく
普賢　はるかに尋ね来て
縁をば結びたまひけり

170
法華経《ほけきやう》　娑婆《しやば》に弘《ひろ》むるは
普賢薩埵の力なり
読む人　その文《もん》忘るれば

＊普賢菩薩が東方から来て、釈迦を礼《らい》して言った。「後の五百歳（一五三歌の注参照）の悪世において、この経典を受持する者があれば、守護して安穏ならしめよう。読誦《どくじゆ》し、思惟《しゆい》する者があれば、白象《びやくざう》に乗ってその人の前に身を現じよう」と。

168　◇草の庵　草ぶきの仮小屋。◇静けきに　静かな中にあって。◇持経法師　一六三歌参照。◇生々世々　生れ変り死に変りして、多くの生涯を経ても。◇普賢薩埵　三五歌参照。◇見えたまへ　お現れになるのである。第二句の「こそ」の結び。

169　「行住坐臥に法華経を」とあれば、一応独立した歌にもなり得るが、「この経」では一首としての完結性に欠ける。和歌の場合なら、何らかの詞書《ことばがき》があるべきところである。おそらく「法華経（ないし普賢品）のこころを歌え」というような注文に応じて作られたものなのであろう。六七・二七・一三の各歌に見られる「この品」の語も、やはり同様の事情のもとに生れた表現だろうと思われる。◇行住坐臥　歩くこと、止《とど》まること、坐ること、寝ること。◇ひまもなく　またたくまに。◇はるかに　はるか東方にある宝威徳上王仏の国から。◇縁をば……　結縁して下さるということだ。

170　◇法華経……　法華経をこの世にひろめるのは。◇読む人……　読む人が経の文句を忘れると。◇ともに……　普賢が一緒に唱えて思い出させ、そのおかげで人はその文句の意味を理解するだろう。

一 懺法とは、懺悔《さんげ》を行う法の意で、諸種の懺法があるが、ここは法華懺法をさす。一九〇歌参照。

171 アレ聞えるは山寺の、暁起きの懺法よ。「一心敬礼」声も澄み、十方浄土の御《み》仏を、みな隔てなく拝みつつ、六根の罪懺悔《さんげ》して、「第二第三」数つめば、よろずの罪もちりぢりに。

法華懺法は、敬礼段・六根段・経段に三大別されるが、敬礼段では諸仏諸菩薩の名を呼びつつ、起立と蹲踞《そんこ》を繰り返しながら礼拝し、六根段では眼耳鼻舌身意《げんにびぜつしんに》の六根で犯した罪を、各根ごとに区分して懺悔する。◇一心敬礼　敬礼段では「一心《イッシム》敬礼《ケイレイ》本師《ホンシ》釈迦牟尼仏《セキャボチフ》、一心《シム》敬礼《ケイレイ》過去《クワキヨ》多《タ》宝仏《ホウフ》……」のように歌唱する。◇隔てなし　差別がない。◇第二第三　六根段で、各根ごとに「第二《テイジ》第三《テイサム》亦如是」（「亦如是」は発音しない）と唱える。懺悔は身口意《しんくい》の三業《ごう》で行うので、まず第一（身業）の懺悔を行ったが、第二第三（口業意業）も同様である、の意。唱えるだけで繰り返しはしない。

二 涅槃とは、迷いの火を吹き消した状態（解脱《げだつ》の境地）をいうが、ここは釈迦の入滅をさす。

172 舎利和讃（真言宗で涅槃会《ねはんえ》の四座講に用いる）の一節を抜き出し、今様の歌詞としたもの。

◇拘尸那城には　拘尸那掲羅《くしながら》という町から見て。◇跋提河　河の名。◇娑羅や双樹　「や」は間投助詞。釈迦入滅の場所には、四方に二株ずつ（計八株）の娑羅の木があったという。◇間には　まんなかで。◇純陀が供養　鍛冶屋《かじや》の子の純陀が釈迦に奉った食物。

ともに誦《じゆ》して悟るらん

一 懺法歌《せんぽふのうた》　一首

171 一心《いつしん》敬礼《けいれい》　声澄みて
十方浄土に隔てなし
第《てい》二《じ》第《てい》三《さん》数ごとに
六根《ろつこん》罪障　罪《つみ》滅《めつ》す

二 涅槃歌《ねはんのうた》　三首

172 拘《く》尸《し》那《な》城には西《さい》北方
跋《ばつ》提《だい》河《が》の西の岸
娑《しや》羅《ら》や双樹の間には
純《じゆん》陀《だ》が供《く》養《やう》を受けたまふ

173　◇滅期　入滅の時。◇迦葉尊者　釈迦の著名な弟子の一人、摩訶迦葉《まかかしよう》のこと。尊者は敬称。教団の長老として尊敬されたが、仏の入滅時には居合せなかった。◇十六羅漢　羅漢は阿羅漢《あらかん》の略で、聖者の意。十六羅漢は賓頭盧《びんずる》をはじめとする十六人の阿羅漢。釈迦の入滅に際し、その無上の正法を付嘱《ふぞく》(二三〇歌参照)されたという。◇おくれにき　先を越されてしまったのである。迦葉は仏の入滅を聞いて、かけつけてきたけれど、間にあわず、十六羅漢への付嘱がなされたあとだった、の意。

174　一七三歌と同様、舎利和讃の一節を利用。◇二月十五日　釈迦入滅の日とされる。◇これらの法文　この歌だけでは何のことか分らないが、舎利和讃によれば、(一)世間は無常であり、寂滅《じやくめつ》(煩悩《ぼんのう》の火の消えはてた、悟りの境地)こそ真の楽であること、(二)一切衆生には仏性が具《そな》わっており、仏は常に存在して、変易《へんにやく》(変化)することがない、という教えをさす。◇中夜　真夜中。夜を三分して初夜・中夜・後夜《ごや》とする。◇頭は北……　頭を北に、顔を西に、右脇を下にして横たわりなされた。なお、インドでは今日でも、教養ある人はこのように臥《ふ》すべきものとされている。

一　阿弥陀仏の主宰する浄土を極楽という。

175　阿弥陀経に「是《これ》ヨリ西方《さいはう》、十万億ノ仏土ヲ過ギテ世界アリ。名ヅケテ極楽ト曰《い》フ」とあり、また観無量寿経には「汝今《なんぢ》知ルヤ不《いな》ヤ。阿弥陀仏、此《ここ》ヲ去ルコト遠カラズ」とある。この二つの経文を踏まえ

173
釈《しや》迦《か》牟《む》尼《に》ほとけの滅期《めつご》には
迦《か》葉《せふ》尊者も会はざりき
歩みを運びて来《こ》しかども
十六羅《ら》漢《かん》にもおくれにき

174
二月十五日　朝《あした》より
これらの法《ほふ》文《もん》説きおきて
やうやく中夜《ちゆうや》に至るほど
頭《かうべ》は北にぞ臥《ふ》したまふ

一 極楽歌《ごくらくのうた》　六首

175
極楽浄土は一所《ひとところ》
つとめなければ程《ほど》遠し
われらが心の愚かにて

近きを遠しと思ふなり

176 極楽浄土の東門《とうもん》は
難波《なには》の海にぞ対《むか》へたる
転法輪所《てんぼふりんしよ》の西門《さいもん》に
念仏する人　参れとて

177 極楽浄土のめでたさは
一つもあだなることぞなき
吹く風　立つ波　鳥もみな
妙《たへ》なる法《のり》をぞ唱《とな》ふなる

178 極楽浄土の宮殿《くでん》は
瑠璃《るり》の瓦《かはら》を青く葺《ふ》き

た発想。すでに『枕草子』に「遠くて近きもの。極楽」と見える。なお五六四歌参照。◇一所　遠近の二個所あるわけでなく、一個所しかない。◇つとめなければ　往生極楽のための行を勉《つと》め励むことがなかったら。◇程遠し　遠距離である。◇近きを遠しと　本当は浄土は我々の心の内にあり、いたって近いものであるのに、いたずらにこれを外に追い求めて、遠い所だと誤解しているのである。

176 難波の海を西に見る　四天王寺《してんのうじ》の西門《さいもん》は、取りも直さず極楽の　東の門と伝え聞く。転法輪所の名も高い　太子の寺の西門に、念仏する人来いよとて、難波の海に向いて立つ。

聖徳太子創建の四天王寺（平安以来一般に天王寺《てんのうじ》と略称。大阪人は「天王寺さん」と呼ぶ）は、釈迦の転法輪所（説法所）であり、その宝塔・金堂《こんどう》は極楽浄土の東門の中心に当る、ないし天王寺西門は極楽への通路だという俗信があった。この歌では、一七六歌と同様、天王寺西門を直ちに極楽東門と見なしたものか。◇難波の海　大阪湾。天王寺・夕陽《ゆうひ》ヶ丘《おか》一帯の西側（極楽の方角）は下り坂になっており、坂下は海（現在は市街地）であったから、極楽往生を願って、この海に身を投げた人（僧西念《さいねん》など）もあった。

177 ◇めでたさは　結構なことといったら。◇あだなること　むだなこと。無意味な現象。

178 極楽の荘厳《しょうごん》を詠じた歌。瓦・垂木《たるき》・扉など経文にない語をとり入れ、イメージを明確にした。

真珠《しんじゅ》の垂木《たるき》を造り並《な》め
瑪瑙《めなう》の扉《とぼそ》を押し開き

179
十方仏土の中《なか》には
西方《さいはう》をこそは望むなれ
九品蓮台《くほんれんだい》の間《あひだ》には
下品《げ》なりとも足《た》んぬべし

180
浄土はあまたあんなれど
弥陀《みだ》の浄土ぞすぐれたる
九品《ここのしな》なんなれば
下品下《げぼんげ》にてもありぬべし

一 僧歌　十首

青・白・赤と、色彩の対照もあざやか。◇瑠璃・真珠・瑪瑙　いずれも七宝《しっぽう》の一つ。七宝のうち、金《こん》・銀《ごん》・瑠璃の三つは諸経に共通。他の四つには異同がある。◇造り並め　細工をして、並べ。

179　慶滋保胤《よししげのやすたね》の願文の一節「十方仏土ノ中ニハ西方ヲ以テ望トス。九品蓮台ノ間ニハ下品トイフトモ足《た》ンヌベシ」（『和漢朗詠集』）を和《やわ》らげた歌。◇十方仏土……　十方に諸仏の浄土はあるけれども、その中で。◇西方　西方の極楽浄土。◇九品蓮台　九種の蓮《はす》のうてな。極楽における九等級の座席。九品とは、上品上生《じょうぼんじょうしょう》・上品中生・上品下生《げしょう》・中品上生……（中略）下品《げぼん》下生の九階層をいい、極楽へ往生する者とその仕方に九種の差がある、と『観無量寿経』に説く。◇下品なりとも……　たとい下品であっても、それで十分だ。「ぬ」は完了でなく、確認の意。

180　◇あんなれど　あるということだが。◇九品なんなれば　往生に九品あるということだから。◇下品下……　下品下生でも十分なのだ。〔参考〕藤原道長は生前もろもろの仏事に励んだので、上品上生疑いなしと信ぜられていたが、死後、女《むすめ》の威子《いし》（後一条帝の中宮）への夢の告げによれば、思いもかけず下品下生であった、と『栄花物語』にある。

一　三歌から一四五歌まで「仏」、一四六歌から一八〇歌まで「法」、一八一歌から一九〇歌まで「僧」となっている。「僧」は僧伽《そうぎゃ》の略。本来は出家修行者の団体、仏教教団の意であったが、中国や日本では、この団体中の個々の人々をさす。

181　「大つうわう」は「大龍王」の誤写かもしれないが、いずれにしても典拠不明で、よく分らぬ歌。あるいは一九七歌の内容と関係があるか。◇迦葉尊者　一七三歌参照。◇文殊　三〇歌参照。◇うちはぶき　はばたきをし。鳥の動作になぞらえた表現。「うち」は接頭語。◇大悲　観世音菩薩をさすか。三七歌参照。

182　仏法の霊地を列挙した歌。インドと日本の地名が混在するが、前半二句は金石（石室・鐘）、後半二句は鳥類（仏法僧・鶏）でまとめてある。◇石の室　王舎城（三七歌参照）付近にあった畢鉢羅窟《ひつぱつらくつ》のこと。迦葉が議長となり、ここで経・律の結集《けつじゆう》（聖典編集）が行われたという。◇祇園精舎　一八五歌参照。◇鐘の声　祇園精舎内の無常堂の四隅にあった鐘は「諸行無常、是生滅法《ぜしやうめつぽふ》、生滅滅已《しやうめつめつち》、寂滅為楽《じやくめつゐらく》」と響いた、という。◇醍醐　醍醐寺。京都市伏見区内にあり、真言宗の名刹《めいさつ》。◇仏法僧　鳥の名。鳴き声がブッポウソウと聞えることに由来する。醍醐寺の仏法僧は有名であった。◇鶏足山　一八四歌参照。◇法の声　鶏《とり》の声でなく、仏法《のり》の声だ、という洒落《しやれ》。

183　迦葉尊者は定《じよう》に入り、鶏足山の雲の上、未来の世をばお待ちある。春霞《はるがすみ》立つ龍華会に、弥勒仏《みろくほとけ》に見参《げんざん》し、付嘱の袈裟《けさ》を伝えんと。◇禅定　一八四歌の「こもりゐて」参照。以下みな一八四歌参照。◇かすみし　霞《かすみ》のかかった。「龍華」の縁語。

181
迦《か》葉《せふ》尊者の裳《も》の裾《すそ》は
文《もん》殊《じゆ》の袂《たもと》にうちはぶき
大つうわうの佩《は》ける太刀《たち》
大悲の膝《ひざ》にぞ解きかけし

182
迦葉尊者の石の室《むろ》
祇《ぎ》園精舎《をんしやうじや》の鐘《かね》の声
醍《だい》醐《ご》の山には仏《ぶつ》法《ぽふ》僧《そう》
鶏《けい》足《そく》山《さん》には法《のり》の声

183
迦葉尊者の禅定《ぜんぢやう》は
鶏足山の雲の上
春のかすみし龍華《りゆうげ》会《ゑ》に
付《ふ》嘱《ぞく》の衣を伝ふなり

184　◇あはれなり　六二歌参照。◇付嘱の衣　釈迦から伝授された糞掃衣《ふんぞうえ》（捨てられたぼろきれをつづり合せて作った衣）。◇いただきて　大切に持って。◇鶏足山　普通「けいそくせん」と読む。迦葉はこの山中で入滅した。◇こもりゐて　『弥勒下生経《みろくげしょうきょう》』によれば、迦葉は禅定《ぜんじょう》（心が静かに統一された状態）に入って、弥勒《みろく》の出現を待っている、とされる。◇龍華の暁　釈迦の滅後、五十六億七千万年を経て、弥勒菩薩がこの世に出、華林園《けりんおん》の龍華樹の下で悟りを開き、三回説法して衆生を救済する、その時。

185　『三宝絵』（源為憲撰）などによって、仏教遺跡の荒廃した有様を詠嘆したもの。◇古道　人の通らなくなった道。鶏足山の旧跡をさす。◇功徳願　「こどくをん」（孤独園）を歌い訛《なま》ったものであろう。孤独園は祇樹給孤独園《ぎじゅぎっこどくおん》の略。もと祇陀《ぎだ》太子の土地であったのを、須達《しゅだつ》長者が買い取って、釈迦とその教団に寄進した。この園中に建てられた僧坊が祇園精舎《ぎおんしょうじゃ》である。◇昔の庵……　昔栄えた頃の庵（祇園精舎）がしのばれて、しみじみと心打たれることである。

186　ほとけ涅槃《ねはん》に入りたまい、迦葉は弟子たち集めんと、打ったる鐘の音《ね》は遠く、三千世界にひびけども、憍梵波提ただ一人、定にはいって　聞かなんだ。
龍樹の『大智度論』によれば、仏滅後、迦葉は経典を結集《けつじゅう》するために、須弥《しゅみ》山《せん》上で鐘を打って仏弟子たちに

184
迦葉《かせふ》尊者　あはれなり
付嘱《ふぞく》の衣をいただきて
鶏足山《けいそくさん》にこもりゐて
龍華《りゆうげ》の暁　待ちたまふ

185
迦葉尊者の古道《ふるみち》に
竹の林ぞ生《お》ひにける
功《く》徳願《どくぐわん》の園《その》見れば
昔の庵《いほり》ぞあはれなる

186
迦葉尊者の打ちし鐘
聞えぬところぞなかりける
憍《けう》梵《ぼん》波《は》提《だい》　ひとりこそ

呼びかけた。また天上尸利沙園《しりしやおん》にいた憍梵波提（仏弟子の一人）へは使者をやったが、彼は召集に応ぜず、その場で定《じよう》に入り、心臓から火を出して身を焼いた、という。教団の内部に不一致のあったことを推量させる伝説だが、この歌は素朴に説話に興じている。◇定に入りては　禅定《ぜんじよう》に入っていて。「は」は強調。憍梵波提は閑居を好み、律に通じ、禅定を修習《しゆしゆう》したという。◇聞かざりし　「こそ」の結びとしては破格。

187　歌意が明らかでないが、阿難（九四歌参照）のことを詠じたものと解しておく。

◇石の室　一六二歌参照。◇恥かしき　阿難はまだ煩悩《ぼんのう》から脱却していないとして、迦葉に吊し上げられ、追い出されたので、恥じ悲しんだという。◇えんしう「けつじふ」（結習）の誤写であろう。煩悩の余力、の意。◇袂に華……　『維摩経《ゆいまきよう》』によれば、維摩居士《ゆいまこじ》の室にいた天女が天華《てんげ》を散ずると、菩薩たちの身には付着せず落ちるのに、大弟子たち（舎利弗《しやりほつ》・阿難ら）には固着して離れない、それは結習が未尽（残っている）のせいだ、とある。

188　◇大峰聖　大峰山は吉野と熊野の中間にそびえる山脈。修験道《しゆげんどう》の霊場として有名。「聖」は世を遁《のが》れた修行者。それを船頭に見立てた。◇粉河　紀ノ川北岸にある観音の霊地。◇正きう　「書写《しよしや》の」の誤写か。書写山円教寺は兵庫県姫路市の名刹《めいさつ》。◇乗せて渡さん　衆生を乗せて渡そうよ。◇常住仏性　ここは「仏様のおいでになる」ぐらいの軽い意味。

定《ぢやう》に入りては聞かざりし

187
迦葉尊者の石の室《むろ》
入るにつけてぞ恥《はづ》かしき
えんしう尽きざる身にしあれば
袂《たもと》に華こそ止まるなれ

188
大《おほ》峰《みね》聖《ひじり》を舟に乗せ
粉《こ》河《かは》の聖を舳《へ》に立てて
正きう聖に梶《かぢ》取らせてや
乗せて渡さん　常住仏性《ぶつしやう》や　極楽へ

189
大峰　行ふ聖こそ
あはれに尊《たふと》きものはあれ

189 ◇大峰…… 大峰山で修行している聖こそは。◇あはれに…… しみじみと心打たれて尊いものである。◇確かの正体 その人のはっきりとした姿。◇まだ見えず 下の方から修行場を仰いで見ても、声が聞えるだけで、一向に姿は見えない、の意。

190 天台宗の修行法の中に、法華三昧《ほつけざんまい》（半行半坐三昧）及び常行三昧《じようぎようざんまい》というのがあり、これに用いる典礼文をそれぞれ法華懺法《ほつけせんぼう》及び例時作法《れいじさほう》といい、両者とも、仏教界慣用の呉音でなく、特殊な漢音で発音される。またどちらにも、本式の声明《しようみよう》（仏教音楽）と日常用の簡単な曲節との二通りがある。法華懺法及び例時作法は、諸種の法要のほかに、前者は朝、後者は夕の勤行《ごんぎよう》にも用いられるが、その朝夕の勤行の声を題材にしたのがこの歌である。一七一歌参照。◇山寺 山中の寺で。◇行道 仏を礼拝するために、その周囲をゆっくりと右遶《うによう》する（仏に対して自分の右肩を向けてめぐる）こと。◇引声阿弥陀経 『阿弥陀経』を、長く声を引いて歌うもの。「仏説《フツセツ》阿弥陀経《アビダケイ》、如是我聞《ジヨシガブン》、一時《イツシ》仏在《フツサイ》、舎衛国《シヤヱクヱキ》、……」のように発音する。例時作法の一部をなす。◇釈迦牟尼仏 この五文字は法華懺法の曲節をまねて歌ったものであろう。なお懺法では「一心敬礼十方分身釈迦牟尼仏《シムケイレイシハウフンジンセキヤボチフ》」のように発音する。

一 仏・法・僧の三分類からはみ出る歌の意であろうが、実際にはそのどれかに収め得る歌が多い。例えば一九一歌などは『法華経』寿量品《じゆりようほん》の歌である。

法華経《ほけきやう》　誦《じゆ》する声はして
確かの正体《しやうたい》　まだ見えず

190
山寺《やまでら》　行ふ聖《ひじり》こそ
あはれに尊きものはあれ
行道《ぎやうだう》　引声《いんぜい》阿弥陀経《あみだきやう》
暁　懺法《せんぼふ》　釈迦牟尼仏《せきやぼちふ》

一 雑法文歌《ざふほふもんのうた》　五十首

191
娑羅《しやら》や林樹の木《こ》の下《もと》に
帰ると人には見えしかど
霊鷲山《りやうじゆせん》の山の端《は》に
月はのどけく照らすめり

一三九歌と類似の歌。

191 ◇娑羅や林樹　娑羅の木の林。「や」は間投助詞。◇帰る　本元に帰る意で、死ぬこと。ここは釈迦の入滅をさす。◇霊鷲山の……　釈迦が霊山《りようぜん》浄土に常住していることを、月になぞらえて表現した。

192 百八煩悩《ぼんのう》の蔓草《つるくさ》は、九《く》っても九《く》っても尽きやせぬ。八相《やそう》の池の蓮《はす》の花、九四七《くしな》の町に咲いたげな。

数字の遊びに興じた歌（三六七歌と同様）。後半二句のつじつまが合わぬが、とがめるには及ぶまい。

◇一百八　百八煩悩のこと。◇縒れる　より合せた。◇さねかづら　モクレン科の蔓草。◇繰れども　たぐり寄せる意に、九《く》の音を掛けた。◇八相　普通「はっそう」と読む。七五歌参照。◇拘尸那城……　釈迦入滅の地（一七三歌参照）に、蓮の花が九つ、四つ、七つ咲いた、と掛けた洒落《しやれ》。

193 菅原文時《ふみとき》作の辞表の一節（『和漢朗詠集』）による。仏教とは無関係。誤って紛れ込んだか。

◇傅氏が……　傅説《ふえつ》は無名時代に岩屋に住んでいたが、殷《いん》の武丁《ぶてい》が夢に良臣の姿を見て、それをもとに彼を尋ね出してのち、風雲《ふううん》に乗じて宰相となった。◇巌子瀬の……　後漢の光武帝は厳子陵《げんしりよう》を宰相に登用しようとしたが、彼は厳陵瀬《げんりようらい》に釣《つり》をして応じなかった。もし応じたら、世の濁りに染まったことであろう。

194 巻一の一八歌にほとんど同じ。

192
一百八《いちひやくや》　縒《よ》れるさねかづら
繰《く》れども繰れども尽きもせず
八《や》相《さう》の池なる花蓮《はなはちす》
拘《く》尸《し》那《な》城にぞ開けたる

193
傅《ふ》氏《し》が巌窟《いはや》の嵐には
殷《いん》の夢見てのちぞよき
巌《げん》子《し》瀬《らい》の池の水
今こそ汲《く》むには濁《にご》るらめ

194
釈迦の月は隠れにき
慈《じ》氏《し》の朝日は　まだ遥《はる》かなり
そのほど長夜《ぢやうや》の暗きをば
法華経のみこそ照らいたまへ

195　文殊・普賢の両菩薩は、『華厳《けごん》経』『法華経』などで重要な役割を演じるところから、美術では釈迦の左右の脇侍《わきじ》として、文殊は獅子《しし》に、普賢は象に乗った姿に造形される。また文殊は仏の智慧《ちえ》を、普賢は仏の慈悲（ないし理・定《じょう》・行の徳）を象徴する菩薩とされる。今日の仏教史学では、文殊は、弥勒《みろく》とともに、他の多くの神話的菩薩と異なって、元来はインドに実在の人物であった、と考えられている。
◇東方浄妙国土　東方にある、きよらかな、すぐれた国土。固有名詞ではない。八十華厳経によれば、文殊は東方金色《こんじき》世界の不動智仏のもとにいるとされ、また法華経によれば、普賢は東方の宝威徳上王仏の国にいるとされる。◇娑婆の穢土　きたない、この世界。

196　六十華厳経に、東北方の清涼山に文殊の住所があると説くが、中国山西《さんせい》省の五台山は早くから文殊の浄土と信ぜられ、日本からの留学僧で登山参拝する者もあった。
◇大唐御門　偉大な唐の国。中国。平安中期以後、実際にはすでに宋《そう》の時代に入っている。◇近からば　近いものならば。◇五台……　第二句は第四句の「文殊」を修飾する。◇釈迦牟尼ほとけの母　般若《はんにゃ》（智慧）が仏を生み出すという考えから、般若及びその具現者である文殊を仏母という。三六歌参照。第三句も第四句の「文殊」を修飾する。◇います　……でいらっしゃる。「ある」の尊敬語。◇参りなまし　きっと参詣《さんけい》するであろうものを。

195
釈迦の説法　聞きにとて
東方《とうばう》　浄妙国土より
普《ふ》賢《げん》　文殊《もんじゅ》は　師子《しし》　象に乗り
娑《しゃ》婆《ば》の穢《ゑ》土《ど》にぞ出でたまふ

196
大《だい》唐《たう》御《み》門《かど》の近からば
五《ご》台《だい》御《み》山《やま》におはします
釈《しゃ》迦《か》牟《む》尼《に》ほとけの母といます
文殊の御《み》許《もと》へも参りなまし

197
香《かう》山《せん》　大《だい》樹《じゅ》緊《きん》那《な》羅《ら》が
瑠《る》璃《り》の琴には　摩《ま》訶《か》迦《か》葉《せふ》　や
三《さん》衣《え》の袂《たもと》　したがひて

197 大樹緊那羅王の弾《ひ》く、奇《くす》しき瑠璃の琴の音は、あらおもしろや 愉快やな。「こりゃたまらぬ」と摩訶迦葉、衣ひらひら踊り出しゃ、つれて大衆《みんな》もウキウキと、果ては草木もざざめいて、……（あと適宜に囃子《はやし》あるべし）。

『大樹緊那羅王所問経』に、王が琴を弾ずると、不退転（すでに高度の境地に達し、もはや転落することのない）の菩薩を除き、余の大衆《だいしゅ》はみな威儀を捨て、小児のごとく舞った、とあるのを歌にしたもの。◇大樹 緊那羅王の名。◇緊那羅 人に似た鬼神。音楽神。◇瑠璃 青色の宝珠。◇摩訶迦葉 一七三歌参照。◇三衣《さんね》 僧が所有を許された三種類の衣服。袈裟《けさ》。◇袂 「袂に」の意。◇したがひて （袂の動きに）つれて。

198 ◇網なれや 網なのだろうか。ほんとにそうだ。◇無量義経 三七頁注一参照。◇浮け うき。釣糸や網につけて海面に浮かす木片。◇観音・勢至『観無量寿経』に阿弥陀仏の脇侍とされる二菩薩。この歌の場合は「文殊・普賢」の両菩薩の方がふさわしい。◇網子 「あみこ」の転。網を引く人。

199 ◇生死の海 生れたり死んだりする迷いの世界を海に譬《たと》えた。◇諸経くりいむ譬ひ 「くりいむ」は「繰り読む」の誤写か。おびただしい分量の諸経典も、繰って読めば、ついには読み終える時が来る、という譬えのとおり、の意か。◇浮かびなん （生死の海から）逃れ出ることができるだろう。

草木《くさき》も四方《よも》にぞなびきける

198
法華経八巻《やまき》は網なれや
無量義経を浮けとして
観音 勢至を網子《あむこ》とし
救ひたまへ 罪人《つみびと》を

199
法華《ほっけ》の御法《みのり》ぞ頼もしき
生死《しやうじ》の海は深けれど
諸経くりいむ譬《たと》ひにて
つひにわれらも浮かびなん

200
蓮《はちす》の華《はな》をば いたと踏み
おなじき茎をば杖《つゑ》とついて

これらに遊ばむ人はみな
霊山《りやう ぜん》界会《かい ゑ》の友とせん

201
蓮華《れん げ》陸地《ろく ぢ》に生《お》ひずとは
しばらく弾呵《たん か》のことばなり
泥水《でい すい》掘り得てのちよりぞ
妙法蓮華は開けたる

202
まれい山《さん》に生《お》ふといふ
牛頭《ご づ》や栴檀《せん だん》得てしがな
手に取り　身に触れ　香《か》をかげば
生身《しやう じん》の罪障　解けぬべし

203
まれい山《さん》のこねにこそ

200　法華の修行者を詠じた歌であろう。なお四二歌との間に類似点が認められる。◇蓮の華　妙法蓮華経をさす。◇いたと　「ひたと」の歌い訛《なまり》であろう。しっかりと(法華の教えを実践し)。◇おなじき茎　蓮の茎。やはり法華経をさす。◇杖とついて　(法華経を)よりどころとして。◇これらどこかの霊場をさすのであろう。◇遊ばむ人　(この霊場を)踏む人。◇霊山界会　一〇五歌参照。◇友とせん　同じ仲間と考えよう。

201　一〇一歌と同じ発想の歌である。同歌参照。◇しばらく弾呵のことばなり　一時の方便として、小乗をたたき、しかりつけるために言われた言葉である。(法華の一仏乗に目ざめさえすれば、小乗もそれなりに容認される)。

202　まれい山にあると聞く、牛頭栴檀がヤレ欲しや。そのあらたかな効《き》き目とて、手に取り身に触れ香をかげば、人の生身《なまみ》にしみついた、罪も障《さわ》りもすぐとける。◇まれい山　摩羅耶山《まらやせん》(南インドにある山脈)の転。◇牛頭や栴檀　「や」は間投助詞。栴檀は香樹の名。牛頭栴檀は摩羅耶産の赤《しやく》栴檀をいう。◇得てしがな　手に入れたいものだ。◇生身　生れながらの身体。◇解けぬべし　きっと解けるであろう。ただし、牛頭栴檀は芳香があり、久しく朽ちないので、仏像の材となり、医薬・香水の料にも供せられるが、罪障消滅の効能はない。香気の快さを強調した表現か。

203　意味不明の語句が多く、趣意をつかみかねる歌である。
◇これ　未詳。あるいは「尾根《をね》」の誤写か。◇かうふてゐる　未詳。◇僧伽　出家修行者の団体。仏教教団。◇やうれう香　未詳。

204　天上界案内記の一節といった感じの歌である。『正法念処経《しようぼうねんじよ》』や『倶舎論《くしや》』に基づいて、六道（地獄・餓鬼・畜生・阿修羅《あしゆら》・人間・天上）の絵が画かれ、人々に未知の世界への恐れやあこがれをかき立て、やがてこんな歌も作られるようになったのであろう。
◇忉利　忉利天。欲界（三八歌参照）に属する六天（六欲天）のうち、下から二番目の天。須弥山《しゆみせん》（四三歌参照）の頂上に位置し、帝釈《たいしやく》（インドラ神）の住処。◇善法堂　集会所の名称。◇未申　西南。◇円生樹　波利《はり》質多樹《しつた》の漢訳名。◇丑寅　東北。◇中には　その中間には。◇喜見の城　善見城ともいう。帝釈の宮殿。
〔参考〕この歌は方角を誤っており、「善法堂は未申（にあり）、円生樹は丑寅に（あり）」が正しい。

205　忉利天も五台山も、ともに人々のあこがれのユートピアだったのであろう。
◇歓喜のみなをぞ　「みな」に「御名」の字を当てても落着かない。「歓喜のみをぞ」（喜びの声ばかりを）の誤りであろう。◇五台山　一九六歌参照。◇六時　晨《じん》朝《じよう》・日中・日没《にちもつ》・初夜・中夜《ごや》・後夜の総称。勤行《ごんぎよう》の時間。◇華をば散ず　散華《さんげ》という儀式を行う。

かうふてゐる　蒔《ま》き置きし
僧伽《そうぎや》の種に生《お》ひにけり
やうれう香《かう》とぞ匂《にほ》ふなる

204
忉利《たうり》は尊《たふと》きところなり
善法堂《ぜんぽふだう》には未申《ひつじさる》
円生樹《ゑんしやうじゆ》より丑寅《うしとら》に
中《なか》には喜見《きけん》の城《じやう》　立てり

205
忉利《たうり》の都は
歓喜《くわんぎ》のみなをぞ唱ふなる
五台山《ごだいさん》には文殊《もんじゆ》こそ
六時《ろくじ》に華《はな》をば散ずなれ

206　二〇五歌と同様、ユートピアの光景を想像して歌ったもの。◇鶯　和歌的風物だが、あるいは鶯の鳴き声「ホーホケキョ」に『法華経』を連想しての発想か。◇埘　ねぐら。◇定めで　「定めずして」の約。どの木をもねぐらとして。◇さぞ遊ぶ　そのように自由に歌を歌っている。◇浄土の……　極楽浄土の宝樹ともなると。諸仏はみな浄土を有するが、単に浄土という時は、阿弥陀仏の極楽浄土をさすことが多い。◇あはれなる　しみじみと心打たれて尊いことである。

207　釈迦一代記のうち、出家の一こまを詠じた歌。◇太子　悉達《しつだつた》多太子。悉《しつ》多《た》太子ともいう。釈迦が出家前に王子であった時の名。◇御幸　この場合は王宮からの脱出をさす。◇こんでい　「けんぢよく」（犍陟）の訛《なまり》。馬の名。◇車匿　馭者《ぎよしや》の名。のち出家した。◇舎人　馭者のことを日本風に言ったもの。◇口とらせ　馬の口をとらせて。◇檀特山　悉多太子が入ったのは苦行林であるが、釈迦の前世の物語中の山名と混同したもの。釈迦が前世に須大拏《しゆだいぬ》太子と言った時、あまりに布施を好んだため、配流されて妻子とともに籠った山の名。

208　龍女は仏に成ったとさ。畜生娘が成ったのに、人が成れない法はない。およそ女人は五障とて、汚れ多いというけれど、仏性真如《ぶつしようしんによ》かくれなく、わが身にやがて御《み》仏の、月の光がさえわたる。『法華経』提婆品《だいばほん》の龍女成仏の話に基づく。五八頁＊

206
忉利《たうり》の都の鶯《うぐひす》は
埘《とぐら》定めで　さぞ遊ぶ
浄土の植木となりぬれば
花咲き実なるぞ　あはれなる

207
太子の御《み》幸《ゆき》には
こんでい駒《ごま》に乗りたまひ
車《しや》匿《のく》舎人《とねり》に口とらせ
檀《だん》特《どく》山《せん》にぞ入りたまふ

208
龍女《りゆうによ》はほとけに成りにけり
などか　われらも成らざらん
五障の雲こそ厚くとも
如来月輪《によらいぐわちりん》　隠されじ

印参照。
◇などか　どうして……ことがあろうか。◇五障　二〇六歌参照。それを仏性を覆い隠す雲に譬《たと》えた。◇如来月輪　仏（この場合は仏性）を円満な月に譬えた表現。◇隠されじ　五障の雲に隠されないであろう。きっと輝き出るであろう。

209　捨身飼虎《しやしんしこ》の説話に基づいたもの。二〇歌参照。王子の死を暗示にとどめ、むなしく残された衣と沓とに焦点を合わせたところに、かえってしんみりとした哀感が漂っている。◇太子　薩埵《さつた》王子をさす。二〇歌参照。◇衣は……　衣服は脱いで、竹の葉に掛けたのであった。◇王子の……　薩埵王子が王宮を出て、竹林に入ってからというものは。◇沓　沓についての叙述は経文にはない。衣服と一緒に当然沓も脱いだものと想像して歌っている。

210　◇生死　生れたり死んだりすること。迷いの世界をいう。◇辺なし　果てしなく広い。◇仏性真如　仏たる本質を具えた、本然の、ありのままの相《すがた》。悟りの世界をいう。◇妙法蓮華　法華経。◇来世の……　現在の衆生はもちろん、未来の世の衆生をも、乗せて渡すことであろう。

211　◇有漏　煩悩《ぼんのう》をもつもの。◇棄て　「捨て」に同じ。◇無漏　煩悩のないこと。◇ならむずれ　なろうとしている。◇阿弥陀ほとけの誓ひ　二九歌参照。◇弥陀に……　阿弥陀さまのおそばへ行けるに

209
太子の身投げし夕暮に
衣はかけてき　竹の葉に
王子の宮を出でしより
沓《くつ》はあれども主《ぬし》もなし

210
生死《しやうじ》の大海《だいかい》　辺《ほとり》なし
仏性真《ぶつしやうしん》如《によ》　岸遠し
妙法蓮華は　船筏《いかだ》
来世の衆生　渡すべし

211
有漏《うろ》のこの身を捨て棄《う》てて
無漏《むろ》の身にこそならむずれ
阿弥陀ほとけの誓ひあれば

きまっているのだよ。「弥陀」が重複して、稚拙な表現。

212　二五歌とともに、祇園精舎《ぎおんしようじや》に関する伝承を歌にしたもの。

◇その程　その広さ。祇樹給孤独園《ぎじゆぎつこどくおん》（祇園精舎の敷地）の広さ。◇由旬　インドの距離の単位。一由旬は中国の四十里に当るという。ただし、それでは東西と南北とが甚だしく比例を失する。『法苑珠林《ほうおんじゆりん》』や『今昔物語集』には「東西十里、南北七百余歩《ぶ》」とあり、「由旬」は「余歩」の誤りであろう。〔参考〕古代中国では二挙足の長さを一歩といい、三百歩を一里とした。これによれば、十里は三千歩となり、妥当な長さである。◇荘厳　みごとに配置されていること。

213　◇畏さ　畏敬の念を起させられること。◇般若や　般若経。「や」は間投助詞。◇華厳　華厳経。◇摩訶止観　隋《ずい》の天台大師の講述を弟子が筆録したもの。天台宗の修行法が説かれている。◇玄義『法華玄義』の略称。天台大師の講述した法華経概論。◇釈籤『法華玄義釈籤』の略称。唐の荊渓《けいけい》大師による『法華玄義』の注釈書。◇倶舎頌疏「じゅんしょ」は「じゅしょ」の歌い訛《なまり》。『倶舎論頌疏』の略称。唐の円暉《えんき》による『倶舎論』の頌《じゆ》の注釈書。◇法華経……「が」は「の」の意。法華八講《はつこう》をさす。法華経八巻を八座に分けて講読し、問者と講師との問に論義が行われる。〔参考〕天台宗では法華経を根本聖典とするが、他の経論を軽視するようなことはしない。

弥陀に近づきぬるぞかし

212
その程《ほど》　東西　十里なり
南北　七《しち》百由旬《ゆじゅん》なり
水竹《すいちく》花樹《くわじゅ》はことごとく
荘厳《しやうごん》　浄土に異ならず

213
天台宗の畏《かしこ》さは
般若《はんにや》や　華厳《けごん》　摩訶止観《まかしくわん》
玄義や　釈籤《しやくせん》　倶《く》舎頌疏《しやじゆんしよ》
法華経八《や》巻《まき》がその論義

214
毘盧《びる》の身土《しんど》のいみじきを
凡下《ぼんげ》の一念　こえずとか

214　毘盧《びる》遮那《しやな》仏《ぶつ》の仏身も、仏土も尊きことなれど、われら凡夫の一念に、通うところのありと聞く。無間《むげん》地獄の住人も、住所も卑しきことなれど、聖の清き心とも、無縁のものでないという。

一念三千（六三歌参照）の理を詠じた歌。

◇毘盧　毘盧遮那仏のこと。もとは太陽の意で、華厳経の本尊。密教では大日如来と同体とし、宇宙の根本仏とする。◇身土　仏身と仏土と。◇いみじきを　「いみじきも」に同じ。すばらしい限りであるが。◇凡下の……　世の愚かな人々の起す一瞬の想念を超越したものではない、とかいうことである。◇阿鼻　無間《むげん》と漢訳する。最も重い罪を犯した者が堕《お》ちる地獄のこと。◇依正　依報（衆生の住する環境世界）と正報（そこにいる衆生の身心）と。◇聖の心に……　聖の心の中に存在しているのである。

215　二三歌と同根の歌。◇もと　元来。◇祇陀　祇陀林。祇園精舎の敷地。◇太子　祇陀太子。◇須達　須達多《しゆだつた》。長者の名。◇黄金を……　須達は祇陀林の代価として、黄金を地面に敷きつめたという。◇精舎　寺院。祇園精舎。

216　意味不明の語句が多く、主題をつかみがたい。◇師子や王　一二三歌参照。◇よそのひ　未詳。◇転法輪　仏の説法のこと。◇たうやはたうのす　未詳。◇身を分け……　意味不明。

217　この歌も一首の主題を明らかにしがたい。◇浄飯王　釈迦の父。◇はゝきを　未詳。◇耆

阿《あ》鼻《び》の依《え》正《しやう》の卑しきも
聖《ひじり》の心に任せたり

215
もと　これ　祇《ぎ》陀《だ》は太子の地《ち》
須《しゆ》達《だつ》　黄金《こがね》を地に敷きて
ほとけの御《み》為《ため》に買ひ取りて
はじめて精舎《しやうじや》となししなり

216
師《し》子《し》や王のよそのひは
転《てん》法《ぼふ》輪《りん》をぞ歓《くわん》とする
たうやはたうのすとして
身を分け　仏土に近かりき

217
浄《じやう》飯《ぼん》王《わう》　はゝきを持ち

耆闍崛山《ぎしやくつせん》には　そうさをり　とかやな
五台山の深きより
一乗となへて出でたまふ

218
摩耶《まや》のなかより生れ出《で》て
宝《たから》の蓮《はちす》　足をうけ
十方　七度《ななたび》　歩みつつ
四句《しく》の偈《げ》をぞ説いたまふ

219
摩掲陀《まかだ》国の王の子に
おはせし悉達羅《しつだら》太子こそ
檀特山《だんどくせん》の中山に
六年　行ひたまひしか

闍崛山　釈迦が説法した地として有名。二七歌参照。◇そうさをり　未詳。「聖者《しやうじや》居《を》り」と解する説が有力だが、「居り」は自己を卑下し、あるいは他人を蔑視《べつし》する場合に使用される動詞で、「聖者居り」は適当でない。◇五台山　一九六歌参照。◇一乗　四〇頁＊印参照。◇出でたまふ　主語不明。

218　釈迦の誕生にまつわる有名な伝承を歌にしたもの。
◇摩耶　摩耶夫人《ぶにん》。釈迦の生母。◇なか　身体内部。釈迦は普通の人間と違って、母胎内でなく、母の右脇にやどり、そこから出生したと伝えられる。〔参考〕摩耶夫人の出誕を扱った彫像や絵画では、嬰児の釈迦は母の右袖から顔をのぞかせている。◇宝の蓮……　生れたばかりの釈迦が足をあげると、蓮華が生じてその足を受けた、と伝える。◇十方　通常「四方」とする。◇七度……　十方（四方）へおのおの七歩あゆんだという。◇四句の偈　「天上天下《てんじやうてんげ》　唯我為尊《ゆいがゐそん》　三界《さんがい》皆苦《かいく》　吾当安之《ごたうあんし》」と叫んだというが、異説もある。普通「天上天下　唯我独尊」と唱えた、とする。

219　釈迦の修行時代を詠じているが、誤伝が多い。◇摩掲陀国　中インドにあった大国。ただし釈迦は迦毘羅衛《かびらえ》という小国の王子であって、摩掲陀国の王子ではない。◇悉達羅太子　悉達羅他《しつだらた》太子、悉達多《しつだつた》太子に同じ。王子時代の釈迦の名。◇檀特山　二〇七歌参照。日本で普及した誤伝である。

220 鷲《わし》のおこなふ御山《みやま》より
聖徳太子ぞ出《い》でたまふ
鹿《かせぎ》が苑《その》なる岩屋より
四《し》果《くわ》の聖《ひじり》ぞ出でたまふ

221 毘《び》舎《しや》離《り》城に住せりし
浄名居《じやうみやうこ》士《じ》の御室《みむろ》には
三万二千の床《ゆか》立てて
十方のほとけは居たまひし　それにぞや

222 狂言《きやうげん》綺《き》語《ぎよ》のあやまちは
ほとけを讃《ほ》むるを種として
麁《あら》き言葉も　いかなるも
第一《だいいち》義《ぎ》とかにぞ帰るなる

220 鷲と鹿との対比によって、前半と後半をつないでいるが、意味上の関連に乏しい。
◇鷲のおこなふ御山　霊鷲山《りようじゆせん》（法華経説法の場所）をおもしろく表現したもの。◇聖徳太子……　聖徳太子についての伝説に、太子はもと霊鷲山で法華経を聴聞《ちようもん》した一人であり、中国では南岳の慧思《えし》禅師（天台大師の師）として現れ、さらに日本国に垂迹《すいじやく》した、という。◇鹿が苑　鹿野苑《ろくやおん》。四七歌参照。◇四果　小乗における悟りの四段階。特に第四果の阿羅漢果をいう。

221 『維摩《ゆいま》経』に、維摩という大乗の体現者である長者が、一丈四方の病室に、神通力で三万二千の座席をしつらえた、とある話を歌にしたもの。
◇毘舎離城　古代インドの商業都市。◇浄名　維摩詰《ゆいまきつ》の漢訳名。維摩経の主人公。◇居士　インドで商工業に従事していた富豪をいう。◇十方のほとけ　実際に坐ったのは文殊ら諸菩薩、舎利弗《しやりほつ》ら諸弟子である。

222 色の恋のと戯れに、綺羅を飾った言の葉は、仏のいましめたもうわざ。よしそれとても仏法を、讃《ほ》める縁ともなるぞかし。されば言葉はあらくとも、なごやかなるも　ともにみな、まことの道に帰するとか。
前半は『和漢朗詠集』、後半は『涅槃経』による。◇狂言綺語　道理に合わない言葉と、巧みに飾った言葉。詩歌文章の類。◇讃むるを種　「讃むる種」の歌い訛《なまり》。◇麁き……　経には「麁言《そごん》及軟語《ぎふなんご》」とある。◇第一義　「だいいちぎ」の約。究極の真理。

223　仏の慈悲と智慧《ちえ》とを讃美した歌。観念的に作詞されたものではなく、仏像の開眼供養《かいげんくよう》か何かに触発されて成ったものであろう。歌詞の前半と後半とが対句をなしている。◇蓮のごとく　仏の眼はしばしば青蓮《しょうれん》に譬《たと》えられる。◇よそよそに　威厳があって、近づきがたいさまをいう。「よそ」は「装《よそ》ひ」と同根の語。二六歌・四三歌参照。

224　『天台大師和讃』（隋《ずい》の天台大師智顗《ちぎ》の一代記を長編の和讃にしたもの）の一節をぬき出して歌詞としたもの。◇帛　西域亀茲国《きじ》の王室の姓。この字を冠した人名はおおむね亀茲国人であるという。◇道猷　東晋《とうしん》時代の僧。天台山（中国浙江《せっこう》省）に入って修行した。◇旧き室　道猷が住した室の旧跡。◇王子晋　周の霊王の太子。天台山を開いて住し、その魂は山神となった、という。◇故の跡　周の太子晋の旧跡。◇巡りて見たまふ　主語は天台大師。◇昔の夢　かつて夢の中で定光《じょうこう》菩薩から示された天台山の有様。

225　仏生講《ぶっしょうこう》の和讃（全二十一句、高野山所伝）の末尾四句を取ったもの。釈迦誕生の場面を歌う。◇梵　梵天王《ぼんてんのう》。◇釈　帝釈《たいしゃく》。◇四王　四天王。持国天《じこく》・増長天《ぞうじょう》・広目天《こうもく》・多聞天《たもん》。◇諸天衆　天上界に住するもろもろの存在。◇頭を傾け　うやうやしく礼拝し。◇さぶらひき　ひかえていた。◇草木も　非情のものである草木までもが。

223
慈悲の眼《まなこ》は　あざやかに
蓮《はちす》のごとくぞ　開けたる
智《ち》慧《ゑ》の光は　よそよそに
朝日のごと　明らかに

224
帛《はく》　道猷《だういう》が旧《ふる》き室《むろ》
王子　晋《しん》が故《もと》の跡
一々に巡《めぐ》りて見たまふに
昔の夢に異ならず

225
梵《ぼん》　釈　四王　諸天《てん》衆《じゅ》
頭《かうべ》を傾《かたぶ》け　さぶらひき
草木《くさき》も　なびきて　ことごとく

悟りの境地を詠じたものであろうか。
226 ◇たんちりをん　未詳。「藍毘尼園《らんびにをん》」（釈迦誕生の地）、「檀特山《だんどくせん》」（釈迦苦行の地と誤り信ぜられた所。二〇七歌参照）、「孤独園《こどくをん》」（祇園精舎《ぎおんしょうじゃ》の敷地）などの誤写と考えられないでもないが、他の語句との調和に欠ける点がある。◇月のかげ　月光。◇隈もなし　ものかげもない。◇仏性真如　一四三歌参照。

227 極楽浄土のめでたさは、夜ふけて中夜になるほどに、鶴は眠って音せねど、春の沢辺は水ぬるみ、雁《かりがね》鳴いて渡るとき、秋の夜風はひいやりと、いずれも娑婆の故郷《ふるさと》で、心慰《こころなぐさ》めのものばかり。
『極楽六時讃』（恵心《えしん》僧都源信作）のうちの中夜讃の一節をぬき出して歌詞としたもの。この和讃は、阿弥陀仏の浄土へ往生した者が、昼夜六時に見聞するであろうさまざまの光景を、思いめぐらして詠じた大作。◇夜ふけて　極楽世界の夜がふけて。和讃の本文では「夜ノサカヒシヅカニテ、ヤウヤク中夜ニイタルホド」とある。◇中夜　一七四歌参照。◇洲鶴　水辺の洲《す》にいる鶴。このあたりの歌詞、季節も鳥の名も、インドらしくなく、中国・日本的雰囲気が濃い。◇娑婆　八九歌参照。◇塞鴻　中国北方の辺境の大雁《おおかり》。ここは極楽国土の空を横切る大雁をさす。◇閻浮　閻浮提《えんぶだい》の略。須《しゅ》弥山《みせん》（四三歌参照）の南方にある大陸。本来はインドのことであるが、転じてわれわれの住んでいるこの人間世界をいう。◇昔の日　（極楽に往生した人が）かつてこの世に生きていた時。

よろこび　拝みたてまつる

226
たんちりをんの月のかげ
さやかに照らせば隈《くま》もなし
仏性真如のきよければ
いよいよ光ぞかがやける

227
夜ふけて中夜《ちゅうや》に至るほど
洲鶴《しうかく》眠りて　春の水
娑婆《しゃば》の故《ふる》き郷《さと》に同じ
塞鴻《さいこう》　鳴きては　秋の風
閻浮《えんぶ》の昔の日に似たり

228
寂滅《じゃくめつ》道場　音なくて

228　釈迦の成道《じょうどう》を詠じた和讃（康和《こうわ》二年書写の二十六句の断簡が残存）の一部を歌詞としたもの。◇寂滅道場　釈迦が悟りを開いた場所。摩掲陀《まかだ》国の尼《に》連禅河《れんぜんが》のほとり、菩提樹下《ぼだいじゅげ》と伝えられ、仏陀伽耶《ぶつだがや》・菩提道場ともいう。◇伽耶山　通常「がやせん」といい、仏陀伽耶の近くにある山の名。◇中夜　一七四歌参照。ただし釈迦が悟りを開いた時刻については、明星がまさに出ようとする時であった、とも伝えられる。◇正覚成りたまふ　三歌参照。

229　中国の成句に取材。この歌には仏教色はない。◇崑崙山　閻浮提《えんぶだい》（三七歌参照）の中心にあり、宝石から成るという山。また中国西方にあると考えられた霊山で、西王母《せいおうぼ》（不死の薬を持っていると信ぜられた女神）の住む所とされ、美玉を産するとも伝えられた。◇石もなし　ただの石ころは一つもない。◇玉して……（石がないので）玉を投げて鳥を追い払おうとするが。「玉ヲ以テ鳥ヲ抵《う》ツ」は『劉子《りゅうし》新論』に見え、貴重な物でもたくさんあると、ぞんざいにされる、という譬《たと》えに用いられる。◇さらになき　すこしもない。

230　趣意のよく分らない歌である。◇五色の波　未詳。◇立ち騒げ　立ち騒ぐのである。「こそ」の結びの已然形。◇華蓮　未詳。「華《け》蔵《ざう》」の誤写と見て、華蔵世界すなわち毘盧遮那《びるしゃな》仏（三四歌参照）の浄土とも解せられるが、「鐘の声」との連関に疑問が残る。下の「や」は間投助詞。

228

伽耶山《がやさん》に月隠れ
中夜の静かなりしにぞ
はじめて正覚《しやうがく》成りたまふ

229

崑崙山《こんろんさん》には石もなし
玉してこそは鳥は抵《う》て
玉に馴れたる鳥なれば
驚く気色《けしき》ぞさらになき

230

崑崙山の麓《ふもと》には
五色《ごしき》の波こそ立ち騒げ
華蓮や世界の鐘の声
十方仏土に聞ゆなり

231 『法華経』提婆品《だいばほん》の龍女の成仏した姿を、優美な仏像のごとくに思い描いて歌ったもの。◇烏瑟　肉髻《にっけい》と漢訳。仏の頭上に肉が隆起して髻《もとどり》（頭上で束ねた髪）の形をしているさま。三十二相（二八歌参照）の一つ。◇みどりの元結　艶やかな黒髪の髻。日本的イメージ。◇髪筋ごとに　髪の一筋一筋が。◇声引　声の引き具合。ここは「妙法ヲ演説スル」音調をいう。◇飽く期なし　聞き飽きる時がない。

232 釈迦も昔はただの人。われらも悟れば仏さま。そんな尊い本性《ほんしやう》の、具《そな》わった身でありながら、夢に夢見てうかうかと、世《よ》渡ることのはかなさよ。『平家物語』祇王の条に、白拍子《しらびやうし》の祇王が、新進の白拍子仏御前《ほとけごぜん》に心を移した清盛の前で、「仏も昔は凡夫《ぼんぶ》なり、われらも終《つひ》には仏なり、いづれも仏性《ぶつしやう》具せる身を、隔つるのみこそ悲しけれ」と泣く泣く歌ったとあるが、明らかにこの歌の替歌《かへうた》と思われる。◇三身仏性　二九歌参照。◇具せる　（仏性を）具《そな》えている。◇知らざりける　気が付かないでいる。

233 趣意未詳。あるいは帝釈《たいしやく》（インドラ神）の妃《きさき》の舎脂《しやし》（阿《あ》修羅《しゆら》王の女《むすめ》）が、釈迦に説法を請うたという説話でもあったものか。◇須弥……　須弥山（四三歌参照）の頂上には忉利《とうり》天（二〇四歌参照）があり、善法堂が立っている。◇御座　ここは帝釈の玉座。◇れん華　「散華《さんげ》」（花をまき散らして仏に供養すること）の誤写か。◇一の願　第一の念願。◇講師　経論の講義をする人。

231
烏瑟《うしつ》　みどりの元結《もとゆひ》は
髪筋《かみすぢ》ごとにぞ光るなる
龍女《りゆうによ》が妙《たへ》なる声引《こわびき》は
聞けども聞けども飽《あ》く期《ご》なし

232
ほとけも昔は人なりき
われらも終《つひ》にはほとけなり
三身《さんじん》仏性《ぶつしやう》　具せる身と
知らざりけるこそあはれなれ

233
須弥《しゆみ》の峰には堂立てり
名をば善法《ぜんぼふ》　御座《みざ》の堂
れん華や　きさきの一の願《ぐわん》
その日の講師《こうじ》は釈迦ほとけ

234　弥勒《みろく》の待望者として有名な二人物を詠じた。◇三会《さんね》の暁　「龍華《りゆうげ》の暁」に同じ。一八四歌参照。◇所を占めて　一定の場所を占有して。◇鶏足山……　一八四歌参照。◇摩訶迦葉　一七三歌参照。◇や　間投助詞。◇高野の山　高野山。和歌山県にあり、弘法大師入滅の地。◇大師　弘法大師空海。彼も摩訶迦葉と同様に、死んだのではなく、定《じよう》に入って弥勒の出現を待っているのだ、と信ぜられている。

235　『口伝集』巻十（二六七頁参照）、『十訓抄』第十などに、「とねくろ」という名の遊女《あそび》が、海賊に襲われて重傷を負い、臨終にこの歌を歌って極楽往生をとげた、とある。浄土信仰特有のしめやかな情感にあふれた秀歌で、ほとんど解説を要しない。二六歌の場合でもそうだが、現代のわれわれに好ましく感ぜられる秀作は、おおむね平易な語彙《ごい》を使用したものであり、注釈者が腐心苦労する作品ほど、詩（ポエジー）から遠ざかるきらいがあるというのは、まったく皮肉というほかはない。
◇われら　「われ」に同じ。「ら」は接尾語。この場合は複数でなく、卑下の気持を表す。◇何して……　今まで一体どんな生活をしながら、長《なが》の年月を送ってきたのだろう。◇思へば……　反省してみると、罪深いことばかりで、ほんとうに悲しくてたまらない。◇今は　もはやこの上は。◇西方極楽　一七五歌参照。◇弥陀の誓ひ　二九歌参照。◇念ずべし　思いめぐらして忘れないようにしようぞ。

234
三会《さんゑ》の暁　待つ人は
所を占めてぞおはします
鶏足山《けいそくさん》には摩訶迦葉《まかかせふ》や
高野《かうや》の山には大師とか

235
われらは何して老いぬらん
思へばいとこそあはれなれ
今は西方《さいはう》極楽の
弥陀の誓ひを念ずべし

236
われらが心に　ひまもなく
弥陀の浄土を願ふかな
輪廻《りんゑ》の罪こそ重くとも

236　やはり浄土信仰を歌ったものであるが、前歌よりもやや観念的で、抒情性に乏しい。◇ひまもなく　絶え間もなく。ひっきりなしに。◇輪廻の罪　輪廻《りんね》とはインド古来の思想で、衆生が迷いの世界すなわち六道（地獄・餓鬼・畜生・阿修羅・人間・天上）に生れ変り死に変りして、車輪のめぐるようにとどまることのないことをいう。輪廻はわれわれの悪い行為（罪業《ざいごう》）によってもたらされた報い（罪報）であるから、輪廻の罪と言った。◇最期　臨終。◇迎へたまへ　なにとぞ迎え入れて下さいまし。

237　二三〇歌と重複。

238　暁闇《あかつきやみ》の静けさに、寝覚めてものを思うとき、枕に眼冴《まなこさ》えかえり、とどめもあえぬ涙やな。仏の道に身も入れず、ただいたずらにこの世をば、過し過して、いつの日に、浄土へ参り着けようぞ。

二三五歌と同じく、老境に入ろうとしている人の、深刻な内省を詠じたもの。◇暁　夜中を過ぎ、あけぼのより前の、まだ暗いうちをさす。◇しづかに　上の語の述語であり、同時に下の語の修飾語であるという、二重のはたらきをしている。◇寝覚め　老人に顕著な現象。◇おさへあへぬ　おさえきれない。◇はかなく　これといった中味もなく。◇過ぐしても　過したりして、まあ。「も」は強めの意をもつ係助詞。◇いつかは……　いつ……ことができようか。できはしない。

最期《さいご》に必ず迎へたまへ

237
弥陀の誓ひぞ頼もしき
十悪五逆の人なれど
一《ひと》たび御名《みな》を称《とな》ふれば
来迎引接《らいかういんぜふ》　疑はず

238
暁　しづかに　寝覚めして
思へば　涙ぞおさへあへぬ
はかなくこの世を過ぐしても
いつかは浄土へ参るべき

239
峰に起き臥《ふ》す鹿だにも
ほとけになること　いとやすし

239　『法華経』の絶大な功徳を讃美した歌。人間でなくて、鹿をもってきたところが一興。◇鹿だにも　鹿のような畜生ですらも。◇筆に結ひ　筆の穂先に造りあげて。◇一乗妙法　一乗を説くすぐれた教え。法華経。四〇頁＊印参照。◇書いたんなる　「書きたるなる」の音便。「書く」の主語は、もちろん鹿でなくて人間。◇功徳に　御《ご》利《り》益《やく》として。

240　夢まぼろしのこの世をば、身すぎ世すぎのためにとて、海に漁《すなど》り山に狩り、殺生かさねて送る間《ま》に、十方世界のみ仏の、嫌われ者となり果てて、後生助かるすべもない、わが身の因果何としょう。いくら悪だ、罪だと言われても、そうしなければ食ってゆけない、しがない庶民の苦悩を訴えた歌。『源氏物語』など貴族文学の世界の、いわばぜいたくな煩悶《はんもん》とは異質の、痛切な響きを漂わせる佳作。◇海山かせぐ　海や山で仕事に精を出す。◇疎まれて　いやがられ、そっけなくされて。◇後生　死後の世界。

241　二四歌と同じく、一切は心の所造であるとする仏教的唯心論の立場から歌われたもの。◇有漏と……　煩悩《ぼんのう》のしわざだと悟ってみれば。◇阿鼻　無間《むげん》地獄。二四歌参照。◇心から　心のせいだということが分る。◇池水　「炎」に対置した表現。◇心澄みては……　悟りの境地に到達すれば、(極楽の清涼な池水も)わが心から離れて存在するものではない。

己《おのれ》が上毛《うはげ》を整へ　筆に結《ゆ》ひ
一乗妙法　書いたんなる功徳《くどく》に

240
はかなきこの世を過ぐすとて
海山《うみやま》かせぐと　せしほどに
万《よろづ》のほとけに疎《うと》まれて
後生《ごしやう》　わが身をいかにせん

241
よろづを有漏《うろ》と知りぬれば
阿鼻《あび》の炎も心から
極楽浄土の池水《いけみづ》も
心澄みては隔てなし

四句神歌《しくのかみうた》　百七十首

一 神分《じんぶん》　三十六首

242 神の　家《いへ》の子《こ》　公達《きうだち》は
八幡《やはた》の若宮《わかみや》　熊野《くまの》の若王子《にやくわうじ》　子守御前《こもりおまへ》
日吉《ひえ》には山王《さんわう》　十禅師《じふぜんじ》
賀茂《かも》には片岡《かたをか》　貴船《きふね》の大明神《だいみやうじん》

243 東《ひがし》の山王《さんわう》恐ろしや
二宮《にのみや》　客人《まらうど》の　行事《ぎやうじ》の　高御子《たかのみこ》
十禅師　山長《やまをさ》　石動《ゆつるぎ》の　三宮《さんのみや》
峰には八王子《はちわうじ》ぞ恐ろしき

一 ここでは神々を題材とする歌の意。神分とは、本来は神にあてる分という意味で、仏教の法要に際し、悪神の障《さわ》りを除き、善神の護《まも》りを請うため、インドの諸天や日本の神祇《じんぎ》に対して読経をし、それによって神々の心を楽しませることをいう。一般に般若心経《はんにゃしんぎょう》を用い、また大般若経名《みょう》を添える。この時代の神祇には、本地垂迹《ほんじすいじゃく》説による仏教的色彩が濃厚である。

242 「物は尽し」風に、高名な神々の御子神《みこがみ》（主神の子である神）ないし一族の神をあげた歌。

◇家の子　武家の一族。◇公達　「きんだち」に同じ。貴族の子女。◇八幡　四九五歌参照。◇若宮　五〇〇歌参照。◇熊野　二一五頁注一参照。◇若王子　二五八歌参照。◇子守御前　熊野十二所権現《ごんげん》の一つ。◇日吉　二一五頁注二参照。◇山王《さんのう》　ここは「三宮《さんのみや》」を歌い誤ったものであろう。三宮（今の三宮神社）は次の「十禅師」（今の樹下神社）とともに山王権現七社の一つ。◇賀茂　二〇一頁注三参照。◇片岡　今の片山御子神《かたおかみこ》社（上賀茂の摂社）。◇貴船　二一六頁注二参照。かつては賀茂の摂社とされた。◇大明神　明神（神仏分離以前の神の尊称）をさらに尊称した語。

243 山王権現の諸社を列挙した歌。日吉山王、中でも八王子権現は、祟《たた》る神として恐れられた。

◇東　比叡山の東。◇山王　二一五頁注二参照。◇二宮　二六八歌参照。◇客人の　客人の宮の意。今の白山姫神社。◇行事の　以下、山王二十一社の一つ、ないしそれに所属の小社。◇八王子　今の牛尾神社。

244　日吉山王権現《ひえさんのうごんげん》は、仏法ひろめんためにとて、天台比叡の麓《ふもと》なる、霊地に神と身を現じ、本地の光隠しつつ、塵の世間に交わって、山の東のお社《やしろ》と、祭られたもうかしこさよ。

日本の神々は仏・菩薩が衆生を救うために権《かり》に現れたものだ、という本地垂迹《ほんじすいじゃく》思想の典型的表現。◇天台　比叡山を中国の天台山になぞらえた。◇迹を垂れ　仏・菩薩が仮に神の姿となって現れ、の意。最澄の勧請《かんじょう》した大宮は釈迦、最澄以前からの地主神である二宮は薬師の垂迹であるという。◇光を……　「和光同塵」をやわらげた言い方。仏・菩薩が人々を救うために、威徳の光を和らげ、姿を変えて、濁ったこの世に現れること。◇東の宮　比叡山の東ふもとの社の神。◇斎はれ　神として祭られ。

245　◇御先　貴人の先払いをつとめること。ここは、主神の先払いを役目とする神々をいう。◇現ずるは　（御先として）現れるのは。◇さう九上　未詳。◇山長……　以下、山王二十一社の一つ、ないしそれに所属する小社。「行事の」は、行事の宮の意。◇王城　平安京。◇響かいたうめる　「響かしたるめる」の音便。名をとどろかせているらしい。◇鬢結ひの　「びづら」は「びんづら」「みづら」に同じ。少年の髪形。髪をびんずらに結った。◇一童　二七四歌参照。◇いちゐのさり　未詳。◇松童　高良《こうら》明神（八幡《やわた》の摂社）に所属の小社。◇せいしん　未詳。◇荒夷　今の沖恵美酒《おきのえびす》神社（西宮《にしのみや》神社に所属）。

244
仏法弘《ひろ》むとて
天台麓《ふもと》に迹《あと》を垂れおはします
光を和《やは》らげて塵《ちり》となし
東の宮とぞ斎《いは》はれおはします

245
神の御先《みさき》の現《げん》ずるは
さう九上　山長《やまをさ》　行事の　高御《たかのみ》子《こ》　牛御《うしのみ》子《こ》
王城響《ひび》かいたうめる　鬢結《びづらゆ》ひの一童《いちどう》や　いちゐのさり
八幡《やはた》に松童《まつどう》　せいしん　ここには荒夷《あらえびす》

246
これより南に高き山
娑羅《しゃら》の林こそ高き山　高き峰
日前《にちぜん》国懸《こっけん》　中《なか》の宮
伊太祁曾《いたきそ》　鳴神《なるかみ》とや　紀伊三所《きいさんじょ》

246 ◇娑羅の林　未詳。◇日前・国懸　「ひのくま」「くにかがす」を音読したもの。同一境内にあり、二社一体の社。◇中の宮　未詳。◇伊太祁曾・鳴神　ともに社名。◇紀伊三所　伊達《いだち》・志磨《しま》・静火《しずひ》の三社の総称。以上七社、みな和歌山市内にある。

247 ◇近江　「近《ちか》つ淡海《あふみ》」の約。都に近い淡水湖の意。単に近江《あふみ》ともいい、転じて国名。◇天台山王　二十一社の総称。特に大宮をさすこともある。◇峰の御前　八王子をさすか。◇五所の御前は　五所の神（未詳）の中では、の意か。◇聖真子　今の宇佐宮。本地は阿弥陀とされ、大宮・二宮とあわせて山王三所（三聖）という。◇一童　二七四歌参照。

248 ◇関　逢坂《おうさか》の関。平安京の東関門。◇軍神　武運を司る神。◇鹿島・香取・諏訪　「かんどり」は「かとり」の訛《なまり》。この三明神は古来特に有名な武神。順に茨城県・千葉県・長野県に鎮座。◇比良　比良山の麓《ふもと》、琵琶湖岸の白鬚《しらひげ》明神。◇洲　今の洲宮《すのみや》神社（館山市）。◇滝の口や　地名（千葉県白浜町）。「や」は間投助詞。◇小□　原文欠字。「小鷹《をたか》」（社名）か。◇八剣　今の八剣宮《はつけんぐう》（熱田神宮の別宮《べつぐう》。名古屋市）。◇多度　社名（桑名市の北方）。

249 ◇一品中山　下の「吉備津宮」（今の吉備津神社、岡山市内）の傍注が本文に混入したか。一品は一位の神階。吉備の中山《なかやま》は同社の地名。◇厳島　二一七頁注四参照。◇広峰　今の広峰神社（姫路市）。◇惣三所　今の射楯兵主《いたてひようす》神社（姫路市）。◇岩屋には

247
王城東《ひんがし》は近江《ちかたうみ》
天台山王　峰の御前《おまへ》
五所の御前は聖真子《しやうじんし》
衆生《しゆじやう》願ひを一童に

248
関より東《ひんがし》の軍神《いくさがみ》
鹿《か》島《しま》　香《かん》取《どり》　諏《す》訪《は》の宮　また比《ひ》良《ら》の明神《みやうじん》
安《あ》房《は》の洲《す》　滝《たい》の口《くち》や小□
熱《あつ》田《た》に八《や》剣《つるぎ》　伊勢には多《た》度《ど》の宮

249
関より西なる軍神
一品中山《いちほんちゆうさん》　安《あ》芸《き》なる厳島《いつくしま》　備《び》中《ちゆう》なる吉《き》備《び》津《つ》宮《みや》
播磨《はりま》に広峰《ひろみね》　惣三所《そうさんじよ》

絵島明神（今の岩屋神社、明石海峡の南岸に鎮座）に相対しては。◇住吉　二一二頁注一参照。◇西宮　今の広田神社。二一七頁注三参照。

250　◇南宮　浜の南宮《なんぐ》。二一七頁注三参照。◇泉「宮水《みやみず》」の名で後世の酒造家に珍重される井泉をいうのであろう。◇栄井の御前　「さうゐ」は「栄《さ》く井《ゐ》」の音便。栄える井、の意。「御前」は栄井を神格化した敬称。◇濁るらむ　「潤ふらん」を歌い替えたもの。ともに、井のあたりの地面はしっとりうるおっているだろう、の意。◇中の御在所　未詳。社殿の一つをさすか。◇竹の節　竹のふしとふしとの間。

251　◇いづれか　どれが……か。◇貴船　二一六頁注二参照。◇賀茂川　賀茂川沿いに北上して。◇箕里　未詳。◇御菩薩池　「みぞろが池」「深泥池《みどろがいけ》」とも。上賀茂社の東方。◇御菩薩坂　池の北方の坂道か。◇畑井田　今の幡枝《はたえだ》の地。◇篠坂　未詳。◇一二の橋　未詳。◇山川　ここは貴船川。◇岩枕　ここは、川中に岩がごろごろ横たわる場所、の意か。

252　◇内外座　境内・境外にある所属の小社。◇山尾……吸葛　いずれも呪詛《じゅそ》神。謡曲「鉄輪《かなわ》」で知られるように、貴船は「丑《うし》の時参り」の本場であった。◇白石・白髭　ともに小社。◇白専女　年とった白狐。「専女」は元来は老女の意。小社の一つか。◇黒尾の御先　小社の一つか。「御先」は二四五歌参照。前の句の白ずくめから黒へと、イメージの転換が効果的。◇あはれ　ああ（空恐ろしいことだ）。

淡路《あはぢ》の岩屋《いはや》には　住吉《すみよし》　西宮《にしのみや》

250
南宮《なんぐ》の宮には泉出《い》でて
栄井《さうゐ》の御前《おまへ》は潤《うる》ふらん　濁るらむ
中《なか》の御在所《ございしよ》の竹の節《よ》は
一夜《ひとよ》に五尺ぞ生《お》ひのぼる

251
いづれか貴船《きふね》へ参る道
賀茂川　箕里《みのさと》　御菩薩池《みどろいけ》　御菩薩坂
畑井田《はたゐだ》　篠坂《しのさか》や　一二《いちに》の橋
山川《やまがは》さらさら岩枕《いはまくら》

252
貴船の内外座《ないげざ》は
山尾《やまを》よ　川尾《かはを》よ　奥深《おくふか》　吸葛《すひかづら》

白石《しらいし》　白髭《しらひげ》　白専女《しらたうめ》
黒尾《くろを》の御先《みさき》は　あはれ　内外座や

253
近江《あふみ》の湖《みづうみ》は海ならず
天台薬師の池ぞかし　何《な》ぞの海
常楽我浄《じやうらくがじやう》の風吹けば
七宝蓮華《しつぽうれんげ》の波ぞ立つ

254
近江の湖に立つ波は
花は咲けども実《み》もならず　枝ささず　や
比叡《ひえ》のお山の西裏にこそ　や
水飲《みづのみ》ありと聞け

255
祇園精舎《ぎをんしやうじや》のうしろには

253　本朝随一の名のある琵琶湖を、天台薬師の池と見立てることによって、天台薬師の威徳の広大さを讃美した歌。内容的には法文歌に類する。◇近江の湖　琵琶湖。◇海ならず　ただの海ではない。「海」は塩分の有無にかかわらず、広々と水をたたえたところをいう。◇天台薬師　天台山すなわち比叡山の根本《こんぽん》中堂の本尊である薬師如来。◇何ぞの海　「何の海ぞ」に同じ。問いかけ形式の合の手。◇常楽我浄　この世の一切は無常・苦・無我・不浄であるのに対し、涅槃《ねはん》（悟りの境地）は永遠（常）、安　（楽）、絶対（我）、清浄（浄）であること。涅槃の四徳という。◇風吹けば　薬師仏の威徳が発揮されると、の意。◇七宝蓮華　七種の宝石や貴金属（金・銀・瑠璃《るり》など）でできた蓮華。◇波ぞ立つ　浄土の荘厳な風景が展開される、の意。

254　近江の湖に立つ波は、波の花なら咲くけれど、枝もしげらず、みもならず。ダガネ、比叡のお山の西裏にゃ、コリャ、水のみ峠《とうげ》があるわいな。
◇花　波頭を白い花に見立てたもの。◇枝ささず　「さす」は伸びる意。◇や　囃《はや》し詞《ことば》。◇西裏　比叡山は、延暦寺《えんりやくじ》や日吉《ひえ》社のある東側（琵琶湖側）を正面とし、西側（京都側）を裏とする。◇水飲　地名。京都の西坂本（今の修学院離宮のあたり）からの登山路を雲母《きらら》坂といい、その頂上付近の地点。ここでは「水の実《み》」を響かせた洒落《しやれ》。◇聞け　「こそ」の結びの已然形。聞いているよ。

よもよも知られぬ杉立てり　昔より
山の根なれば生《お》ひたるか　杉
神のしるしと見せんとて

256
熊野へ参るには
紀《き》路《ぢ》と伊《い》勢《せ》路《ぢ》のどれ近し　どれ遠し
広大慈悲の道なれば
紀路も伊勢路も遠からず

257
熊野へ参るには
何か苦しき　修行者《しゆぎやうじや》よ
安《やす》松《まつ》　姫《ひめ》松《まつ》　五《ご》葉《えふ》松《まつ》
千《ち》里《さと》の浜　□

255　◇祇園精舎　一六二歌参照。ここは牛頭天王《ごずてんのう》を祭った祇園感神《かんじん》院（今の八坂《やさか》神社。京都市東山区）をさす。◇よもよも知られぬ杉　いつの昔から立っているのか、全く見当もつかない古木の杉。◇山の根……　山の主《ぬし》だからというので生えているのか、杉よ。◇神のしるしと　神霊のやどる座であると。

256　熊野の本宮《ほんぐう》・新宮・那智の三所は、本来別個の社であったが、早くから三所一体の観念を生じ、熊野三山と総称された。三山には、それぞれの主神のほかに、他の二神をも合祭し、本地垂迹説に基づき熊野三所権現と称した。本宮の主神の本地は阿弥陀、新宮のは薬師、那智が千手観音とされる。さらに三山とも、他に九所の神を合祭して、熊野十二所権現と呼ぶに至った。熊野参詣《さんけい》は、白河法皇以降急速に盛んとなり、三山を巡歴する場合と、本宮のみで引き返す場合とがあった。
◇紀路　京から川船で難波《なにわ》（大阪市）へ出、和泉《いずみ》・紀《き》伊国《のくに》の海岸づたいに南下し、中辺路《なかへち》（今の田辺市から東へ入る山道）を経て、本宮に至る道。当時最も多く利用された経路。◇伊勢路　京から伊勢へ出、そこから陸路または海路を取って、新宮に至る道。◇広大慈悲の道　広大な慈悲を垂れる神への参詣路。本地の仏・菩薩を強く押し出した表現。

257　歌詞の前半と後半とで、掛合い万歳《まんざい》の形式をなしている。問いに対し、洒落《しやれ》で答えたもの。
◇何か苦しき　何が苦しいか。どんな事がつらいか。

258
熊野へ参らむと思へども　すぐれて山きびし
徒歩《かち》より参れば道遠し
馬にて参れば苦行ならず
空より参らむ　羽賜《た》べ　若王子《にやくわうじ》

259
熊野の権現《ごんげん》は
名《な》草《ぐさ》の浜にこそ降《お》りたまへ
若《わか》の浦《うら》にし　ましませば
年はゆけども若王子《にやくわうじ》

260
花の都を振り捨てて
くれくれ参るは　おぼろけか
且《か》つは権現御覧《ごらん》ぜよ
青蓮《しやうれん》の眼《まなこ》をあざやかに

◇修行者　仏道修行のため諸国の寺社を遍歴して歩く僧。◇安松　蟻通明神《ありどおしみようじん》（大阪府泉佐野市）付近の地名。苦しいどころか、やすいこと、と地名に掛けた洒落。◇姫松　住吉明神（大阪市）付近の地名。安松とともに熊野への道筋。◇五葉松　松の一種。安松・姫松に語呂を合わせ、次の「千里」も含めて、すべてめでたい語を並べた。◇千里の浜　和歌山県南部《みなべ》町の海岸。この語のあと、原文欠字。

258　熊野参りはしたいけど、歩いて参るにゃチト遠い。サテ山けわしかろ。馬の背まかせの旅路では、苦行にならぬが玉に瑕《きず》。いっそ空から参ろもの、羽くだしゃんせ、若王子。

◇徒歩より　徒歩で。◇苦行　仏神に祈願する際は、何らかの苦行をなすべきものとされた。◇羽賜べ　鳥のようにはばたくことは、乗馬よりは幾分苦行である。◇若王子　若一《にやくいち》王子・若宮《わかみや》ともいい、三所権現の次位を占め、十一面観音の垂迹とされる。三山に合祭されるほか、難波から本宮までの道筋の九十九個所にも王子社があり、九十九王子と称せられた。

259　◇権現　二四歌参照。ここは若王子権現。◇名草の浜　「若の浦」と同所。今の和歌浦《わかのうら》。◇降りたまへ　鎮座していらっしゃる。◇若王子　地名のせいで、いつまでも若い神様だ、と洒落《しや》れた。

260　◇くれくれ　とぼとぼと、心細く。◇おぼろけか　徒《あだ》や疎《おろそ》かな信心でしょうか。◇且つは　一方、権現さまの方でも。◇青蓮の眼　二六歌参照。

261

八幡《やわた》参りはしたいけど、南へ鴨川渡ろうか、西へ桂川渡ろうか。流れの速さは変りゃせぬ、ホンニね。淀の渡しに舟浮べ、お迎え下され、大菩薩。

京都南西郊の八幡（今の石清水八幡宮《いわしみずはちまんぐう》）へ参詣するには、南行して鴨川（賀茂川の下流）・巨椋池《おぐらのいけ》（宇治川下流の遊水地帯。干拓されて今は消滅）の流出口を渡る道と、西行して桂川・淀川本流を渡る道との二経路があった。

◇鴨川・桂川　鴨川はやがて桂川に合流し、その桂川は巨椋池＝宇治川の流出口で木津川と合流して、淀川となる。◇淀の渡り　淀近辺の渡し場の総称か。「淀」は昔の淀川の起点、すなわち三川（桂川・宇治川＝巨椋池・木津川）合流の地点（京都市伏見区）。今は淀より西方で合流する。◇大菩薩　八幡神《はちまん》は神仏習合の風潮が最も早くから顕著な神で、八幡大菩薩と呼ばれ、僧形《そうぎょう》の神像も作られた。

262

南宮《なんぐう》と呼ばれる社は諸国にあるが、その中から大・中・小の南宮をあげ、おもしろく並べた。

◇南宮の本山は　南宮と呼ばれる社のうち、一番貫禄のあるのは。◇信濃の国　長野県の上諏訪《かみすわ》・下諏訪の両社は「諏訪南宮上下社」と称された。◇承る　「うけたまはる」の訛《なまり》。そう聞いてる。◇さぞ申す　「承る」に対して掛合い式に歌った文句。そういってる。◇美濃……　岐阜県垂井《たるい》町には中級の南宮（今の南宮神社）がある。◇伊賀……　三重県上野市には、小児に見立ててよい南宮（今の敢国《あえくに》神社）がある。

261

八《や》幡《はた》へ参らんと思へども
鴨《かも》川《がは》　桂川《かつらがは》　いと速《はや》し　あな速しな
淀《よど》の渡りに舟浮けて
迎へたまへ　大菩薩《だいぼさつ》

262

南宮《なんぐ》の本山《ほんざん》は
信濃《しなの》の国《くに》とぞ承《うけたば》る　さぞ申す
美濃《みの》の国《くに》には中《なか》の宮
伊賀《いが》の国《くに》には幼き児《ちご》の宮

263

金《かね》の御嶽《みたけ》は一天下《いちてんげ》
金剛蔵王《こんがうざわう》　釈迦　弥勒《みろく》
稲荷《いなり》も八幡も木嶋《このしま》も

人の参らぬ時ぞなき

264 金の御嶽は四十九院《しじふくゐん》の地《ぢ》なり
嫗《おうな》は百日千日は見しかど　え知りたまはず
にはかに仏法そうたちの二人《ふたり》おはしまして
行ひ現はかし奉る

265 金の御嶽にある巫女《みこ》の　打つ鼓《つづみ》
打ち上げ打ち下ろし　おもしろや　われらも参らばや
ていとんとうとも響き鳴れ鳴れ　打つ鼓《つづみ》
いかに打てばか　この音《ね》の絶えせざるらむ

266 神のめでたく験《げん》ずるは
金剛蔵王《こんがうざわう》　はゝわう大菩薩

263　歌詞の前半と後半とが遊離し、主題が不明確。◇金の御嶽　大峰山（一六歌参照）の北端に位置する吉野山は、修験道の霊場として金峰山《きんぶせん》と呼ばれ、金の御嶽と俗称された。明治の神仏分離により、金峰山寺から金峰神社・勝手《かつて》神社等が分立したが、もとは一体であった。◇一天下　一世界を形成している、の意。吉野曼荼羅《まんだら》はその絵画的表現。◇金剛蔵王　蔵王権現ともいい、金峰山寺蔵王堂の本尊。役行者《えんのぎようじや》が感得したという忿怒形《ふんぬぎよう》の神。◇釈迦・弥勒　金剛蔵王の過去身は釈迦、未来身は弥勒、とされる。◇稲荷　二〇五頁注三参照。◇木嶋　二一八頁注二参照。

264　老女の独白の体をなすが、趣意は判明でない。◇四十九院　弥勒菩薩の住所である兜率天《とそつてん》の内院には、四十九重の微妙《みみよう》の宝殿があるという。ここでは金峰山を蔵王権現の本地《ほんじ》弥勒の浄土に見立てた。◇嫗　老女。ここは自称。◇え知りたまはず　「え知りたまへず」の歌い訛《なまり》であろう。納得できなかった。◇そうたち　「先達《せんだち》」の誤りか。修験道で、行者の峰入りの時に案内役を勤める者をいう。◇行ひ……　祈って（四十九院の有様を）目の前に現出した。

265　◇巫女　神に仕え、神のお告げを伝える女性。本来の宗教的職能以外に、今様を歌うなど、芸能の面でも活躍した。◇打ち上げ　次第に強くまたは速く打つことであろう。◇ていとんとう　鼓の音の擬声語。◇いかに……　いったい、どんな風に打つので、鼓の音がとぎれずに響くのだろうか。うまいものだ。

266　◇めでたく　すばらしく。◇験ずる　霊験を示す。◇金剛蔵王　二六三歌参照。◇はゝわう　未詳。「はゝ」は「はば」（八幡）か。◇西宮　今の広田神社。二二七頁注三参照。◇祇園天神　牛頭《ごず》天王《てんのう》。二五五歌参照。◇大将軍　今の大将軍八神社（京都市上京区）。◇日吉山王　二一五頁注二参照。◇賀茂上下　上賀《かみが》茂《も》・下鴨《しもがも》の両社。二〇一頁注三参照。

267　祇園社（二五五歌参照）の祭神を詠じたもの。◇大梵天王《だいぼんてんのう》　帝釈《たいしゃく》とともに仏法守護神の上席者。ここでは牛頭《ごず》天王《てんのう》（祇園社の主神）と混同している。◇中の間……　社殿の中央の間に祭られておいでになる。◇正法　「少将井《せうしやうゐ》」（婆利女の別称）を歌い誤ったものか。◇婆利女　婆利《ばり》釆女《さいにょ》。娑竭羅《しやかつら》龍王（二一三歌参照）の第三女で、牛頭天王の妃《きさき》。◇御前　神に対する敬称。◇西の間　社殿の西側の間。

268　手も凍るよな清水をば、暁ごとに汲み上げて、二宮さまに参らする。六年苦行の山ごもり、数《じゅ》珠《ず》のちびるは厭《いと》やせぬ。無心な稚児《ちご》の手遊びの、ホンニどんなに楽しかろ、どんなにどんなに楽しかろ。
日吉《ひえ》の二宮権現に奉仕する年若い修行僧が、ふと稚児たちの無邪気な戯れに目をとめて、おのが幼時を追懐した歌と解してみたが、第四句は唐突で舌足らずな表現のため、正解を得がたい。◇二宮　日吉山王の第二主神。叡山本来の神（二四四歌参照）。明治以後、この神が主祭神に昇格して西殿（旧大宮社殿）へ移り、旧大宮の神は東殿（旧二宮社

西宮《にしのみや》　祇《ぎ》園《をん》天《てん》神《じん》　大将軍《たいしやうぐん》
日吉《ひえ》山《さん》王《わう》　賀《か》茂《も》上下《じやうげ》

267
大《だい》梵《ぼん》天《てん》王《わう》は
中《なか》の間《ま》にこそおはしませ
正法《しやうぼふ》婆《ば》利《り》女《によ》の御《お》前《まへ》は
西の間にこそおはしませ

268
清《し》水《みづ》の冷たき二宮《にのみや》に
六年苦行の山籠《やまごも》り
数《じゆ》珠《じゆ》の禿《つぶ》るも惜しからず
童《どう》子《じ》の戯《たはぶ》れ如《い》何《か》なるも　それ如何に

269
大しやうたつといふ河原《かはら》には

殿）へ移った。◇六年……　最澄の定めた「山家学生式《さんげがくしょうしき》」により、正式の修学《しゅがく》者は十二年間、叡山の結界《けっかい》（制限地域）の外へ出ることを許されなかった。ここでは、苦しい修行期間の半ばに到達した感慨を歌ったもの。日吉社は叡山の東麓《ふもと》にあるが、結界の内である。◇禿る　ちびる。磨滅する。◇如何なるも　どんなに、まあ、楽しそうな様子であることか。

269　◇大しやうたつ　未詳。◇大将軍　二六六歌参照。◇降りたまへ　おくだりになる。「こそ」の結びの已然形。◇あつらひ　未詳。◇遊うたまへ　「遊びたまへ」の音便。ここは命令形。

270　◇一品聖霊　「一品」は一位の神階。「聖霊」は死者の霊に対する尊称。ここでは一品の位を有する神の意で、「吉備津宮」の修飾語。◇吉備津宮二四九歌参照。◇新宮・本宮・内の宮　吉備津宮はもと正宮・本宮・新宮・内宮・岩山宮から成り、吉備津五所大明神と称した。正宮は今の本殿。本宮は摂社で、新宮・内宮を合祭する。◇はやとさき　未詳。◇北や南の……　北門《きたのもん》客神《きゃくじん》と南門客神。◇艮御先　正宮の艮（東北）にあり、本殿守護の神。

271　一首の趣意をつかみにくい歌。◇宇治　京都府宇治市。◇神おはす　離宮明《りきゅうみょう》神《じん》（今の宇治神社と宇治上《かみ》神社）をさすか。◇中をば……　未詳。◇橘小島　宇治橋の下流にあった小島。『源氏物語』浮舟の巻に見える。◇あたぬし　未詳。◇七宝蓮華　二五三歌参照。◇をしつるき　未詳。

大将軍《たいしやうぐん》こそ降《お》りたまへ
あつらひ　めぐり　もろともに
降《お》り遊《あそ》うたまへ　大将軍

270
一《いち》品《ほん》聖霊《しやうりやう》吉《き》備《び》津《つ》宮《みや》
新《しん》宮《ぐう》　本《ほん》宮《ぐう》　内《うち》の宮　はやとさき
北や南の神《かみ》まらうど
艮《うしとら》御《み》先《さき》は恐ろしや

271
宇《う》治《ぢ》には神おはす
中をば菩《ぼ》薩《さつ》御《お》前《まへ》
橘《たちばな》小《こ》島《じま》のあたぬし
七宝蓮華はをしつるき

272
石神《いはがみ》三所《さんじよ》は今貴船《いまきふね》
参れば願ひぞ満《み》てたまふ
帰りて住所《ぢゆうしよ》をうち見れば
無数《むしゆ》の宝ぞ豊かなる

273
住吉四所《すみよしししよ》の御前《おまへ》には
顔よき女体《によたい》ぞおはします
男は誰《たれ》ぞと尋ぬれば
松がさきなる好《す》き男

274
天《あめ》の御門《みかど》より
一童吾児《いちどうあこ》こそ出《い》でたまへ
衆生《しゆじやう》願ひをば
一童吾児こそ満《み》てたまへ

272　◇石神三所　未詳。「石神《いしがみ》」は石を神体として祭ったもの。◇今貴船　貴船（二一六頁注二参照）の神を新たに勧請《かんじよう》して祭った社《やしろ》の意であろう。

273　住吉四所の一方《ひとかた》は、みめよい姫の神さまじゃ。相手《いろ》はだれじゃと問うたれば、松の葉守《はもり》の男神。住吉四所のお社に、ござるはみめよい巫女《みこ》さまじゃ。相手《いろ》はだれじゃと問うたれば、松《まつ》ヶ崎《さき》から通い夫《つま》。女神は実はつけたりで、巫女の情事をおもしろおかしくはやしたてた。非難したのではない。住吉の社には色っぽい雰囲気《ふんいき》があったらしい（二四一歌参照）。◇住吉四所　住吉社は四棟の社殿から成る。◇御前　神に対する敬称。◇には　……の中には。◇女体　女体の神。ここは第四殿に祭る女神（息長足姫命《おきながたらしひめのみこと》＝神功皇后と伝えるが、正体は問題でない）をさすが、暗に同社の巫女をいう。◇おはします　神に対する敬語であると同時に、巫女に対して少しおどけた言い方をしたもの。◇男　夫。恋人。◇松がさき　松の枝先と松《まつ》ヶ崎《さき》（地名。大阪市阿倍野《あべの》区）とを掛けた。住江《すみのえ》（住吉社のあたりの海岸）は白沙青松の地で（今は消滅）、名物の松に宿る男神を女神の愛人に見立て、一方巫女の情人は松ヶ崎の色男だと洒《しや》落れたもの。住吉――松――松ヶ崎と連想で結んだ言葉のあやで、地名に深い意味はない。◇好き男　色恋に熱中する男。

274　◇天の御門　神々の住所である天界の門。◇一童吾児　日吉《ひえ》山王二十一社中の早尾社の北にあった小社。童形《どうぎやう》の神なので（二四五歌参照）、「吾児」と言った。◇出でたまへ　この世に出て、社に祭られておられる。◇満てたまへ　満足させて下さる。

275　「本体観世音、常在補陀落、為度衆生故、示現大明神」の偈《げ》によったもの。観音を本地とする神は、熊野の那智本来の祭神、日吉山王の客人《まろうど》社など多くあり、それらの神を讃美した歌であろう。◇本体　神の本地。◇常在……　常に補陀落山《ふだらくせん》（インドの南海岸にあると信ぜられた山の名。観音の浄土）においでになる。◇為度……　衆生を度《ど》する（救う）ために。「や」は間投助詞。◇生々……　いつの世にも偉大な神の姿をとってお現れになるのだ。

276　夷《えびす》神を讃美した歌であろう。◇浜の南宮　二一七頁注三参照。ただしここは「西宮戎《にしのみやえびす》」と混同したものであろう。夷神は漁夫・商人の守護神。◇如意や宝珠　「や」は間投助詞。意のままに宝を出すといわれる玉。◇須弥の峰　須弥山《しゆみせん》。仏教の世界観では、世界の中心に高くそびえていると考えられた山。◇櫂　水を掻いて船を進める道具。須弥山を櫂とするというのは、気宇壮大な見立て。◇海路の海　重複した言い方だが、海の広大な感じをうまく出している。

一　神歌の中に仏歌・経歌・僧歌が含まれるのは、本地垂迹説に基づく仏神一如の思想に由来する。これらの歌詞の内容は法文歌と大差ないが、おそらく神歌系統の曲節で歌われたものであろう。

275
本体観世音《くわんぜおん》
常在補陀落《ふだらく》の山《せん》
為《ゐ》度《ど》や衆生
生々《しやうじやう》示現大明神《だいみやうじん》

276
浜の南宮《なんぐ》は
如意《によい》や宝珠《ほうじゆ》の玉を持ち
須弥《しゆみ》の峰をば櫂《かい》として
海路《かいろ》の海にぞ遊《あそ》うたまふ

仏歌[一]　十二首

277
釈迦《しやか》の御《み》法《のり》は天竺《てんぢく》に
玄奘三蔵《げんじやうさんざう》　弘《ひろ》むとも

深沙《じんじや》大王　渡さずは
この世に仏法なからまし

278
釈迦の説法終りなば
摩訶《まか》や迦葉《かせふ》の大阿羅漢《あらかん》
鶏足山《けいそくさん》より　慈尊《じそん》の
出《い》でたまはう世に参り会はむ

279
釈迦牟尼《むに》ほとけの童名《わらはな》は
悉達太子《しつたたいし》と申しけり
父をば浄飯王《じやうぼんわう》といひ
母これ善覚長者《ぜんがくちやうじや》の女《むすめ》　摩耶夫人《まやぶにん》

280
文殊《もんじゆ》は　誰《たれ》か迎へ来《こ》し

277　◇天竺に　いくらインドにひろまっていても。◇玄奘三蔵　唐の時代の僧。艱難《かんなん》辛苦の末、西域を経てインドに渡り、多数の経典を持ち帰って、これを漢訳した。「三蔵」は経・律・論、すなわち仏教聖典の総称。ここでは三蔵法師（三蔵に通暁した僧）の略で、玄奘に対する敬称。◇弘むとも　いくら中国にひろめようとしても。◇深沙大王　深沙大将ともいう。玄奘が西域の沙漠中で困窮した時、これを助け守護した鬼神。◇渡さずは　沙漠を越えさせなかったならば。◇なからまし　存在しなかったことだろう。

278　◇終りなば　「終りぬれば」（もはや終了したので）の意味に誤用している。◇摩訶や迦葉「や」は間投助詞。摩訶迦葉は釈迦の弟子。教団の長老として尊敬された。◇大阿羅漢　大聖者。◇鶏足山　一八四歌参照。◇慈尊　弥勒菩薩の別称。◇出でたまはう　「出でたまはむ」の音便。◇参り会はむ　めぐり合うことであろう。

279　◇釈迦牟尼　シャーキヤ（釈迦）族出身のムニ（聖者）の意。◇ほとけ　ブッダの音写「浮図《ふと》」に「家《け》」をつけたのに由来する、との語源説をはじめ、諸説がある。ブッダは通常「仏」「仏陀」と音写し、悟った人の意。◇悉達　悉達多《しつだつた》の略。◇浄飯王　中インドの小国迦毘羅衛《かびらえ》の王。◇善覚長者　中インド天臂《てんぴ》城の王と伝える。◇摩耶夫人　「摩耶」は摩訶摩耶《まかまや》の略。悉達多を出産後（二八歌参照）、七日にして没し、忉利天《とうりてん》（二〇四歌参照）に生れたという。

奝《てう》然《ねん》聖《ひじり》こそは迎へしか　迎へしかや
伴《とも》には優《う》塡《てん》国王や　最勝老人《らうにん》
善《ぜん》財《ざい》童《どう》子《じ》に　仏陀《ぶつだ》波利《はり》
さて十六羅《ら》漢《かん》　諸《しょ》天《てん》衆《じゅ》

281
文殊の次をば何とかや
をいをいたうしが子なりけり
眉《み》間《けん》白《びやく》毫《がう》　照らすには
十二の菩薩ぞ出《い》でたまふ

282
観音　勢至の遺水《やりみづ》は
あのこたら　とぞ流れ出《い》づる　流れたる
薬《やく》王《わう》大《だい》士《じ》の前の池の波は　や
おんばざら　とぞ立ち渡る

280　◇文殊　三六歌参照。ここではその像をさす。◇誰か迎へ来し　いったい誰が（中国からわが国へ）お迎えして来たのか。◇奝然　東大寺の僧。宋へ渡り、五台山（一九六歌参照）に詣し、釈迦像を日本にもたらした（三国伝来の瑞像《ずいぞう》として有名。嵯峨《さが》の清涼寺蔵）。ただし文殊像の伝来については明証を欠く。◇迎へしか　「迎へき」の已然形。「こそ」の結び。◇優塡国王　優塡という名の王。国名ではない。優塡王以下の四人は文殊の眷属《けんぞく》として「文殊渡海図」（醍《だい》醐《ご》の光台院蔵など）に描かれている。善財童子については一三六歌参照。◇十六羅漢　一七三歌参照。◇諸天衆　二三五歌参照。

281　◇をいをいたうし　未詳。◇眉間白毫　四三歌参照。◇十二の菩薩　未詳。

282　観音さまと勢至さま、お堂の前の遺水は、アノコタラと流れ出る。流れるよ。薬王さまのお堂では、お前の池に立つ波が、それ、オンバザラと聞えるよ。

梵語《ぼんご》を擬声語として利用したところが味噌。
◇観音・勢至　一九八歌参照。◇遺水　庭に水を導き入れて作った小さい流れ。◇あのこたら　「阿《あ》耨《のく》多《た》羅《ら》三《さん》藐三菩薩《みやくさんぼだい》」（五六五歌参照）の上半を訛《なま》ったもの。◇薬王大士　七三頁＊印参照。大士は菩薩の別称。◇おんばざら　四智梵語讃《しちぼんごのさん》という声明《しようみよう》（仏教音楽）の冒頭の句。「唵《おん》」は「アーメン」に相当する語。「嚩日囉《ばざら》」は金剛《こんごう》の意。◇立ち渡る　一面に立つ。

283
わが身は罪業《ざいごふ》重くして
終《つひ》には泥犂《ないり》へ入りなんず　入りぬべし
佉《か》羅《ら》陀《だ》山《せん》なる地蔵《ぢざう》こそ　毎日の暁に
必ず来《き》たりて訪《と》うたまへ

284
不動明王《みやうわう》恐ろしや
怒《いか》れる姿に剣《けん》を持ち　索《さく》を下げ
うしろに火焔《くわえん》燃え上《のぼ》るとかやな
前には悪魔《あくま》寄せじとて　降魔《がま》の相《さう》

285
釈迦の住所《ぢゆうしよ》はどこどこぞ
法華《ほけ》経《きやう》の六巻《ろつくわん》の自我偈《じがげ》に　や　説かれたる文《もん》ぞかし
常在霊鷲山《りやうじゆせん》に並びたる

283　地獄の罪人をも見捨てず、救済の手を差しのべる地蔵菩薩への厚い信頼の念を述べたもの。
◇罪業　罪の行為。◇泥犂　地獄。◇入りなんず　「入りなんとす」の転。入ろうとしている。◇入りぬべし　きっと入ることだろう。◇佉羅陀山　地蔵菩薩の住所とされる山。◇地蔵　四〇歌参照。◇毎日の暁　四〇歌参照。◇訪うたまへ　「訪ひたまへ」の音便。「こそ」の結びの已然形。おたずね下さるのだ。

284　古来、日本人にとりわけ人気があり、多数の絵画・彫刻に表現された不動明王の忿怒《ふんぬ》相《そう》を歌ったもの。
◇不動明王　もろもろの明王（密教特有の神）の首位を占める明王。◇索　なわ。不動明王は右手に剣、左手に捕縄《とりなわ》を持っている。◇燃え上るとかやな　燃え上がっているとかいうことだよ。◇悪魔　仏道をさまたげる一切の悪神。◇寄せじ　寄せつけまい。◇降魔の相　「がま」は「がうま」のつづまった音。悪魔を降《ごう》伏《ぶく》する（うち負かす）時の形相《ぎようそう》。

285　◇どこどこぞ　どことどこであるか。◇法華経の六巻　ここは第六巻のうち寿量品（六四頁＊印参照）をさす。◇自我偈　寿量品末尾の「自《じ》我《が》得《とく》仏《ぶつ》来《らい》」（我《われ》仏ヲ得テ自《よ》リ来《このかた》）で始まる百二句の偈をいう。仏の寿命の無量なることを説く。◇や　間投助詞。◇常在……住処　「常在霊鷲山」という文句の次に並んでいる「及余諸住処」という文句。二句合わせて「常ニ霊鷲山及ビ余ノ諸《もろもろ》ノ住処ニ在リ」と読む。

及余《ぎふよ》諸住処《しよぢゆうしよ》はそこぞかし

286
極楽浄土の東門《とうもん》に
機《はた》織る虫こそ桁《けた》に住め
西《さい》方《はう》浄土の燈火《ともしび》に
念仏の衣《ころも》ぞ急ぎ織る

287
妙《めう》見《けん》大《だい》悲《ひ》者《しや》は
北の北にぞおはします
衆生願ひを満《み》てむとて
空には星とぞ見えたまふ

経歌[一]　八首

288
法華経八《や》巻《まき》は一部なり

◇そこ　釈迦の住所。

286　天王寺さんの西門《さいもん》は、極楽浄土の東門《ひがしもん》。門の桁には機織《はたおり》虫が、衣《ころも》織るよな音《ね》を立てる。西方浄土の燈《ひ》を受けて、念仏の衣織るような……。

天王寺の西門のあたりで鳴く機織虫の声を、念仏の衣を織る音と聞きなした歌。調べが流麗で、イメージも美しく、しかも機智に富んだ秀作。

◇極楽浄土の東門　一七八歌参照。天王寺の西門を、とりも直さず極楽浄土の東門と見なしたもの。◇機織る虫　はたおり。きりぎりすの古語。◇桁　柱の上に、棟木と平行に渡した材木。ここは門の桁を織機と見立てたもの。◇住め　「こそ」の結び。住んでいる。

◇西方浄土の燈火　秋の夕日を、こう見立てた。〔参考〕『観無量寿経』に説く日想観《につそうがん》の一変形として、彼《ひ》岸《がん》の中日《ちゆうにち》に、天王寺の西門から、真西（極楽の方角）へ沈む太陽を拝む風習があった。古来この付近を夕陽《ゆうひ》ヶ丘《おか》と呼ぶのは、その名残《なごり》である。◇念仏の衣……　機織虫がしきりに鳴き立てるのを、織機の音と聞き、また念仏の声とも聞きなすところから、念仏という衣を織っていると表現した。「急ぎ」の語には、浄土切望の念がこめられている。

287　◇妙見大悲者　妙見菩薩。尊星王《そんしよう》ともいう。北斗七星を神格化したもの。その像には菩薩形《ぎよう》と天女形とがある。「大悲者」は普通には観音をさす。

◇北の北　天空の北の果て。

一　一一九頁注一参照。すべて法華経の讃歌。

拡《ひろ》げて見たれば　あな尊《たふと》　文字ごとに
序品《じよほん》第一より受《じゆ》学《がく》無《む》学《がく》作《さ》礼《らい》而《に》去《こ》に至るまで
読む人　聞く者　みなほとけ

289
鷲《わし》の行《おこな》ふ法華経は
鹿《かせぎ》が苑《その》なる草の枕　草枕
白鷺《はくろ》が池なる般若経《はんにやきやう》
鶴《つる》の林の永《なが》き祈りなりけり

290
法華経持《たも》てば　おのづから
戒《かい》香《かう》涼しく身に匂《にほ》ひ
経には是《ぜ》名持《みやうぢ》戒《かい》　行頭《ぎやうづ》陀《だ》者《しや》と説いたれば
ほとけの道には障《さは》りあらじ

288　◇法華経八巻は一部なり　一〇三・一二七歌参照。◇あな尊　ああ、ほんとに尊いことだ。◇序品第一　三八頁＊印及び注三参照。法華経の冒頭には「妙法蓮華経《めうほふれんげきやう》序品第一」の九字が置かれている。◇受学無学作礼而去　法華経最末尾の文句。ただし実際には「一切大会《だいゑ》、皆《かい》大歓喜、受持仏語、作礼而去」とある。「受学」は「有学《うがく》」（九六歌参照）を歌い誤ったもの。「無学」は有学の対。すでに学をきわめ、もはや学ぶべきものを残していない聖者をいう。「作礼而去」は「礼《らい》ヲ作《な》シテ去リニキ」の意。◇みなほとけ　すべて成仏するのである。

289　鷲《わし》・鹿《しか》・鷺《さぎ》・鶴と、鳥獣の名に託して法華・阿《あ》含《ごん》・般若・涅《ね》槃《はん》の四経典を列挙したもの。興味本位の歌で、一首としてのまとまった意味はない。◇鷲の行ふ　二三〇歌参照。霊鷲山《りようじゆせん》で説かれた、の意。◇鹿が苑　二三〇歌参照。鹿野苑《ろくやおん》で説かれた阿含経、の意。◇草の枕　仮の宿り。阿含経は、大乗から見て一時の方便説とされるので、こういった。◇白鷺が池　白鷺池《びやくろち》は王舎城竹林園中にあり、大般若経の第十六会《え》（最終部分）が説かれた場所。◇鶴の林　釈迦の入滅した場所。娑羅《しやら》双樹《そうじゆ》（一七三歌参照）の葉が白変して、白鶴のようになったので、こう呼ぶ。◇永き祈り　涅槃経の如来常住の教え（一七四歌参照）をさす。

290　◇戒香　九九歌参照。◇是名持戒……　宝塔品の偈《げ》の一節。「是《これ》ヲ戒ヲ持《たも》チ頭陀《つだ》ヲ行ズル者ト名《なづ》ク」と訓読する。「是」は法華経を持《たも》つことをさす。

「頭陀」は一〇九歌参照。◇説いたれば　説いてあるから。◇ほとけの道　成仏すること。

291　一乗妙法習うため、阿私仙人の言うままに、肩に袈裟かけ　長《なが》の年、峰に登って薪《たきぎ》とり、谷の水汲み　菜も摘んで、辛苦お仕えしましたサ。

『法華経』提婆品《だいばほん》の所説（五八頁＊印参照）により、釈迦自身の身になって歌ったもの。

◇妙法　すぐれた教え。法華経をさす。◇袈裟　カシャーヤの音写。もとインドの猟師などが着ていた赤褐色のぼろの衣を言ったが、仏教教団でそれをとり入れ、衣服としたもの。中国や日本では、これだけでは寒気を防げないので、下衣を着するようになり、袈裟は象徴的アクセサリーと化してしまった。

292　龍女成仏の説話に取材。五八頁＊印参照。

◇こしらへ　誘導。◇聞け　「こそ」の結び。聞いている。◇さぞ申す　そう言っている。「……とこそ聞け」に対して、掛合い式に歌った文句。◇変成男子　女子が変じて男子となる、の意。女人には五障（二六歌参照）があって、仏になることができないから、いったん男身を得てから仏に成る、とされる。

◇成仏道　仏道を成ずる。悟りを開く。

293　歌詞の前半二句の内容は、経には見えない。

◇海に入りしには　海中の龍宮へおもむいた時には。◇波をやめ　波を静めて、文殊の来訪を歓迎し。◇南　南方無垢世界。成仏した龍女の浄土。◇月澄めり　悟りの境地の明澄さをも表現した文句。

291
妙法《めうほふ》習ふとて
肩に袈裟《けさ》掛け　年経《へ》にき
峰にのぼりて木も樵《こ》りき
谷の水汲《く》み　沢なる菜《な》も摘みき

292
龍女《りゆうによ》がほとけに成ることは
文殊《もんじゆ》のこしらへとこそ聞け　さぞ申す
娑竭羅王《しやかつらわう》の宮を出《い》でて
変成男子《へんじやうなんし》として　終《つひ》には成仏道《じやうぶつだう》

293
文殊の海《かい》に入りしには
娑竭羅王　波をやめ
龍女が南へ行きしかば
無垢《むく》や世界にも月澄めり

294
娑婆《しゃば》にしばしも宿れるは
一乗聞くこそ　あはれなれ　うれしけれ　や
人身《にんじん》　再び受けがたし
法華経に今一度《いちど》　いかでか参り会はむ

僧歌[一]　十三首

295
大師《だいし》の住所はどこどこぞ
伝教《でんげう》　慈覚《じかく》は比叡《ひえ》の山
横川《よかは》の御廟《みめう》とか
智証大師は三井寺《みゐでら》にな
弘法大師は高野《かうや》の御山《おやま》にまだおはします

296
天台大師は能化《のうけ》の主《しゅ》

294　さても　この世に人となり、しばしがほども住むからは、一乗聞くがありがたや、うれしやな、ヤレ、再び人の身となるは、難中の難と聞くゆえに、も一度法華に会いたやな。
例によって熱烈な法華信仰表明の歌。
◇娑婆　この世。六九歌参照。◇宿れるは　住んでいる者にとっては。◇一乗　法華経の教えをさす。四〇頁＊印参照。◇あはれなれ　しみじみと心打たれる。ここは、尊いことである、の意。◇人身……　もう一度人間に生れてくるというのは、とてもむずかしいことである。だから、生きているうちに、もう一度……。
◇いかでか　どうにかして。
一　一一九頁注一参照。
295　◇大師　高徳の僧の敬称。日本では諡《おくりな》として朝廷から贈られる号。◇住所　いわゆる住所とともに廟《びょう》（墓所）をもさす。◇伝教　最澄。日本天台宗の宗祖。廟は西塔《さいとう》の浄土院。◇慈覚　円仁《えんにん》。三代目の天台座主《ざす》。廟は東塔《とうとう》にある。◇比叡の山　延暦寺。東塔・西塔・横川《よかわ》の三地区から成る。◇横川の御廟とか　元来「慈恵《じえ》は横川の御廟とか」とあったのが、「慈恵は」が脱落したものであろう。慈恵大師は良源。元三《がんざん》大師とも。十八代目の天台座主。山門（寺門《じもん》＝園《おん》城寺《じょうじ》の対。延暦寺）では特に「御廟」と敬称する。◇智証　円珍。五代目の天台座主。廟は三井寺にある。◇三井寺　園城寺の通称。天台宗寺門派の本山。◇弘法大師は……　二三四歌参照。

296　『天台大師和讃』（伝源信作）の冒頭八句をつづめて、今様に仕立てたもの。
◇天台大師　智顗《ちぎ》。智者大師とも。隋《ずい》の時代の人。天台宗の開祖として、日本仏教に大きな影響を与えた。◇能化　他人を教化《きようけ》する者。所化《しよけ》（教化される者）の対。◇眉は八字……　和讃にも「眉ハ八字ニ相分レ」とあるが、「八字」は「八采《さい》」（八色）の誤りか。堯《ぎよう》（中国古代の聖天子）の眉は八采だったという。◇法の使に　仏法の使者として。◇ほとをと　「ほとほと」の転。のち、さらに「ほとんど」に転じた。

297　『梁塵秘抄』に現れる僧の多くは、おおむね名もない「聖《ひじり》」たち、すなわち世を遁《のが》れた修行者たちであって、教団の中枢を占める僧正《そうじよう》・僧都《そうず》・律師などではない。
◇聖　ここも修験者《しゆげんじや》をさす。◇箕面　滝安寺《ろうあんじ》（大阪府箕面《みのお》市）。◇勝尾　勝尾寺《かつおでら》（箕面市）。◇書写の山　書写山円教寺（姫路市）。◇鰐淵　鰐淵寺《がくえんじ》（島根県平田市）。◇日御崎　今の日御碕《ひのみさき》神社（出雲《いずも》大社の北西方）。◇那智　熊野三山の一つ。今の熊野那智大社と青岸渡寺《せいがんとじ》（昔は一体であった）。

298　◇大峰　大峰山。吉野と熊野との中間にそびえる山脈。修験道の霊場として特に有名。◇葛城　今は「かつらぎ」と読む。大阪府の東南部、奈良県との境にある山。◇石の槌　石槌山（愛媛県）。◇新宮　熊野三山の一つ。今の熊野速玉《はやたま》大社。

眉《まゆ》は八字に生《お》ひ分れ
法《のり》の使《つかひ》に世に出《い》でて
ほとをと　ほとけに近かりき

297
聖《ひじり》の住所はどこどこぞ
箕面《みのう》よ　勝尾《かちう》よ　播磨《はりま》なる書写《しよしや》の山
出雲《いづも》の鰐淵《わにふち》や　日御崎《ひのみさき》
南は熊野の那智《なち》とかや

298
聖の住所はどこどこぞ
大峰《おほみね》　葛城《かづらき》　石《いし》の槌《つち》
箕面よ　勝尾よ　播磨の書写の山
南は熊野の那智　新宮《しんぐう》

299
大峰　通るには
仏法修行する僧ゐたり　ただひとり
若《わか》や子守《こもり》は頭《かうべ》を撫《な》でたまひ
八大童子は身を護《まも》る

300
われらが修行に出《い》でし時
珠洲《すず》の岬をかいさはり　うちめぐり　振り捨てて
ひとり越路《こしぢ》の旅に出でて
足占《あしうら》せしこそ　あはれなりしか

301
われらが修行せし様《やう》は
忍辱袈裟《にんにくけさ》をば肩に掛け　また笈《おひ》を負ひ
衣《ころも》はいつとなく潮垂《しほた》れて
四国の辺地《へぢ》をぞ常に踏む

九八歌と類似した歌。ただしこの歌には経文等の典拠はなく、神が僧を嘉《よみ》し護るという神仏習合の形態がうかがわれて興味深い。

299　◇大峰　二九八歌参照。大峰へ登るのに熊野から入るのを順の峰入り、吉野から入るのを逆の峰入りといった。前者は天台山伏、後者は真言山伏のコースであったが、今日では両者とも逆峰《ぎやくぶ》を修行する。◇通るには　通ってみたところ。◇若　熊野の若宮、すなわち若王子《にやくおうじ》。二五八歌参照。◇子守　子守御前《おまえ》。熊野十二所権現《ごんげん》の一つ。◇頭を……　仏が弟子たちの頭を摩《な》でて、法華経流布を委託したこと（七一頁＊印参照）などになぞらえた表現。◇八大童子　不動明王（二八四歌参照）につき従う八人の童子。そのうち矜羯羅《こんがら》・制吒《せいた》迦《か》の二童子が不動の脇侍《わきじ》として有名。

300　◇われら　「われ」に同じ。「ら」は卑下の気持を表す。◇修行　山伏としての修行。◇珠洲の岬　能登半島の北東端の岬。山伏の持物である数珠と言い掛けてある。◇かいさはり　「かい」は「かき」の音便、接頭語。足跡を印し。◇振り捨てて　別れを告げて。◇越路　越《こし》（北陸道）の地方。◇足占　歩いて行って、左右のどちらの足で目標の地点に着くかによって吉凶を占《うらな》うこと。下層の山伏は、占いや呪《まじな》いによって生活を立てたのであろう。◇あはれなりしか　ほんとうにつらいことだった。

301　◇忍辱袈裟　「忍辱衣」（九九歌参照）、「忍辱鎧《よろひ》」（一二歌参照）と同類の譬《たと》え方。◇笈　山伏や行《あん》脚《ぎや》僧が、仏像・経巻・衣類・食器などを入れて背負って歩く箱形のつづら。◇潮垂れて　潮風のためにじっとりと湿って。◇辺地　へんぴな土地。

302　春の焼野の若菜摘み、坊さん岩屋にいるを見た。おかわいそうに、ひとりぼち。野原で逢引《あいびき》しょうよりも、ねえ、ちょいと、おいでなさいなね、お聖さんってば。むさくるしくって、なんだけど、あたしのサ、九尺二《くしやくに》間《けん》へヨ。

岩屋で行いすます聖に向けられた女の甘い誘惑の声が、歌舞伎の「鳴神《なるかみ》」を連想させておもしろい。◇焼野　枯れ草を焼き払った野原。◇聖　世を遁《のが》れた修行者。◇いざたまへ　人に同行を促す言葉。◇聖こそ　「こそ」は呼び掛けの間投助詞。◇あやし　見ぐるしい。◇妾ら　「妾」は女性の一人称代名詞。「ら」は卑下の意を表す。◇柴の庵　粗末な小屋。

303　柴の庵にお聖の、行いすますが面《つら》憎や。天魔は美女と身を変化《へんげ》、さまざま聖を惑わせど、明けの明星またたけば、あえなく降参つかまつる。

初句以外は『天台大師和讃』の文句を切り継ぎしたもの。天魔が修行者を誘惑するのは、釈迦の一代記にも見られるパターン。釈迦は降魔《ごうま》のあと成道《じようどう》する。◇天魔　六欲天すなわち欲界（三六歌参照）に属する天上界六つのうち、最上位にある他化《たけ》自在天にいる悪魔。人が善事をなそうとする時、邪魔をする魔王。◇さまざまに悩ませど　色仕掛けのほかにも、雷電・化物《ばけもの》などを示して恐怖心を起させたりなどする。

302
春の焼野《やけの》に菜《な》を摘めば
岩屋《いはや》に聖《ひじり》こそおはすなれ　ただひとり
野辺《のべ》にてたびたび会ふよりは　な
いざ　たまへ　聖こそ
あやしの様《やう》なりとも　妾《わらは》らが柴《しば》の庵《いほり》へ

303
柴の庵に聖おはす
天魔はさまざまに悩ませど
明星《みやうじやう》やうやく出《い》づるほど
終《つひ》には従ひたてまつる

304
峰の花折る小《こ》大《だい》徳《とく》
面立《つらだち》よければ裳《も》　袈裟《けさ》よし

まして高座《かうざ》に登りては
法《のり》の声こそ尊《たふと》けれ

305
冬は　山臥《やまぶし》修行《しゆぎやう》せし
庵《いほり》と頼めし木《こ》の葉も紅葉《もみぢ》して　散り果てて　空寂《そらさび》し
褥《にく》と思ひし苔《こけ》にも初霜《はつしも》　雪　降り積みて
岩間《いはま》に流れ来《こ》し水も　氷《こほり》しにけり

306
聖《ひじり》の好むもの
木の節《ふし》　わさづの　鹿の皮
蓑《みの》　笠《かさ》　錫杖《しやくぢやう》　木欒子《もくれんじ》
火打笥《ひうちけ》　岩屋の苔の衣《ころも》

[一]霊験所《れいげんしよ》歌　六首

304　峰の花折る坊さんは、震い付きたい美少年、それにすてきな袈裟ころも。まして高座にあがっては、あらありがたや　お経さえ、しびれるほどの声のよさ。
娯楽の少ない時代に、寺院の法要は演芸大会の役割をも担っていた。『枕草子』に「説経の講師《こうじ》は、顔よき」とあるように、僧の美貌・美声は女心を妖《あや》しくときめかせるものだった。
◇花折る　仏に供える花を採る。◇小大徳　若年僧。◇面立よければ　顔立ちもいいし、また。◇裳　腰から下にまとう衣服。◇袈裟　二九一歌参照。◇高座　説法などする僧がすわる一段高い座席。◇法の声　説法・講経・論義などの声。

305　◇冬は　冬になると。次行以下にかかる。◇山臥修行　山林に寝起きする、修験者《しゆげんじや》としての修行。◇庵と頼めし　いい仮小屋だと、頼りに思わせたところの。「頼め」は三一九歌参照。◇空寂し　なんとなく寂しい。◇褥　しとね。敷き物。

306　「……の好むもの」という形式の歌は『秘抄』中に六首あり、風俗史的に見ておもしろい。
◇好むもの　付き物。いつも必ずついてまわるもの。◇木の節　大きな窪《くぼ》みのある木の節。鉄鉢《てつぱつ》の代用として食物を入れた。◇わさづの　鹿の若角。杖の頭部につけた。◇鹿の皮　鹿の皮のなめしたもの。上着として着用した。◇蓑　茅《かや》・菅《すげ》・藁《わら》などを編んで作った雨着。◇笠　菅の葉などで作る。◇錫杖　頭部に数個の金属の環をつけた杖。インドの修行者が山野を遊行《ゆぎよう》する時、振り鳴らして毒蛇や害虫を追い払ったものに由来する。◇木欒子　木槵子《もくげんじ》の別称。木の名。種子を数珠《じゆずだま》にする。◇火打笥　火打石を入れておく箱。◇岩屋の……「岩屋の苔」と「苔の衣」（粗末な衣）とをつづめて、おもしろく表現した。

一　御利益《ごりやく》のあらたかな寺社を詠じたもの。

307　◇法輪　法輪寺。嵐山《あらしやま》の虚空蔵《こくうぞう》と俗称。十三詣《まいり》の風習で有名。◇内野　平安京の大内裏が焼亡してできた野原。◇西の京　平安京の右京。◇常盤　太秦《うずまさ》北方の地名。常緑《ときわ》と言い掛けてある。◇愛々形「愛形」（愛すべき形。三六歌参照）の誇張した言い方。ここは名物の紅葉《もみじ》をさす。三〇九歌参照。◇大堰川　桂川の上流、嵐山あたりでの呼称。

308　◇嵯峨野　嵐山と御室《おむろ》との間にある野をいう。◇興宴　興趣のある事柄。◇やまたう　未詳。◇桂　地名か。◇まふまふ　まわるまわる。「車」を導き出す序詞《じよことば》。◇車だに「車谷」「車田に」いずれにしても未詳。◇てうが原「てう」は「ちよ」の訛《なまり》で、歌枕「千代の古道《ふるみち》」のあたりをさすか。◇亀山　小倉《おぐら》山東南の山裾の台地。◇ふちふち風　未詳。◇神さび　こうごうしい。「松」を導き出す序詞。◇松尾　松尾《まつお》社。二〇四頁注一参照。◇最初の「午」にかかる。「初午」と重複した言い方。◇富配る　縁起物を配布する、の意か。二月の初午は稲荷《いなり》社の祭礼の日であるが、松尾社については未詳。

307
いづれか法輪《ほふりん》へ参る道　それ過ぎて　や
内野《うちの》通《どほ》りの西の京
常盤林《ときはばやし》のあなたなる
愛《あい》々形《あいぎやう》　流れ来る大堰《おほゐ》川《がは》

308
嵯峨野《さがの》の興宴《きようえん》は
やまたう桂《かつら》　まふまふ車だに　てうが原
亀山《かめやま》　法輪や　大堰川
ふちふち風に　神さび松尾《まつのを》の
最初の如月《きさらぎ》の初午《はつうま》に富《とみ》配る

309
嵯峨野の興宴は
鵜舟《うぶね》　筏師《いかだし》　流れ紅葉《もみぢ》
山陰《やまかげ》ひびかす箏《しやう》の琴《こと》

浄土の遊びに異《こと》ならず

310 四方《しはう》の霊験所は
伊《い》豆《づ》の走湯《はしりゆ》　信濃《しなの》の戸隠《とがくし》　駿河《するが》の富士の山
伯耆《はわき》の大山《だいせん》　丹後《たんご》の成相《なりあひ》とか
土佐《とさ》の室戸《むろふと》　讃岐《さぬき》の志度《しど》の道場とこそ聞け

311 筑紫《つくし》の霊験所は
大山《おほやま》四王寺　清水寺《しみづでら》
武蔵《むさし》　清滝《きよたき》　豊《ぶ》前《ぜん》国《こく》の企《き》救《く》の御《み》堂《だう》な
竈門《かまど》の本山《ほんざん》　彦《ひこ》の山

312 根本中堂《こんぽんちゆうだう》へ参る道
賀茂川は川ひろし

309 ◇鵜舟　鵜飼舟《うかいぶね》。鵜を使って鮎《あゆ》を捕る舟。◇筏師　筏をあやつって流す人。◇流れ紅葉　川に散って流れる紅葉。◇箏の琴　十三弦の琴。龍頭鷁首《りようとうげきしゆ》の船を浮べ、その中で奏せられたのであろう。◇浄土の……　船遊びの華麗さを譬《たと》えた。

310 ◇走湯　走湯権現《ごんげん》。伊豆権現ともいい、今の伊《い》豆山《ずさん》神社（熱海市）。「走湯」の名は温泉の奔出に由来する。◇戸隠　戸隠権現。今の戸隠神社。奥社・中社・宝光社の三社から成る（長野市の西北方）。◇富士の山　富士権現。浅間大明神《せんげんだいみようじん》ともいい、今の浅間《あさま》神社（富士宮市）。奥宮は富士山頂にある。◇伯耆「はわき」は「ははき」の転。今は「ほうき」という。鳥取県西部。◇大山　大山権現（大智明神《だいちみようじん》ともいい、今の大神山《おおかみやま》神社）及び大山寺《だいせんじ》をさす。◇成相　成相寺《なりあいじ》。俗に橋立《はしだて》観音という（京都府宮津市）。◇室戸　室戸岬《むろとみさき》にある最御崎《ほつみさき》寺。◇志度の道場　志度寺（香川県志度町）。謡曲「海人《あま》」で有名。

311 ◇筑紫　九州地方。ただし、以下の寺社は筑《ちく》前《ぜん》・豊《ぶ》前《ぜん》の二国に集中。◇大山四王寺　外敵に備え、四天王像を安置したが、今は史蹟（太宰《だざい》府《ふ》町の北方）。◇清水寺　清水山普門院観世音寺（太宰府町）。◇武蔵　武蔵寺《むぞうじ》（太宰府町の西方）。◇清滝　武蔵寺の滝をいうか。◇企救の御堂　大興寺（北九州市）をいうか。「企救」は郡の名。◇竈門の本山　今の竈門神社（太宰府町）。◇彦の山　彦山《ひこさん》権現。今の英彦山《ひこさん》神社（福岡県添田町）。

312　延暦寺の表参道は琵琶《びわ》湖側（大津市坂本）であるが、京都側の西坂本（今の修学院離宮のあたり）から雲母坂《きららざか》を登る道も、広く利用された。◇根本中堂　延暦寺の中心をなす堂。最澄の創建で、本尊は薬師如来。◇観音院　未詳。◇下り松　西坂本にあった。のち地名となる。◇生らぬ柿の木　西坂本にあった。「柿木」はのち地名となる。◇人宿　西坂本の地蔵堂。◇禅師坂　雲母坂の一部をいったか。◇滑石　未詳。◇水飲　二五四歌参照。◇四郎坂　未詳。◇雲母谷　未詳。◇大嶽　比叡山頂。◇蛇の池　山頂付近にあった。今は蛇《じゃ》ヶ池という地名。◇阿古耶の聖……　元久元年（一二〇四）に作られた海恵僧都《かいえそうず》の「叡山千本率都婆供養願文」に「往昔一上人有リ、其ノ名ヲ阿古耶ト号ス、古叡嶽ノ大嵩《おほたけ》ニ千本ノ五輪《ごりん》ヲ立ツ」とあり、時代は不明だが、阿古耶という上人が五輪の率都婆千本を造立したことが分る。

313　観音さまの御利益《ごりやく》の、実《げ》にあらたかな札所《ふだしょ》として、清水寺は十六番、石山寺は十三番、初瀬《はつせ》（長谷）の寺は八番目、粉河の寺は三番よ、彦根の寺は番外で、花の都の真中の、六角堂は十八番。
観音霊場の巡礼は平安中期から行われたらしい。右の訳は現行の西国《さいこく》三十三所の順番によった。◇清水　三一四歌参照。◇石山・長谷・彦根山　四二六歌参照。◇粉河　一八八歌参照。◇間近く見ゆるは　（京の人にとって）すぐ目の前に見えるのは。◇六角堂　頂法《ちょうぼう》寺《じ》の通称。京都市中京区にある。

観音院の　下《さが》り松
生《な》らぬ柿の木　人宿《ひとやどり》　禅師坂《ぜんじざか》
滑石《すべりし》　水飲《みづのみ》　四郎坂　雲母谷《きららだに》
大嶽《おほたけ》　蛇《じゃ》の池
阿古耶《あこや》の聖《ひじり》が立てたりし千本の率都婆《そとば》

313
観音験《しるし》を見する寺
清水《きよみづ》　石山　長谷《はせ》の御山《おやま》
粉河《こかは》　近江《あふみ》なる彦根山《ひこねやま》
間近く見ゆるは六角堂《ろつかくだう》

314
いづれか清水《きよみづ》へ参る道
京極《きやうごく》くだりに五条まで　石橋よ
東《ひんがし》の橋詰　四《よ》つ棟《むね》六波羅堂《ろくはらだう》

314　観音の霊場として有名な清水寺への道行きを歌い、『梁塵秘抄』中で最も歌詞が長い。「洛中《らくちゅう》洛外屏風《びょうぶ》図」の一こまを言葉で表現したような歌。◇清水　京都東山の中腹にある寺。当時は郊外であった。◇京極くだりに　平安京東端の京極大路（今の寺町通）を南行して。◇五条　五条大路。今の松原通（今の五条通ではない）。◇石橋　未詳。◇四つ棟　棟が十文字状になった建物。◇六波羅堂　六波羅蜜《ろくはらみつ》寺。西国十七番札所。当時は四つ棟だったか。◇愛宕寺　珍皇寺《ちんのうじ》。「六道さん」と俗称。◇大仏　雲居《うんご》寺（廃絶）にあった大仏。◇深井　未詳。◇八坂寺　法観寺。「八坂の塔」の名で有名。◇主典大夫……末社　未詳。「主典」は官庁の四等官。「大夫」は五位の人をいう。◇手水棚　参拝の前に手を洗い口をすすぐための水を置く棚。◇恭敬礼拝　うやうやしく礼拝すること。◇見おろせば　清水寺本堂の前面は高い崖《がけ》になっており、後世、有名な「清水の舞台」が造られた。◇この滝　音《おと》羽《わ》の滝。音羽山の地下水が三筋の糸状に落下する小滝。◇様がる　風変りな。◇興がる　興味深い。

315　淡路島は周囲が海で、北と東は日本の名刹《めいさつ》に、西と南は遠く二大菩薩の浄土と相対する。◇書写　二九七歌参照。観音の霊場。◇まもらへて　じっと見つめて。◇文殊師利　略して文殊。ここはその浄土五台山をさす。一九六歌参照。◇補陀落　二七五歌参照。◇難波　「なには」の転。◇舎利　釈迦の遺骨。天王寺《てんのうじ》には仏舎利六粒が納められていた。

愛宕寺《おたぎでら》　大仏《おほぼとけ》　深井とか
それをうち過ぎて八坂寺《やさかでら》
一段《ひとだん》のぼりて見おろせば
主典大夫《しゅてんだいふ》が仁王堂
塔の下《もと》　天降《あまくだ》り　末社《すゑやしろ》
南をうち見れば手水棚《てうづだな》　手水とか
御前《おまへ》に参りて　恭敬礼拝《くぎやうらいはい》して　見おろせば
この滝は　様《やう》がる滝の　興《きよう》がる滝の水

315
淡路《あはぢ》は　あな尊《たふと》
北には播磨《はりま》の書写をまもらへて
西には文殊師利《もんじゅしり》
南は南海補陀落《ふだらく》の山《せん》に対《むか》ひたり
東《ひんがし》は難波《なんば》の天王寺《てんわうじ》に舎利《しゃり》まだおはします

雑《ざふ》一 八十六首

316 万《まん》劫《ごふ》 年経《ふ》る亀山《かめやま》の 下は泉の深ければ 苔《こけ》ふす岩屋に松生《お》ひて 梢《こずゑ》に鶴こそ遊ぶなれ

317 万劫 亀の背中をば 沖の波こそ洗ふらめ いかなる塵《ちり》の積もりゐて 蓬《ほう》萊《らい》山《さん》と高からん

318 海には万劫 亀遊ぶ 蓬萊 方丈《はうぢやう》 瀛《えい》洲《しう》 この三《み》つの山をぞ戴《いただ》ける

一 神仏に直接関係のない世俗的内容の歌。ただし、三一六番から三二二番までを「祝」として独立させ、三二三番以下を「雑」とするのが妥当。

316 亀山・松・鶴とめでたいものを集めた祝の歌。◇万劫 劫《こう》はインドで無限の長時間を表す単位。その一万倍。◇亀山 蓬萊山《ほうらいさん》。三一七歌参照。この歌では貴人の邸宅の庭の築山《つきやま》をそれと見立てたものであろう。◇泉 庭の泉水をさす。本物の蓬萊山は海中にあるとされる。◇苔ふす 苔の生えた。「ふす」は「むす」に同じ。◇鶴 たとい庭に鶴がいなくても、仙境の景物としてよみ添えるのが今様《いまよう》歌手の礼儀。『平家物語』祇王《ぎおう》の条参照。

317 幾万劫とも年知れぬ、大きな亀の甲羅をば、夜昼となく白波が、沖から寄せて洗うのに、塵も積もって、いつのまに、蓬萊山になったやら。

◇万劫亀 「万劫年経る亀」の意。◇洗ふらめ 洗うことだろう。したがって塵は洗い落されるはずだのに……、の意。◇いかなる塵…… どんな塵が付着し堆積《たいせき》して。◇蓬萊山 中国の伝説中の神仙の山。東海の中にあり、仙人の住む不老不死の霊山で、巨大な亀の背の上にあると信ぜられた。なおこの山にかたどって作った飾り物を、祝儀の席に据《す》えることがあった。◇高からん 高くそびえているのだろう。

318 ◇蓬萊・方丈・瀛洲 海中にあり、仙人の住むと信ぜられた三つの神山。また五神山とする説もあるが、日本ではもっぱら蓬萊山が有名。◇聯ず

る　つらなっている。（巌すなわち神山と、それを背負った亀とで）一対になっている。◇譲る……　五三歌にも同様の文句がある。「君」はひろく相手をさし、必ずしも主君には限らない。

319　年若い貴公子を祝福する歌であろう。◇蓬萊山をや……　蓬萊山を背中に載せているのだろうか。◇仙人童　仙人に仕える少年の意か。中国で仙人は鶴の羽に乗って空を飛ぶとされるが、この歌で「童」としたのは、若々しい気分を出すためだろう。◇太子　仙人の世界の若い王子をいうか。貴公子をそれと見立てたものであろう。

320　富・不老長寿・権勢を願う世の人心をたくみにくすぐる、めでたずくめの歌。◇黄金の中山　黄金は富の象徴であり、いかにもめでたい地名。あるいは蓬萊山を黄金の山と見なしたものか。◇仙人童　三九歌参照。◇密かに　ひそかに。こっそりと。◇受領　国司。地方長官。在任中に巨万の富を築く者が多く、その権勢の絶大さとともに、庶民が高嶺《たかね》の花として仰ぎ見る存在だった。三六歌参照。〔参考〕『源氏物語』を読めば、受領階級なんぞあまりぱっとしないという印象を受けるが、それは光源氏らが最上層を占める貴人で、受領連中を顋《あご》で使役し得たからにほかならない。受領の裕福さや貪欲を証する話は、『今昔物語集』などに数多く見られる。

321　蓬萊山の亀から盲亀浮木《もうきふぼく》の亀（一六四歌参照）を連想し、さらに一歩を進めて蓬萊山を須弥山《しゅみせん》と

巌《いはほ》に聯《れん》ずる亀の齢《よはひ》をば
譲る譲る　君にみな譲る

319
海には万劫　亀遊ぶ
蓬萊山をや戴ける
仙《せん》人童《にんわらは》を鶴に乗せて
太子を迎へて遊ばばや

320
黄金《こがね》の中山に
鶴と亀とは物語り
仙人童の密《みそ》かに立ち聞けば
殿《との》は受領《じゆりやう》になりたまふ

321
須弥《しゆみ》をはるかに照らす月

同一視し、仏教的に色上げした歌であろう。◇須弥　四三歌参照。◇蓮の池　極楽浄土の蓮池。◇宝光渚　極楽浄土の七宝《しつぽう》の池の光り輝く水際。◇亀　蓬萊山を背負う亀。

322　◇御前　御殿の庭先。◇遣水　庭に水を導き入れて作った小さい流れ。◇妙絶金宝　すばらしく上質の黄金。◇真砂　「まいさご」の約。細かな砂。◇半天の巌　中空《なかぞら》にそびえ立つ大岩。〔参考〕「わが君は千代に八千代にさざれ石の巌となりて苔《こけ》のむすまで」(『古今集』賀)。

323　山には花の宴かいな、海には波の音ばかり、サテ七浦《ななうら》の島めぐり、巫女《みこ》さんいっぱい中の宮、きれいにお化粧《けしよ》してござる、ここの遣戸も化粧板《けしようい た》、ぞっこん懸想《けしよう》したわいな。

安芸《あき》の宮島(厳島《いつくしま》)の観光案内ともいうべき歌。◇調め　「調べ」に同じ。調子。音楽。◇桜人　桜狩りの人。ここはその酒宴のさんざめきをいう。◇島めぐる　「安芸の宮島廻《まわ》れば七里、浦は七浦七恵比須《ななえびす》」という民謡があり、また「お島廻《めぐ》り」という神事がある。◇巫女《きね》　「みこ」「かんなぎ」に同じ。厳島明神の巫女は特に内侍《ないし》と呼ばれ、美人が多く、平清盛の愛妾になった者もあった。◇中の宮　未詳。◇化粧遣戸　美しく仕上げた引き戸。それに巫女が化粧していることを響かせた。「化粧」は「厳粧《げんしやう》」(うるわしく飾り立てる意)から来た語。巫女に「懸想《けしやう》」(「けさう」とも読む)する意をも含ませてある。

蓮《はちす》の池にぞ宿るめる
宝光渚《ほうくわうなぎさ》に寄る亀は
劫《こふ》を経てこそ遊ぶなれ

322
御前《おまへ》の遣水《やりみづ》に
妙絶金宝《めうぜちこんぼう》なる砂《いさご》あり　真砂《まさご》あり
砂《いさご》の真砂の　半天の巌《いはほ》とならむ世まで
君はおはしませ

323
山の調《しら》めは桜人《さくらびと》
海の調めは波の音　また島めぐるよな
巫女《きね》が集《つど》ひは中の宮
化粧遣戸《けしやうやりど》はここぞかし

324
鈴はさや振る　藤太巫女《とうだみこ》
目より上《かみ》にぞ鈴は振る　ゆらゆらと振り上げて
目より下《しも》にて鈴振れば
懈怠《けたい》なりとて　ゆゆし　神腹立《はらだ》ちたまふ

325
近江《あふみ》にをかしき歌枕
老曾《おいそ》　轟《とどろき》　蒲生野《がまふの》　布施《ふせ》の池　安吉《あき》の橋
伊香具野《いかごの》　余吾《よご》の湖《うみ》の　滋賀の浦に
新羅《しらぎ》が建てたりし持仏堂《ぢぶつだう》の金《かね》の柱

326
これより東《ひんがし》は何とかや
関山《せきやま》　関寺　大津の
三井《みゐ》の颪《おろし》　いまおろし　石田殿
粟津《あはづ》　石山　国分《こくぶん》や　瀬田《せた》の橋

324　新米の巫女をからかい半分にたしなめた歌か。◇さや振る　そんなふうに振ってよいものかね。◇藤太巫女　藤太巫女さんよ。「藤太」は巫女の名であろう。当時は芸人化した巫女が多かったが、女性の芸人が男名前を名乗ることは、昔も今も珍しいことではない。◇目より上……　自分の目の高さよりも高く差し上げて鈴は振るものだよ。◇懈怠なりとて「この怠け者め」というわけで。◇ゆゆし　恐ろしい。ここは「クワバラ、クワバラ」といった感じ。

325　◇をかしき　興味をそそられる。◇歌枕　一三歌参照。ここは古歌に詠みこまれた名所。◇老曾　老曾の森の名で知られる。以下「安吉の橋」まで、湖東（琵琶湖東岸地方）にある。◇轟　橋の名。◇蒲生野　額田王《ぬかたのおおきみ》の「茜《あかね》さす紫野行き標野《しめの》行き……」（『万葉集』巻一）の歌で有名な野。◇伊香具野　湖北にある。◇余吾の湖　湖北にある小さな湖。最後の「の」は語調を整えるはたらきをする。◇滋賀の浦　湖西（大津市内）にある。◇新羅が……　未詳。「新羅」は新羅明神《しんらみょうじん》（三井寺《みいでら》の鎮守神）と関係のある人物であろう。あるいは新羅《しんら》三郎義光《よしみつ》をさすか。

326　◇これより東　以下の地名から見て「関《せき》（逢坂《おうさか》の関）より東」の意。二四八歌参照。◇関山　逢坂山の別称。◇関寺　逢坂山の東にあった寺。のち廃絶。◇大津の　「大津の颪」の意。◇三井の颪　三井寺（二九五歌参照）の後ろの山から吹きおろす風。◇いまおろし　未詳。「浜颪《はまおろし》」の誤りか。◇石田殿　藤原泰憲《やすのり》が近江守であった時に造った別荘。◇粟津　四四一歌参照。◇石山　石山寺。四二八歌参照。◇国分　近江国分寺。大津市瀬田にあった。◇瀬田の橋　「瀬田の唐橋《からはし》」の名で有名。◇千の松原　五六三歌参照。◇竹生島　琵琶湖の北部水域にある島。竹生島明神（本地は弁財天）及び観音の霊場として有名。

327　武者が好きなら小胡簶背負え。狩が好きなら綾藺笠かぶれ。同じかぶるなら、まくり上げてかぶれ。梓の真弓を肩に掛けて、いくさごっこしようよ、軍神祭れ。

もとは童謡であろう。武家台頭の風潮がよく現れて、興味のある歌。◇小胡簶　矢を収めて背に負う具。◇綾藺笠　藺を綾に編んで造り、絹で裏張りした笠。◇捲り上げて　縁《ふち》をまくり上げるのは、伊達《だて》なかぶり方。◇梓　木の名。弓の適材。◇真弓　弓の美称。

328　筑紫の口の門司の関、関の関守年老いて、鬢の白いは気の毒な。人を留《と》めるが役目とて、据えて置かれた関守が、「年」の行くのをなぜ留めぬ。

同語反復のせいで滅法調子のよい歌。「昔見し関守もみな老いにけり年の行くをばえやはとどむる」（『源重《しげ》之《ゆき》集』）を踏まえた機智の歌。◇筑紫　九州の古称。◇鬢白し　「老いにけり」を間《あい》の手的に歌い替えたもの。◇何とて……　何のために据えた関所の番人だというので、「年」が通行するのを引き止めないのだろう。

千の松原　竹生島《ちくぶしま》

327
武者《むしゃ》を好まば小胡簶《こやなぐひ》　狩《かり》を好まば綾藺笠《あやゐがさ》　捲《まく》り上げて
梓《あづさ》の真《ま》弓《ゆみ》を肩に掛け
軍遊《いくさあそ》びをよ　軍神《いくさがみ》

328
筑紫《つくし》の門司《もじ》の関
関の関守《せきもり》老いにけり　鬢《びん》白し
何とて据《す》ゑたる関の関屋の関守なれば
年の行くをば留《とど》めざるらん

329
筑紫なんなるや　唐《もろこし》の金《かね》
白鑞《びやくろ》といふ金《かね》もあんなるは　ありと聞く

それを合はせて造りたる
阿《あ》古《こ》屋《や》の玉《たま》壺《つぼ》　様《やう》がりな

330
よくよくめでたく舞ふものは
巫女《かうなぎ》　小《こ》楢《なら》葉《は》　車の筒《どう》とかや
やちくま　侏《ひ》儒《き》舞《まひ》　手《て》傀儡《くぐつ》
花の園《その》には　蝶《てふ》　小鳥

331
をかしく舞ふものは
巫女《かうなぎ》　小楢葉　車の筒とかや
平等院なる水車《みづぐるま》
囃《はや》せば舞ひ出づる蟷螂《いぼうじり》　蝸牛《かたつぶり》

332
心の澄むものは

329　中国から舶来《はくらい》の珍奇な壺を歌ったものか。◇筑紫なんなるや　「筑紫にあるなるや」の転。「や」は間投助詞。九州にあるとかいう。◇唐の金　唐金《からかね》。青銅。◇白鑞　錫《すず》。◇あんなるは　あるとかいうことだ。◇ありと聞く　「あんなるは」を掛合い的に歌い替えたもの。◇それを合はせて　青銅と錫とを合金にして。◇阿古屋の玉壺　真珠の壺。真珠をちりばめた壺、ないしは真珠色の光沢を有する壺、の意であろう。◇様がりな　風変りなことだよ。

330　以下「物は尽し」の歌がつづく。◇めでたく　すばらしく。◇舞ふ　旋回する。◇巫女　「かんなぎ」「みこ」「きね」に同じ。◇小楢葉　楢《なら》の木の小さい葉。◇車の筒　こしき。車輪の中心の、軸を通す輪。◇やちくま　未詳。◇侏儒舞　道化役の小人《こびと》の舞。◇手傀儡　あやつり人形。

331　◇をかしく　おもしろく。◇平等院　藤原頼通《よりみち》が宇治の山荘を改めて寺院としたもの。鳳凰《ほうおう》堂で有名。◇水車　平等院の池に水を引くため、宇治川の岸に設けられたものであろう。〔参考〕「宇治の川瀬の水車」という文句が『平治《へいじ》物語』『閑吟集《かんぎんしゅう》』などに見え、時代が下ると「淀の川瀬の水車」という歌詞を含む小歌・民謡が広く見られるが、宇治川（淀川の上流）や淀川の沿岸には水車が多くあって、灌漑《かんがい》その他の用に供されたのであろう。◇蟷螂　かまきり。前脚を振り立てるさまを舞に見立てた。◇蝸牛　かたつむり。角《つの》を振るさまを舞に見立てた。

332 ◇心の澄むものは　しみじみとした感興を起させるものは。◇山田の庵　山の田にある番小屋。◇鹿驚かすてふ　「驚かすといふ」の約。◇引板　「ひきいた」の転。鳴子《なるこ》の一種。鹿・猪《いのしし》・鳥などを追い払うため、引くと板が鳴るように仕掛けたもの。◇しで打つ　砧《きぬた》の上に布を置き、槌《つち》で打つこと。衣類を打つのは布地をやわらげ、艶を出すためであるが、和漢の文学では、砧を打つのは、主として秋夜、女性が他郷にある夫を思いながら打つものとされる。

333 ◇上下も分かぬは恋の路　恋に（身分の）上下の隔てはない。恋は古来「もののあはれ」を感じさせる最大の事象であった。

334 いつも恋するものとては、空には夫《つま》恋う織女《たなばた》や、「よばい」の名負う流れ星。野辺には山鳥床《とこ》寂し、秋は雄鹿が雌鹿呼ぶ。流れの君は客を待ち、冬はおしどり睦《むつ》まじい。

◇織女　織女星《しょくじょ》。中国の伝説に見え、七月七日の夜のみ牽牛《けんぎゅう》星と逢うという。◇夜這星　流れ星。「夜這」はもと「呼ばひ」で、求婚する意。同音の「夜這」の意に転化した。◇山鳥　キジ科の鳥。昼は雌雄一処におり、夜は谷を隔てて寝るとされた。◇流れの君達　「きうだち」は「きみたち」の音便。「流れの君《きみ》」は遊君《ゆうくん》ともいい、当時の遊女《あそび》（二三三頁注二二参照）や傀儡子《くぐつ》（二三三頁注二三参照）など、歌や舞を表芸とした女性、また、売春を生業とした女性の総称。◇鴛鴦　おしどり。古来、夫婦仲のよい鳥とされる。

秋は山田の庵《いほ》ごとに
鹿《しか》驚かすてふ引板《ひた》の声
衣《ころも》しで打つ槌《つち》の音

333
心の澄むものは
霞《かすみ》　花園　夜半《よは》の月　秋の野辺《のべ》
上下も分かぬは恋の路《みち》
岩間を漏りくる滝の水

334
常に恋するは
空には織女《たなばた》　夜這星《よばひぼし》
野辺には山鳥　秋は鹿
流れの君達《きうだち》　冬は鴛鴦《をし》

335　思いはみちてみちのく（陸奥）に、恋する心するが（駿河）まで、遠く通うて絶えやせぬ。なまじ見初《そ》めた身の因果、いっそ忘れて中空《なかぞら》に、消えゆく雲であったもの……。
女心を訴えて、後世の小唄にも見紛《まが》う洗練された歌。◇陸奥　「思ひは充《み》ち」と掛けてある。陸奥《だつ》。今の福島・宮城・岩手・青森の四県。◇駿河　「恋はする」と掛けてある。今の静岡県中央部。◇見初めざりせば　はじめてあのお方と契りを結ぶようなことがなかったならば。◇なかなかに　上の「見初めざりせば」にかかって「なまじ」の意。また下の文句にかかって「いっそ」の意を表す。◇空に……　すっかり忘れて、それっきりになってしまったことだろうに。

336　空閨《くうけい》のやるせなさを訴えて、和歌には見られない民謡的な野趣を盛る。
◇ひとり寝と　たといひとりで寝るようなことがあったとしても。「寝と」は「寝とも」の意。◇人の夜夫　ほかの女が共寝する男。他人の夫。「夜」を強調した言い方。◇何せうに　どうしてまあ（欲しかろう）。◇欲しからず　欲しいことなんぞあるものか。自分で自分に言い聞かせた表現。◇よけれども　まだがまんのしようもあるけれど。◇暁　二六歌参照。

337　当時演ぜられた滑稽劇の一場面か。
◇天魔　三〇三歌参照。ただしここは「天満《てんま》」の誤りであろう。「天満」は「天満天神《てんま（ん）てんじん》」（菅原道真の怨《おん》霊《りょう》）の略。◇八幡　八幡《はちまん》神。ここは僧形《そうぎょう》八幡神。二六一

335
思ひは陸奥《みちのく》に
恋は駿河《するが》に通ふなり
見初《みそ》めざりせば　なかなかに
空に忘れて止《や》みなまし

336
百日《ももか》百夜《ももよ》は　ひとり寝《ぬ》と
人の夜《よ》夫《づま》は何《なし》せうに　欲《ほ》しからず
宵《よひ》より夜《よ》半《なか》まではよけれども
暁　鶏《とり》鳴けば床《とこ》寂し

337
天魔《てんま》が八幡《やはた》に申すこと
頭《かしら》の髪こそ前世《ぜんぜ》の報《ほう》にて生《お》ひざらめ
そは生ひずとも　絹蓋《きぬがさ》　長幣《ながぬさ》なども奉《たてまつ》らん
呪師《しゅし》の松犬《まついぬ》とたぐひせよ　しないたまへ

歌参照。◇生ひざらめ　生えないだろう。坊主頭《ぼうずあたま》をからかった言葉。◇絹蓋　天蓋《てんがい》。◇長幣　未詳。「幣」は神に祈る時のささげ物。◇呪師　修二会《しゅにえ》法要などの際に「呪師《しゅし》作法《さほう》」を行う役僧。その作法が芸能化し、それを演ずる芸人をもいう。◇松犬　呪師の芸名か。◇たぐひせよ　仲間になりなされ。◇しないたまへ「しなしたまへ」の音便。そうしなされ。

338　立腹する遊君をけしかける朋輩《ほうばい》の義憤の声か。当の遊君が召使に指図する言葉とも取れる。

◇化粧狩場　幕を張ったりして、美しく飾った狩場。こういう場所には遊君の出没するのが常だった。◇小屋習ひ　(遊君のいる)小屋の習慣として。◇立てたれ　立たせてお置きよ。◇懲ろしめよ　懲らしておやりよ。◇昨夜も昨夜も　反復強調した言い方。◇夜離れ　男の足がとだえること。◇悔過　懺悔《さんげ》。本来は仏教語。◇目な見せそ　つんと横を向いておやりよ。

339　これも薄情な男を呪《のろ》う女(遊君か)の悪態。

◇頼めて　あてにさせて。今晩行くよなどと調子のよいことばかり言って。◇角三つ　鬼の角は普通一本か二本。ここは憎たらしさのあまり、もう一本おまけを付けた。◇さて　そうして。◇疎まれよ　爪弾《つまはじ》きされるがいいさ。◇足冷たかれ　「あん畜生《ちくしょう》めの足なんぞ、だれが温《あっ》ためてやるもんか」というヒステリックな感情から来た表現。◇池の浮草　ふらふらと、まるで頼りにならない男のイメージが投影された表現。◇なりねかし　なっちまうがいいさ。◇と揺り

338
化粧狩場《けしやうかりば》の小屋習ひ
しばしは立てたれ　閨《ねや》の外《と》に
懲《こ》ろしめよ　宵《よひ》のほど
昨夜《よべ》も昨夜《ようべ》も　夜離《よが》れしき
悔過《けくわ》に来たりとも　悔過に来たりとも
目な見せそ

339
われを頼めて来《こ》ぬ男
角三《つのみ》つ生《お》ひたる鬼になれ
さて　人に疎《うと》まれよ
霜　雪　霰《あられ》降る水田《みつた》の鳥となれ
さて　足冷たかれ
池の浮草《うきくさ》となりねかし

……　あっちへうろうろ、こっちへうろうろ、ほっつき歩きゃがれ。「揺り」は「揺られ」の意。

340　新婚三日目の夜中に逃げ出す聟君《むこぎみ》の姿をユーモラスに描いた歌。

◇冠者　元服《げんぷく》して冠をつけ一人前になった若者。◇妻儲けに……　嫁さんもらいに来たそうな。昔は男が毎晩女の家へ通って来るのが、普通の結婚形態であった。◇かまへて　思案をめぐらして。ここが我慢《がまん》のしどころというわけで。この場合は、相手の娘が人三化七《にんさんばけしち》の不美人か何かだったのだろう。◇寝にけるは　娘と一緒に寝たそうな。◇三夜「仏の顔も三度」という諺《ことわざ》ではないが、お人好しの冠者もとうとう辛抱しきれず、夜逃げをする決心を固めたのである。これ以上ぐずぐずしていると、娘の親の手で露顕《ところあらわし》（披露宴）が行われ、動きがとれなくなってしまう。◇暁　二六歌参照。◇袴取り　走ったりなどしやすいように、袴の股立《ももだち》（左右の縫い合せてない部分）をつかむこと。

341　両親は不承知、男は逃腰《にげごし》という娘の深情け。

◇わぬし　お前さん。◇情無や　薄情だねえ。◇わらは　女の自称。◇あらじ「住まじ」と同義。一緒になるなんて、まっぴら。◇いはばこそ……　言うのなら、憎まれたって仕方がない。◇さけたまふ　引き裂こうとなさる。◇切るとも……　切られようと刻まれようと、私《わたい》はへっちゃらなのよ。

342　別嬪《べっぴん》さんを見るときは、さてもなりたや蔓草《つるくさ》に。根本も末もギリギリと、ひとつ絆《きずな》に縒《よ》られ

と揺《ゆ》り　から揺り　揺られ歩《あり》け

340
冠者《くわじや》は妻《め》儲《まう》けに来《き》んけるは
かまへて二夜《ふたよ》は寝にけるは
三夜《みよ》といふ夜の　夜半《よなか》ばかりの暁に
袴《はかま》取りして逃げにけるは

341
わぬしは情無《なさけな》や
わらはが　あらじとも住まじとも
いはばこそ憎からめ
父《てて》や母のさけたまふ仲なれば
切るとも刻《きざ》むとも　世にもあらじ

342
美女《びんぢよう》　うち見れば

一本葛《ひともとかづら》　なりなばやとぞ思ふ
本《もと》より末《すゑ》まで縒《よ》られればや
切るとも刻《きざ》むとも　離れがたきはわが宿世《しゆくせ》

343
君が愛せし綾藺笠《あやゐがさ》
落ちにけり落ちにけり
賀茂川に　川中に
それを求むと尋ぬとせしほどに
明けにけり明けにけり
さらさらさいけの秋の夜は

344
すぐれて高き山《さん》
須弥山《しゆみせん》　耆闍崛山《ぎしやくつせん》　鉄囲山《てちゐせん》　五台山《ごだいさん》
悉達羅《しつだら》太子の六年行《おこな》ふ檀特山《だんどくせん》

たや。たとい切らりょと刻まりょと、離れられない俺《わし》の業《ごう》。

中年か老年の男のすさまじい愛執の念を歌ったもの。◇美女　「びんぢよう」は「びぢよ」の訛《なまり》。◇一本葛　一株の蔓草。◇なりなばや　自分がなりたいのだが、言外に相手もそうなってほしいという気持が汲《く》み取れよう。◇本より……　根本から蔓先まで、お互いにぴったり縒り合わされたいものよ。◇宿世　前世からの因縁。

343　お前さま御自慢《ごじまん》の綾藺笠、落ちたんだとさ、落ちたんだとさ、賀茂川に、川中に。それをば捜《さが》しているうちに、明けたんだとさ、明けたんだとさ、さらさらさいけの秋の夜は。それで昨夜《ゆうべ》は、御無沙汰《ごぶさた》だったというわけネ。

「笠を落したので心ならずも来れなかったんだ」という男の下手《へた》な言い訳をからかった遊君の歌、と解してみた。意地悪でなく、心《しん》からおもしろがっている女の口ぶりが全編にゆきわたって、さわやかな秀作。◇綾藺笠　三七歌参照。「そなた（遊君）のお気に入りだった身共（武士）の綾藺笠」と解して、全文を男の釈明と取ることも可能だが、一首のトーンには女性的なものが感受されよう。また「藺笠」を男根の隠語（『本朝文粋《ほんちようもんずい》』参照）と勘繰《かんぐ》るのも、一首のムードにそぐわない。◇さらさらさいけ　「さいけ」は「さやけ」の訛《なまり》。「さらさら」は清流の感じから「さいけ」を導き出す。「さ」の頭韻が快い。

344　仏教に関係のある山の名を並べ立てた歌であるが、選択基準は全くでたらめ。
◇須弥山　一〇七歌参照。◇耆闍崛山　二七歌参照。◇鉄《てつ》囲《ち》山《せん》　一〇七歌参照。◇五台山　一九六歌参照。◇悉達羅太子の……　二九歌参照。◇土山・黒山　『法華経』薬王品に、「又《また》土山、黒山、大鉄囲山、大鉄囲山、及ビ十《じつ》宝《ぽう》山《せん》ノ衆《しゆ》山《せん》ノ中ニ、須弥山為《これ》第一ナルガ如ク、此《こ》ノ法華経モ亦《また》復《また》是《かく》ノ如シ。諸経ノ中ニ於テ、最モ為《これ》其《ぞ》ノ上《かみ》ナリ」とあるが、実体未詳。◇鷲峰山　第二句の「耆闍崛山」の漢訳名。したがって重複。

345　◇大唐唐　語調を整えるために同語を反復したもの。◇霊鷲山　前歌の「鷲峰山」に同じ。◇白山　加賀（石川県）の白山《はくさん》。修験道の霊場。◇天台山　比叡山を中国の天台山になぞらえたもの。◇蓬萊山　三七歌参照。

346　◇川辺　川のほとり。◇ふんのとり　「せんのとり」の誤写であろう。「千鳥《ちどり》」をわざと「千の鳥」と言ったもの。数字の「千」と「千鳥」とを結んだ言葉遊びは一六歌にも見られる。◇沖の波……　沖の波の数を書き付けている。砂の上に印された千鳥の足跡を、そのように見立てた。◇数とすれ　「数に書け」と同義。◇や　間投助詞。◇真砂　三三歌参照。◇せはす　「さんす」すなわち「算数《さんじゆ》」の誤写であろう。数を算《かぞ》えることが千鳥の本願だという洒落《しやれ》。◇満ちぬらむ　満足したことであろう。

土《ど》山《せん》　黒《こく》山《せん》　鷲《じゆ》峰《ぶ》山《せん》

345
すぐれて高き山《せん》
大《だい》唐《たう》　唐《たう》には五《ご》台《だい》山《さん》　霊《りやう》鷲《じゆ》山《せん》
日本国には白《しら》山《やま》　天《てん》台《だい》山《さん》
音にのみ聞く蓬《ほう》萊《らい》山《さん》こそ高き山《さん》

346
川《かう》辺《べ》に遊ぶは　ふんのとり
沖の波をこそ数《かず》に書け　数とすれ　や
浜の真《ま》砂《さご》は数知らず　や
せはすの願ひは満ちぬらむ

347
小《こ》磯《いそ》の浜にこそ
紫《し》檀《たん》　赤《あか》木《ぎ》は寄らずして　流れ来《こ》で

胡竹《こちく》の竹のみ吹かれ来て
たんなたりやの波ぞ立つ

348
土佐《とさ》の船路《ふなぢ》は恐ろしや
室津《むろつ》が沖ならでは　しませが岩は立て
佐喜や佐喜のうちくら□
御厨《みくりや》の最御崎《ほつみさき》
金剛浄土《こんがうじやうど》の連余波《つれなごろ》

349
備後《びんご》の鞆《とも》の島
その島　島にて島にあらず　島ならず
螺《にし》なし　栄螺《さだえ》なし　石花《せい》もなし
海人《あま》の刈り乾す若布《わかめ》なし

347　「恋ひそ」の小磯　名が悪い、紫檀・赤木は寄りつかず、来やせぬよ。「恋ひそ」の小磯　嘆くまい、「此方来《こちく》」と　胡竹《こちく》なびき寄り、「たんなたりや」の波が立つ。

和歌の恋の歌に見られる「胡竹」と「此方来」との掛《かけ》詞《ことば》を利用した機智の歌。
◇小磯　地名に「恋ひそ」（「な恋ひそ」の略。恋するな、の意）を掛けた洒落。どこの海岸と特定する必要はない。◇紫檀・赤木　ともに南方産の硬質の木材。琵琶《びわ》や調度品に加工する。◇胡竹　外国産の竹の一種で、笛の材料とする。「此方来」（こっちへ来る）と掛けてある。◇吹かれ来て　風に吹かれて流れ着き。
◇たんなたりや　笛の音の擬声語。

348　室戸岬付近の航行の難所を歌ったもの。
◇室津　今の室戸岬。◇沖ならでは　沖でなくては。沖合遠くを航行しないで、海岸沿いに航行しようとすると。◇しませが岩　未詳。◇立て　立っている。已然形。上に「こそ」の脱落した形。◇佐喜　佐喜の浜。室戸岬の東北。◇うちくら□　原文欠字。未詳。◇御厨　未詳。◇最御崎　最御崎寺。室戸岬の先端近くにある。◇金剛浄土　未詳。◇連余波　並行して起る余波。「なごろ」は「なごり」の転。

349　◇鞆の島　未詳。鞆の浦（福山市南部の海岸）をさすか。◇螺　小さい巻貝の総称。◇栄螺《さだえ》　「さざえ」に同じ。◇石花　「せ」に同じ。カメノテ類（軟体の節足動物）の古称。

350　明石の浦に立つ波は、浦に馴染《なじみ》の波かいな。風も吹かぬにちりちりと、縮緬皺《ちりめんじわ》の波が寄る。ホンニ明石はよいところ。

明石の浦の風光をめでた歌であろうが、何か寓意があるかも知れない。〔参考〕『十訓抄』や『古事談』に、書写（二九七歌参照）の性空《しやうくう》上人が、夢に、生身《しやうじん》の普賢《ふげん》を拝みたければ、神崎《かんざき》（二三一頁注一三参照）の遊女《あそび》の長者（女主人）を見るがよい、との告げを受けて、同地へおもむいた。すると折から遊宴乱舞の最中で、「周防室積《すはうむろづみ》の中なる御手洗《みたらひ》に、風は吹かねど、ささら波たつ」と、その女性が歌っていたが、上人が合掌瞑目《めいもく》すると、たちまちに普賢菩薩《ぼさつ》の形を現じて、「実相無《む》漏《ろ》の大海に、五塵六欲《ごぢんろくよく》の風は吹かねども、随縁真如《しんによ》の波たたぬ時なし」と説き示した、という説話がある。◇明石の浦　兵庫県明石市の海岸。『源氏物語』の舞台にもなり、風光明媚《めいび》の地として有名。◇細波　「さざなみ」「さざれなみ」に同じ。

351　神馬《じんめ》（社《やしろ》に奉納された馬）を詠じたもの。◇年来　長い年月。◇撫で飼ふ　大切に養育している。◇龍の駒　最上等のすぐれた馬。◇馬場　乗馬練習用の広場。◇聯ず　対《つい》になっている。この場合は、三頭の馬が一列に並んでいるさまをいう。◇すは　感動詞。それ。さあ。◇若宮三所　三人兄弟の少年の神であろう。「若宮」は五〇〇歌参照。八幡《やわた》の若宮・熊野の若宮（若王子《にやくおうじ》）・春日《かすが》の若宮など、有名な若宮が各地にあるが、どの若宮をさすか未詳。◇乗りたま

350
明石《あかし》の浦の波
浦や馴《な》れたりけるや　浦の波かな
この波は　うち寄せて
風は吹かねども　や　細波《ささらなみ》ぞ立つ

351
年来《としごろ》撫《な》で飼ふ龍《りゆう》の駒《こま》
馬場《うまば》の末にぞ聯《れん》ずなる
すは　走り出でて
若宮三所《さんじよ》は乗りたまひ
慈悲の袖《そで》をぞ垂れたまふ

352
上馬《じやうめ》の多かる御館《みたち》かな
武者《むしや》の館《たち》とぞ覚えたる
呪師《しゆし》の小呪師の肩踊《かたをど》り

ひ　人の目には見えなくても、神が乗っていると信じた表現。◇慈悲の袖　「袖」は人々をかばい、護るはたらきの象徴。

352　一首の主題が不明確。
◇上馬　上等の馬。◇覚えたる　思われるよ。◇呪師　三三七歌参照。◇肩踊り　童子が大人の肩に立って演ずる芸。◇巫女　「みこ」「かんなぎ」に同じ。◇はかた　未詳。◇男巫女　「みこ」は本来女性であるが、男性のみこも存在したか。あるいは粗野で男っぽい巫女をからかった表現か。五五六歌参照。

353　◇御厩　「みまや」は「みうまや」の約。馬小屋。◇飼猿　馬小屋に猿を飼っておくと、馬の疫病を防ぐことができると信ぜられていた。◇絆　つなぎとめる綱。◇さぞ　あのように、まあ。◇常盤　地名か。三〇七歌参照。◇楢柴　楢の木の枝。◇ちうとろ　ひらりひらりと。風にひるがえるさまをいう。

354　頭が白いだけならば、人と生れたかいがない。頭の白い鶴さえも、千年《ちとせ》の命あるものを。されば翁よ、心して、仏事善根励めよや。
◇善根は　善根をば積めよ、の意。「善根」は善行に同じ。善を樹の根に譬《たと》えていう。

355　生活のためには殺生戒《せっしょうかい》を犯さざるを得ない者の自己嫌悪《けんお》・懺悔《ざんげ》の念を詠じた歌。二四〇歌・四四〇歌と同じ発想。
◇鵜飼　鵜を飼いならして鮎《あゆ》を捕らせる人。ここは鵜飼の自称。◇いとほしや　我ながらあさましい。◇万

巫女《きね》ははかたの男巫女《をとこみこ》

353
御厩《みまや》の隅《すみ》なる飼猿《かひざる》は
絆《きづな》離れて　さぞ遊ぶ　木に登り
常盤《ときは》の山なる楢柴《ならしば》は
風の吹くにぞ　ちうとろ揺《ゆ》るぎて裏返《うらがへ》る

354
頭《かうべ》は白き翁《おきな》ども
仏事を勤めよ　善根《ぜんごん》は
頭《かしら》白かる鶴だにも
沢には千歳《せんざい》　年経《としふ》なり

355
鵜《う》飼《かひ》はいとほしや
万劫《まんごふ》年経《としふ》る亀《かめ》殺し　また鵜の首を結《ゆ》ひ

劫　三六歌参照。◇亀　鵜の餌《えさ》として、亀の肉を与える習慣があった。◇首を結ひ　鵜の首に綱を付け。◇かくてもありぬべし　このままでもどうにか過して行けよう。◇後生　後生《ごせ》。来世。

356　◇嵯峨野の興宴　三〇八歌参照。◇野口　嵯峨野の入口。◇岩崎　未詳。◇禁野　天皇の狩猟場として、一般人の使用を禁じた所。◇鷹飼　鷹を飼いならして鳥を捕らせる人。◇敦友　白河天皇の嵯峨野の鷹狩の時に活躍した随身《ずいじん》の名。◇野鳥合はせし　鷹を放って野鳥を捕らせた。◇見まほしき　見たいものだ。文法的には「見まほしけれ」が正しい形。

357　「物は尽し」で、言葉遊びの歌。◇羽なき鳥　羽のない鳥。鳥でなくて「とり」という語尾を有するもの。◇様がるは　おもしろいのは。◇炭取　木炭を小出しにする容器。◇楫取　「かぢとり」の音便。船頭。◇かいもとり　「かきもとほり」の約、音便。ぐるぐると回ること。「かき」は接頭語。◇石取　地面にまいた石の中から一つを空中に投げ上げ、落ちる前に他の石を拾い取ると同時に投げた石を受け止め、早く拾い尽すことを競う遊戯。◇虎杖　タデ科の背の高い草の名。◇垣ほ　垣。「ほ」は突き出ているものをいう語。◇菝葜　さるとりいばら。蔓《つる》性の、とげのある木。◇弓取　武士。◇筆取　文人。◇小弓の矢取　小弓の遊戯場で矢を拾い集める役。

現世《げんぜ》はかくてもありぬべし
後生《ごしやう》わが身をいかにせん

356
嵯峨野《さがの》の興宴《きようえん》は
野口うち出《い》でて岩崎に
禁野《きんや》の鷹飼《たかがひ》　敦友《あつとも》が
野《の》鳥《とり》合はせしこそ見まほしき

357
羽なき鳥の様《やう》がるは
炭《すみ》取《とり》　楫《かい》取《とり》　かいもとり
石《いしな》取《とり》　虎《いた》杖《どり》
垣《かき》ほに生《お》ふてふ菝《さる》葜《とり》や
弓《ゆみ》取《とり》　筆《ふで》取《とり》　小弓の矢取とか

358　◇冠者　三四〇歌参照。◇何摺り　「摺り」は草木の汁をこすりつけて染めること。◇好うだう　「好みたまふ」の訛《なまり》。◇着まほしき　着たいのか。◇麹塵　「きくぢん」の転。淡黄緑色。◇山吹　黄金《こがね》色。◇止摺り　「摺り」の一種。◇花村濃　縹色《はなだいろ》で濃淡のある染め方。◇御綱柏・輪鼓・輪違・笹結　いずれも紋の一種。◇纐纈　絞《しぼ》り染めの一種。◇まへたりのほやの　未詳。◇鹿子結ひ　かのこ絞り。

359　うらやまし、歌いさざめくあの子らは、ホンニ遊びをしょうとてか、生れて来たであろうもの。マコト戯れしょうとてか、生れ出たのであろうもの。あの声聞けばウキウキと、わが身も連れて揺るぎ出す。憂《う》き節しげき川竹の、遊び戯れ忘られて、なんぼう昔なつかしや。

子供たちの無邪気な遊戯を見て童心をそそられた大人の感懐を詠じた美しい抒情詩《じよじようし》。歌の主《ぬし》を流れの君（遊君）と見て訳出した。『秘抄』中最も有名な一首。◇遊び　歌を歌うことを中心とした遊戯。◇戯れ　身体の動作を中心とした遊戯。◇わが身さへ　もう子供じゃないのに、わたしの手足までもが。◇ゆるがるれ　思わず知らず、ゆらゆら動き出してしまうのよ。「るれ」は自発の助動詞「る」の已然形。

360　神参りのあと、「敵は本能寺」というわけで、社の巫女《みこ》（裏では多く売春を行った）か、門前の遊君あたりに言い寄る男の口説《くぜつ》。実は、そんな客を引く女たちの手管《てくだ》の文句であろう。

358
聟《むこ》の冠者《くわじや》の君
何色の何摺《なにず》りか好《この》うだう　着まほしき
麹塵《きぢん》　山吹《やまぶき》　止摺《とめず》りに　花村濃《はなむらご》
御綱柏《みつながしは》や　輪鼓《りうご》　輪違《わちがへ》　笹結《ささむすび》
纐纈《かうけち》　まへたりのほやの　鹿子結《かのこゆ》ひ

359
遊びをせんとや生《う》まれけむ
戯《たはぶ》れせんとや生《む》まれけん
遊ぶ子どもの声きけば
わが身さへこそゆるがるれ

360
御《お》前《まへ》に参りては
色も変らで帰れとや
峰に起き臥《ふ》す鹿だにも

夏毛《なつげ》　冬毛は変るなり

361 甲斐《かひ》の国《くに》よりまかり出《い》でて
信濃《しなの》の御坂《みさか》をくれくれと　はるばると
鳥の子にしもあらねども
産毛《うぶげ》も変らで帰れとや

362 王子の御前《おまへ》の笹草《ささくさ》は
駒《こま》は食《は》めどもなほ茂し
主《ぬし》は来《こ》ねども　夜殿《よどの》には
床《とこ》の間《ま》ぞなき　若ければ

363 嫗《おうな》が子どもはただ二人《ふたり》
一人《ひとり》の女子《をんなご》は　二《に》位中将殿《ゐのちゆうじやうどの》の

◇御前　神の敬称。◇色も変らで　何の変化もなしに。何の御利益《ごりやく》もこうむらずに。(精進落《しようじんお》ちもせず、お女郎《じようろ》さんといいこともしないで、等々のニュアンスを含んだ表現)。◇帰れとや　帰れというのかい、そりゃあんまりだぜ。◇鹿だにも……　雌《めす》を呼ぶ雄鹿《おじか》でさえ、夏と冬とでは毛色が変るというのにさ。

361　前歌に類した歌。田舎《いなか》からぽっと出の若者が、なんでおめおめ色町を「素見《すけん》ぞめきで(ひやかしだけで)帰らりょか」と訴えたもの。

◇甲斐の国　山梨県。辺鄙《へんぴ》な山国をさすと同時に、「卵《かひ》」と掛詞《かけことば》になっており、第三句の「鳥の子」とは響き合った表現。◇まかり出でて　出て参って。◇信濃の御坂　信州伊那の神坂《みさか》峠。美濃(岐阜県)の恵那《えな》方面へ越える難所。◇くれくれと　とぼとぼと、心細く。◇鳥の子……　ひよっ子というわけでもないけれど。◇産毛も変らで　産毛も生え変らないままで。たくましい一人前の男になることもできないで。◇帰れとや　三六〇歌参照。

362　若宮さまのあの笹草は、馬が食うても減《へ》りはせぬ。旦那《だんな》は留守《るす》でも私《あたい》の閨《ねや》は、濡場《ぬれば》ばっかり。若いンだもン。

四六七歌などと並んで、『秘抄』中最もエロティックな歌。女自身の言い草として訳してみたが、多情な女をからかった歌とも取れる。

◇王子の御前　熊野の若王子《にやくおうじ》(三五八歌参照)をさすか。何をさすにもせよ、若々しい気分を盛り上げるのがねらい。◇笹草　イネ科の多年草。笹草の茂みは、悩ましい女身を暗示する。◇駒　馬。男性的エネルギーの象徴。◇なほ茂し　「ええじゃないか。減るもんじゃなし」といった感じを含んでいよう。◇主は来ねども　夫の足は遠のいているけれど。男が女のもとへ通うのが当時の結婚形態であった。◇夜殿　寝室。◇床の間ぞなき　寝床のあく間もないほど、男たちにもてて、もてて……。◇若ければ　若さをもてあましているのだもの。

363　わが子を権力者に召し上げられた老母の悲嘆。◇嫗　老女。ここは自称。◇二位中将殿　都の貴族の権勢を仮に具象化した表現。◇厨雑仕　台所働きの下女。◇奉てき　「たてまつりてき」の約。◇宇佐の大宮司　地方の大寺社の権勢を仮に具象化した表現。◇早船舟子　快速船の水夫。◇奉いてき　「奉《まだ》してき」の音便。「まだす」は献上する意。◇若宮の御前　若宮さま。五〇〇歌参照。この老女は若宮に仕える巫女《みこ》だったのかも知れない。

364　流浪の民となった娘を思いやる母の真情。◇十余　十二三歳。◇巫女　ここでは「歩き巫《み》女《こ》」。一定の社に所属せず、諸国を放浪する下級の巫女。◇田子の浦　駿河《するが》湾の歌枕。◇潮汲むと　製塩用の海水を汲もうとして。◇海人　ここは潮汲み女。◇まだしとて　年端《としは》も行かぬ小娘だというので。◇問ひみ問はずみ　問うたり問わなんだり。あれこれ言い掛りをつけて。◇いとほしや　不憫《ふびん》でならないよ。

厨雑仕《くりやざふし》に召ししかば　奉《たてま》てき
弟《おとと》の男子《をのこご》は　宇佐の大宮司《だいぐじ》が
早船舟子《はやふねふなこ》に請《こ》ひしかば　奉《まだ》いてき
神もほとけも御覧《ごらん》ぜよ
何を崇《たた》りたまふ若宮《わかみや》の御前《おまへ》ぞ

364
わが子は十余《とをよ》になりぬらん
巫女《からなぎ》してこそ歩《あり》くなれ
田子《たご》の浦に潮汲《しほく》むと
いかに海人《あまびと》集《つど》ふらん
まだしとて　問ひみ問はずみ　嬲《なぶ》るらん
いとほしや

365
わが子は二十《はたち》になりぬらん

365　やくざな息子をもった母親の心の闇を歌って、ペーソスを漂わせた佳作。◇博打　「ばくうち」の約。博《ばく》を打つこと。◇国々の博党に　一句隔てて「負かいたまふな」にかかる。諸国の博打仲間に負けさせては下さるな。◇さすがに（どら息子）とはいうものの。◇憎かなし　「憎くはなし」の約。◇王子の住吉・西宮　若宮の霊験《れいげん》あらたかな住吉と西宮の神様、の意か。二四九歌参照。

366　出来ぞこないの子ばかり持った老母の嘆き。◇嫗　老女。ここは自称。◇冠者　三四〇歌参照。ここでは、この婆さんの長男。◇勝つ世なし　勝ったためしがない。◇禅師　口減《くちべ》らしに寺へ入れた次男であろう。◇まだきに　年端《としは》も行かぬくせに。◇夜行　夜遊び。◇姫　女子に対する尊称。ここでは、この婆さんの娘をさす。◇しどけなければ　だらしがないので。たぶん尻軽《しりがる》娘なのであろう。◇わびし　やりきれない気持である。

367　九四七《くしな》の城のうしろから、十《じゅう》の菩薩がおでましだ。博徒《ばくと》の願いかなえんと、一・六・三と賽《さい》の目に。

数字を利用した言葉遊びの歌。仏教語と博打との取り合せが、絶妙な滑稽《こっけい》感をかもし出している。◇拘尸那城　釈迦入滅の地（一七三歌参照）。「九四七《くしな》」と掛けた洒落《しゃれ》については一九三歌参照。◇ぢう　「重《ちゅう》」と「十《じふ》」を掛けた洒落。「九・四・七」に「一・六・三」を重ね合せると、それぞれ「十」になる。◇菩薩　こ

博打《ばくち》してこそ歩《あり》くなれ
国々の博党《ばくたう》に
さすがに子なれば憎かなし
負《ま》かいたまふな
王子の住吉《すみよし》　西宮《にしのみや》

366
嫗《おうな》の子どもの有様《ありさま》は
冠者《くわじや》は博打の打ち負けや　勝つ世《よ》なし
禅師《ぜんじ》はまだきに夜行《やかう》好むめり
姫が心のしどけなければ　いとわびし

367
拘《く》尸《し》那《な》城《じやう》のうしろより
ぢうの菩《ぼ》薩《さつ》ぞ出《い》でたまふ
博打の願ひを満《み》てんとて

こでは博徒の守護者と見立てたもの。◇博打　三六五歌参照。ここでは、博を打つ人、の意。現代語の「ばくちうち」にあたる。◇満てん　満足させてやろう。◇一六三　それぞれ賽《さい》の目。一つのさいころを振って次々に出た目をさすのか、それとも三個のさいころを同時に振って出た目をいうのか、その点は明らかでない。一と六と三との合計は十で、「十の菩薩」に照応する。

368　当時流行の男性風俗を列挙した歌。◇肩当　強《こわ》ばった感じを出すため、衣服の肩裏に当てるもの。◇烏帽子止　烏帽子《えぼし》（略礼帽）を固定するピン。◇襟の立つ型　ハイカラーのスタイル。◇錆烏帽子　デザインとして皺《しわ》をつけた烏帽子。◇布打　布で裏打ちすること。◇下の袴　指貫《さしぬき》（くるぶしの所でしばるようにした袴）の下にはく袴。◇四幅「幅《の》」は布の幅《はば》を表す単位。指貫は通常八幅や六幅だから、四幅の指貫はかなり細身《ほそみ》の仕立てである。

369　当時の女性の最新流行風俗を列挙したものか。◇わうたい髪々　未詳。新奇な髪型をさすか。◇えせ鬘　未詳。「えせ」はまやかしもの、の意。鬘は頭髪を補うための毛。かもじ。◇しほゆき　未詳。◇近江女　特殊な風俗でもあったものか。◇女冠者　男装の女性をいうか。〔参考〕少し時代が下ると白拍《しらびやう》子《し》という男装の舞姫が出現する。◇長刀……　乱世で治安状態の悪さを反映したものであろう。

一《いち》　六《ろく》　三《さん》とぞ現じたる

368
このごろ京《みやこ》に流行《はや》るもの
肩当《かたあて》　腰当《こしあて》　烏帽子止《えぼうしとどめ》
襟《えり》の立つ型　錆烏帽子《さびえぼうし》
布打《ぬのうち》の下の袴《はかま》　四幅《よの》の指貫《さしぬき》

369
このごろ京《みやこ》に流行《はや》るもの
わうたい髪々《かみがみ》　えせ鬘《かづら》
しほゆき　近江女《あふみめ》　女冠者《をんなくわじや》
長刀《なぎなた》持たぬ尼ぞなき

370
清太《せいた》が造りし刈鎌《かりかま》を
何しに研《と》ぎけむ　焼きけむ　造りけむ

捨てたうなんなるに
逢坂《あふさか》　奈良坂《ならざか》　不破《ふは》の関《せき》
栗駒山《くりこまやま》にて草もえ刈《か》らぬに

371
清太《せいた》が作りし御園生《みそのふ》に
苦瓜《にがうり》　甘瓜《あまうり》の生《な》れるかな　　紅南瓜《あこだうり》
千々《ちぢ》に枝させ　生《な》り瓢《ひさご》
ものな宣《のた》びそ　ゑぐ茄子《なすび》

372
山城茄子《やましろなすび》は生《お》ひにけり
採《と》らで久しくなりにけり　赤らみたり
さりとてそれをば捨つべきか
措《お》いたれ　措いたれ　種《たね》採らむ

370　平氏政権の武力の弱体ぶりを諷刺《ふうし》した歌か。◇清太　未詳だが、平清盛(平太《へいだ》＝平氏の太郎)を連想させる名。◇刈鎌を　一句隔てて「捨てたうなんなるに」(捨てたくなるのに)へ接続する。◇何しに……　挿入句。清太の奴《やつ》は、なんだってまあ、こんななまくらな鎌を……。◇逢坂　京都東方の要衝。◇奈良坂　奈良北方の要衝。◇不破の関　後世「関ヶ原」と呼ばれる要衝。◇栗駒山　宇治方面の要衝。◇草もえ刈らぬに　柴《しば》どころか、草でさえ刈ることができないのに。僧兵や盗賊などを鎮圧できないでいることを皮肉ったものか。

371　「平家一門に非《あら》ざれば人に非ず」という風潮を諷刺した歌か。瓜類を列挙した上で、「茄子《なすび》なんぞお呼びでない」と、ひがんでみせたもの。◇清太　三七〇歌参照。◇御園生　社領の農園。◇苦瓜　蔓茘枝《つるれいし》。果皮は苦いが、果肉は甘い。◇甘瓜　真桑瓜《まくわうり》。◇紅南瓜　金冬瓜《きんとうが》。◇千々に枝させ　うんと盛大に枝を伸ばせよ。◇生り瓢　蔓に生《な》っている瓢簞《ひょうたん》。◇ものな宣びそ　ものをおっしゃるな。一人前の口をききなさんなよ。◇ゑぐ茄子　あくが強くて、えぐい味の茄子。

372　山城茄子は生《な》ったけど、木のまま赤く熟《う》れすぎた。そんならいっそ捨てましょか。いえいえそれはなりませぬ。種採り用にはなるぞいな。古女房に飽き果てた、という訴えに対し、子孫繁栄の役には立つ、と諌《いさ》めた歌であろう。

◇山城茄子　京都地方で産する茄子。今日でも京都特産の野菜は多く、賀茂茄子《かもなす》は有名。◇さりとて……　そうかといって、そいつを捨てたりしてよいものかね。◇措いたれ　「措きてあれ」の約、音便。そのままにしておけ。

373　「物は尽し」の歌。陸・海・空の風物を寄せ集めたもの。

374　◇鷂　はしたか。大鷹《おおたか》より小形で、隼とともに鷹狩りに用いる。◇手なる鷹　鷹匠《たかじょう》の手にとまって、出番を待っている大鷹。◇柴車　山で刈った柴を丸く束ねて、転《ころ》がし落すように仕組んだもの。◇三所五所　三所と五所の神々。熊野三所権現《ごんげん》と五所王子か。◇申すこと　申し上げること。神に祈ると、その霊験が立ち所に現れる、の意か。五三五歌参照。

375　都へ帰って行く愛人との別れを惜しみ、愛の神の無情さを嘆く遊君の歌であろう。

◇とけのほる　未詳。あるいは「解《と》け上《のぼ》る」で、京から下って配所に住んでいた貴人が、罪を許されて帰京する、の意か。◇島江　どこかの島の入江であろう。◇そも知らず　その家もかえりみず。「うち捨てて」と同義。◇いかに祭れば　次行の「験《げん》なくて」にかかる。一体どのように祭ったというので。あだやおろそかに祭った覚えはないのに。◇百大夫　道祖神《さえのかみ》の一名。男女の露骨な形態を有する彫像。愛欲の神として遊君らに信仰された。三八〇歌参照。◇験なくて……　何の霊験《しるし》もなく、あの人を私《あたし》から取り上げて、花の都

373
風になびくもの　松の梢《こずゑ》の高き枝　竹の梢とか
海に帆《ほ》かけて走る船
空には浮雲《うきぐも》　野辺《のべ》には花薄《はなすすき》

374
すぐれて速きもの
鷂《はいたか》　隼《はやぶさ》　手なる鷹《たか》
滝の水　山より落ち来る柴車《しばぐるま》
三所《さんしょ》　五所に申すこと

375
京より下《くだ》りし　とけのほる
島江《しまえ》に屋《や》建てて住みしかど
そも知らず　うち捨てて
いかに祭れば　百大夫《ひゃくだいふ》

へ帰してしまいなさるのだろう。

376　楠葉の御牧の土器造り、泥んこ親爺《おやじ》じゃあるけれど、その子は名誉の美貌《みめよし》で、可愛《かわゆ》らしさの花娘。しがないこんな俺達《おれたち》の、手車なんぞに乗しょうより、いっそ豪華な玉の輿《こし》、三車《みくるま》・四車《よ》・五車《いつ》、ずらり連ねた行列で、国の守《かみ》のおん方様《かたさま》と言わせたや。

祭礼の時などに、若い衆《しゅ》が手車を組み、アイドルを乗せて歩きながら歌い囃《はや》したものではあるまいか。あるいは娘たちが仲間の一人を手車に乗せ、各自のシンデレラ願望を託しながら歌ったものかも知れない。◇楠葉　大阪府枚方《ひらかた》市の北部、京都府に近い所。◇御牧　中央官庁所管の牧場。◇土器造り　陶工。楠葉の御牧で土器を生産したことは『堤中納言物語』などに見える。◇あれ　尊称の代名詞。ここはその美少女をさす。「この御姫様《おひいさま》」といった語感。◇三車の……三台も四台もの華麗な輿に乗せて。「愛形」は愛すべき形の意。三〇七歌参照。◇手車　二人の人が腕を組み合せ、その上に誰かを乗せて歩く遊戯をいう場合と、貴人の乗物たる輦輿《れんよ》をさす場合とがあり、ここはその両義を利用した趣向。前者については狂言「鈍太郎《どんたろう》」参照。◇受領の……「受領」は三〇歌参照。「北の方」は奥方。受領の奥方の外出ともなれば、お伴の侍女も大勢で、何台もの輿や車を連ねた行列となる。（後世の「お嫁入り」の行列を思い浮べてはならない）。ここは、その娘を盛大な行列の女主人公と呼ばせてみたい、という願望を歌ったもの。なお、受領の北の方の

験《げん》なくて　花の都へ帰すらん

376
楠葉《くずは》の御牧《みまき》の土器《どき》造り
土器は造れど　娘の顔ぞよき
あな美しやな
あれを三車《みくるま》の　四車《よくるま》の
愛形《あいぎやう》手《て》車《ぐるま》にうち乗せて
受領《じゆりやう》の北《きた》の方《かた》と言はせばや

377
尼はかくこそ候《さぶら》へど
大安寺《だいあんじ》の一万法師も伯父《をぢ》ぞかし　甥《をひ》もあり
東大寺にも修学《しゆがく》して　子も持《も》たり
雨気《あまけ》の候《さぶら》へば　ものも着で参りけり

豪勢さは『源氏物語』玉鬘《たまかずら》の巻を参照。

377 零落した老尼の虚栄心丸出しの弁明。◇尼 ここは自称。◇かく…… こんな恰好《かっこ》しとりますけど。◇大安寺 東大寺とともに、南都七大寺の一つ。◇一万法師 未詳。◇修学して…… 勉強に行ってる悴《せがれ》もおりますのや。◇雨気の…… 雨模様やし、わざと上等の着物《べべ》も着ずに参ったんどすえ。

378 「うはなり打ち」（本妻《こなみ》が妾《うわなり》をねたんで襲撃すること）に取材した社会時評の歌か。前半二句で池の静穏なイメージを描出し、後半二句の波瀾《はらん》のイメージと対照させている。
◇こなみ 「小波」に「本妻」を掛ける。◇打てば 波打つ意に、襲撃する意を掛ける。◇岸も…… 表面の文意は、岸のところでも、波が音を立ててくだけるのであろう。「上鳴《うはなり》打つ」に「妾打つ」を掛ける。

379 ◇月影ゆかしくは 月の光が見たければ。◇南面 御殿の南正面。◇さてぞ見る そうすりゃ見える。◇琴《きん》の琴《こと》 七弦琴。十三弦の箏《そう》の琴《こと》の対。

380 風俗史的興趣に富む。『法然上人絵伝』参照。◇遊女 二三三頁注二二参照。◇好むもの 付き物。三〇六歌参照。◇雑芸 ここは今様をさす。◇鼓 今様の伴奏に用いた。◇小端舟 小舟。これに乗って客船へ漕ぎ寄せ、客の求めに応じた。◇大傘かざし 遊女に大傘をさしかける役目の老女。◇艫取り女 舟の櫓《ろ》を漕ぐ役目の老女。◇男の愛祈る 客に好かれるようにと祈願する。◇百大夫 三七五歌参照。

378
池の澄めばこそ
空なる月影《つきかげ》も宿るらめ
沖より こなみの立ち来て打てばこそ
岸も うはなり打たんとて崩《くづ》るらめ

379
月影ゆかしくは
南面《みなみおもて》に池を掘れ さてぞ見る
琴《きん》の琴《こと》の音《ね》聞きたくは
北の岡の上に松を植ゑよ

380
遊女《あそび》の好むもの
雑芸《ざふげい》 鼓《つづみ》 小端舟《こはしぶね》
大傘《おほがさ》かざし 艫《とも》取り女《め》
男の愛祈《いの》る百大夫《ひやくだいふ》

381　名笛の由来に関する伝承を歌ったものか。◇唐唐なる唐の竹　歌調を整えるために、同義語を反復した。竹は笛の材料。◇良し節　文法的には「良き節」の方がよいが、声調のよさをねらった表現。◇二節切り込めて　笛竹は節二つを含めて切るのが法式。◇万の綾羅　多くの「あやぎぬ」と「うすもの」で。「りようらん」は「りようら」の訛《なまり》。◇一宮　第一皇子。貴人を仮に具象化した表現。

382　語尾に「ふし」の付く語を並べ興じたもの。◇様がるは　おもしろいのは。◇木の節　三〇六歌参照。以下「蓼の節」までは、「山伏」以下を引き出すための枕に過ぎず、さほどおもしろいものではない。◇萱　茅《ちがや》・菅《すげ》・薄《すすき》などの総称。◇山葵の　山葵の節、の意。◇蓼　「蓼食う虫も好き好き」の諺《ことわざ》で知られる草。◇山伏　以下は「節」ならぬ「ふし」を並べた駄洒落《だじやれ》。◇鹿子臥し　鹿子《かのこ》は鹿《しか》に同じ。鹿が寝ていること。雄鹿のイメージ。◇美女　三四三歌参照。◇纏いえぬ　「纏きえぬ」の音便。「纏《ま》く」は相手に腕をかけて、かき抱く意。女と共寝することのできない。◇独臥し　ひとりさびしく寝ること。

383　温泉の入浴にさえ、もったいぶった序列をつけずにはおかぬ人間どもの愚劣さを、亡者《もうじや》たちの平等一味の世界と対比して皮肉った歌。◇次田の御湯　現在の二日市《ふつかいち》温泉。福岡県太宰府町の近くにある。◇次第　順序。入浴の順番。◇一官　一番目は官庁。ここは大宰府の高官をさす。◇二丁　二
381
唐《もろこし》唐《たう》なる唐《たう》の竹
良《よ》し節《ふし》二節《ふたふし》　切り込めて
万《よろづ》の綾羅《りようらん》　巻き籠《こ》めて
一宮《いちのみや》にぞたてまつる

382
節《ふし》の様《やう》がるは
木の節　萱《かや》の節　山葵《わさび》の　蓼《たで》の節
峰には山伏《やまぶし》　谷には鹿子《かのこ》臥《ふ》し
翁《おきな》の美女《びんぢよう》纏《ま》いえぬ独臥《ひとりふ》し

383
次田《すいた》の御湯《みゆ》の次第《しだい》は
一官　二丁　三安楽寺
四には四王寺　五侍《さぶらひ》　六膳夫《ぜんぶ》

七九　八丈　九傔仗《けんぢやう》
十には国分《こくぶん》の　武蔵《むさし》寺《でら》
夜《よる》は過去の諸衆生《しゆじやう》

384
娑婆《しやば》にゆゆしく憎きもの
法師の　焦《あせ》る上馬《あがりうま》に乗りて
風吹けば　口開《あ》きて
頭《かしら》白かる翁《おきな》どもの若女《わかめ》好《ごの》み
姑《しうとめ》の尼君《あまぎみ》の物《もの》妬《ねた》み

385
西《にし》山《やま》通《どほ》りに来る樵夫《きこり》
を背《せ》を並べて　さぞ渡る　桂川《かつらがは》
後《しり》なる樵夫は新《しん》樵夫《きこり》な
波に折られて　尻杖《しりづゑ》捨てて　かいもとるめり

番目は丁。「丁」は「寺」の誤写で、観音寺をさすか。三二歌の清水寺に同じ。◇安楽寺　菅原道真の廟所《びようしよ》。今の太宰府天満宮。◇四王寺　三二歌参照。◇侍　大宰府の武士。◇膳夫　料理人。◇七九・八丈　未詳。◇傔仗　護衛の兵士。◇国分の　国分の寺、すなわち国分寺。◇武蔵寺　三二歌参照。◇夜は過去の諸衆生　夜ともなれば、死者の亡霊がそろって仲よく御入湯というわけさ。

384　娑婆《しやば》でみっともないものは、坊主《ばうず》が跳《は》ねる馬の背で、風を食らって口あく図。白髪《しらが》頭《あたま》の狒々《ひひ》爺《じじ》が、若い女子《おなご》に目尻下げ、尼の姿《なり》して姑が、息女《むすめ》にやきもちやくところ。

不似合な行動をしては、反感と嘲笑を買う人間像。◇娑婆　この世。この場合、八九歌に注したような重い語感はない。◇ゆゆしく　甚だしく。◇焦る上馬　苛《いら》立《だ》って、前足を跳ね上げ、後足で立つ馬。◇口開きて　間抜け面《づら》を皮肉ったもの。◇若女好み　孫のような年ごろの女に、でれでれすること。◇姑の尼君　職業的尼でなく、年をとって尼姿になった姑。嫁入婚より古い時代の歌だから、嫁をいびるのではなく、聟《むこ》と仲のよいわが娘《こ》に対し、いわれなくひがむのである。

385　◇西山　京都西郊の山なみ。◇を背　「を」は接頭語か。◇さぞ渡る　あのように渡っている。◇新樵夫な　新前《しんまい》の樵夫だな。◇折られて　腰をぐらつかされて。◇尻杖　背中の荷物を支える杖。休息時に使用する。◇かいもとる　三五七歌参照。

386 烏はどうせ色黒く、鷺はいつでも色白よ。鴨の頸をば短いと、なんで継がりょか足さりょうか。鶴の脚なら長いけど、切るに切られぬ縁かいな。『荘子』外篇の文句をやわらげて歌としたもの。『荘子《そうじ》』としては、無為自然の理を説いたものであるが、今様としては、白黒・長短の鳥合せといった軽妙な洒落《しやれ》であろう。◇見る世に　見ると。「世」は時の意。三六六歌の「勝つ世なし」参照。◇なほ白し　やはり白い。◇継ぐものか　継いだりしてよいものだろうか。いや、だめ、だめ。

387 ◇様がるは　おもしろいのは。◇四十雀……　通常それぞれ「しじゅうから」「ひわ」「つばめ」という。いずれも燕雀目《えんじやくもく》に属する鳥。◇三十二相　仏の身体に具《そな》わっている三十二の特徴。◇足らうたる　「足らひたる」の音便。具わっている。◇啄木「きつつき」の古名。「三十二相足らうたる」と形容した理由は未詳。◇鴛鴦　おしどり。◇鵐　かわせみ。◇鳰鳥　かいつぶり。

388 ◇西の京　平安京の右京。当初の都市計画に反し、実際には市街地として発展せず、草深い郊外であった。◇筒鳥　郭公《かつこう》に似た鳥。「雀」以下の鳥名は、おそらく西の京にねぐらを構えた、怪しげな女性たちをさす隠語だったのであろう。◇さこそ聞け　そう聞いてる。◇色好み　ここでは女道楽《おんなどうらく》の意。◇響む　わいわい騒ぐ。◇鷹だに響まずは　俺《おれ》さえ浮気を

386
烏《からす》は見る世に色黒し
鷺《さぎ》は年は経《ふ》れどもなほ白し
鴨《かも》の頸《くび》をば短しとて継ぐものか
鶴の脚《あし》をば長しとて切るものか

387
小鳥の様《やう》がるは
四《し》十雀《じふからめ》　鶸《ひは》鳥《どり》　燕《つばくらめ》
三十二相《さう》　足《た》らうたる啄木《てらつつき》
鴛《を》鴦《し》　鴨　鵐《そひ》　鳰《にほ》鳥《どり》　川に遊ぶ

388
西の京行けば
雀　燕《つばくろめ》　筒《つつ》鳥《どり》や　さこそ聞け
色好みの多かる世なれば

人は響《とよ》むとも　麿《まろ》だに響まずは

389
きんたち　朱雀《しゆしやか》　はきの市《いち》
大原　静原《しづはら》　長谷《ながたに》　岩倉　八瀬《やせ》の人　集まりて
木や召《み》す　炭や召《め》す
盥船《たらひぶね》　品《しな》良しや
法師にきね換へ給《た》べ　京の人

390
淡路《あはぢ》の　と渡る特牛《ことひ》こそ
角《つの》を並べて渡るなれ
後《しり》なる牝《め》牛《うし》の産む特牛
背《せ》斑《まだらこ》小牝《め》牛《うし》は今ぞ行く

391
をかしく屈《かが》まるものは　ただ

しなけりゃ（それで文句はあるまい）。口うるさい山の神（妻）への言い逃れのセリフであろう。

389　京の市場の盛況ぶりを活写して、出色の作。◇きんたち　未詳。◇朱雀　「しゆしやか」は「しゆじやく」の訛《なまり》。平安京の中央を南北に貫く大路。実際には、右京が郊外だったため、都の西端の道路に過ぎなかった。今の千本通《せんぼんどおり》にあたる。◇はきの市　未詳。◇大原……八瀬　いずれも京都北郊（同市左京区内）の地名。◇木や召す　「薪《たきぎ》は要《い》らんかな？」と呼び掛ける市女《いちめ》の売り声。◇盥船　洗面器。◇法師に……「愚僧《ぐそう》にきねを売って下され、京のお方」。山法師は「杵《きね》」のつもりで言ったのに、「巫女《きね》」（みこ）を買いたがっている好色坊主《ぼうず》の声と聞きなした洒落。「換ふ」は商品と代物《だいもつ》（銭《ぜに》や物品）とを交換する意。売買すること。

390　◇淡路の　淡路島名産の。◇と渡る　川幅の狭い所を渡る。「淡路の門《と》（を）渡る」とも取れるが、そういう名の海峡はない。◇特牛　「ことひ」は「殊負《ことおひ》」の約。特に重い荷物を背負う、力の強い牡《お》牛《うし》。◇角を並べて　一列に並んで。◇後なる　（牡牛の）後からついて行く。◇産む特牛　牝牛の生んだ、まだ小さな特牛。◇背斑小牝牛は今ぞ行く　（牡牛の列の後に牝牛・小牡牛がつづき、そのどんじりから）背斑のかわいい小牝牛が、やっと渡る順番が来て、じゃぶじゃぶと川へ入ってゆくよ。

海老《えび》よ　弶《くびち》よ　牝牛の角とかや
昔冠《むかしかぶり》の巾子《こじ》とかや
翁《おきな》の杖《つゑ》突《つ》いたる腰とかや

392
茨小《うばらこ》木《ぎ》の下にこそ
鼬《いたち》が笛吹き　猿舞《かな》で　かい舞《かな》で
稲子《いなご》麿《まろ》賞《め》で　拍子《ひやうし》付く
さて蟋蟀《きりぎりす》は　鉦鼓《しやうご》の鉦鼓のよき上手《じやうず》

393
あしこに立てるは何人《なにびと》ぞ
稲荷《いなり》の下《しも》の宮の大夫《たいふ》御《み》息子《むすこ》か　真実《しんじつ》の太郎なや
にはかに暁の兵士《ひやうじ》につい差されて
残りの衆生《しゆじやう》たちを平安に護《まも》れとて

391　◇ただ　ずばり言って。◇弶　「くびうち」の約。鳥獣を捕えるわな。餌を食うと、首をはさまれる仕掛け。◇昔冠　昔風の冠か。◇巾子　冠の頂上の後部に高く突き出た部分をいう。中に髻《もとどり》（髪を束ねた部分）を入れ、その根元に簪《かんざし》をさす。

392　茨《いばら》の下では音楽会。いたちが笛吹き、猿が舞い、ばったはヤンヤと拍子《ひようし》とる。サテこおろぎはコンチキチン、鉦鼓の鉦鼓の上手だネ。まるで高山寺蔵『鳥獣戯画』を見るような愉快な歌。『狭衣《さごろも》物語』などにも歌詞の一部が載っている。◇茨小木　「うばら」は「いばら」の古名で、とげのある小木の総称。◇鼬が笛吹き　鼬は後足で立ち、前足を目のあたりにかざして人を見守る習性があるという。この動作を、横笛を吹く恰好《かっこう》に見立てたものか。◇猿舞で　「舞《かな》づ」は舞を舞う意。猿の諸動作を舞に見立てるのは、ごく自然なイメージ。◇かい舞で　「かい」は接頭語「かき」の音便。◇稲子麿　米搗《こめつき》飛蝗《ばった》の古称。◇賞で　おもしろがって。◇拍子付く　扇で手のひらを打って、調子をとること。米搗飛蝗を捕えて、その後脚をそろえて持つと、体で米を搗《つ》くような動作をするが、それを扇拍子に見立てたものであろう。◇蟋蟀　今の「こおろぎ」のこと。◇鉦鼓　雅楽や念仏に用いる青銅製で皿形の打楽器。こおろぎの鳴声を鉦鼓を打つ音と聞きなした。

393　◇あしこ　「かしこ」の転。あそこ。◇稲荷の下の宮　五三歌参照。◇大夫御息子　神主《かんぬし》さんの息子はん。◇真実の太郎なや　ほんまにまあ太郎はんやないか。「太郎」は長男の意。◇兵士　警衛の武士。ここは警防団の一員。◇つい差されて　指名されて。徴《と》られて。「つい」は接頭語「つき」の音便。◇護れとて　……を護れ、というわけで。

394　◇十四五六歳……　十四五六歳から、せいぜい二十三四歳までやそうな。〔参考〕『源氏物語』の姫君たちの結婚年齢に一致する。『平家物語』では二代后《にだいのきさき》の「御年二十二三」を「御盛りも少し過ぎさせおはしますほど」といっており、室町時代の小歌では、女盛りはもっぱら「十七八」とされている。◇なりぬれば　なってしまえば。◇紅葉の下葉　下枝のもみじ葉。くすんで、ぱっとしないものの譬《たと》え。

395　次の歌と同類で、現代の「泥鰌《どじよう》すくい」に似た、滑稽《こつけい》な所作を伴ったものであろう。◇海老漉舎人　小海老を笊《ざる》ですくいとる雑役係の男。「すい」は「すき」の音便。◇さい　似鯉《にごい》の別名か。◇がり　……のもとへ。◇下りられよ　あっちへ行きなされ。◇雑魚の散らぬ間に　「ざこう」は「ざこ」の訛《なまり》。雑魚の群が散り散りにならないうちに。

396　◇いざ……　さあ、来なされや、お隣りさん。◇大津　今の大津市。琵琶湖南西岸。◇西の浦　地点未詳。◇廻　入り曲った所。◇いませ　行きなされ。◇……やあると　……がいるかと、さがしがてら。

394
女の盛りなるは
十四《し》五六歳　二十三四《し》とか
三十四五にし　なりぬれば
紅葉《もみぢ》の下葉《したば》に異ならず

395
海老《えび》漉《すい》舎人《とねり》はいづくへぞ
さい漉《すい》舎人《とねり》がり行くぞかし
この江に海老なし　下《お》りられよ
あの江に雑魚《ざこう》の散らぬ間《ま》に

396
いざ給《た》べ　隣殿《となりどの》
大津《おほつ》の西の浦へ雑魚《ざこ》漉《す》きに
この廻《み》に海老《えび》なし　あの江へいませ
海老まじりの雑魚やあると

397 見るに心の澄むものは
社《やしろ》毀《こぼ》れて　禰宜《ねぎ》もなく　祝《はふり》なき
野中《のなか》の堂のまた破れたる
子産まぬ式部《しきぶ》の老いの果て

398 男をし　せぬ人
賀茂《かも》姫《ひめ》　伊予《いよ》姫　上総《かづさ》姫
はししあかてるゆめなみのすしの人
室町《むろまち》わたりのあこほと

399 樵夫《きこり》は恐ろしや
荒けき姿に鎌《かま》を持ち　斧《よき》を提《さ》げ
うしろに柴木《しばき》舞ひのぼるとかやな

397　心のしーんとするものは、社こわれて穴だらけ、禰宜も祝もおらぬのと、野中の堂のおんぼろと、子宝もなく宮仕え、老いさらぼうたお局《つぼね》さん。
◇心の澄むもの　三三歌参照。◇禰宜　神主の次に位する神職。神主は、広義には神職一般をさすが、狭義には神官の長をいう。◇祝　禰宜の下に位する神職。また、広く神職一般をいう場合もある。◇子産まぬ　ここでは単なる石女《うまずめ》の意でなく、貴人の御手付《おてつき》になりながら子どもができず、そのために寵愛《ちょうあい》の薄れた、の意であろう。◇式部　女官を仮に具象化したもの。紫式部・和泉式部等の名から一般化した表現。◇老いの果て　老後に行きついた、みじめな境遇。

398　◇男をしせぬ人　「し」はニュアンスを付与する副助詞。自由恋愛の習俗があって、定まった夫をもたぬ女、の意か。◇賀茂姫・伊予姫・上総姫　実体未詳。賀茂は京都北郊（今は市内）、伊予は愛媛県、上総は千葉県中部。◇はしし……　未詳。◇すしの人　四五歌参照。◇室町　平安京を南北に通る小路《こうじ》の名。◇わたり　一帯。◇あこほと　未詳。

399　二六四歌の替え歌。樵夫の姿を不動明王に準《なぞら》えて、ふざけたもの。
◇斧　手斧《ており》。◇うしろ　背中。◇舞ひのぼる　くるくると束になって積みあがっている。◇山守寄せじ　盗伐を見張る山の番人を寄せつけまい。

400　◇歌枕　ここでは歌のよい材料の意。一三歌参照。◇琴　三九七歌参照。◇調め　「調べ」に同じ。演奏する意。◇雎鳩　鳶《とび》に似た猛禽。海辺や湖岸にすみ、雌雄仲がよいとされる。◇舞ひこだれて　ふらふらと舞って。波に乗るさまをいう。「こだる」は姿勢がくずれる意。

401　趣意不明だが、仏教の伝来に関係があるか。◇こゆりさん　未詳。◇金の真砂　黄金《こがね》の砂。◇栴檀香樹　栴檀という香木。兲歌参照。◇付嘱　仏から布教の使命を付与されること。◇流れけれ　流れ寄って来たのだとさ。

402　隣の姉御《あねご》が祭ってござる　神は頭《どたま》のちぢれ髪、さんばら髪におでこ髪。指の先にはぶいきっちょい神、足の裏にはぶらついき神。

醜婦《ぶきりよう》で、不器用《ぶきつちよ》で、徘徊癖《ぶらつきぐせ》のあるという、三拍子そろった悪女を、こっぴどく、こてんこてんに、こきおろした歌。

◇大子　長女の敬称。「おほいこ」は「大御《おほいご》」(年長の婦人に対する敬称)とも解し得るが、いずれにせよ、この場合は尊敬でなく、からかった表現。◇祭る神「髪」と「神」をひっかけた悪い洒落《しやれ》。◇縮け髪「しじけ」は「ちぢれ」に同じ。◇ます髪　乱れ髪。〔参考〕能面の中に「十寸髪《ますがみ》」と呼ばれる面があり、「浮舟」の後《のち》ジテ、また「蟬丸《せみまる》」のシテ(姉宮逆髪《さかがみ》)などがつける。面としては鬢《びん》のほつれ程度の乱れ方に過ぎないが、本来は狂気の女性の振り乱した髪を表現したものであろう。◇ひたひ髪　出額《でびたい》を前髪で隠した様を言ったものか。◇拙神「てづつ」は不器用の意。

前には山守《やまもり》寄せじとて　杖《つゑ》を提《さ》げ

400
海にをかしき歌枕
磯辺《いそべ》の松原　琴《きん》を弾《ひ》き　調《しら》めつつ
沖の波は磯に来て　鼓《つづみ》打てば
雎鳩《みさご》　浜千鳥《はまちどり》　舞ひこだれて遊ぶなり

401
こゆりさんの渚《なぎさ》には
金《かね》の真砂《まさご》ぞ揺られ来る
栴檀《せんだん》香樹《かうじゆ》の林には
付嘱《ふぞく》の種こそ流れけれ

402
隣の大子《おほいこ》が祭る神は
頭《かしら》の縮《しじ》け髪《がみ》　ます髪《がみ》　ひたひ髪

それをふざけて神格化した表現。◇歩き神　人にとりついて、浮かれ歩かせる神。

403　意味不明の語句があまりにも多いが、おそらくからかいの歌であろう。

◇ささらかうし　「うし」は「牛」か。◇きしいぬ　「雉子《きじ》・犬」か。◇巫女　「かんなぎ」に同じ。みこ。◇をひわか……　未詳。◇うゑさ……　未詳。◇ともすれば　どうかすると。◇物咎め　とがめだてすること。◇大し　未詳。◇御許　女性の二人称代名詞。◇後手　うしろ姿。

404　滝はこの世に数あれど、うれしや　うれし、鳴りひびく　これはまことの滝の水。日が照ったとて絶えもせず、とうとうたらり、鳴りひびく。ヤレコトットウ。

『平家物語』額打論《がくうちろん》の条で、荒法師どもが歌い囃《はや》したのと同じ歌か。能の「翁《おきな》」にも同様の詞章がある。本来は祝儀の歌であろう。

◇絶えで　水が絶えることなく。◇とふたへ　滝の音を表す擬声語。◇やれことつとう　囃《はや》し詞《ことば》。

405　白河院《しらかわいん》が、孫の嫁（鳥羽《とば》院の后《きさき》＝待賢門院）を溺愛《できあい》して、崇徳《すとく》院を生ませた不祥事を諷刺《ふうし》した歌であろう。

◇鷲　鳥の王者であり、またその羽毛は矢羽根《やばね》として最良のもの。◇本白　羽のもとの方が白いもの。（本黒・中白・中黒等々、矢羽根には多くの種類がある）。ここでは白河老法皇を暗示。◇皇太后　当代の天皇の

指の先なる拙神《てづつがみ》
足の裏なる歩《ある》き神《がみ》

403
ささらかうしは憎きもの
きしいぬ　巫女《かうなぎ》　をひわかはねこその物願ひ
うゑさゑんたる　ともすれば物咎《ものとが》め　大しとか
御《お》許《もと》の物問ひに走る後手《うしろで》や

404
滝は多かれど
うれしやとぞ思ふ　鳴る滝の水
日は照るとも　絶えでとふたへ
やれことつとう

405
鷲《わし》の本《もと》白《じろ》を

母、または先帝の皇后におくられた称号。艶聞を流した女性で皇太后になった人は古来幾人もあるが、ここでは待賢門院を暗示。◇篦　矢の竹。皇太后御愛用の篦。『古事記』にも例があるが、ここでも「矢」は男根の隠喩。◇矧ぎて　竹に羽根を付けて矢に作り上げ。◇宮の御前……　宮さまの御殿をあけひろげて。〔参考〕『大鏡』には「お前のきたなきに」という表現で、内親王さまが処女でないことを巧妙に暗示した例がある。◇太う　ぶすりと。◇射させん　御門から外へ向けて射させるのか、それとも御門の内へ向けて射させるのか、気を持たせた表現。

406　保元の乱の敗北者崇徳院に関連した歌。ただし四三歌のようには趣意が明確でない。◇侍　ここは北面の武士の意。◇藤五君　藤原氏の五郎（五男坊）の意であるが、実体未詳。あるいは誰かを仮に具象化したものか。◇召しし　主語は崇徳院か。◇弓矯　弓の曲ったのを矯正する道具。◇など　どうして。◇とはぬ　未詳。◇篦矯　矢竹の曲ったのを矯正する道具。◇讃岐の松山　崇徳院が最初に配流された地（香川県坂出市内）。◇入りにしは　入ってしまったのはどうしたことか。

407　◇大唐御門　一九六歌参照。ここでは宮廷をさす。◇ゆゆしとか　豪勢だとかいうことだ。◇閨　寝室。◇黄金の蝶　寝具のデザインか。◇まてこく　未詳。◇かけはして　未詳。

皇太《くわうたい》后《こう》の篦《の》に矧《は》ぎて
宮の御前《おまへ》を押し開き
太《ふと》う射させんとぞ思ふ

406
侍《さぶらひ》　藤《とう》五《ご》君《ぎみ》
召しし弓《ゆ》矯《だめ》はなどとはぬ
弓矯も篦《の》矯《だめ》も持ちながら
讃《さ》岐《ぬき》の松《まつ》山《やま》へ入りにしは

407
大《だい》唐《たう》御《み》門《かど》はゆゆしとか
黄金《こがね》の真砂《まさご》は数知らず
閨《ねや》には黄金の蝶《てふ》遊ぶ
まてこく巌《いはほ》とかけはして

408　童謡であろう。四三八・四三九歌とともに、子供の口つきが楽しい。『秘抄』中の秀歌。

◇舞へ舞へ　角《つの》出せ、角出せ。蝸牛が触角をゆらゆらと振るさまを「舞」と見立てた表現。〔参考〕蝸牛のことを「マイマイ」「マイマイツブロ」と呼ぶ地方があるが、「舞」に由来する命名であろう。◇蝸牛　標準的呼称は「かたつむり」。「デンデンムシ」その他多くの異名がある。◇馬の子や牛の子　親馬や親牛でないところが、いかにも童謡的。◇蹴させてん　蹴らせちゃおう。「くゑ」は「け」の古い形。「て」は完了の助動詞「つ」の未然形。◇美しく　かわゆく。◇華の園　華林園《けりんおん》。二四・一八四歌参照。ここでは、百花繚乱《りようらん》たる御伽《おとぎ》の国ぐらいの意味合い。

409　かがみ（鏡）の曇りは、わがみ（我身）の科《とが》よ。わし（私）がやつれりゃ、ぬし（主）が振る。

◇鏡曇りては……　鏡が曇っているのを見ると、わが身のやつれが思い知られる。つまり、容色の衰えを恥じるから鏡を手にしない。鏡を手にしない（化粧をしない）から一層容色が衰え、また鏡も曇るのである。昔の鏡は金属製のため曇りやすかった。「こそ」の結びとしては「やつれけれ」とありたいところ。◇退け引く　しりごみをする。

410　頭でもぞもぞするやつは、頭虱じゃないかいな。ぼんのくぼをばいつも食う。やけにごしごし櫛《くし》の歯で、梳《す》けばポトリと天降る。麻小笥の蓋に受けとめて、プチリとやれば御臨終。

408
舞へ舞へ　蝸牛《かたつぶり》
舞はぬものならば
馬の子や牛の子に蹴《くゑ》させてん
踏み破《わ》らせてん
まことに美しく舞うたらば
華《はな》の園《その》まで遊ばせん

409
鏡曇りては
わが身こそやつれける
わが身やつれては
男退《の》け引く

410
頭《かうべ》に遊ぶは頭虱《かしらじらみ》
項《をなじ》の窪《くぼ》をぞ極《き》めて食ふ

卑小な虫をしかつめらしく取り上げて、おどけてみせた傑作。◇頭虱　アタマジラミ。◇項「をなじ」は「うなじ」の訛《なまり》。◇天降る　神が天界から下りて来る。虱と神という極端なイメージの落差を利用して、滑稽感を盛り上げた表現。◇麻小笥　績《う》んだ（細く裂いて糸にした）麻《あさ》を入れる器。檜《ひのき》の薄板の曲物《まげもの》で、昔の庶民の女の日用品。◇命終る「天降る」と脚韻を踏んで、軽快なリズム感をかもし出す。

411　作者は叡山陰陽《おんよう》堂の慶増僧都。内容的には「神《じん》分《ぶん》」（一〇七頁注一参照）に属すべき歌。三三三歌から四一〇歌までが本来の「雑」の歌で（一三五頁注一参照）、四一一歌から四四五歌までは増補された部分であろう。

◇大宮権現……　日吉《ひえ》山王《さんのう》の主神である大宮は、釈迦の垂迹《すいじやく》と信ぜられた。二四四歌参照。◇一度も……　たとい一ぺんでも、このお社にお参りする人は。◇霊山界会……　釈迦が霊鷲山《りようじゆせん》で法華経を説いた時の聴衆の一人と見なすことにしよう。

412　「慈恵《じえ》大師御略頌《ごりやくじゆ》」（暗記用の符牒《ふちよう》か）の歌謡化されたもの。文意は明らかでない。

◇仏法与文殊　仏法と文殊菩薩と。「与」は以下の「及」「還」と同じく、英語の“and”にあたる接続詞。◇多聞　多聞天＝毘沙門《びしやもん》天。◇摩訶迦羅天　大黒天。◇山王　二一五頁注二参照。◇慈覚　二九五歌参照。◇還「ぐゑん」は「げん」の古い発音。

櫛《くし》の歯より天降《あまくだ》る
麻《を》小《ご》笥《け》の蓋《ふた》にて命《めい》終る

411
大《おほ》宮《みや》権《ごん》現《げん》は
思へば教主の釈《しや》迦《か》ぞかし
一《いち》度《ど》もこの地を踏む人は
霊《りやう》山《ぜん》界《かい》会《ゑ》の友とせん

412
仏法与《よ》文《もん》殊《じゆ》とか
多《た》聞《もん》　摩《ま》訶《か》迦《か》羅《ら》天《てん》
山《さん》王《わう》及《ぎふ》伝教大師
慈覚還《ぐゑん》如来

413
熊野の権現は

413　前半二句は三五九歌とほぼ一致。後半二句は三五一歌と類似の発想であり、結びの句は同一。三四歌と重複。ただし三四歌では、結びの句に「ゆゆし」の三字が加わっている。

414　ここから北は北陸路。立山・白山は神の山、夏冬ともなく雪が積む。三国一《さんごくいち》の富士山にゃ、夜昼ともなく煙立つ。

415　◇越の国　北陸地方。◇雪ぞ降る　越中の立山、加賀の白山のような高い山の頂には、雪が降り積っている、の意。◇煙立て　煙が立っている。富士山はかつて活火山であった。「山の頂のすこし平ぎたるより、煙は立ちのぼる。夕暮れは火の燃え立つも見ゆ」(『更級日記』)など、徴証が多い。「立て」は「こそ」の結びの已然形。

416　官位昇進を願う人の心をくすぐる祝言《しゅうげん》の歌。◇南宮の御前　南宮は「浜の南宮」のこと。広田社に属し、西宮戎《にしのみやえびす》の境内にある。二一七頁注三参照。「御前」は神の敬称。◇朝日さし　特に意味はなく、「夕日さし」とともに、結句を導き出すための前座的な表現。◇児の御前　児社ともいい、南宮社に属し、西宮戎の境内にある。◇松原如来　今の松原神社(西宮市)。大日如来を祭っていたのに由来する呼称。明治政府による神仏分離以前の時代には、社に仏像を祭ることは全くありふれた現象であった。◇司まさり　官位が昇進すること。◇しき波　あとからあとか

名草《なぐさ》の浜にぞ降《お》りたまふ
海人《あま》の小舟《をぶね》に乗りたまひ
慈悲の袖《そで》をぞ垂れたまふ

414
鈴はさや振る　藤太巫女《とうだみこ》
目より上《かみ》にぞ鈴は振る　ゆらゆらと振り上げて
目より下《しも》にて鈴振れば
懈怠《けたい》なりとて　神腹立《はらだ》ちたまふ

415
これより北には越《こし》の国
夏冬ともなき雪ぞ降る
駿河《するが》の国《くに》なる富士の高嶺《たかね》にこそ
夜昼《よるひる》ともなく煙《けぶり》立て

ら、しきりに立つ波。目の前の大阪湾に立つ「しき波」のように、官位昇進がしきりであれ、との縁起をかついだ表現。

417　日吉《ひえ》山王《さんのう》を本地垂迹の観点から詠じた歌。◇大宮……　大宮はすなわち霊鷲山である、の意。四一歌と同じ思想。◇東のふもとは……　比叡山の東麓すなわち日吉山王の社地は、釈迦が悟りを開いた菩提樹の下に等しい、の意。◇両所　大宮と二宮。大宮の本地は釈迦、二宮の本地は薬師と信ぜられた。◇三所　三聖《さんしよう》の意であろう。三聖は大宮・二宮・聖真子《しようじんし》の総称。聖真子（今の宇佐宮）の本地は阿弥陀《あみだ》とされるが、歌詞には脱落している。◇八王子　今の牛尾神社。本地は千手観音。

418　祭礼の余興として演ずる猿楽《さるがく》か何かの一景であろう。天満と八幡とのやりとりは、三七歌にも見える。◇吉田野　今の京都大学の所在地。東側の台地を神楽岡といい、吉田社がある。五五〇歌参照。◇天満・八幡　三七歌参照。◇葉椀　供え物などを入れる食器の一。もと柏《かしわ》の葉などを幾枚も合わせ、中央をくぼんだ形に作ったもの。◇差し　「差す」は盃《さかずき》を相手にすすめること。ここは葉椀をすすめる意。◇葉盤　数枚の柏の葉を合わせて作った皿。◇取り　ここでは「差し」に同じ。◇御手洗　御手洗川。賀茂社の境内を流れている川。◇精進　ここは潔斎の意。◇そらには……　未詳。

416
南宮《なんぐ》の御前《おまへ》に朝日さし
児《ちご》の御前に夕日さし
松原《まつばら》如来の御前には
司《つかさ》まさりのしき波ぞ立つ

417
大宮　霊鷲山《りやうじゆせん》
東《ひんがし》のふもとは菩提樹下《ぼだいじゆげ》とか
両所　三所《さんじよ》は　釈迦《しやか》　薬師《やくし》
さて八王子は観世音

418
吉田野に神祭る
天満《てんま》は八幡《やはた》に葉椀《くぼて》差し　葉盤《ひらで》取り
賀茂《かも》の御手洗《みたらし》に精進《しやうじん》して
そらにはかせこそさいさかほとはとれ

419　◇葛川　葛川寺。明王院の通称。大津市の北端、山間の僻地《へきち》にある。◇せんとう　未詳。◇七曲　曲りくねった坂道。京都北郊の大原から途中越《とちゅうごえ》・花折峠を経て葛川に至るが、その花折峠あたりをさすか。◇崩坂　明王院の近くにある坂。◇おほいし・あつか　未詳。◇杉の原　普通名詞か。◇さうちう　未詳。◇玉川　明王院の前を流れる清らかな川をいうか。

420　南無《なむ》日の本の大神よ。このわれらを見放さず、未来永劫《えいごう》加護を垂れ、無上の悟り賜えかし。

『山王和讃』(作者未詳)の一節を抜き出して、今様の歌詞としたもの。◇帰命　「南無」の漢訳。帰依《きえ》に同じ。◇頂礼　稽《けい》首《しゅ》・頭面作礼《ずめんさらい》などともいい、古代インドにおける最高の敬礼。尊者の前にひれ伏し、顔面を地につけ、相手の足を両手に受けて、自分の頭に触れさせる礼法。◇大権現　ここは山王権現をさす。二四四歌参照。◇生世々　一六八歌参照。◇阿耨菩提　五六五歌参照。◇成したまへ　成就させて下さいまし。

421　趣意が明確でなく、正解を得がたい。◇華の園　四〇八歌参照。◇忉利天　二〇四歌参照。◇くはん国　未詳。◇金包太子　未詳。◇華の上「華の園」と同義か。

419
いづれか葛川《かづらがは》へ参る道
せんとう　七曲《ななわた》　崩坂《くづれざか》
おほいし　あつか　杉の原
さうちうの御前《おまへ》をゆくを玉川の水

420
帰命頂礼大権現《きみやうちやうらいだいごんげん》
今日《けふ》よりわれらを捨てずして
生々世々《しやうじやうせぜ》に擁護《おうご》して
阿耨菩提《あのくぼだい》　成したまへ

421
われらが住処《すみか》は華の園
生まれは忉利天《たうりてん》
父をばくはん国《こく》の王や　金包《こんはう》太子なり

われらが住処《すみか》は華の上

422 毘《び》沙《しゃ》利《り》国《こく》の観音は
今は烏《う》瑟《しつ》も見えじかし　入りぬらん
聖徳太子の九《く》輪《りん》は
光も変らで　いまひをつあり

423 般《はん》若経《にやきやう》をば船として
法《ほ》華《け》経《きやう》八《や》巻《まき》を帆《ほ》に上げて
軸《ぢく》をば帆柱《ほばしら》に　や
夜《や》叉《しゃ》　不動尊に楫《かぢ》取らせ
迎へたまへや　罪人《つみびと》を

424 正法《しやうぼふ》　世に住し

422 ◇毘沙利国　毘舎離《びしやり》城に同じ。三一歌参照。◇烏瑟　三一歌参照。◇見えじかし　見えないであろう。玄奘三蔵《げんじようさんぞう》（二七歌参照）がインドに渡った時、観音像が地底に没し、肩から上がわずかに出ているのを見たという。それから長年月を経過した今日、あの観音像はもうすっかり埋没して、頭上の烏瑟も見えなくなってしまったろう、と想像したもの。◇入りぬらん　「見えじかし」を歌い替えた文句。土中にもぐってしまったろう。◇聖徳太子　救世《ぐせ》観世音の垂迹であるとされた。◇九輪　仏塔の最上部に飾りとして付けられた九つの輪。広義にはそれを含む相輪全体をいう。ここは四天王寺の五重の塔の九輪をさすか。◇いまひをつあり　「今日《いま》落《お》つあり」で、高くそびえた九輪が夕日の光に輝いている、の意か。

423 ◇般若経　三五頁注三参照。◇法華経八巻　三八頁注一・三参照。◇軸　当時の経典は一般に巻子本《かんすぼん》（巻物）であったから、軸が付いている。それを帆柱と見立てた。◇や　囃《はや》し詞《ことば》。◇夜叉　鬼神の一。天・龍などとともに八部衆《はちぶしゅ》の一つとして、仏教の守護神とされることもある。ここは後者の意。◇不動尊　不動明王。二六四歌参照。◇迎へたまへや　悟りの世界へ迎え入れて下さいましな。

424 法華経提婆品《だいばほん》（五八頁＊印参照）前半の所説を踏まえた歌。
◇正法世に住し　通常は釈迦についていうが、この場合は、提婆達多《だいばだつた》が未来の世に成仏して天王仏《てんのうぶつ》となった時についていう。天王仏が入滅して後、正法が世にとどまって。経には「時ニ天王仏、般涅槃《はつねはん》ノ後、正法世ニ住スルコト二十中劫、全身ノ舎利ニ、七宝ノ塔ヲ起《た》ツ」とある。◇二十中劫　「劫」はきわめて長い年数の単位。それを小劫・中劫などと区分し、二十小劫を一中劫とする。◇全身舎利　砕身《さいしん》舎利の対。釈迦の舎利のような砕かれた仏骨でなく、多宝仏（五六頁＊印参照）のような全身そのままの舎利。空想上のもので、実在するわけではない。◇宝塔　ここでは、天王仏の全身舎利を収めた七宝の塔。

425　◇聖　世を遁《のが》れた修行者をいう。◇好むもの　付き物。いつも必ずついてまわるもの。◇比良の山　琵琶《びわ》湖西岸、比叡山の北方にある標高一〇〇〇メートル前後の山地をいう。◇滑薄　「なめたけ」「なめこ」ともいう。◇蕊　蓮の根の古称。◇根芹　芹に同じ。◇根蓴菜　「じゅんさい」の古称。◇牛蒡　ごぼう。関西では今でも「ごんぼ」という。◇河骨　今日「こうほね」といい、根茎は強壮・止血剤となる。◇土筆　「つくし」「つくしんぼ」に同じ。

426　童貞なんざ糞《くそ》くらえ。袈裟も衣もまっぴらよ。数珠もサッパリ捨てちまえ。「命短し、恋せよ」だ。

反骨精神と享楽主義とを謳歌《おうか》宣言した歌。◇聖を立てじはや　聖を立てるようなことはすまいよ、なあ。「聖を立つ」は、修行者として押し通す意。その中心概念は「女色を去る」ことである。訳詞には

二十中劫《ちゅうごふ》かや
全身《ぜんしん》舎利《しゃり》かや
建てたりし宝塔《ほうたふ》　世に久し

425
聖《ひじり》の好むもの
比良《ひら》の山をこそ尋ぬなれ　弟子《でし》遣《や》りて
松茸《まつたけ》　平茸《ひらたけ》　滑薄《なめすすき》
さては池に宿る蓮《はす》の蕊《はひ》
根芹《ねぜり》　根蓴菜《ねぬなは》　牛蒡《ごんばう》
河骨《かはほね》　独活《うど》　蕨《わらび》　土筆《つくづくし》

426
聖《ひじり》を立てじはや
袈裟《けさ》を掛けじはや
数珠《じゅじゅ》を持たじはや

童貞云々としておいたが、過去に女性関係のあった男でも、一念発起《ほっき》して不犯《ふぼん》を守り通せば、やはり聖を立てたことになる。「はや」は係助詞プラス間投助詞。激越な感情を表現する。◇戯れ　色恋におぼれること。

427　◇凄き　恐ろしい感じのする。◇山伏　野に寝、山に伏して苦行し、霊験を修得する者。修《しゅ》験者《げんじゃ》。◇好むもの　四二五歌参照。◇味気無　挿入句。ああ、わびしいことだよ。◇凍てたる　凍って、かすかになった。◇山芋　「やまのいも」の訛《なまり》。じねんじょう。◇粿米　神仏に供える洗米《せんまい》。

428　◇験仏の尊きは　霊験あらたかな仏として尊ばれるのは。◇立山　修験道の霊場であり、地獄の信仰で有名であった。今日「たてやま」といい、富山県の有名観光地。◇美濃　岐阜県南部。◇谷汲の谷汲の寺の意。後世は西国《さいこく》三十三所の最終の札所。以下みな観音の霊場。◇彦根寺　西寺（彦根市）。◇志賀　志賀寺《しがでら》。三井寺の北方（大津市）にあったが、のち廃絶。京極《きょうごく》の御息所《みやすんどころ》（藤原時平の女《むすめ》）に恋慕した「志賀寺の上人」の説話で有名。◇長谷　長谷寺（奈良県桜井市）。初瀬《はつせ》寺とも。次の石山・清水とともに、王朝文学に頻出する。◇石山　石山寺（大津市）。◇清水　三一四歌参照。◇都に間近き　京都で、人々のすぐ目の前にある。◇六角堂　三一三歌参照。

年の若き折　戯《たは》れせん

427
凄《すご》き山伏《やまぶし》の好むものは
味気《あぢき》無《な》　凍《い》てたる山芋《やまのうも》
山葵《わさび》　粿米《かしよね》　水雫《みづしづく》
沢には根芹《ねぜり》とか

428
験仏《げんぶつ》の尊《たふと》きは
東《ひんがし》の立山《たちやま》
美濃《みの》なる谷汲《たにぐみ》の　彦根寺《ひこねでら》
志賀《しが》　長谷《はせ》　石山　清水《きよみづ》
都に間《ま》近《ぢか》き六角堂《ろつかくだう》

429
心凄《こころすご》きもの

429　◇心凄き　荒涼たる感じがする意。四二七歌の「凄き」に多少ニュアンスの加わった表現。◇思ふや仲らひの……　互いに好き合った仲の男女が、鼻についたからでなくて、余儀ない事情のために縁を切ること。「や」は間投助詞。「飽かで」は「飽かずして」の意。

430　◇様がるは　おもしろいのは。◇雨山・守山・しぶく山　「守山」は現在の滋賀県守山《もりやま》市。山でなく宿駅の名。しばしば「漏る」の掛詞に用いられた。他の二つは未詳。おそらく「雨」「漏る」「しぶく」と縁語仕立てに並べただけの洒落《しやれ》であろう。◇鳴らねど　鳴りはしないけれど。「鈴」を引き出すための措辞。◇鈴鹿山　鈴鹿山脈（三重・滋賀の県境）。◇明石　三五〇歌参照。◇潮垂山　未詳。おそらく「わくらばに問ふ人あらば須磨の浦に藻《も》しほたれつつわぶと答へよ」（『古今集』雑、在原行平）の歌から仮構された地名であろう。京都から見て、須磨は「明石のこなた」である。

431　讃岐の松山にゃ、松が一本ゆがんでて、だれやらさんにそっくりさ。ねじれてね、まがってね、ひねくれてござるとか。それを直島に植えかえて、なぜまっすぐにならぬやら。

保元の乱に敗れ、讃岐に配流され、写経の奉納までも拒絶されて、憤激のあまり「日本国の大魔縁となり、皇《わう》を取つて民となし、民を皇となさん」（『保元物語』）と誓った崇徳院の怨念《おんねん》を、ゆがんだ一本松になぞら

夜道　船道《ふなみち》　旅の空　旅の宿
木闇《こぐら》き山寺《やまでら》の経の声
思ふや仲らひの　飽かで退《の》く

430
山の様《やう》がるは
雨山《あめやま》　守山《もるやま》　しぶく山
鳴らねど　鈴鹿《すずか》山
播磨《はりま》の明石《あかし》のこなたなる
潮垂山《しほたれやま》こそ様《やう》がる山なれ

431
讃岐《さぬき》の松山に
松の一本《ひともと》ゆがみたる
もぢりさの　すぢりさに
猜《そね》うだるかとや

え、院をそこまで追いつめた後白河方の冷酷な仕打ちを痛烈に諷刺《ふうし》した歌。◇讃岐の松山　四〇六歌参照。◇もぢりさの……　「もぢる」も「すぢる」も、体などをねじり、くねらせること。「さ」は動詞に付いて、「……する時」の意を表す接尾語。◇猜うだる　「そねみたる」の音便。いらいらと不機嫌《ふきげん》である。とんがらかっている。◇……かとや　……しているのかなあ。◇直島　瀬戸内海の一小島。崇徳院は松山からこの島へ移送された。◇さばかんの　「さばかりの」の音便。それぐらいの。◇直さざるらん　どうして直さないのだろう。「直島」にひっかけた皮肉。

432　一三歌と同じ発想ではあるが、第四句に祝言の意が加味されている。
◇歌枕　一三歌参照。◇子の日　正月の初めの子《ね》の日。また、その日の行事をいう。野外に出て小松を引き、若菜を摘んだりした。◇青柳　春さきに芽ぶきはじめた柳。◇三千歳……　三千年に一たび実を結ぶという仙界の桃の花。西王母《せいおうぼ》（仙女）が漢の武帝にその実を与えたという。

433　「扇の風」「夏なき年」など、和歌に用いられる言葉を寄せ集めたモザイク的歌詞の今様。
◇掬ぶ　両手で水をすくいあげる。◇忘られ　「忘れられ」のつづまった形。自然と忘れるような結果になり。

直島《なほしま》の　さばかんの松をだにも直さざるらん

432
春の初めの歌枕
霞《かすみ》　鶯《うぐひす》　帰る雁《かり》
子《ね》の日《び》　青柳《あをやぎ》　梅　桜
三千歳《みちとせ》になる桃の花

433
松の木《こ》陰《かげ》に立ち寄りて
岩漏《も》る水を掬《むす》ぶ間《ま》に
扇《あふぎ》の風も　忘られて
夏なき年とぞ思ひぬる

434
池の涼しき汀《みぎは》には
夏のかげこそなかりけれ

434　原作者は寂然か（『唯心房集』所収）。◇夏のかげ　夏の気配。◇声も秋とぞ……　風の音も、秋そっくりに聞えてしまうよ。

435　◇直なるもの　まっすぐなもの。直線状のもの。◇ただ　ずばり言って。◇連枷　脱穀用の農具。回転自由な棒または割竹を、竿《さお》の先に取り付けたもの。◇篦竹　矢にする竹。◇仮名のし文字　ひらがなの「し」の字。活字体では曲っているが、昔の書体では直線状であった。◇梅楚　梅の枝や幹からまっすぐに細く伸びた若枝。◇幢　「幢《どう》」の和訓。旗の一種。「幡《ばん》」「蓋《がい》」とともに、仏・菩薩の威徳を表す荘厳《しょうごん》具《ぐ》。◇刺鳥竹　「さしとりだけ」の音便。先にとりもちを塗りつけ、小鳥を捕えるのに使う竹竿。

436　◇好むもの　四三五歌参照。◇紺よ……茜　いずれも染色の名。鎧《よろい》や直垂《ひたたれ》の色のさまざまをいう。「蘇芳」は黒味がかった紅色。◇寄生の摺　未詳。「寄生」は「やどりぎ」の別名。「摺」は、草木の汁などを布にこすりつけて着色すること。◇胡簶　矢を盛って背に負う具。◇腰刀　いつも腰に帯びている鍔《つば》のない短刀。鞘巻《さやまき》ともいう。◇脇楯　通常「わいだて」という。大鎧の右脇のあいている部分に当てるもの。◇籠手　腕を守るためにはめる武具。◇具して　一式とりそろえて。

木《こ》高《だか》き松を吹く風の
声も秋とぞ聞えぬる

435
直《すぐ》なるものは　ただ
連枷《からさを》や　篦《の》竹《だけ》　仮《かん》名《な》のし文《も》字《じ》
今年《ことし》生《は》えたる梅楚《うめずはゑ》
幢《はたぼこ》　刺《さい》鳥《とり》竹《だけ》とかや

436
武《む》者《しゃ》の好むもの
紺《こん》よ　紅《くれなゐ》　山吹《やまぶき》
濃き蘇《す》芳《はう》　茜《あかね》　寄生《ほや》の摺《すり》
良き弓　胡簶《やなぐひ》　馬　鞍《くら》　太刀《たち》　腰刀《こしがたな》
鎧《よろひ》　冑《かぶと》に　脇楯《わきだて》　籠手《こて》　具《ぐ》して

437　◇法師博打　坊主《ぼうず》の姿《なり》をしたばくちうち。◇様がるは　おもしろいのは。◇地蔵　以下みな博徒の名。抹香《まっこう》臭いところが味噌《みそ》。◇迦旃　迦旃延《かせんねん》（一八四歌参照）に由来。◇二郎寺主　生臭坊主の二男坊なのであろう。◇みみつ新発意　「みみつ」は未詳。あるいは「蚯蚓《みみず》」で、さっぱり日の当らぬ、ついきの悪い、の意か。「しもち」は「しんぼち」の転。新たに発心《ほっしん》して仏門に入った者。かけだしの坊主。◇無下に悪きは　滅茶《めっちゃ》滅茶《めちゃ》についきの悪い野郎は。◇鶏足房　鶏足山《けいそくせん》（一八四歌参照）に由来。

438　とまれ、とまれ、とんぼ。
そうれ、塩舐《ねぶ》らしょ。
とまってろよ、じっとして。
すだれの竹の細いのを、
ちょっと一本抜いて、
馬のしっぽの長い毛を、
縒《よ》って綱に編んで、
先にお前をくくって、
子供や大供《おおども》に、
手繰《たぐ》らしては飛ばそ。

四〇八・四三九歌とともに、童謡として秀逸な作。◇ゐよ　じっとしていろ。◇堅塩　堅く固まった、未精製の塩。◇参らむ　あげよう。◇さてゐたれ　そのままじっとしていろ。◇はたらかで　動かないで。◇簾篠　簾にする細い竹。◇かい付けて　「かい」は接頭語。◇冠者　三四〇歌参照。◇ばら　連中の意。

437
法《ほふ》師《し》博《ばく》打《ち》の様《やう》がるは
地蔵よ　迦《か》旃《せん》　二郎寺《てら》主《し》とか
尾《を》張《はり》や伊勢のみみつ新《し》発《も》意《ち》
無《む》下《げ》に悪《わろ》きは鶏《けい》足《そく》房《ばう》

438
ゐよ　ゐよ　蜻《とう》蛉《ばう》よ
堅《かた》塩《しほ》参らむ
さてゐたれ　はたらかで
簾《すだれ》篠《しの》の先に
馬の尾縒《よ》り合はせて
かい付けて
童《わらはべ》　冠《くわ》者《じや》ばらに繰《く》らせて
遊ばせん

439　「独楽《こま》さん、独楽さん、さあおいで。
　鳥羽の城南寺の祭見に」
　「わたしゃ、まっぴらごめんです。
　くわばら、くわばら、こりごりした。
　作り道や四塚に、
　跳上《はねあが》り馬が多いので」

前歌同様、愉快な童謡。子供と独楽《こま》との掛合いの形をとっている。◇いざれ　「いざ、うれ」の約か。「うれ」は代名詞。相手に呼びかける意を表す。◇独楽　「こまつぶり」の「つぶり」は「円」の意。◇鳥羽　京都南郊。現在は京都市南区と伏見区とにまたがる。◇城南寺　今の城南宮《じょうなんぐう》（伏見区内）の前身。◇祭　「鳥羽城南寺明神御霊会《ごりょうえ》」「城南寺祭」と呼ばれ、白河院や鳥羽院も見物に出かけた。◇まからじ　行くまい。◇作り道　朱《しゅ》雀《じゃく》大路（三八九歌参照）を南へ延長して作られた道。鳥羽へ通ずる道路。◇四塚　羅城門（平安京の南大門）の跡、すなわち朱雀・九条・作り道の交叉する四辻をいう。◇焦る上馬　三八四歌参照。

440　三五五歌と同じ発想の歌。表現も類似。
◇鵜飼　三五五歌参照。◇悔しかる　（鵜飼なんぞになるのじゃなかったと）後悔される。◇漁りけむ　魚をとったりしたのだろう。◇万劫……　三五五歌参照。◇せんずらむ　「せんとすらむ」の転。（どう）しようというのだろう。

439
いざれ独楽《こまつぶり》
鳥羽《とば》の城南寺《じやうなんじ》の祭《まつり》見に
われはまからじ　恐ろしや
懲《こ》り果てぬ
作り道や　四塚《よつづか》に
焦《あせ》る上馬《あがりうま》の多かるに

440
鵜飼《うかひ》は悔《くや》しかる
何しに急いで漁《あさ》りけむ
万劫《まんごふ》年経《としふ》る亀殺しけむ
現世《げんぜ》はかくてもありぬべし
後世《ごせ》わが身をいかにせんずらむ

441
粟津《あはづ》の興宴《きようえん》は

三九六歌と似ているが、趣意が不明確。

441　◇粟津　琵琶湖南岸（大津市内）にあり、松原で有名。のち木曾義仲戦死の地。◇興宴　興趣のある事柄。◇東　粟津の東では不合理。未詳。◇西浦　一句隔てた「西の浦」に同じ。三九六歌参照。◇上り大路　未詳。〔参考〕後世の舞曲「笈《おい》さがし」に「大津の上り大路」とあり、また説経「小栗《おぐり》」には「上り大津」の地名がある。

442　趣意が明らかでない。◇まさとを　未詳。人名か。◇江口　神崎《かんざき》川が淀川本流から分れる所にあった港町。遊女《あそび》の一大本拠として繁栄した。今も大阪市東淀川区に地名が残る。江口の君が西行と歌を詠みかわした説話、またそれを脚色した能「江口」で有名。◇来んけるは　「来にけるは」の音便。◇藤次　未詳。◇てこく　未詳。あるいは「手懲《てご》り」の誤写で、手ひどく懲《こ》りることの意か。◇……せむとや生まれけむ　三五九歌参照。

443　美声の経読みを列挙した歌か。◇開くにをかしき　一四歌参照。ここは「美声の」の意であろう。◇経読み　経を読む人。読経も芸能の一つ。三〇四歌参照。『宇治拾遺物語』には、小式部《こしきぶの》内侍《ないし》(和泉《いずみ》式部の女《むすめ》)が定頼卿の読経の声に悩殺された説話がある。◇とうかく　未詳。◇高砂　謡曲「高砂」で有名な海岸。兵庫県高砂市。◇明泉房　未詳。◇江口　四四二歌参照。◇ふちに・たのやけの君　未詳。◇淀　二六一歌参照。◇大君・次郎君　未詳。

東《ひんがし》　大津《おほつ》の西浦へ
海老《えび》まじりの雑魚《ざこ》売りに
大津の西の浦は悪《わろ》し
上《のぼ》り大路《おほぢ》ぞ何も良き

442
まさとを　江口《えぐち》へ来《き》んけるは
ありし昔を思ひ出《い》でて
例の藤次《とうじ》が癖《くせ》なれば
てこくせむとや生《む》まれけむ

443
聞くにをかしき経読《きやうよ》みは
とうかく　高砂《たかさご》の明泉房《みやうせんばう》
江口のふちに　たのやけの君
淀《よど》には大君《おほぎみ》　次郎君

444
鷲《わし》の棲《す》む深山《みやま》には
なべての鳥は棲むものか
同じき源氏と申せども
八幡太郎《はちまんたらう》は恐ろしや

444　◇鷲　鳥の王者。次に八幡太郎を出すための適切なイメージ。◇なべての鳥　普通の鳥。◇同じき源氏……　同じ「源《みなもと》」という姓を名乗る武士の中でも。◇八幡太郎　源義家。前九年の役《えき》・後三年の役に武名をとどろかせ、東国に源氏の地盤を築いた。八幡太郎の称は、石清水《いわしみず》の社前で元服したのに由来。彼の武勇については、『古今著聞集《ここんちよもんじゆう》』に数々の説話がある。

445
仲人女《なかうどをんな》の様《やう》がるは
こちよふてらよまつさへ
ふたこのみや人　すしの人
光めでたき玉川は
夜々《よるよる》照らす月とかや

445　趣意をつかみがたい歌。◇仲人女　密会や売春の仲立ちをする女をいったものか。◇様がるは　おもしろいのは。◇こちよふてらよ……　以下未詳。◇すしの人　未詳。三六八歌にも見える。〔参考〕時代が下るが、西鶴や近松の作品には、なれすぎて生意気な意を表す「すし」の語がある。◇光めでたき　「玉川」の「玉」を引き出す序詞。◇玉川　美しい流れの川の意の普通名詞か。固有名詞としては各地にあり、後世「六玉川《むたまがわ》」の称がある。ここでは、密会宿などのある川辺をさし、「かにかくに祇園《ぎをん》は恋し寝《ぬ》るときも枕の下を水のながるる」式の情景をいうか。◇夜々照らす月　「月下氷人」（仲人）を暗示した洒落《しゃれ》か。

二《に》句神歌《くのかみうた》　百十八首

446 みてぐらは
散るかと見れば　住吉の　松などの木間《こま》より
漏《も》らん月をば　や　いかがせんずる

447 ちはやぶる　神
神にましますものならば　あはれと思《おぼ》しめせ
神も昔は人ぞかし

448 神垣《かみがき》や
御《み》室《むろ》の山の榊葉《さかきば》は
神の御《み》前《まへ》に茂りあひにけり

446　住吉の白沙青松を照らす月光を、幣《ぬさ》の散るかと見立てたもの。

◇みてぐら　神に奉る物の総称。ここでは布・帛《はく》・紙などを切って作った幣をいう。◇散るかと見れば（あたりが真白なので、幣が）散っているのかしら、と見まわすと。◇住吉　二一二頁注一参照。◇木間　木々の枝のすきま。◇漏らん月をば　漏れてくる月光をば。◇いかがせんずる　どうしようというのか。その神々《こうごう》しさは、まあ何といったらよいのだろう。

447　ちはやぶる神よ、実《まこと》に神ならば、あわれみたまえ、わが身をば。神も昔は人として、かかる難儀にあいたまい、辛苦なされたその故《ゆえ》に。

この歌は『口伝集』巻十にも出るが、元来は無実の罪を得た人々が、菅原道真を祭る北野天神（京都市上京区）に参籠し、加護を祈願した説話に由来するのであろう。〔参考〕神が前世に人間としてさまざまの苦難を受け、その故にこそ世人を救う霊力を有するのだ、というのが室町時代物語や説経の根本思想。◇ちはやぶる　「神」にかかる枕詞。◇昔　ここでは前世を意味する。

448　『古今集』や神楽歌《かぐらうた》にも同じ歌詞（ただし初句が「神垣の」）があり、それを取ったもの。

◇神垣　神域を他の土地と区別するための垣。◇御室　神の降臨する場所。◇榊　ツバキ科の常緑樹の一つ。広義には、生命力の旺盛な常緑樹の総称。榊の枝葉は神事に付き物。

449
月も月
立つ月ごとに若きかな
つくづく老いをするわが身　何なるらむ

450
月は船
星は白波《しらなみ》　雲は海
いかに漕《こ》ぐらん　桂男《かつらをとこ》はただひとりして

451
春の野に
小屋《こや》掛《か》いたるやうにて　突い立てる鉤蕨《かぎわらび》
忍びて立てれ　下衆《げす》に盗《と》らるな

452
垣越《かきご》しに

449　暦（旧暦）の月が改まるごとに新しく若返る空の月にひき比べて、身の衰えを嘆く老人の歌。あるいは、月のものを見なくなった初老の女の歌か。◇月も月　月といえば、ほんにまあ。◇立つ月　天文上は新月が現れる意、また暦法上は新しい月になる意だが、旧暦（太陰暦）の時代にあっては、その両義は不可分の概念。また女性生理を暗示することもある。〔参考〕「汝《な》が着《け》せる　襲《おすひ》の裾《すそ》に　月立ちにけり」（『古事記』倭建命《やまとたけるのみこと》）◇つくづく　力の尽き果てたさま。「月」と頭韻を踏ませた表現。

450　古歌の比喩を借用した歌。
◇月は船　月を、空行く船と見立てたもの。〔参考〕「空の海に雲の波たち月の舟星のはやしにこぎかへるみゆ」（『拾遺集』雑、柿本人麿）◇いかに漕ぐらん　どんなふうに漕ぐのだろう。◇桂男　月世界に住むという男。中国の伝説に基づく。ここでは、月という船の船頭と見立てた。

451　「小屋」「鉤」「盗る」と、連想で結んだ歌。
◇小屋掛いたるやうにて　まるで小屋を建ててあるかのように。「掛いたる」は「掛きたる」の音便。◇突い立てる　つっ立っている。「突い」は「突き」の音便。◇鉤蕨　早蕨《さわらび》。芽を出したばかりの蕨は、先端が曲って拳《こぶし》状になっている。それを鉤と見なした表現。この場合、小屋が存在するわけではないが、早蕨を小屋の掛金《かけがね》と見立てて興じたもの。◇忍びて立てれ　人目にふれずに立っておれ。「れ」は持続の助動詞「り」の命令形。◇下衆　身分の低い者。つまらぬ人間。◇盗らるな　蕨よ、折り取られないようにしろ。小屋の中の物を盗まれるな、の意をも含む。

452　隣家の美女を撫子に準《なぞら》えて、愛恋の思いを述べた歌。「垣越しに見れども飽かぬ梅の花根ながら風の吹きもこさなむ」(『伊勢集』)を踏まえる。◇根ながら　根ごと、そっくり。◇吹きもこせかし　吹き寄こしてくれろよ。

453　吉夢を詠んだものであろう。◇香山　香酔山《こうすいせん》(インドの神話上の山の名)の略。一九七歌参照。◇生るなる　実を結ぶと伝えられる。◇花橘　橘の花。ただし、ここでは橘の実の意に用いているらしい。◇八房ふさねて　実の付いた枝を八つ束ねて。「八」は縁起のよい数とされる。

454　母の命長かれ、との意を寓した歌か。◇柞　ブナ科の落葉喬木。「柞葉《ははそば》の」は「母」にかかる枕詞。この歌でも、母の意を含むか。◇な散りそよ　散るなよ。「な……そ」は禁止の意。◇色変へで　美しい色の変らない状態で。

455　吹く風に、文《ふみ》の使いを頼みたや。とは思えども、ひょっとして、あらぬ野原に落ちとまり、人に知れるが気がかりな。
風に恋の仲立ちを頼むのは、和歌によく見る発想。◇消息をだに　せめて手紙だけでも。◇付けばや　ことづけたいものだ。◇よしなき　まるきりかかわりのない。◇落ちもこそすれ　落ちることもあろうよ。

見れども飽かぬ撫子《なでしこ》を
根ながら葉ながら　風の吹きもこせかし

453
東《ひんがし》や
香山《かうせん》の山に生《な》るなる花橘《はなたちばな》を
八房《やふさ》ふさねて手に取ると夢に見つ

454
冬来《く》とも
柞《ははそ》の紅葉《もみぢ》　な散りそよ
散りそよ　な散りそ　色変へで見む

455
吹く風に
消息《せうそく》をだに付けばやと思へども
よしなき野辺《のべ》に落ちもこそすれ

456　「わが庵《いほ》は三輪の山本恋しくはとぶらひ来ませ杉立てる門《かど》」（『古今集』雑、読み人しらず）の歌詞が、少しずつ変形して諸書に伝えられ、三輪明神の歌という説をも生じた。三輪明神は男神とも、あるいは女神ともされたようだが、ここは単純に女が男を誘う歌と解してよかろう。
◇疾う疾う　「疾く疾く」の音便。早く早く。◇三輪の山本　三輪山（奈良県桜井市内）の麓《ふもと》。◇杉立てる門　杉の木の立っている門。この杉を目印として、尋ねておいでなさいましな、の意。

457　浮き海藻《め》にも似て、憂《う》き目の多い浮かれ女《め》（遊君）なればこそ、なおさら男の真の愛を求める心は切実である。暗く激しい情感を漂わせた歌。
◇波も聞け　波よ、この切なるわが祈りの言葉に耳を傾けてくれよ。以下「小磯」「松」「風」「浦」はみな「波」の縁語。◇われをわれと……　この私を私だと言ってくれるような、良い方角の風が吹いたならば。「お前こそは俺《おれ》にとって掛替えのない女なんだよ」と言ってくれる男がありさえしたら。◇いづれの浦……　たとえ火の中、水の底、どこへなりとも後《あと》を慕って行こうものを。

458　須磨の浦に、海人《あま》の日に干す網の目の、（以下、ガラリ転調して）ひと目見たとき好きになったのよ、何が何だかわからないのよ、……。民謡めいた序詞《じょことば》を、うまくこなした佳作。
◇須磨　『源氏物語』をはじめ、古歌で有名な歌枕。

456
恋しくは
疾《と》う疾うおはせ　わが宿は
大和《やまと》なる三輪《みわ》の山本　杉立てる門《かど》

457
波も聞け
小《こ》磯《いそ》も語れ　松も見よ
われをわれといふ方《かた》の風吹いたらば
いづれの浦へもなびきなむ

458
須磨《すま》の浦に
引き干《ほ》いたる網の一目《ひとめ》にも
見てしかばこそ恋しかりけれ

神戸市の一部。「須磨……網の」は「一目」を引き出す序詞。◇一目　「網の一目」から「一目見る」の意に転じて下句へ接続する。◇見てしかばこそ……　見たからこそ恋しくてたまらないというわけよ。

459　不実な男を待つ女の歌。「一昨日」「昨日」「今日」「明日」と畳み掛けたところが味噌。◇わが恋は　わたしの恋のみじめさといったら。◇つれづれ　ひとりぼっちのさびしさ。

460　あけすけな愛欲讃歌。問答形式が効果的。◇恋ひ恋ひて　恋しい恋しいと思い続けたあげく。◇たまさかに　思いがけないチャンスに恵まれて。◇いかが見る　どんな夢を見るのやら？　◇さしさし　さし入れさし入れしながら。単刀直入な表現。また、杯をさしつさされつ、とも解し得る。◇きしと　きゅっと。◇見れ　「こそ」の結びの已然形。

461　例外的に長大な歌詞で、内容もまた奇抜。◇悪阻食　悪阻《つわり》の時期の妊婦に好適な栄養物。「な」は魚菜の類をいう。◇もがな　願望の意の終助詞。◇ただ一つ　ほかでもない。「長門の……牡蠣」に限るのよ、の意。◇長門　広島湾口の倉橋島を、古くは長門の島と呼んだ。◇岩の稜　岩の角。◇読む文……　「足らうたる」へかかる。文章もすらすら読めるし、文字も見事に書ける（立派な男児）。◇八十種好　八六歌の「八十随好」に同じ。◇紫磨金色　六三歌参照。◇生め　「こそ」の結びの已然形。その牡蠣こそが……を生むんだわよ、という表現法。

459
わが恋は
一昨日《をとひ》見えず　昨日《きのふ》来ず
今日《けふ》おとづれなくは　明日《あす》のつれづれいかにせん

460
恋ひ恋ひて
たまさかに逢《あ》ひて寝たる夜《よ》の夢は　いかが見る
さしさし　きしと抱《だ》くとこそ見れ

461
悪阻食《つはりな》に牡蠣《かき》もがな
ただ一つ　牡蠣も牡蠣
長門《ながと》の入海《いりうみ》の　その浦なるや
岩の稜《そば》に付きたる牡蠣こそや
読む文《ふみ》　書く手も
八十種好《しゅから》　紫磨金色《しまごんじき》　足《た》らうたる男子《をのこご》は生め

462　「伊勢の海人の朝な夕なにかづくてふ鮑の貝の片思ひにて」（『古今六帖』恋）を踏まえ、これを歌謡化したもの。◇海人　海で魚貝を捕り、藻を刈り、塩を造り、などする人。鮑取りは女性の領分。◇取り上ぐなる　取り上げるのだという。◇鮑の貝の　「伊勢の海に」からこの句までは「片思ひ」を引き出す序詞《じょことば》。鮑の貝殻は片側だけにしかないことに由来する修辞。

463　わたしゃお前に首ったけ。なのにお前は振らしゃんす。これが浮世《うきよ》か、ホンニマア、高波寄せる荒磯の、鮑の貝の片思い。

前歌と末尾の句は同じだが、冒頭二句のために一層民謡的な感じの濃い歌となっている。

◇人　意中の人。◇退け引く　四〇九歌参照。◇これやこの　これがまあ、……というものさね。◇波高や荒磯の　次の「鮑の貝の」まで序詞であるが、恋を妨げるものというイメージが伴う。

464　不実な男に身をまかせてしまった軽はずみを悔いる女の歌。一個人の述懐ではなく、お座敷小唄的なもの。

◇東屋　棟《むね》を設けず、したがって端《つま》もなく、屋根を四方へ葺《ふ》きおろした簡素な建物。一首の主題には関係なく、縁語として「端《つま》」と「棟」を引き出すための語。◇つま　「東屋」の縁語の「端《つま》」であると同時に、掛詞《ことば》として「夫《つま》」の意を表す。◇何とて　どうして。◇むね　「東屋」の縁語の「棟」であると同時に、掛《かけ》

462
伊勢の海に
朝な夕なに海人《あま》のゐて　取り上ぐなる
鮑《あはび》の貝の片思ひなる

463
われは思ひ　人は退《の》け引く
これやこの　波高《なみたか》や荒磯《あらいそ》の
鮑の貝の片思ひなる

464
東屋《あづまや》の
つまとも終《つひ》にならざりけるもの故《ゆゑ》に
何とてむねを合はせ初《そ》めけむ

465
水《み》馴《な》れ木《ぎ》の

詞として「胸」の意を表す。「胸を合はす」は、男女が互いの胸と胸とを密着させる意。

465　古歌「水馴れ木のみ馴れ磯馴れて離れなば恋しからんや恋しからじや」（『源氏物語』の古注所引）によったものか。

◇水馴れ木　水に浸って、水気になじんだ木材。◇み馴れ　前句の「水馴れ」を受けて、掛詞の「見馴れ」の意に転ずる。深いなじみになって。◇磯馴れて　ここでは単に「水馴れ」と語呂を合わせただけの表現。◇別れなば　別れてしまったりしたら。◇恋し……　さぞや恋しい思いをすることだろうよ。◇睦れ馴らひて　今までこんなに仲睦まじくし合ってきて……。

466　名は体を表さず、という洒落《しやれ》。

◇高砂の高かるべきは　「高かるべき高砂は」の意。名前からいって当然高いはずの高砂（四四三歌参照）の地は。◇高からで　「高からずして」の約。◇など　なぜ。◇比良の山　四三五歌参照。ここでは「平《ひら》の山」と曲解した洒落。

467　猿楽《さるがく》の一場面でもあろうか。独白体の歌。

◇去ねとは宣ぶ　「あっちへ行け」とおっしゃる。「のたぶ」は「のたまふ」の転。◇持たぬ　「持ちあらぬ」の約。◇ゆゆしかりける　冷酷な。

468　山伏どのがいかめしく
お腰につけた法螺貝が、
ガチャンと落ち、コテンと割れ、
砕けりゃ何のことはない。

み馴れ磯馴《そな》れて　別れなば
恋しからんずらむものをや　睦《むつ》れ馴らひて

466
高砂《たかさご》の
高かるべきは高からで
など比良《ひら》の山　高々《たかだか》高《たか》と高く見ゆらん

467
雨は降る
去《い》ねとは宣《のた》ぶ　笠《かさ》はなし
蓑《みの》とても持《も》たらぬ身に
ゆゆしかりける里の人かな　宿貸さず

468
山伏《やまぶし》の
腰に付けたる法螺貝《ほらがひ》の

千々《ちぢ》に心も砕けつつ、
切ない恋に身も細り、
もののみ思うこの日ごろ、
ホンニやるせがないわいな。

「風をいたみ岩うつ波の己《おのれ》のみ砕けてものを思ふころかな」(『詞花集』恋、源重之《しげゆき》)を滑稽化したもの。
◇山伏の　以下「ていと割れ」まで序詞。序詞のおよそ色気とは縁遠いイメージが、一転して王朝的恋のムードを引き出すおもしろさは無類。◇砕けて　序詞を承《う》けて法螺貝が砕ける意から、物思いに心が砕ける意へと転ずる。

469　「河社《かはやしろ》しのに折りはへ干す衣いかに干せばか七日干ざらむ」(『古今六帖』紀貫之)による。
◇賤の男　卑しい身分の男。◇篠折りかけて　細く小さい竹を折り、それに掛けて。◇いかに干せばか　どんなぐあいに干したというので(乾かないのだろう)か。◇七日　七日もの長い間。

470　前半は遠くから聴覚で、後半は近くから視覚でとらえたもの。
◇おぼつかな　状況がはっきりせず、不安にかられるさまをいう。◇人こそ音すなれ　獣でなく、どうやら人が音を立てているようだ。◇あな尊　あれまあ、尊いこと。◇修行者　二五七歌参照。

471　巫女《みこ》の打つ鼓の音を聞いての感慨であろう。
◇うちおどろかす　「うち」は接頭語。はっと目をさまさせる。夜半でも神前で巫女が鼓を打って、

ちやうと落ち　ていと割れ
砕けてものを思ふころかな

469
賤《しづ》の男《を》が
篠《しの》折りかけて干《ほ》す衣《ころも》　いかに干せばか
干《ひ》ざらん　干ざらむ　七日《なぬか》干ざらむ

470
おぼつかな
鳥だに鳴かぬ奥山に　人こそ音すなれ
あな尊《たふと》　修行者《しゆぎやうじや》の通るなりけり

471
寝たる人
うちおどろかす鼓《つづみ》かな
いかに打つ手の懈《たゆ》かるらん　いとほしや

法楽《ほうらく》を奉納しているのである。◇いかに……　鼓を打つ手がどんなにか疲れてだるいことであろう。

472　目的地へうまく着岸できない未熟な船頭をからかった歌であろう。

◇瀬田……　瀬田（大津市内。三六歌参照）へ行くというので、来てみたら。◇ありもあらず　とんでもない。◇由もなき　見当違いの。◇栗太の　「端へ来んけるは」と続く。「栗太」は瀬田近辺の地名。後世栗《くり》太《た》郡の名を残す。◇淀　三六一歌参照。◇山崎　淀の西方、淀川北岸の地名。◇端へ来んけるは　（栗太や山崎）くんだりまで来ちまったぜ。「来んけるは」は「来にけるは」の音便。

473　それがし東男《あずまおとこ》にて、都へ来たはつい昨日、定まる妻もござらぬ身。それがし自慢のこの紺の、一張羅をば進ぜるで、かわりに娘御くだされい。

田舎者の口つきをまねて、その不躾《ぶしつけ》をからかった歌。

◇狩襖　絹で裏をつけた狩衣《かりぎぬ》（上等の平服）。

474　「輪」「廻う」「車」「牛」「懸け」「引く」と縁語で仕立てた歌。

◇須磨の関　四五八歌参照。古くは関があった。◇和田の岬　神戸市の一角。「輪」を掛けてある。◇かい廻うたる　「かき廻《ま》ひたる」の音便。巡航した。◇船　両舷側に水車を取り付け、推進器とした船。◇牛窓かけて　牛窓（岡山県牛窓町）を目がけて（進んで行くと）。◇潮や引くらん　引き潮の時間になるだろうかな。

472
近江《あふみ》とて　瀬田《せた》とて来たれば
ありもあらず　由《よし》もなき栗太《くるもと》の
淀《よど》とて来たれば　山崎の　端《はし》へ来《き》んけるは

473
東《あづま》より
昨日《きのふ》来たれば　妻《め》も持たず
この着たる紺の狩襖《かりあを》に　女《むすめ》換へたべ

474
須磨《すま》の関
和田の岬《みさき》をかい廻《ま》うたる車船《くるまぶね》
牛窓《うしまど》かけて潮《しほ》や引くらん

475
淀川《よどがは》の　底の深きに

鮎《あゆ》の子の　鵜《う》といふ鳥に背中食はれて
きりきりめく　いとほしや

476
日暮れなば
岡屋《をかのや》にこそ伏し見なめ
明けて渡らん　櫃河《ひつかは》や　櫃河　櫃河の橋

477
御前《おまへ》より
打ち上げ　打ち下ろし　越す波は
司《つかさ》まさりのしき波ぞ立つ

478
この殿《との》に
よき筆柄《ふでづか》のあるものを
三国《さんごく》の富をかき寄せる筆の軸《ぢく》のあるものを

475　鵜飼いを見ている人の感懐であろう。◇底の深きに　川底の深い所で。◇鮎の子　若鮎。◇鵜といふ鳥　「鵜」には「憂《う》」という感情がこめられていよう。◇きりきりめく　きりきりと身をもみ、もだえるさまを表現したもの。鮮烈な印象を与える造語。

476　「日暮るれば岡の屋にこそふしみなめあけて渡らん櫃河の橋」(『夫木和歌抄』)を歌謡化したもの。地名を織り込んだ言葉遊びの歌。◇日暮れなば　日が暮れたなら。「な」は完了の助動詞「ぬ」の未然形。◇岡屋　宇治川沿岸にあった地名(宇治市内)。「屋」に「家」の語感をひびかせた。◇伏し見なめ　地名の伏見《ふしみ》(京都市伏見区の一部)にひっかけて、「寝て見ようよ」と洒落《しゃ》れた。「なめ」は「こそ」の結び。完了の助動詞「ぬ」の未然形「な」と、意志の助動詞「む」の已然形との接合したもの。◇明けて　夜が明けてからの意に、(櫃を)開《あ》けての意を掛けた。◇櫃河　山科《やましな》川の古称。宇治川に合流するあたりに櫃河の橋があった。

477　四一六歌と同類の祝言の歌。◇御前より　神前から。社頭から。おそらく四一六歌と同じ社をさし、ここでは広く社頭の海面をも含めていったものであろう。◇打ち上げ……　岸を越えて打ち寄せ、また引く波は。◇司まさりの……　四一六歌参照。

478　富を求める世の人心をうまくくすぐる幇間《たいこもち》的な寿《ことほぎ》歌。
◇この殿に　このお屋敷には。◇筆柄　筆の軸。◇三国　天竺《てんじく》（インド）・震旦《しんだん》（中国）・本朝（日本）の総称。当時としては、全世界の意。◇かき寄せる　筆で「書き」の掛詞で「掻《か》き」の意を引き出し、筆の軸を、富を掻き寄せる縁起のよい物と見なした表現。「寄せる」は「寄する」の訛《なまり》。

479　相手の長寿をことほぐ歌。
◇よそへむ　なぞらえようか。◇浦に……　浦に住む亀の背の亀山の。三六歌参照。◇松　長寿・不変を象徴するもの。

480　◇群雀　雀の群はぱっと飛び立つ。◇播磨の赤穂　兵庫県赤穂《あこう》市。当時「赤穂」と名のる刀工でもあったものか。◇腰刀　小刀。赤穂の腰刀は、刃《は》がよく立ったのであろう。◇一夜すすをの徒名　「すすを」は「すずろ」の誤りか。一夜の気まぐれな恋のために立つ浮き名。

481　いま一度、せめて情けを交《か》わそうよ。夜も明け方になるそうな。鐘に恨みは数々ござる。宵のうちからこれこのように、枕重ねてなお飽き足りぬ、思いを何としょうぞいの。
男の痴情のささやきを歌謡化して、出色の作。
◇いざ寝なむ　さあ寝よう。眠るのでなく、情痴の世界へと誘うのである。◇鐘　後夜《ごや》の鐘であろう。夜明けが近く、別れの時が迫っていることを告げる。

479
わが君を
何によそへむ　浦に住む　亀山《かめやま》の
岩角《いはかど》に生《お》ひたる松によそへむ

480
立つものは
海に立つ波　群雀《むらすずめ》
播磨《はりま》の赤穂《あかほ》が造れる腰刀《こしがたな》
一夜《ひとよ》すすをの徒名《あだな》とか

481
いざ寝なむ
夜《よ》も明け方になりにけり　鐘も打つ
宵《よひ》より寝たるだにも飽かぬ心を　や　いかにせむ

482　◇いかで　「着む」にかかり、どうかして着たいものだ、の意。◇麿　私。男女とも自称の語として用いた。「着む」の主語。ここは女性か。◇播磨守　播磨（兵庫県南西部）の国司。◇童して　お側仕えの少年の手を通じて（……を手に入れ、着てみたい）。美少年からプレゼントされてみたい、の意であろう。◇飾磨に染むる搗の衣　飾磨（姫路市内）名産の濃紺に染めた衣。「搗」は「褐」とも書き、また「かちん」ともいう。

483　愛人の立身を願う田舎娘のささやかな夢。
◇山長　山守《やまもり》の長。◇差いたる　「差したる」の音便。◇葛鞭　蔓草《つるくさ》を編んで作った鞭《むち》。盗伐者を処刑する道具。◇思はむ人　愛する人。◇腰に差させむ　腰に差させ、その男っぷりを見てみたい。

484　男なら男らしく、ど－んとぶつかって口説《くど》いてごらんよ、といった歌であろう。
◇結ぶには……　結ぼうと思えば、何の結ばれないものがあろう。どんなものでも結ばれる。◇風の……　風の吹く時には何のなびかぬものがあろう。

485　洗練された恋慕の歌。
◇恋しとよ　「とよ」は「……と思うのだよ」の意。恋しくってたまらないのよ。◇ゆかし　心がひかれるさま。◇逢はばや　「ばや」は希望を表す。逢いたいのよ。◇見えばや　「見ゆ」は相手から見られる意。「見ばや見えばや」は結局「逢はばや」と同義。

482
いかで　麿《まろ》
播磨守《はりまのかみ》の童《わらは》して
飾磨《しかま》に染《そ》むる搗《かち》の衣《きぬ》着む

483
山長《やまをさ》が
腰に差いたる葛鞭《つづらぶち》
思はむ人の腰に差させむ

484
結ぶには
何《なに》はのものか結ばれぬ
風の吹くには何かなびかぬ

485
恋しとよ
君恋しとよ　ゆかしとよ

逢《あ》はばや見ばや　見ばや見えばや

486 月も日も　いかにうれしと思《おぼ》すらむ　流るる星の位《くらゐ》まされば

487 盃《さかづき》と　鵜《う》の食ふ魚《いを》と女子《をんなご》は　はうなきものぞ　いざ二人《ふたり》寝ん

488 夏草の　茂みに食《は》むは駒《こま》かとよ　鹿とこそ見め　秋の野ならば

486 宮位の昇進を祝賀する歌。

◇月も日も　太陽も月も。口調の関係で「月」を先に出したもの。下句の星に対し、日月をその両親と見なした表現。◇流るる星の……　流れ星の宮位が昇進したのだから。「星の位」という熟語があり、宮中に列し得る公卿《くぎやう》・殿上人《てんじやうびと》など、またその地位をさす。この歌で「流るる星」としたのは、すみやかな昇進というイメージを押し出すためであろう。

487 盃に、酒をなみなみ、肴《さかな》には、鵜の捕る鮎《あゆ》が乙なもの。まして娘の見ごろときては、ホンニどうしょうすべもない。いっそそなたと、しっぽりと……。

大らかな恋愛讃歌として卓抜な作。◇盃　盛られた美酒を暗示し、陶酔感を誘う。◇鵜の食ふ魚　佳肴《かこう》としての鮎を意味すると同時に、鵜が鮎を食うイメージは鮮烈なエロティシズムを発散する。◇女子　もちろん好色（美人の意）をさす。美酒・佳肴・好色と並べ立てて享楽的気分を盛り上げるとともに、最後の好色に力点が置かれた表現。◇はうなき　対処する方法がない。どうしようもない。◇いざ二人寝ん　さあ、そなたと一緒に寝ようよ。四八一歌参照。

488 夏の馬と秋の鹿とを対照させた誹諧《はいかい》歌であろう。

◇食むは　草を食ってるのは。◇駒かとよ　馬かと思うよ。◇鹿と……　「確《しか》と」を掛ける。秋の野なら、はっきり、雌を呼ぶ鹿と見えるだろうよ。

489
大江山《おほえやま》
生野《いくの》の道の遠ければ
まだふみも見ず　天《あま》の橋立《はしだて》

490
老いの波
磯額《いそひたひ》にぞ寄りにける
あはれ恋しき若《わか》の浦《うら》かな

491
さ夜ふけて
鬼人《きにん》しこそ歩《あり》くなれ
南無《なも》や帰依仏《きえぶつ》　南無《なも》や帰依法

492
法華経の
薪《たきぎ》の上に降る雪は

489　有名な小式部内侍《こしきぶのないし》の歌（『金葉集』雑）を採ったもの。作者が歌合に出場することになった時、母和泉式部《いずみしきぶ》は夫の任地丹後《たんご》に下っていたが、定頼卿（四三歌の注参照）に「お母さんからの代作はもう届きましたかね」とからかわれて詠んだ歌。◇大江山　老坂《おいのさか》（京都市と亀岡市との境）の別名。◇生野　地名（福知山市内）に「行《い》く」を掛けた。◇遠ければ　遠いので。◇ふみも見ず　「踏み」に「文《ふみ》」を掛け、丹後の名勝天の橋立（宮津市内）の地を踏んだことがないの意と、母からの文など見ていないの意とを兼ね表した。

490　縁語と掛詞とを用いて、老いを嘆き、若さをうらやむ気持を述べたもの。◇老いの波　老人の皺《しわ》を波に見立てた表現。◇磯額　皺の寄った額を、波の寄る磯によそえた表現。◇あはれ　感動詞。ああ。◇若の浦　歌枕の和歌浦《わかのうら》（和歌山市内）に「若」の意を掛けた。「浦」は「波」「磯」の縁語。

491　百鬼夜行《やぎょう》（鬼や化物が夜中群をなして通行すること）への恐怖を歌ったもの。◇さ夜　「さ」は接頭語。夜。◇鬼人し　鬼なんかが。「し」は「もしや……でも」といった気持を表す副助詞。◇歩くなれ　歩きまわっているようだ。◇南無や　「南無」は梵語。「帰依」と訳する。「や」は間投助詞。◇帰依仏　仏を信じてよりすがること。「南無や帰依仏」は「馬から落ちて落馬して」式の表現。こ

摩訶曼陀羅《まかまんだら》の華《はな》とこそ見れ

493 南無阿弥陀《なもあみだ》
ほとけの御手《みて》に懸《か》くる糸の
終り乱れぬ心ともがな

494 阿弥陀仏《あみだぶつ》と
申さぬ人は淵《ふち》の石
劫《こふ》は経《ふ》れども浮かぶ世ぞなき

[一]此《この》次ニ[二]稲荷《いなり》なる三《み》つ群烏《むれがらす》といふ歌あり。奥[三]ニ在《あり》レ之《これ》。次ニ[四]住吉《すみよし》の
みなみ客殿、同ジク在リレ奥ニ。此二首、外[五]ノ御本ニ不レト被《れ》レ書カ、云々《うんぬん》。
凡《およそ》二句神歌百之内、五十二首在リレ之。神社歌等ノ内ニ稲荷一首、
住吉一首入ルレ之ヲ。

こは呪文《じゆもん》に類した用法。なお吾歌の「三帰」参照。

492 法華八講の行道《ぎようどう》（五八頁＊印参照）の際に、作り物の薪を荷《にな》って歩くが、その情景を詠じたものか。◇法華経の薪　法華八講の時の薪。◇摩訶曼陀羅の華　釈迦が法華経を説いた時、天が雨《ふ》らせた華の一つ。三八頁＊印参照。ここでは雪をそれと見立てた。

493 南無阿弥陀、ほとけの御手とわが手をば、結ぶ縁《えにし》の糸ゆえに、乱れ心もつゆ無《の》うて、露の命を終りたや。

臨終正念《しようねん》を思うて詠んだ法円の歌（『新古今集』釈教）をそのまま歌謡化したもの。◇ほとけの御手に懸くる糸　臨終の病者の手へ、仏像の手から糸をかけ渡し、仏に導かれているという安心感を与える習慣があった。◇終り乱れぬ　臨終に正念を失わない。「乱れ」は「糸」の縁語。

494 ◇淵の石　淵の底に沈んだ石。浮ぶことのないたとえ。◇劫　インドで極めて長い時間を表す単位。

一 以下、原本の注記。
二 吾四歌をさす。
三 うしろの部分にのっている、の意。
四 吾一歌をさす。
五 他の写本。この注記の筆者は見たのであろうが、今日行方不明。

神社歌[一]　六十九首

石清水《いはしみづ》[二]　五首

495　山鳩《やまばと》は　いづくか鳥栖《とぐら》　石清水　八幡《やはた》の宮の若松の枝

496　ここにしも　湧《わ》きて出《い》でけむ　石清水　神の心を汲《く》みて知らばや

497　石清水　深き誓ひの流れには　幾瀬《いくせ》の人か渡されぬらむ

一　五五五歌までの実数六十一首。既成の和歌を採ったものが多い（ただし字句に小異同あり）。石清水以下十六社のうち、熊野《くまの》・伊津岐島《いつきしま》・天露別《あまつゆわけ》・木嶋《このしま》を除く十二社は「二十二社」（五二三歌の注参照）に入る社格。

二　八幡《はちまん》大菩薩を祭る社。今の石清水八幡宮（京都府八《や》幡《わた》市）。「石清水」の称は、社前に清水が湧き出たことに由来する。

495　◇山鳩　鳩は八幡神の使者《つかわしめ》。◇いづくか鳥栖　どこがねぐらかしら？（それは次の所だよ）。◇八幡　「やはた」は「はちまん」を訓読したもの。「石清水」とともに、社名としても、地名としても用いられる。◇若松の枝　松、特に若松はめでたいものとされる。

496　原作者は増基法師（『後拾遺集』神祇）。◇ここにしも　もしやこの所にでも。◇湧きて出でけむ　特別に湧き出たのだろうか。「湧きて」に「分きて」が掛けてある。次句「石清水」の述語。◇汲みて　（神の心を）察して。「汲む」は「清水」の縁語。◇知らばや　知りたいものだよ。

497　原作者は藤原親隆《ちかたか》（『久安百首』）。◇深き誓ひ　八幡大菩薩の衆生救済の誓願。「深き」は「流れ」「瀬」「渡され」とともに「清水」の縁語。◇流れには　流れに浮んで。◇幾瀬の人か　どれだけ多くの人が（……ろうか）。「瀬」は言葉のあやで、特に意味はない。◇渡されぬらむ　此岸《しがん》から彼《ひ》岸《がん》へ渡らせてもらったろうか。

498
石清水
流れの水をはるばると
のどかなる世に住むぞうれしき

499
石清水
流れの末ぞ頼まるる
心もゆかぬ水屑《みくづ》と思へば

500
若宮の
おはせん夜《よ》には　貴御前《あておまへ》
錦を延《は》へて床《とこ》と踏ません

賀茂《かも》[三]　七首

498　原作者は花園左大臣家小大進《こだいじん》（『久安百首』）。◇流れの水をはるばると　流れの水がどこまでも遠く流れて行くように、末長く。◇住む　「清水」「流れ」の縁語の「澄む」を掛けてある。

499　原作者は待賢門院堀河（『久安百首』）。◇流れの末ぞ頼まるる　流れの行く末、すなわち八幡大菩薩の御誓願がどんな結末をもたらすか、きっと救っていただけると思うと頼もしいことだよ。◇心もゆかぬ　我ながら至らぬ、愚かしい。◇水屑　水に浮ぶごみ（のような、つまらぬわが身）。

500　若宮が、お越しなされるその夜は、心いそいそ貴御前、錦を床にしきつめて、お迎えになることであろ。◇若宮　御子神《みこがみ》（主神の子である神）をいう。ここでは「八幡《やはた》の若宮」（今の摂社若宮社）をさす。◇おはせん夜　おいでになる夜。通って来て、お泊りになる夜。◇貴御前　未詳。女神をいうのであろう。◇錦を延へて　華麗な織物を一面にひろげて。◇床と踏ません　寝床として、相手（若宮）をその上に迎え入れることだろう。

三　上《かみ》と下《しも》の二社で一体を成す。上社は今の賀茂別《わけ》雷《いかずち》神社（通称上賀茂《かみがも》神社、京都市北区）。下社は今の賀茂御祖《みおや》神社（通称下鴨《しもがも》神社、京都市左京区）。平安奠都《てんと》後、特に朝廷の崇敬を受け、未婚の内親王が斎院として奉仕した。その祭は葵《あおい》祭と呼ばれ、古来特に有名である。

501　原作者は藤原敏行《としゆき》（『古今集』東歌）。宇多帝が賀茂の臨時の祭を始めた時、東遊《あずまあそび》（東国の民謡に由来する神事舞楽）の歌として創作したもの。◇ちはやぶる　枕詞。「神」のほか神に関係のある語にかかる。◇姫小松　小さな若松。めでたい気分を盛り上げる。◇万代までに　『古今集』では「万代経《ふ》とも」、『大鏡』では「万代までも」。

502　原作者は兵衛《ひょうえ》（『拾遺集』雑恋）。◇川辺　社のそばを流れる賀茂川のほとり。◇藤なみ　藤の花房が風になびいてゆれるさまを波に見立てていう語。◇かけて……　いつも心にかけて、少しの間も忘れる時はない。

503　原作者は三条右大臣藤原定方（『後撰集』雑）。◇かくてのみ……　（賀茂社の繁栄は）もう、これっきりだろうか（いや、そんなことがあるはずはない）。◇万代を経む　いついつまでも持続することであろう。

504　原作者は紀貫之（『貫之集』）。◇桂　ここでは「葵桂《あふひかつら》」のこと。賀茂祭に人々が衣冠や簾《すだれ》などに挿《さ》すもの。葵と桂とを組み合せて作る。◇かざして　挿して。「かざす」は草木の花や枝、造花などを、髪や冠り物に挿すことをいう。◇御生

501
ちはやぶる
賀茂の社《やしろ》の姫小松《ひめこまつ》
万代《よろづよ》までに色は変らじ

502
ちはやぶる
賀茂の川辺《かはべ》の藤なみは
かけて忘るる時の間《ま》ぞなき

503
かくてのみ
止《や》むべきものか　ちはやぶる
賀茂の社の万代を経《へ》む

504
人もみな
桂《かつら》かざして　ちはやぶる

賀茂祭の前に行われる神迎えの神事。◇あふひ　「逢《あ》ふ日」に「葵《あふひ》」を掛けた。

505　原作者は伊勢（『古今六帖』）。◇御生引　御生木《みあれぎ》（賀茂の神霊を移した榊《さかき》）を引く人。◇引き連れてこそ　連れだって。◇川波立ちわたりけれ　境内の御手洗《みたらし》川を渡って行くの意と、川波が一面に立っているの意とを掛けた表現。

506　原作者は大江匡房《まさふさ》（『新後拾遺集』慶賀）。◇神山　上賀茂社の北方にある山。◇とむる　尋ね求める。ここでは、神山の麓《ふもと》を源としている、の意であろう。◇御手洗　御手洗川。賀茂社の境内を流れる川。◇万代の数　（波の数は）万代栄える賀茂社の、その「万」という数である。

507　ちはやぶる、賀茂の社の木綿襷、襷をかけぬ日はあれど、君に思いをかけぬ日は、一日たりとないわいな。
原作者不明（『古今集』恋）。
◇木綿襷　木綿《ゆう》（楮《こうぞ》の繊維）で作ったたすき。神官が神を祭る時に必ずかけた。初句からこの句まで、「かけ」を導き出す序詞。◇かけぬ日ぞなき　心にかけない日とてはない。

賀茂の御《み》生《あれ》にあふひなりけり

505
御《み》生《あれ》引《ひき》
引き連れてこそ　ちはやぶる
賀茂の川波立ちわたりけれ

506
神山の
麓《ふもと》をとむる御《み》手洗《たらし》の
岩打つ波や万代の数

507
ちはやぶる
賀茂の社の木《ゆ》綿《ふ》襷《だすき》
一日《ひとひ》も君をかけぬ日ぞなき

[一]松尾《まつのを》　二首

508 ちはやぶる
松尾《まつのを》山《やま》の蔭《かげ》見れば
今日《けふ》ぞ千歳《ちとせ》の始めなりける

509 万代《よろづよ》を
松尾山の蔭茂み
君をぞ祈る　常磐堅磐《ときはかきは》と

[二]平野《ひらの》　二首

510 生《お》ひ茂れ
平野の山の綾杉《あやすぎ》よ
濃き紫に違《たが》はるべくも

一 今の松尾《まつお》大社（京都市西京区）。酒造の神として有名。

508 原作者は源兼澄《かねずみ》（『後拾遺集』神祇）。◇松尾山　松尾社の西方にある山。◇蔭見れば　青々と茂った松の木蔭を見ると（この社の繁栄が予言されているようで）。◇今日ぞ……　今日が千年の繁栄の第一歩であるように思われることだ。

509 万代を、待つと名に負う松の尾の、山の木蔭の茂るゆえ、幾千代までもお前さま、命めでたくおわしませ。原作者は祐子《ゆうし》内親王家紀伊（『高陽院《かやのいん》歌合』）か。◇松尾山の蔭茂み　松尾山の松が茂り、こんもりとした蔭をつくっているので。「松」には「待つ」を掛けてある。◇常磐堅磐と　永久不変であれと。前句と倒置法になっている。

二 今の平野神社（京都市北区）。

510 原作者は清原元輔《もとすけ》（『拾遺集』神楽歌）。源遠古《とおふる》の子が生れた時に贈った歌。◇綾杉　椹《さわら》の一種。◇濃き紫に……　濃い紫色と見間違えられるぐらいに。「紫」は藤の花の色で、藤原氏を暗示する。平野社の祭神は源氏・平氏等、皇別諸氏の氏神なので、ここでは源氏の子が藤原氏に負けないぐらいに繁栄するように、との意を寓した。

511 ちはやぶる
平野の松の色変へず
常磐《ときは》に守る君が御代《みよ》かな

稲荷《いなり》十首 三

512 稲荷には
禰《ね》宜《ぎ》も祝《はふり》も神主《かうぬし》もなきやらん
社《やしろ》毀《こぼ》れて神《かみ》さびにけり

513 稲荷をば
三《み》つの社と聞きしかど
今は五つの社なりけり

514 稲荷なる

511 ◇松の……「の」は主格を示す。文脈上は、松が色を変えないで永久に守る、という表現。松のようにいついつまでも変りなく、神のお守りになる、の意。◇君が御代　わが君の御治世。

三 今の伏見《ふしみ》稲荷《いなり》大社（京都市伏見区）。平安中期以来「正一位稲荷大明神」として尊崇され、今日では商工業の守護神として有名。

512 稲荷は「二十二社」（特に朝廷の尊崇を得、国家に重大事や天変地異のあるごとに、使を遣わされて奉幣を受ける社。白河帝の時代に固定）の中でも上七社に入る大社だから、この歌のように荒廃していたとは考えにくい。あるいは山奥にあった上《かみ》の社のさまか。◇禰宜・祝・神主　三九七歌参照。「かうぬし」は「かみぬし」の音便。「かんぬし」に同じ。◇神さびにけり　荒れた感じになってしまっているよ。「神さぶ」は、本来は神々《こうごう》しい様子を示すことをいう。

513 ◇三つの社　稲荷はもと上《かみ》・中《なか》・下《しも》の三社から成っていた。◇五つの社　右の三社に田中・四大神の両社が加わったもの。

514　「三」「六」「一」という数字を織り込んだ、言葉遊びの歌。
◇三つ群れ烏　上中下の三社に、それぞれ一群ずつの烏がすみついていたのであろう。◇あはれなり　ここは、かわいそうだ、の意。◇睦れて　むつまじくし合って。雌雄の烏について言ったのであろう。「六《む》つ」という数字が掛けてある。◇ひとり寝　一羽ずつ別々に寝る。「一《ひと》」という数字をひびかせてある。

515　稲荷山、社の数はいくつじゃえ。人が問うなら言わしゃんせ。つれないお方を見《み》た見《み》た。「みい」で三つと言わしゃんせ。
原作者は平定文《さだふみ》すなわち平中《へいじゅう》（『拾遺集』雑恋）。ただし原作は末尾が「答へむ」なので、一首の意味合いはやや異なる。
◇稲荷山　稲荷社の東方にある山。◇つれなき人　求愛に対して何の反応も示さない人。◇みつ　「見つ」に「三つ」を掛けてある。稲荷は上中下の三社あることを踏まえた洒落《しゃれ》。

516　原作者は紀貫之（『貫之集』）。
◇立ち交りつつ　「春霞立ち」に「立ち交り」が言い掛けてある。（春霞のたなびく中へ）入り込みながら。◇人知れぬかな　人には分らないことだよ。

517　原作者は恵慶法師《えぎょう》（『後拾遺集』神祇）。
◇三つの玉垣　稲荷三社の周囲の垣。「玉」は美称。◇打ちたたき　打ったり、たたいたりして。神に懇願するさまを表現した。◇願事ぞ　願い事に対し

三《み》つ群《む》れ烏《がらす》あはれなり
昼は睦《むつ》れて　夜はひとり寝《ぬ》

515
稲荷《いなり》山《やま》
社《やしろ》の数を人問はば
つれなき人をみつと答へよ

516
春霞《はるがすみ》
立ち交《まじ》りつつ　稲荷山
越ゆる思ひの人知れぬかな

517
稲荷山
三《み》つの玉《たま》垣《がき》打ちたたき
わが願《ねぎ》事《ごと》ぞ　神も答へよ

て。◇神も答へよ　神も応答を示して下され。

518　原作者不明（『古今六帖』）。◇行きかふ人　行き来する人。◇君が代　一歌参照。ただしここでは、一首の意味合いから見て「大君の御代」の意か。◇ひとつ心に　同じ心で。「稲荷三社」と「一つ心」とを対照させた洒落。◇祈りやはせぬ　祈らないであろうか。いや、祈るに違いない。

519　原作者不明（『拾遺集』雑恋）。男の愛を祈る女の歌。◇滝の水　稲荷の上社の奥にあった。◇かへりてすまば　滝の水がまた元どおりに澄むならば、の意に、男がもう一度縒《よ》りをもどして女のもとに住むならば、の意を掛けてある。◇七日……　七日間参籠した御利益《ごりやく》だと考えましょうよ。仏神に祈願するとき、七の倍数の日数をあてるのが通常。

520　原作者は藤原長能《ながとう》（『拾遺集』雑恋）。稲荷に詣《もう》でて見初《そ》めた女が、人のものになってしまったので、神に恨み言を並べた歌。◇われといへば　この私め（に対するお仕打ち）といったら。◇つらきかな　全く薄情でいらっしゃるよ。◇人のためとは……　まさか他人にうまい汁を吸わせるために祈ってきたのだなんて、今まで思ってもみなかったものを……。

518
稲荷山
行きかふ人は君が代を
ひとつ心に祈りやはせぬ

519
滝の水
かへりてすまば　稲荷山
七日《なぬか》上《のぼ》れる験《しるし》と思はむ

520
われといへば
稲荷の神もつらきかな
人のためとは思はざりしを

521
君が代は

521　◇君が代　一歌参照。◇千代も住みなん　きっと千年もの間永続することであろう。「住み」は漢訳経典中の「住」（とどまる）の意。四二四歌参照。◇祈る験　祈願に対する御利益《ごりやく》。ただしここでは、稲荷山の神木として著名な「しるしの杉」の意に流用しているらしい。◇あらんかぎりは　（しるしの杉が）存在するかぎりは。

一　今の春日大社（奈良市）。藤原氏の氏神。その神鹿は特に有名。

522　柿本人麿の歌二首（『拾遺集』雑恋）をつぎはぎした歌。◇春日山　春日社の東方にある山。◇雲居　空。雲のいる所の意。◇徒歩よりぞ行く　（馬にも乗らず）徒歩で行く。二五八歌参照。◇君を思へば　これもそなたを思うからこそだよ。

523　原作者は藤原忠房（『拾遺集』神楽歌）で、宇多法皇の春日御幸の際の献詠歌。◇珍しき　新鮮な感動を与える。みごとな。◇八少女　神楽《かぐら》を舞う八人の乙女。ここは八少女の舞をいう。◇偲ばざらめや　賞美なさらぬことがあろうか。

524　原作者は藤原範永《のりなが》（『後拾遺集』神祇）。◇三笠の山　春日社の背後の山で、春日山の一峰。若草山（通称三笠山）とは別。◇神まさば　神がおいでになるならば。◇天の下　漢語の「天下」をやわらげたもの。「笠」の縁語の「雨」を響かせた。

千代《ちよ》も住みなん　稲荷山
祈る験《しるし》のあらんかぎりは

春日《かすが》[一]　十首

522
春日山
雲居《くもゐ》はるかに遠けれど
徒歩《かち》よりぞ行く　君を思へば

523
珍しき
今日《けふ》の春日の八少女《やをとめ》を
神もうれしと偲《しの》ばざらめや

524
今日祭る
三《み》笠《かさ》の山の神まさば

◇君ぞ栄えん　あなたさまこそお栄えになることでしょう。

525　原作者は藤原公能《きんよし》（『久安百首』）。
◇待つほどもなく　待つ間もないぐらい（すみやかに御利益があらわれて）。原歌「待つほどもなほ」（御利益があらわれるのを待っている間でもやはり、の意）よりも力強い表現になっている。

526　この松は、双葉のうちから頼もしや。春日野に立つ丈《たけ》高い、松の実生《みしよう》と思うゆえ。この嬰児《みどりご》も頼もしや。春日の神の末裔《すえ》として、生れ出たのであるゆえに。
原作者は大中臣能宣《おおなかとみのよしのぶ》（『拾遺集』賀）。藤原氏の新生児を祝福した歌。
◇双葉　嬰児を松の双葉にたとえたもの。◇春日野　春日山の麓一帯の野をいう。◇木高き松の種　すくすくと高くそびえた松の種子。神威盛んな春日明神の子孫、の意を寓する。春日社の祭神は藤原氏の遠祖とされる。

527　原作者は藤原清輔《きよすけ》（『千載集』神祇）。
◇のどけかれとや　泰平であれというので（……のだろう）か。◇榊葉　榊は春日の神木。［参考］興福寺の僧徒が神木を奉じて入洛《じゆらく》し、強訴《ごうそ》したことは史上有名。◇挿しはじめけむ　挿木《さしき》をして、育成したのだろうか。「さす」は「笠」の縁語。

天《あめ》の下《した》には君ぞ栄えん

525
春日山
神に祈れる言《こと》の葉《は》は
待つほどもなく頼もしきかな

526
双葉《ふた》《ば》より
頼もしきかな　春日野《かすがの》の
木《こ》高《だか》き松の種と思へば

527
天の下
のどけかれとや　榊葉《さかきば》を
三笠の山に挿《さ》しはじめけむ

528　原作者は大江匡房《まさふさ》（『高陽院《かやのいん》歌合』）。◇君が代　一歌参照。ただしここでは「君」は藤原氏の人をさすのであろう。◇朝日の……　毎日朝日のさす間は。朝日のささぬ時など来るはずがない、という前提に立った表現。「さす」は「笠」の縁語。

529　原作者は大殿《おおいどの》中納言君《ちゅうなごんのきみ》（『高陽院歌合』）。◇さしてけり　続くにきまっているのでしたわね。「さす」は日時を指定する意を表す。◇神の心に　神のみ心のままにまに。

530　原作者は藤原行家（『高陽院歌合』）。◇かねてぞしるき　前もってはっきりと分っている。◇双葉の……　双葉を出したばかりのちっぽけな松が、年を経て老松となり、神々《こうごう》しい様子を帯びるに至るまで（永続するのだ）。

531　原作者は藤原行家（『高陽院歌合』）。◇久しき御代のしるしには　永久につづく大君の治世の記念としては。◇榊をぞさす　榊をば插木《さしき》にして植えるのである。「さす」は「笠」の縁語。

528
君が代は
限りもあらじ　三笠山
峰に朝日のささむかぎりは

529
君が代は
万代《よろづよ》までにさしてけり
三笠の山の神の心に

530
君が代は
かねてぞしるき　春日山
双葉《ふたば》の松の神さぶるまで

531
天《あめ》の下《した》
久しき御代《みよ》のしるしには

三笠の山の榊《さかき》をぞさす

大原野《おほはらの》[一]　三首

532 大原や
小塩《をしほ》の山も今日《けふ》こそは
神代《かみよ》のことも思ひ知るらめ

533 大原や
小塩の山の小松原
はや木高《こだか》かれ　千代の蔭《かげ》見む

534 千歳《ちとせ》とぞ
君が御代《みよ》をば契るなる
小塩の山の峰の姫松《ひめまつ》

一　今の大原野神社（京都市西京区）。平安京に都が遷《うつ》ってのち、春日社を勧請《かんじよう》して建立された社。従って、藤原氏の氏神。〔参考〕大原野は京都西郊の地名で、北郊の大原（同市左京区）とは遠く隔たる。

532　大原や、小塩の山も今日こそは、お妃《きさき》さまの御《み》幸《ゆき》とて、遠い神代のゆかりをば、さぞや偲《しの》んでいようもの。お妃さまもこの身との、遠い昔の日の恋を、さぞや偲んでおわそうよ。

原作者は在原業平《ありわらのなりひら》（『古今集』雑、『伊勢物語』七十六段）。二条の后（藤原高子）がまだ東宮の御息所《みやすんどころ》といった時、大原野へ参詣したが、お供をしていた昔の恋人業平が奉った歌。裏に訳詞のような寓意があろう。

◇大原や　ここでは「大原野」の意。「や」は間投助詞。◇小塩の山　大原野社の西方にある山。◇神代のこと　東宮妃の遠祖なる大原野の神（天児屋命《あまのこやねのみこと》）の時代のこと。◇思ひ知るらめ　思い出していることであろう。主語は「小塩の山」。

533　原作者は紀貫之（『後撰集』賀）。左大臣家の成人式を祝った歌。松に託して、子供らの将来を祝福したもの。

◇はや木高かれ　早く丈《たけ》の高い木になれ。◇千代の蔭見む　いつまでも茂った木蔭を見よう。

534　◇君が御代……　大君の治世が続くようにと約束しているようだ。◇姫松　小さな若松は。倒置法。

住吉《すみよし》[一]　十首

535
住吉の
松さへ変るものならば
何か昔のしるしならまし

536
音にのみ
聞きわたりつる住吉の
松を舞う舞う今日《けふ》見つるかな

537
住吉の
神はあはれと思ふらむ
空《むな》しき舟をさして来つれば

一　今の住吉大社（大阪市住吉区）。往時は白沙青松の海岸にあった。海上守護の神、また和歌の神としても有名。

535　原作者は山口重如《しげゆき》（『後拾遺集』神祇）。遷宮《せんぐう》に際しての感慨を詠じた歌。

◇松さへ……　（社殿はすっかり新しくなってしまったが、その上）古来有名な老松までもが変るようなことがあったとしたら。◇何か昔の……　何が一体昔をしのばせる手がかりとなり得るだろうか。

536　原作者は紀貫之（『拾遺集』雑）。◇音にのみ……　噂《うわさ》にだけは、今までずっと聞いてきたところの。◇舞う舞う　「舞ひ舞ひ」の音便。（舞人として）社頭で舞い舞いしながら。◇今日見つるかな　今日はじめてこの目に見たことであるよ。

537　住吉の、神はわが身の心根を、さぞやあわれとみづ（水）の上、空しい舟に棹《さお》さして、位も捨てて来たゆえに。

原作者は後三条院（『後拾遺集』雑）。◇あはれと思ふらむ　殊勝な奴《やつ》じゃと思うて下さることであろう。◇空しき舟　客や荷を乗せていない空《から》っぽの舟。帝位を譲り、現世への執着から解脱《げだつ》した身の譬《たと》え。「舟」は住吉明神と縁の深いもの。◇さして来つれば　（棹さして）お参りに来たのだから。「さす」は「舟」の縁語として使用したもので、さして意味はない。

538　原作者は蓮仲《れんちゆう》法師（『後拾遺集』神祇）。◇松の梢に　松の梢の茂みの中に。◇神さびて　神々しく。◇緑に見ゆる　松の緑に映《は》えて見える。◇朱の玉垣　朱塗りの垣。「玉」は美称。

539　原作者は源経信《つねのぶ》（『後拾遺集』雑）。◇沖つ風　沖を吹く風。◇吹きにけらしな　一吹き吹いたらしいなあ。◇松の下枝……　松の下枝を洗っているかのように、白波がうち寄せているよ。

540　『枕草子』に見える歌と下の句が同じ。その上の句「わたつ海の沖にこがるる物みれば」をすげ替えたものであろう。◇光れるは　光っているのは何かしら、と思ったら。漁火《いさりび》のちらちらするさまを言ったのであろう。

541　二七三歌と同様、表には女神を立てつつ、裏には巫女《みこ》の生活の一断面を歌ったものであろう。◇みなみ客殿　南の方には客神の御殿があるよ。住吉本来の三神を祭る三社殿は、西に向って縦に一列に並んでいるが、その最前列をなす第三殿のすぐ南隣には、あとから加えられた女神を祭る第四殿がある。◇なか遣戸　第三殿と第四殿との中を隔てるかのように、両社殿とも遣戸（引き戸）があるよ。◇思ひかけがね　思いをかける意と、掛金《かけがね》（戸締りの金具）とを言い掛けた表現。◇はづし気ぞなき　男神が女神にいくら懸想《けそう》しても、女神の方では遣戸の掛金をはずして迎え入れそうにもないよ。裏の意味としては、住吉の美しい巫女に言い寄っても、なかなかなびいてくれそ

538
住吉の
松の梢《こずゑ》に　神《かみ》さびて
緑に見ゆる朱《あけ》の玉垣《たまがき》

539
沖つ風
吹きにけらしな　住吉の
松の下枝《しづえ》を洗ふ白波《しらなみ》

540
住吉の
御前《おまへ》の岸の光れるは
海人《あま》の釣《つり》して帰るなりけり

541
住吉は
みなみ客殿　なか遣戸《やりど》

うにもないよ。必ずしも貞操堅固というわけでなく、花魁《おいらん》の「初会《しょかい》は振る」式の気位をいったのであろう。

542　原作者は藤原俊成（『久安百首』）。◇幾返り　何回。◇波の白木綿　波を白色の木《ゆ》綿《う》に見立てた表現。木綿は楮《こうぞ》の繊維で、神事に用いる。◇かけつらむ　白木綿をかけたかのように、白波に洗われたことだろうか。◇神さびにける……　神々《こうごう》しく老いた住吉の松は。倒置法。

543　原作者は待賢門院安芸《あき》（『久安百首』）。◇音高く　松風の音が高い意に、名声が高い意を響かせた。◇なにはのことも……　万事住みよくて結構なことです。「何はのこと」と「難波《なにわ》」（大阪地方の古称）、「住みよし」と「住吉の松」とを言い掛けた表現。

544　原作者は大中臣能宣《おおなかとみのよしのぶ》（『詞花集』賀）。◇過ぎ来にし……　今まで経過した年月は御破算にして。「捨て」は切り捨てる意。◇今年より　今年を起点として。◇千代を数へむ　千年の長寿を数えることであろう。

545　◇一の鳥居　社の正面の、一番外側に立っている鳥居。◇巫女　「みこ」「かんなぎ」に同じ。◇神はつき髪　「神は憑《つ》き」と「付き髪」（付け髪）とを掛けた。◇衣はかり衣　「衣は借り」と「狩衣《かりぎぬ》」（上等の平服。ここでは舞人の装束をいう）とを掛けた。◇しりけれも　未詳。「尻切れ裳《も》」の訛《なまり》で、後ろの裾《すそ》のすり切れた衣裳《いしょう》、の意か。

思ひかけがね　はづし気《げ》ぞなき

542
幾《いく》返《かへ》り
波の白《しら》木《ゆ》綿《ふ》かけつらむ
神さびにける住吉の松

543
君が代は
松吹く風の音高く
なにはのことも住吉の松

544
過ぎ来《き》にし
ほどをば捨てつ　今《こ》年《とし》より
千《ち》代《よ》を数《かぞ》へむ　住吉の松

545 住吉の
一《いち》の鳥居《とりゐ》に舞ふ巫女《きね》は
神はつき髪《がみ》　衣《きぬ》はかり衣《ぎぬ》　しりけれも

熊野《くまの》[一]　二首

546 紀伊国《きのくに》や
牟婁《むろ》の郡《こほり》におはします
熊野両所《りやうしよ》は結ぶ速玉《はやたま》

547 熊野出《い》でて
切目《きりめ》の山の梛《なぎ》の葉し
万《よろづ》の人のうはきなりけり

日吉《ひえ》[二]　二首

一 熊野十二所権現《ごんげん》を祭る熊野三山（和歌山県最南部）。今の熊野本宮《ほんぐう》大社・熊野速玉《はやたま》大社（新宮《しんぐう》）・熊野那智《なち》大社の総称。後白河院の崇敬特に篤《あつ》く、民間信仰も盛んで、伝説が多い。なお三六歌の注参照。

546 紀の国の、牟婁の郡の本宮の、証誠殿《しようじようでん》の右の脇、熊野両所権現と、祭られたもう神の名は、結《むすび》の宮と速玉の神。

◇紀伊国や　和歌山全県のほか三重県南部をも含む。「や」は間投助詞。◇牟婁の郡　和歌山・三重両県にまたがるが、熊野三山はみな和歌山県にある。◇熊野両所　本宮の本殿（証誠殿）の右側（向って左側）に、相殿《あいでん》で、西御前《にしのおまえ》（那智の主神）と中御前《なかのおまえ》（新宮の主神）とが祭られている。この二神を総称して両所という。◇結ぶ速玉　結の宮《むすびのみや》（那智の主神）と速玉の神（新宮の主神）とを連結した表現。

547 ◇切目　地名（和歌山県印南《いなみ》町）。九十九王子（三六歌の注参照）の一つである切目王子の所在地。◇梛　マキ科の常緑喬木《きようぼく》。熊野の神木。◇し　ニュアンスを添える副助詞。◇うはき　未詳。「かざし」の意か。参拝者が梛の葉を髪や笠にさす風習があった。

二 山王《さんのう》権現を祭り、延暦寺の鎮守神。叡山の僧兵が神輿《しんよ》を奉じて入洛《じゆらく》し、強訴《ごうそ》したことは史上有名。今の日吉大社（大津市坂本）は旧時の大宮《おおみや》と二宮《にのみや》とに当るが、この二社を含む七社ないし二十一社を総称して山王権現といった。

548
願《ね》ぎかくる
日吉《ひえ》の社《やしろ》の木綿《ゆふ》襷《だすき》
草の片葉《かきは》はとよ珍しき

549
明らけき
日吉《ひよし》の神も君がため
山のかひある万代《よろづよ》や経《へ》む

吉田《よしだ》[一] 一首

550
吉田野の
きのねをわれかやまはやすとて
舞う舞う見つる神楽《かぐら》岡《をか》かな

貴布禰《きふね》[二] 一首

548 原作者は僧都実因（『拾遺集』神楽歌）。◇願ぎかくる 祈り願う。「かく」は木綿襷をかける意をも含む。◇木綿襷 五〇七歌参照。◇草の片葉 草の一枚の葉。ここでは祈願の言葉をさす。◇とよ珍しき 「とよ」は豊富の意を表す接頭語。新鮮な感動を与える。

549 原作者は藤原実政《さねまさ》（『後拾遺集』神祇）。後三条帝の日吉行幸の時、東遊《あずまあそび》の歌として創作したもの。◇明らけき 霊験《れいげん》の明らかな。◇日吉 「ひえ」を俗に「ひよし」ともいう。◇君がため 君の行幸があったために。◇山のかひある 「山の峡《かひ》」（山と山との間の狭い所）は、掛詞で「甲斐《かひ》ある」を引き出すための修辞。◇万代や経む （日吉の神も鎮座しがいのある）年月を末長く送ることであろうか。

一 今の吉田神社（京都市左京区）。

550 ◇吉田野 四一八歌参照。◇きのねを…… 未詳。◇舞う舞う 「舞ひ舞ひ」の音便。「神楽」の縁語。◇神楽岡 通称吉田山。吉田社のある丘陵の名。

二 今の貴船神社（京都北郊、左京区内）。水の神で、祈雨・止雨に霊験をうたわれた。

551 思うこと、成ると名に負う鳴る川の、その川上に迹垂れて、貴船の神はありがたや、迷える人を船に乗せ、彼岸《ひがん》へ渡したもうとよ。
原作者は藤原時房（『後拾遺集』神祇）。本地垂迹《ほんじすいじやく》思想に立脚した歌。

◇なる川上　「成る」と「鳴る川」（水音の高い川）とを掛けてある。また「川上」は貴船川（賀茂川上流の一支流）の水源の意。◇迹垂れて　二四歌参照。◇渡す　此岸《しがん》から彼岸へと渡す。済度する。「貴船」の縁語。

三　今の広田神社（兵庫県西宮市）。「西宮《にしのみや》の戎《えべっ》さん」（「えべっさん」は「えびすさん」の訛《なまり》）として有名な今の西宮神社は、古くは広田社に属し、両社域を「西宮」と汎称《はんしょう》した。西宮神社の境内にある南宮《なんぐう》神社は、広田神社の境外摂社で、古くは「浜の南宮」と呼ばれた。

552　◇戸田　未詳。◇船もがな　船があったらなあ。「もがな」は願望を表す終助詞。◇浜のみたけ　未詳。「浜」は「浜の南宮」をさすか。◇言付　伝言。

四　今の厳島《いつくしま》神社（広島県宮島町）。厳島明神（女神）を祭り、平家一門が尊崇したことは史上有名。

553　◇安芸の国沼田の郡　広島県竹原市のあたり。◇厳島　「いつきしま」の訛。『秘抄』時代すでにこの方が一般的であった。ここは神よりも島名の感が強い。◇三島　三島明神。ここは大三島《おおみしま》（竹原市のすぐ沖に浮ぶ島。愛媛県）をいう。沼田郡の人がもしも厳島の対岸（広島寄り）から厳島を見たとしたら、ふだん見なれた三島だと見るだろうか。きっとそう見間違えるだろう、の意。「五《いつ》」と「三《み》」との数字遊びをも含む。

551
思ふこと
なる川上《かはかみ》に迹《あと》垂れて
貴《き》船《ふね》は人を渡すなりけり

三　広田《ひろた》　一首

552
広田より
戸《と》田《だ》へ渡る船もがな
浜のみたけへ言《こと》付《づけ》もせむ

四　伊津岐島《いつきしま》　一首

553
安芸《あき》の国
沼《ぬ》田《た》の郡《こほり》に住む人は
厳島《いつくしま》をば三島《みしま》とや見る

天露別《あまつゆわけ》[一]　一首

554
清水《きよみづ》に
天露別のおはすれば
むべこそ神は天降《あまくだ》るらめ

木嶋《このしま》[二]　一首

555
太秦《うづまさ》の
薬師がもとへ行く麿《まろ》を
しきりとどむる木嶋の神

556
東《あづま》には
女はなきか　男巫《をとこみ》女《こ》
さればや神の男には憑《つ》く

一　未詳。地主《じしゅ》権現（今の地主神社、清水寺の鎮守神）の別称であったか。

554　◇清水　清水寺。三四歌参照。◇天露別　語義としては、天上の露払い（先導する神）の意か。◇むべこそ　道理で。◇神は天降るらめ　神名どおり、清水寺の観音さまの露払いとして、降臨鎮座なさったのだろうよ。

二　木嶋明神は広隆寺の鎮守神。今は「蚕《かいこ》ノ社《やしろ》」と俗称する（京都市右京区太秦）。

555　◇太秦の薬師　広隆寺（太秦寺）の本尊薬師如来。今は秘仏。◇麿　自称の代名詞。男女ともに用いるが、ここは男性か。◇しきり　「しきりに」の意か。しつこく。◇とどむる　引きとめる。◇木嶋の神　広隆寺の東方近距離にあり、京都から広隆寺へ行く人を引きとめるには絶好の位置にある。このあたりに春をひさぐ女たちがいて、太秦詣《もうで》の男たち、実は「敵は本能寺」といった連中の袖を引いたのであろう。それを、神が引きとめなさると洒《しゃ》落れた。

556　以下の十一首は神社歌ではない。あとから増補されたものであろう。◇東　東国。当時は後進地域。今の関東・東北地方をいい、広くは逢坂《おうさか》山（滋賀県大津市）より東の国々をさした。◇女はなきか　女はいないのか。当時の都人士の目には、東国の女は粗野で男っぽく映ったであろう。それを皮肉に「女は一人もいやへんのか？」と表現したもの。◇男巫女　「巫女《みこ》さんまで、みんな男やなあ」。東国の巫女をからかった表現。◇さればや……　「そやから、神さんも男に憑きはるのやろか」。返す刀で東男《あずまおとこ》をやっつけたもの。すなわち東国の男の荒っぽい動作を、憑きものに取りつかれた所為と見なした表現。

557　◇浜行く麿を　海岸をとぼとぼと歩いている自分を。旅をしているのだろう。「麿」は五五五歌参照。◇海人　四六三歌参照。ここは男性か。◇主　お方。◇釣もせぬ身を　自分は釣をしたこともない人間だのに。

558　◇賀茂　二〇一頁注三参照。◇春日　二〇八頁注一参照。◇八幡　二〇〇頁注二参照。◇日吉　二一五頁注二参照。◇はうの神　未詳。◇稲荷　二〇五頁注三参照。◇松尾　二〇四頁注一参照。◇広田　二一七頁注三参照。◇住吉　二一二頁注一参照。

559　神ならば、ゆらりさらりと降りたまい、託宣あってしかるべし。娘っ子でもあるまいに、いったいどんな神さまが、うじうじばかりなさるやら。◇ゆらさらさらと　神が揺るぎ出るさまを表す擬態語。◇降りたまへ　神の世界から人間世界へと降りて来て、霊媒にのりうつって下さい、の意。◇物恥はする　恥ずかしがったりするでしょうか。神に呼びかける表現をとっているが、実際には、さっぱり神がかりの状態にならない巫女をからかった歌であろう。

557
夕暮に
浜行く麿《まろ》を海人《あま》かとて
魚《いを》乞ふ主《ぬし》あり　釣《つり》もせぬ身を

558
賀茂《かも》　春日《かすが》
八幡《やはた》　日吉《ひよし》のはうの神
稲荷《いなり》　松尾《まつのを》　広田《ひろた》　住吉《すみよし》

559
神ならば
ゆらら　さららと降《お》りたまへ
いかなる神か　物恥《ものはぢ》はする

560
この巫女《みこ》は様《やう》がる巫女よ

帷子《かたびら》に　尻《しり》をだにかかいで
ゆゆしう憑《つ》き語る　これを見たまへ

561 奥山に
しばひく音の聞ゆるは
天《あめ》稚《わか》御《み》子《こ》の召《み》す音ぞよ　召《み》す音ぞよ

562 打ち立つる
鉦《しやう》の鼓《つづみ》の初声《はつこゑ》は
まづ宝主《たからぬし》　受け納めたべ

563 近江《あふみ》なる
千《せん》の松原　千ながら
君に千《ち》歳《とせ》を譲る譲る　みな譲る

560　◇様がる　おもしろい。ここは、あられもない、の意。◇帷子に　帷子（裏を付けない衣服）を着て。貧相な姿《なり》を言うのであろう。◇尻をだにかかいで　お尻までも丸出しという格好で。「かかいで」は「かかずして」の意。「かく」は結ぶ、取り繕《つくろ》うの意。◇ゆゆしう……　突拍子《とつびようし》もなく神がかりの状態になって、託宣を口走っている。◇これを見たまへ　「まあこれを見てごらんよ」と他人に呼びかけて、呆《あき》れかえった気持を表現したもの。

561　◇しばひく音　しきりに弾奏する楽器の音、の意か。◇天稚御子　『宇津保物語』『狭衣物語』などに登場する音楽の神。◇召す　「みす」は「めす」の転。三八九歌参照。ここでは、弾奏なさるの意の敬語。

562　◇打ち立つる　打って音を立てる。◇鉦の鼓　「鉦鼓《しやうご》」（三九二歌参照）をやわらげて言ったものであろう。◇初声　（打ち鳴らす）最初の音。◇宝主　財宝を司る神か。◇受け納めたべ　（鉦鼓の初音をお初穂として）御受納下さいまし。「たべ」は「たまへ」に同じ。

563　◇千の松原　琵琶湖東岸にある松原。今の彦根市松原水泳場のあたり。◇千ながら　千本の松が千本とも、そっくりみな。◇君に千歳を……　松に賦与された千年の長寿を、あなたさまに譲って差し上げるのですよ。三八歌と類似の表現。

564
極楽《ごくらく》は
遥《はる》けきほどと聞きしかど
つとめて到るところなりけり

565
阿《あ》耨《のく》多《た》羅《ら》
三藐三《さんみゃくさん》菩《ぼ》提《だい》のほとけたち
わが立つ杣《そま》に冥加《みやうが》あらせたまへ

566
いつしかと
君にと思ひし若菜をば
法《のり》のためにぞ　今日《けふ》は摘みつる

564　原作者は仙慶法師（『拾遺集』哀傷）。◇極楽　阿弥陀仏の浄土。◇遥けきほど　遥かな距離。阿弥陀経に「是ヨリ西方、十万億ノ仏土ヲ過ギテ世界アリ、名ヅケテ極楽トイフ」とある。◇聞きしかど　聞いていたのだけれど、しかし……。◇つとめて　「勤めて」に「夙《つと》」（早く）の意を言い掛けたもの。往生極楽の修行を積みさえしたら、すみやかに。◇到るところなりけり　到達できる所なのだったよなあ。

565　原作者は伝教大師（『新古今集』釈教）。比叡山の根本中堂《こんぽんちゅうどう》建立の時に詠まれた歌。◇阿耨多羅三藐三菩提　梵語。無上正等覚《しょうとうがく》と漢訳し、この上なくすぐれ、正しく平等円満な仏の智慧《ちえ》の意。◇わが立つ杣　私が入り立つ杣山（植林し伐採する山）。ここは比叡山をさす。◇冥加　仏・菩薩から目に見えない助けを受けること。

566　春待って、君が齢《よわい》の寿《ことほぎ》に、若菜を摘んで進じょうと、思うていたも今は夢。菩提《ぼだい》を祈る八講《はっこう》のために摘むとは口惜《くちお》しや。
原作者は村上天皇（『拾遺集』哀傷）。七十の賀を待たずに他界した母后のため法華八講を営んだ時の詠。◇いつしかと　いつになったら（摘めるだろう）か、早く（摘みたい）と。◇君にと　あなたに（差し上げたい）と。◇法のため　仏事に用いるため。法華八講と若菜との関連については五八頁＊印参照。

此《この》[一]一帖不慮[二]相伝

秘本ノ事也

正韻[三]（花押）

右[四]一冊以テ二寂蓮《じやくれん》[五]ノ手跡徹書記《てつしよき》[六]門弟[七]正韻ノ奥書[八]判形《はんぎやう》[九]

有ルレ之《これ》ノ本ヲ一書写シ畢《をは》ンヌ

一 この二行は正韻《しょういん》の識語（写本の来歴などを記した短文）。

二 思いがけず、私が相伝することになった、の意。

三 室町時代の歌人。正徹《しょうてつ》（注六参照）の孫弟子に当る人。

四 以下の二行は筆者不明。

五 藤原俊成の甥《おい》で、その養子となり、のち出家した。歌人として知られ、『新古今集』撰者の一人であったが、その完成を待たずに没。

六 正徹のこと。東福寺の書記だったので、徹書記と呼ばれた。室町時代の高名な歌人。

七 門弟とあるが、正韻は正徹の門弟なる正広《しょうこう》の門弟だから、本当は孫弟子。

八 右の「此一帖……事也」の識語をさす。

九 右の花押《かおう》（書判《かきはん》）をさす。

梁塵秘抄口伝集　巻第一

神楽・催馬楽・風俗のこと

古《いにしへ》より今にいたるまで、習ひ伝へたる歌あり。これを神楽《かぐら》[一]・催馬楽《さいばら》[二]・風俗《ふぞく》[三]といふ。神楽は天照大神《あまてるおほんがみ》[四]の、天《あま》の岩戸《いはと》を押し開《あけ〔て外をのぞき〕》かせたまひける《なさった》代《よ》にはじまり、催馬楽は大蔵《おほくら》の省《つかさ》の、国々の貢物《みつぎもの》納めける民の口ずさみに起れり。これ、うちあることにはあらず《何気なく聞き流してよい事柄ではない》。時の政《まつりごと》、よくもあしくもあることを《善政につけ悪政につけて》なん、《〔民は〕》美《ほ》め刺《そし》りける。催馬楽は、公私《おほやけわたくし》のうるはしき遊び《正式な音楽である雅楽の》の琴《こと》の音《ね》、琵琶《びは》の緒《を》、笛の音《ね》に付けて《合わせて》、わが国の調《日本のメロディー》べともなせり《に編曲したものである》。みなこれ天地《あめつち》[五]を動かし《感動させ》、荒《あら》ぶる神を和《なご》め、国を治め、民を恵むよたたて[六]とす。風俗は調楽《てうがく》[七]の内参《うちまゐ》り、賀茂《かも》[八]詣《まう》でなどにこれを用ゐらる。また臨時客《りんじきやく》[九]にも、古くはうたひけり。近くは《〔臨時客には〕》絶えてうたはざるか。この外《ほか》に、習ひ伝へたる歌あり、今様《いまやう》[一〇]といふ。神歌《かみうた》[一一]・物様《もののやう》[一二]・田歌《たうた》[一三]にいたるまで、習ひ多くして《習い伝えた歌数は多く》、その部ひろし《部類もたくさんある》。

一 神前で奏する舞に伴う歌謡。狭義には宮中で奏される特定の神事歌謡をいう。
二 雅楽ふうに編曲された民謡。貴族社会の遊宴に用いられた。
三 地方民謡が貴族社会にとり入れられ、遊宴歌謡となったもの。
四 以下は、天照大神が姿を隠した天の岩戸の前で、天鈿女命《あまのうずめのみこと》が演じた艶笑的な歌舞が神楽の起原である、という説明。
五 『古今集』仮名《かな》序を参照。
六 未詳。「よたたて」は「よきつて」（良い手段）の誤写か。
七 舞楽の予行演習を、清涼殿の東庭で行うこと。
八 ここは賀茂（二〇一頁注三参照）の臨時の祭の舞楽をさす。
九 年頭に摂関・大臣家で、大臣以下の上達部《かんだちめ》を招待して行った饗宴。
一〇 ここは広義の今様をさす。すなわち長歌・古柳・今様（狭義）・法文歌等々の総称。
一一 今様の一種目。四句神歌と二句神歌との総称。『口伝集』巻十にも単に神歌とあり、四句・二句の別は、巻二の目録や見出し以外には使われていない。
一二 今様の一種目。実体未詳。
一三 今様の一種目。田植歌の類。

今様の起原のこと

用明天皇[一]の御時、難波《なんば》[二]の宿館[三]に土師《はじ》[四]の連《むらじ》といふ者ありき。声妙《たへ》なる歌の上手にてありける。〔土師の連が〕夜《よる》家にて歌をうたひけるに、屋《や》の上に付けて（声を添えて）うたふ者あり。あやしみてうたひ止《や》めば、音もせず。〔土師の連が〕またうたへば、また付けてうたふに（声を添えて歌うので）、驚きて、出《い》でて見るに、逃ぐる者あり。追ひて行きて見ければ、住吉《すみよし》[五]の浦《うら》に走り出でて、水に入りて失《う》せにけり。これは熒惑星《けいこくせい》[六]の、この歌を賞《め》でて、化《け》しておはしけるとなん（人間に化けて出現されたのだと）、聖徳太子の伝[七]に見えたり。今様と申す事の起り[八]

一 聖徳太子の父。ただし『聖徳太子伝暦《でんりやく》』には「敏達《びだつ》天皇」とある。敏達は用明の兄。
二 「なんば」は「なには」の訛《なまり》。今の大阪市。
三 未詳。
四 「土師」は土器をつくり、葬礼・陵墓などを管理した氏族の名。「連」は姓《かばね》の一つ。姓は古代の豪族の社会的位置の上下を示す世襲の称号。『聖徳太子伝暦』によれば、この人物の名は「八島」。
五 「住江《すみのえ》の岸」ともいう。住吉社（二一二頁注一参照）のあたりの海岸。
六 火星のこと。『聖徳太子伝暦』に「此《この》星降化シテ人ト為《な》リ、童子ノ間ニ遊ブ。好ンデ謡歌ヲ作《な》シ、未然ノ事ヲ歌フ」とある。
七 『聖徳太子伝暦』のこと。太子の事蹟を叙述した書。平安初期の撰か。
八 原本、これ以下の文言を欠く。

＊『梁塵秘抄口伝集』巻一から巻九までの九巻には、今様の歌い方についての口伝の数々が収録されていたものと思われるが、今日では、わずかに巻一の冒頭部分を残すに過ぎない。次頁の『口伝集』巻十は、幸い全文が残っているが、いわば『秘抄』全体の付録であり、今様の狂熱的な愛好者であった後白河院の自叙伝として、歌集の部に劣らぬ興味をそそられる。

梁塵秘抄口伝集　巻第十

口伝集九巻を撰したいわれ

[一]神楽《かぐら》・催馬楽《さいばら》・風俗《ふぞく》・今様《いまやう》の事の起りよりはじめて、[二]娑羅林《しやらりん》・[三]只《ただ》の今様・[四]片下《かたおろし》・[五]早歌《はやうた》うたふべきやう《歌い方》、[六]初積・[七]大曲《だいごく》、[八]足柄《あしがら》・[九]長歌《ながうた》をはじめとして、[一〇]やうやうの声変る様《やう》の歌、田歌《たうた》にいたるまで記《しる》し了《をは》りぬ。かやうの事、一様ならねば、のちに誹《そし》ること多からむか。それ《それは》を知らず《まあ仕方がない》。故事を記し了りて、[一一]九巻は撰《えら》び了りぬ。詠《よ》む歌には《和歌については》、[一二]髄《ずい》脳《なう》・[一三]打聞《うちぎき》などいひて《といった名称の本が多くあるらしい》、多くありげなり。今様には、いまださること《そんなことが》無けれ《ないので》ば、[一四]俊頼《としより》が髄脳をまねびて《まねをして》、これを撰ぶところなり。

今様に明け暮れた幾年月

[一五]昔《そのかみ》十余歳の時より今にいたるまで、今様を好みて怠ることなし。[一六]遅々《ちち》たる春の日は、枝に開け庭に散る花を見、鶯《うぐひす》の鳴き郭公《ほととぎす》の語らふ声にもその心を得《今様の急所を体得し》、[一七]蕭々《せうせう》たる秋夜、月をもてあそび《賞翫し》、虫の声々に

一 この書き出しは『口伝集』巻一の記事に対応。
二 法文歌（巻二所収）を、歌い方の角度から呼んだ名称か。「法文歌」は歌詞の内容に即した命名であり、「娑羅林」は主として「只の今様」との歌い方の差異を意識した呼称であろう。
三 狭義の今様をいう。広義の今様を単に「今様」と呼ぶのに対し、狭義の今様であることを明示するため「只の」を冠したもの。「常の今様」ともいう。
四 未詳。歌い方に由来する名称であろう。
五 未詳。「早歌《そうか》」（宴曲）とは別物らしい。
六 未詳。初心者向きの曲、の意か。
七 上級者用の、由緒ある曲。
八 今様の一種目。最も古典的な大曲。
九 今様の一種目。巻一所収。最も新しい今様か。
一〇 未詳。
一一 『口伝集』巻一から巻九までをさす。現存しない。
一二 和歌の奥義などを述べた書物。
一三 ふと耳にしたことの記録。
一四 源俊頼（『金葉集』の撰者）の著した歌学書『俊頼髄脳』のこと。『俊頼口伝』『俊秘抄』とも。
一五 以下、『秘抄』の編者後白河院自身の回想の記。
一六 日が長く、のどかなさまをいう。
一七 ものさびしいさまをいう。

あはれを添へ、夏は暑く冬は寒きをかへりみず、四季につけて折を嫌《きら》はず、昼は終日《ひねもす》うたひ暮し、夜は終夜《よもすがら》うたひ明かさぬ夜はなかりき。夜は明くれど、戸《と》一蔀《しとみ》をあけずして、日出《い》づるを忘れ、日高くなるを知らず《気が付かないで》、その声を止《や》二まず。おほかた夜昼《よるひる》を分かず、日を過し、月を送りき。そのあひだ、人あまた集めて、舞ひ遊びてうたふ時もありき。四五人、七八人、男女ありて、今様ばかりなる時もあり、常にありし者を番におりて《側近の者どもで当番を編成して》、我《われ》は夜昼相具《あひぐ》三してうたひし時もあり。また我ひとり雑芸《ざふげい》四集をひろげて、四季五の今様、法文《ほふもん》六、早歌にいたるまで、書きたる次第をうたひ尽す折もありき。声を破《わ》七ること三ケ度なり。二度は法のごとくうたひかはして《平素のきまりどおり当番の者と交互に歌って》、声の出づるまでうたひ出だしたりき。あまり責めしかば《無理をしたので》、喉腫《のどは》れて、湯水《ゆみづ》かよひしも《通るのも》術《ずち》八なかりしかど、構へて《工夫をめぐらしては》うたひ出だしき。あるいは七《七日》、八《八日》、五十日《五十日間》、もしは百日の歌《百日間連続の稽古》などはじめてのち、千日の歌もうたひ徹《とほ》してき。昼はうたはぬ時もありしかど、夜《よる》は歌をうたひ明かさぬ夜はなかりき。資《すけ》九

一 「戸」は遣戸《やりど》・枢戸《くるるど》など、開《あ》けるもの。「蔀」は格子《こう》し組みの裏に板を張ったもので、多くは上下二枚から成り、下部を立て、上部を金物で釣り上げるもの。ここでは、戸も開けず、蔀も上げずに、の意。
二 「止《や》めず」に同じ。自動詞と他動詞との混同は、しばしば見られる。

三 当番の者を稽古《けいこ》仲間として、一緒に。
四 今様を集録した書物の名。現存しない。
五 春・夏・秋・冬の今様。巻一の目録参照。
六 法文歌。巻二所収。
七 声帯に炎症を起して、正常な発声ができなくなること。

八 どうしようもないほど苦しかったけれど。
九 源資賢。郢曲《えいきょく》（声楽）の家柄の出身で、院の近臣の一人。後段にもしばしば登場するが、その機才については二六〇頁注一三参照。権大納言・正二位に至った。
一〇 藤原季兼。今様の名手敦家《あついえ》（二三九頁注一四参照）の孫にあたる。

今様の名手を求め求めて

賢《かた》・季兼《すゑかね》[一〇]など語らひ寄せても聞き、鏡の山[一一]のあこ丸《まろ》、主殿司《とのもりづかさ》[一二]にてありしかば、常に呼びて聞き、神崎《かんざき》[一三]のかね、女院《にょうゐん》[一四]に侍《さぶら》ひしかば、参り《〔かねが〕》たるには申して《〔女院に〕願って》うたはせて聞きしを、「あまりにては《（女院）度が過ぎるじゃないの》。時々はこれ《私の方》にても《でも》、いかで聞かではあらむずるぞ《なんで聞かなくてよいものかね》」とて、夜まぜに《一晩おきに》賜《た》ばむ《お貸ししよう》とて賜《たま》ひしかば、あの御方《女院の》へ参る《〔かねが〕》夜は、人を付けて《見張り役を付き添わせて》暁帰るを呼び、我《自分が》賜はる夜は《お借りする夜は》、いまだ明《あか》きより取り籠《こ》めてうたはせて、聞き習ひてうたふ歌もありき。明け方に返し《〔かねを〕》やりてもなほ《〔自分は〕》うたひしを、かねが局対《つぼねむか》[一五]へたりしかば、明けてのちもなほ鼓《つづみ》[一六]の音《おと》の絶えぬさまに、「いつの暇《ひま》にか休むらん」とあさみ《〔かねは〕呆れ返って》申しき。かくのごとく好みて、六十の《かれこれ六十歳の》春秋を過しにき。

[一七]久安元年八月二十二日、待賢門院《たいけんもんゐん》[一八]亡せさせたまひにしかば《お亡くなりになったものだから》、火をうち消ちて闇《やみ》の夜《よ》に対《むか》ひたる心地して、昏《く》れ塞《ふた》がりてありしほどに、五十日過ぎしほどに、崇徳院《しゅとくゐん》[一九]の、新院[二〇]と申しし時《お呼びした頃》、一つ所[二一]にわが許《もと》にあるべきやうに仰《おほ》せられしかば、あまりま近く、つつましかりし《気がひけたけれども》

一一 出自は傀儡子《くぐつ》（二二三頁注二三参照）であろう。後出の「さはのあこ丸」とは別人。「鏡の山」は近江《おうみ》（滋賀県）湖東地方にある山の名。

一二 主殿寮《とのもりょう》（宮中の清掃・燈火・薪炭などをつかさどった役所）の女官。

一三 出自は遊女《あそび》（二二三頁注二二参照）であろう。「神崎」は淀川の支流神崎川の河口近くにあった港町。江口（四三歌参照）とともに、遊女《あそび》の一大本拠として繁栄した。

一四 天皇の生母などで、特に院号を授けられた人。ここは待賢門院をさす。注一八参照。

一五 （かねの部屋は）自分（院）の部屋の向いに位置していたので。多分、庭を隔てて相対していたのであろう。院が、母待賢門院の三条高倉邸に部屋住みの身だったころの話と思われる。（後白河院を「院」と略称。以下同じ）。

一六 今様の伴奏楽器。三〇歌参照。

一七 一一四五年。院十九歳（年齢は数え年による。以下同じ）。天皇になる十年前。

一八 藤原璋子《しょうし》。鳥羽院の中宮で、崇徳・後白河両院の生母。

一九 院の同母兄。のち保元の乱の敗者。

二〇 上皇が二人以上ある場合、あとから上皇になった者をいう。「本院」の対。

二一 自分（崇徳院）の御所に同居するがよいと。

かども、好みたちたりしかば《ぞっこん打ち込んでいたものだから》、そののちも同じやうに夜毎《ごと》に好みうたひき。[一]鳥羽殿《とばどの》にありし時、五十日ばかりうたひ明かし、とよりて《ちょっと寄り集まって》[二]東《とう》三条にて船に乗りて、人々集《つど》へて四十余日、日出づるほどまで夜毎に遊びき。かくのごとく好みしかど、さしたる師《それというほどの》なかりしかど、資賢やかねなどが歌を聞き取り、少々習ひてうたふもあり。またうたひあひたる《緒に練習した》輩《ともがら》の歌を、知らぬをば互ひに習ひつつ、何となく歌数《うたかず》[三]知りたちては、[四]足柄《あしがら》など、今様《今様の中でも》も秘蔵《ひさう》の歌を知らむ《知りたいと》と思ひて、[五]上手と聞きて便《たより》を尋ね取りて《つてを求めて聞いたところ》聞きしに、まことによく聞えし以後、常に呼びてうたはせき《〔その者に〕》。足柄一二《一つ二つ》は習ひたりしかど、いと我に勝《まさ》りて歌知りまさりたることはなかりき。[六]いち・めほそ・九郎・蔵人《くらうど》・禅師・千手《せんじゅ》・二郎などやうの者、その数を聞きしほどに《多数の歌を聞いたのだが》、[七]家成卿《いへなり》の[八]さなみ、《〔は〕》[九]五条《乙前の弟子》が弟子と聞きて、かの中納言《家成》亡《う》せてのち、尋ね取りて、三月四月ばかりは置きてうたはせてありき。かくのごとく聞かぬ者もなく聞き集めたるに、[一〇]初声《はつこゑ》を資賢もめでたき由《よし》申す。人々上手と

一 鳥羽（四三九歌参照）の一角（京都市伏見区竹田及び中島）にあった広大な離宮。白河院が造営、鳥羽院が増修したもの。「城南《せいなん》の離宮」ともいう。
二 東三条殿。代々藤原氏の氏《うじ》の長者が伝領した屋敷。二条の南、町尻の西にあった。
三 レパートリーがどんどんふえてきたからには。
四 今様の中で最も古典的な大曲に属する種目。
五 この前に脱文があるか。「だれそれを上手と聞きて」のように、人名が記されていたのであろう。
六 「いち」から「二郎」まで、みな女芸人の名であろう。
七 藤原家成。中納言・正二位に至った。成親《なりちか》（後出）の父。
八 女芸人の名。後段にも出る。
九 乙前《おとまえ》のこと。二三四頁注三参照。五条（大路の名）に住んでいたので、そう呼ばれた。
一〇 女芸人の名。後段にも出る。
一一 院の長子で、父の次に即位したが、父の院政にしばしば反抗した。
一二 乳母・養育係・後見役を兼ねた、別格の女房。
一三 藤原信業《のぶなり》の女《むすめ》。院の寵愛を受けた。
一四 押小路（二条大路の一筋南の通り）と京極大路（平安京の東端の通り）との交叉点。
一五 未詳。

老妓乙前を尋ね得て

のみ言ひあひたりしかば、いかで聞かむ《ぜひとも聞きたい》と思ひしかど、ゆかり《縁故》も知らでありしに、二条院[一一]の御めのと[一二]坊門殿《ばうもん》[一三]、具して来む《〔初声を〕つれて来ようと》と契《ちぎ》りたりし《約束したの》に《だが》、新院に一つ所《と同居なのを》を憚《はばか》る由を聞きて、押小路京極《おしこうぢきやうごく》[一四]の堂[一五]へ坊門殿具し《〔初声を〕》て来たりしかば、終夜《よもすがら》うたはせて聞き、我もうたひ、歌のことども互ひに問ひなどして、夜明けしほどに、《〔初声は〕》家成の中御門《なかのみかど》[一六]にありしかば《住んでいたので》、返しにき。かくのごとき上達部《かんだちめ》[一七]・殿上人《てんじやうびと》[一八]は言はず《もちろんのこと》、京の男女、所々の端者《はしたもの》[一九]、雑仕《ざふし》[二〇]、江口[二一]・神崎の遊女《あそび》[二二]、国々の傀儡子《くぐつ》[二三]、上手は言はず《もちろんのこと》、今様をうたふ者の聞き及び《今様歌手といわれる者で〔我が〕聞きつけ》、我《われ》が付けてうたはぬ者は少なくやあらむ《声を合わせて歌ってみた事のない者などは数少ない》。《だろう》ある人申していふ、「さはのあこ丸《まろ》[二四]とて青墓《あをはか》[二五]の者、歌あまた知りたる上手、このほど上《のぼ》りたり《〔京に〕》」と申す。朝方《ともかた》[二六]が許《もと》にある由、式部少輔《しきぶのせう》[二七]定正《さだまさ》いまだ六位なりし時申すを聞きて、尋ねしかば、止《とど》めおき《〔あこ丸を〕》て、足柄《あしがら》両三《二つ三つ》、伊地古《いちこ》[二八]・旧川《ふるかは》・旧古柳《ふるこやなぎ》、少々習ひしほどに、近衛院《こんゑのゐん》[二九]亡《う》せさせたまひしかば、何となくて止《や》みにき。

そののち、鳥羽院《とばのゐん》[三〇]亡《かく》れさせたまひて、物騒《ものさわ》[三一]がしき事ありて、あさ《いやな》

一六 通りの名。ここでは中御門東洞院《ひがしのとういん》にあった家成の宿所をさす。
一七 公卿《くぎやう》に同じ。大臣・大中納言・参議および三位以上の人をいう。
一八 四位・五位の者および六位の蔵人をいう。
一九 召使の女。
二〇 宮中で雑役に奉仕した下級の女官。
二一 四三歌参照。
二二 主として京より西方の水上交通の要衝を本拠とした芸妓をいう。今様の歌手であり、売春をも行ったが、後世の遊女《ゆうじよ》（公娼・私娼）よりも、むしろ芸者に近い概念。その風俗については三八〇歌参照。
二三 主として京より東方の陸上交通の要衝を本拠とした芸妓をいう。もと操《あやつ》り人形を廻したが、この当時は今様の歌手で、売春をも行った。後世の芸者に近い。
二四 出自は傀儡子であろう。後段に記事がある。
二五 地名（岐阜県大垣市内）。傀儡子の本拠の一つ。
二六 藤原朝方。権大納言に至った。
二七 未詳。「式部少輔」は式部省の次官補。
二八 以下「旧川」「旧古柳」もみな今様の一種目。実体未詳。
二九 院の異母弟。母は美福門院。一一五五年没。（崇徳・近衛・後白河の順に即位）。
三〇 院の父。保元元年（一一五六）没。没後まもなく保元の乱起る。
三一 保元の乱をさす。

ましき事出《い》でて、今様[一]沙汰《ざた》も無かりしに、保元《ほうげん》[二]二年の年、乙前《おとまへ》[三]が歌を年来《としごろ》いかで聞かむと思ひしものがたりをし《どうかして聞きたいものだと思っていたという話を》出でたりしに、信西《しんせい》[四]入道これを聞きて、「尋ね候《さうら》はむ。それが子《乙前の子が》、わが許《もと》に候」とて、木《も》[五]工允清仲《くのじょうきよなか》を呼びて、かの五条《〔乙前の住む〕》に言ひやる。返事《へんじ》に、「さやうの事もせで久しくなりて、みな忘れにたり。そのうへ、そのさまいといと《こんな老婆では》見苦しく候《さぶらふ》[六]」とて、来たらず。たびたび責めて《催促して》、のちははしたなき《引っ込みがつかない状態に》さまになりしかば、術《ずち》なくて《仕方なく》、正月十日あまりばかりに参りたりき。遣戸《やりど》のうちに居て《引戸を入った所に坐って》、さし出づることなし《進み出ようともしない》。〔そこで〕人を退《の》けて、高松殿《どの》[七]の東向きの常にある所にて《ふだんの居室で》、歌の談義《今様に関する議論》ありて、我もうたひて聞かせ、あれがをも《乙前の歌をも》聞きて、暁あくるまでありて、その夜契りて《師弟の契約を結び》、そののち呼び寄せて、局《つぼね》[八]して置きて、足柄よりはじめて大曲様《だいごくやう》[九]、旧古柳・今[一〇]様・物様《もののやう》・田歌等にいたるまで、いまだ知らぬをば習ひ、もとうた《以前》ひたる歌、節違《たが》ふを一筋に改め《乙前流一本に》習ひしほどに、これかれ《あれこれと》や様々《やうやう》も知りにき。足柄・黒鳥子《くろとりこ》[一一]・伊地古などやうの大曲の秘蔵《ひさう》の歌どもは、

一 今様なんぞと言い出す者もない有様だったが。
二 一一五七年。院即位第三年、三十一歳。（翌年退位）。
三 以下の段に出る今様の名手。当時すでに老女。美濃《みの》（岐阜県）の傀儡子《くぐつ》の出身であろう。院に見いだされて、その師となり、今様を伝授した人物。
四 俗名は藤原通憲《みちのり》。院のめのとの夫。当代無双の学者であったが、平治の乱に殺された。
五 未詳。「木工允」は木工寮の三等官。
六 丁寧語の「候」は、当時男性語では「さうらふ」と発音し、女性語では「さぶらふ」ないし「さむらふ」と発音したようである。
七 東三条殿（二三二頁注二参照）のすぐ南にあった屋敷。保元の乱の時には内裏《だいり》であった。
八 部屋を与え、住まわせて。
九 大曲（二二九頁注七参照）に属する種目の歌い方。
一〇 狭義の今様をさす。
一一 今様の一種目。実体未詳。
一二 旧川という種目についてだけは、乙前の歌い方が

いづれもいと《それほど》変らねど、少々は変れる節もまじれり。一二旧川《ふるかは》にぞ、乙前が様《やう》、あこ丸《まろ》がには、殊《こと》の外《ほか》に変りたれ。一三延寿《えんじゅ》がはあこ丸が同じさまなれど、それも末《細部は》は変れる事多かり。

乙前とさはのあこ丸

九月に一四法住寺《ほふぢゅうじ》にして一五花を参らせし時、今様の談義ありしに、終夜《よもすがら》うたひて、返りての《翌日の》朝《あした》に、一六業房《なりふさ》・一七能盛《よしもり》、また数多《あまた》ありけるに、〔能盛〕「さはのあこ丸、歌沙汰して《今様の評判をして》言ひけるは、『五条殿は《乙前ねえさんは》、年は老い暮れたれど、声も若く、世にめでたく《すごくお上手に》うたはるれど、一八大は体の足柄の様《やう》をうたはでやあらん《歌えやしないのかもね》。一九目井《めゐ》が子にして《〔乙前を〕娘分にして》、しばらく二〇美濃《みの》に〔二人は〕ありしかど、とく京に居にしかば《早くから京に住みついたので》、二一清経《きよつね》などが様《やう》をこそ習ひたらめ《きっと習ったんだわ》。目井も、実《まこと》の子どものやうには、よも教へざりけん《まさか教えやしなかったはずよ》ものを』と言ひし」と、法住寺の御所にて、能盛語《かた》りしを聞きて、乙前、「二二さ申し候らんこと、便《たより》に候」とて、語りしは、〔乙前〕「二三監物《けんもつ》清経、二四尾張《をはり》へ下《くだ》りしに、〔帰京の途中〕美濃の国に宿りたりしに、〔私が〕十二三にてありし時《まだ十二三の小娘で》、目井に具してまかりたりし《連れられて参じましたところ》に、〔私の〕が歌を聞きて、〔清経〕『めでたき声かな《いい声してるねえ》。いかにまれ《この子はきっと》、二五末徹《すゑとほ》らんずるこ

あこ丸の歌い方とはすっかり変っていたのである。

一三 延寿（女芸人の名。後段にも出る）の歌い方は、あこ丸の歌い方と同様だが。

一四 法住寺殿。院の御所。現在の三十三間堂の周辺一帯を占めた広大な屋敷（京都市東山区）。

一五 供花会《くげえ》をいう。平安中期にはじまった、仏前に花を供える法会《ほうえ》。

一六 平業房。相模守《さがみのかみ》。院の近臣。のち清盛に殺された。その妻栄子は院の愛人となり、丹後殿と呼ばれ、院政を切り回した女傑。

一七 藤原能盛。能書家として知られた。

一八 未詳。

一九 女芸人の名。乙前の師匠。青墓（二三三頁注二五参照）出身の傀儡子であろう。

二〇 岐阜県南部。

二一 清経などの歌い方を。「清経」は源清経。西行法師の母の父に当る人。寛治七年（一〇九三）監物《けんもつ》（注二三参照）に任ぜられた（『中右記』）。『口伝集』後段の記事により、目井のパトロンだったことが知られる。

二二 あこ丸はんがそないに申しますのなら、ちょうどええ折どす。

二三 中務省《なかつかさ》に属し、大蔵省・内蔵寮《くらりょう》などの出納を監察する職。

二四 愛知県西部。

二五 末は大物になるだろうよ。

一　長年お前（目井）の面倒を見てやった、そのお返しとしては、この娘《こ》（乙前）にみっちり今様を仕込んでやっておくれ。
二　おそらく秘伝を受ける弟子には心得事があって、それを守るという誓約を乙前が立てたのであろう。
三　それがうそか本当かは。
四　女芸人の名。大大進《おお》ともいう。注五の図参照。
五　女芸人の名。本書のこの段以下に出る妓女たちはみな何ほどか四三の芸風を伝承している。

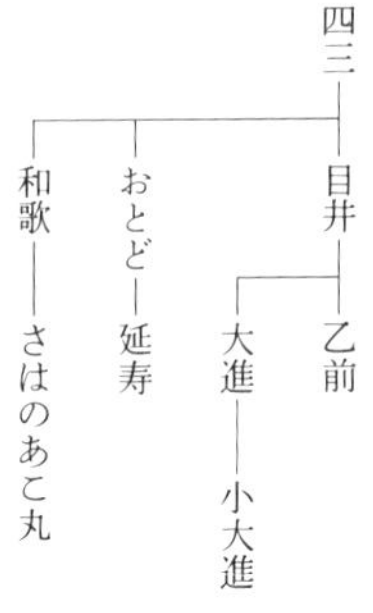

今様伝承関係
（『秘抄』の記述による）

六　早く死に別れて。
七　未詳。
八　山梨県。
九　女芸人の名。
一〇　そんなら和歌、ひいてはあこ丸は、四三の歌い方を伝えてはおらんのだなあ、などという批評が、自分（院）や能盛らの間で、ひとしきりかわされた。
一一　女芸人の名。注五の図参照。
一三　京足柄などと言われている乙前の歌い方と違って

とよ』とて、やがて相具して《そのますぐに連れて》京へ上《のぼ》りて、目井やがて《目井ともども〔私を〕》一つ家にいと《かわい》ほしく《がって》て置きたりしに、[一](清経)『年来《としごろ》の替りには、これに歌教へよ』と申ししかば、[二]誓言《ちかごと》を立てて、みな教へて《〔目井は私に〕》候ひしが、[三]この黒白《こくばく》は、いか《なんで》にしてか知り候らん《分りますのやろ〔あこ丸はんが〕》。かく申し候にては《そないな事申しますのやったら》、我も申し候はむ《こっちにかて申し分がおす》」とて、(乙前)「あこ丸が母は、[四]大進《だいじん》が姉《の姉で》に和歌と申し候ひしなり。それが申しし《和歌が〔目井に〕》は、[五]『四三《しさん》に[六]とく後《おく》れて、大曲の歌をばえうたはざりしに、[七]土佐守《とさのかみ》盛実《もりざね》が[八]甲斐《かひ》へ具してまかりたりしに習ひたりし』とこそ、親《目井》申し候ひき。[九]たれかはも、母に具して《その母と一緒に》たびたび、また、ただもまうで来候《自分ひとりだけでも》ひしかど、上手とも《〔和歌をば〕》知らで候ひき《知りませなんだ》」と申す。[一〇]さては四三が様《やう》にてはあらぬにこそ、などいふ沙汰あり。(乙前)「なほも[一一]小大進《こだいじん》を召して歌をも聞かせおはしませかし《お聞きやしとくれやす》。それぞ心にくきものは候《あの子いうたらほんまにええとこがおすのえ》」と、乙前申す。さて《そこで》召しにやられぬ。小大進・さはのあこ丸・延寿・たれかは・あこ《あこ》丸女《むすめ》《丸の》など参り会ひたり。法住寺の広御所《法住寺殿の大広間で》にして、今様の会あり。小大進が《小大進の歌う》足柄を聞くに、我に《〔人々が〕》違《たが》はぬ由申す。あこ丸がには《あこ丸の歌い方》似ずして、

いない。「京足柄」は京風の足柄。乙前は早くから京都に住んでいたので、乙前の歌う足柄は正調でなく、いわば「京足柄」だと、あこ丸がけなしたのであろう。

一三　一六四歌をさす。法文歌を足柄風に歌うこともあったか。

一四　高音に歌う意か。

一五　藤原成親。家成（二三二頁注七参照）の子。院の近臣。権大納言・正二位に至ったが、鹿ヶ谷《ししたに》の陰謀の中心人物として、清盛に捕えられ、殺害された。

一六　二三〇頁注九参照。

一七　藤原親信。後段に「右馬頭《うまのかみ》」とある。

一八　二三五頁注一六参照。

一九　藤原季時。

二〇　鹿ヶ谷の陰謀の加担者。俗名は近江中将成雅。

二一　二三五頁注一七参照。

二二　未詳。

二三　平康頼。検非違使左衛門尉《けびいしさえもんのじよう》。鹿ヶ谷の陰謀に連座して鬼界ヶ島に流され、入道した。帰洛後、『宝物集《ほうぶつしゆう》』を撰した。

二四　藤原親盛。

二五　讃辞をふりまきながら。

二六　涙を流すのを。

二七　実は院自身のこと。『口伝集』巻十に数回用いられているが、いずれも自讃的内容を含んだ部分であって、多分おもはゆさを緩和するための措辞であろう。

二八　歌詞の一節であろうが、未詳。

名妓小大進のこと

この京足柄[一二]といふ乙前がに違《たが》はず。人々、「いづらあこ丸がに似たりける（一体どこがあこ丸の歌い方に似ているのかね）、五条がには（乙前さんのには）違《たが》はず」など言ひあひたり。「釈迦[一三]の御法《みのり》は浮木《うきぎ》」の歌、「今は当来弥勒《たうらいみろく》」とあぐる所[一四]など、露ばかりも御所の御様《やう》に（これっぽっちも御所様の御歌と）違はずと、その座に侍る成親《なりちか》[一五]卿・資賢《すけかた》[一六]卿・親信《ちかのぶ》[一七]卿・業房《なりふさ》[一八]・季時《すゑとき》[一九]・法師蓮浄《れんじやう》[二〇]・能盛《よしもり》[二一]・広時《ひろとき》[二二]・康頼《やすより》[二三]・親盛《ちかもり》[二四]、座の末には季時、色代《しきだい》[二五]かひがひしく、この（小大進の）節違はぬを賞《め》で感ず。広時、〔院の〕「御歌も聞かぬ田舎《ゐなか》より上《のぼ》りたるが、かく露違《たが》はぬ事の、ものの筋あはれなること（驚嘆すべき筋あいのことがらだ）」とて流涕《りうてい》[二六]するを、人々これを笑ひながら、みな涙を落す。あこ丸腹だちて、小大進が背中をつよく打ちて「良かむなる歌（まんざらでもない歌のようね）、またうたはれよ（また今度歌うといいわ）」と言ふ。皆人《みなひと》〔あこ丸を〕憎みあひたり。

ある人[二七]、「『沢に鶴高く[二八]』といふ古柳《こやなぎ》、いと人知らぬと（さっぱり人は知らぬと）聞く。いかが（どうかね）。うたへ」など言ふを、大進（小大進）・延寿ともに「知り候はず」と申す。さはのあこ丸これをうたへり。ある人、「この古柳、常のには（普通の古柳とは）変りたる所ありと聞くに、これはさもなきはいかに（別に変った所もないのはどうしたことか）。四三が説に、『この古柳、この説に違《たが》ひてうたはむは、用ゐるべからず』とこそ申し伝へたるに」と言へば、延寿、「[一]おとどがうたひ候ひしはおろおろ《ぼんやりと》憶《おぼ》え候を、いまだ習ひ候はず」と申すに、小大進、「あれを承り候《その歌をお聞きしたい》はばや《ものですわ》」と申す。ある人、「久しくうたはで、僻事《ひがごと》[二]やあらむ」とてうたふを、延寿、「これこそおとどうたひ候ひしには違ひ候はね《ちっとも違っていませんわ》」と申す。「[三]天台宗の歌の『法華経八巻《やまき》』の所聞かむ」とある人言へば、小大進うたひて、「[四]また御様《やう》を承り候はばや」と申す。ある人うたふ。(小大進)「かくうたはむと思ひ候が、声の心にかなひ候はぬに《声がさっぱり思いのままになりませぬのに》、このめでたさよ《お歌のすばらしいこと》」と感じ申す。[五]しにんしが歌の、ほととる行者の句に、小大進殊《こと》にめでたくうたひて、「また承らむ《もう一度御所様のをお聞きしたいわ》」と申す。ある人、またうたふ。(小大進)「それもかく《こんなに》この句をば、えうたひ候はぬものを《とても歌えはいたしませんことよ》」と申すを、季時、小大進がめでたさ《小大進のすばらしさ》、節の違はぬさま、「また承らん」〔小大進が謙虚に〕と申してかく感じ申す由、色代《しきだい》[六]して褒《ほ》めののしる。この小大進、[七]うたはする歌をば、殊に妙《たへ》にうたはせて聞きしなり。あこ丸すこし世《世間》

一 女芸人の名。延寿の師匠。

二 調子っぱずれになるかもしれんよ。

三 二三歌をさすか。

四 もう一度御所さまのお歌いぶりを。

五 「しにんし」「ほととる行者」ともに未詳。

六 讃辞を呈しては、大声でほめちぎる。

七 こちらが小大進に歌わせようとする歌を、いい気に出しゃばって歌ったりせず、こちらに花を持たせ、こちらがとりわけうまく歌えるように仕向けて、自身は謙虚に聞き手にまわるよう振舞ったものだった。

おぼえ《の評判が》下がりて、人々誹《そし》る者ありき。あまりに知らぬ歌をも知りげ《知ったかぶ》にするあひだ《りをするものだから》、なかなか《かえって》化《ばけ》[八]あらはれにけるか。小大進が歌を、乙前、[九]女《むすめ》と二人、御所の中にて聞きて、「[一〇]古《いにしへ》の目井君が歌を聞くやうにこそおぼゆれ」と感じ申しき。そののち、小大進いよいよ名を揚《あ》げてなんありし。

秘曲「藻刈舟」のこと

そののち、乙前に、[一一]ある人問ひて言ふ。「[一二]異歌《ことうた》は大曲《だいごく》の様《やう》はいと変らぬに、旧川《ふるかは》むげに似ぬ、いかに。他人のこの様にうたふは《他の人がこの歌い方で歌うのは》、一人《ひとり》もなし」と問ふ。乙前、

[一三]目井申し候ひしは、「いづれの時などは申し得ず《(目井)いつだったかはおぼえていないけれど》、人々集まりて、やうやうの歌談義して《次々と今様についての論義をして》、大曲みな尽して沙汰せし時《総まくりにあれこれ評判をした時》、目井が《私が》旧川《ふるかは》の様《やう》をうたひしを聞きて、[一四]敦家《あついへ》・[一五]敦兼《あつかね》、また数多《あまた》人々聞きて、『旧川は《(人々)》[一六]風俗《ふぞく》の様《やう》にてこそ、みなうたひあひためれ《一般に歌っているようだ》。これは珍しくて、めでたきものかな』とて、両三返《二三回(私に)》うたはせて、『[一七]この様《やう》常になし。秘蔵《ひさう》して常にはうたふまじ』と人々言ひければ、この様《やう》

八 化けの皮がはげる結果になった、というべきか。

九 乙前の実の娘か、それとも養女か、また二三四頁三行目の「子」と同一人物か否かも不明。

一〇 まるで昔の目井御師匠《おっしょ》はんの歌を聞いてるような気ィがしましてなあ。

一一 院自身のこと。二三七頁注二七参照。

一二 旧川(今様の一種目)以外の歌についていえば、大曲（二三九頁注七参照）の歌い方といっても、それほど変った点もないのに、旧川だけはとんと似た点がないのは、一体どうしたことかね。

一三 以下、二四一頁三行目まで、乙前の長話。便宜上、この部分を一字下げにして示した。

一四 藤原敦家。器楽・声楽に長じ、特に今様の名手とうたわれた。寛治四年(一〇九〇)、金峰山《きんぶせん》参詣の帰途頓死したが、これについては二六六頁注八参照。

一五 敦家の子。『古今著聞集《ここんちよもんじゆう》』好色編に、今様をめぐる逸話をのせる。

一六 二二五頁注三参照。

一七 こんな珍重すべき歌い方を、安っぽく常用してはいけない。

をば、のちにはうたはざりけり」。修理大夫《しゆりのだいぶ》[一]顕季《あきすゑ》、日詰《ひづめ》[二]にて、墨《すの》[三]俣《また》・青墓《あをはか》の君[四]ども数多《あまた》呼び集めて、やうやうの歌を尽しけるに《次々に今様の総ざらいをした時に》、目井この様《やう》の旧川を出だしてけり。乙前やがて付けてうたひける《私もすぐに声を添えて》を、清経、「めでたき節かな《すばらしい節だねえ》。常の節にも似ぬさまこそ。この様《この歌い》をば人々え付けられじものを《方にはとても連吟などなされはすまいがな》」と言ひけるに、人々まことに知らざりけり。大進《大大進》も知らざりければ、え付けで止《や》みにけり。そののちに大進、目井・乙前がある所に来て《目井と私と二人でいる所へ》、（大進）「かかる旧川の様《やう》の声引《こわびき》[五]のありけるを、我を隔てて知らせで《のけものにして知らせないなんて》」と恨みられて〔ひどいわ〕、術《ずち》[六]なくて、（目井）「これは旧川の中に藻刈舟《もかりぶね》[七]とて、かくうたふ様《やう》のあるを、いまだ《まだ》知らざりけるか《知らなかったのかねえ》」とこそ言ひなしたりけれ《言いつくろった》。目井は四三よりのちまでありて《生きて》、（目井）「この人々どもは《この連中ときたら》、みな我らに《私に》こそは歌をば問ひあひたりしかども《今様のことを手ほどきしてもらったくせに》、今、良うなりては《どうにか一人前になると》、我には習はずといふ」と、[八]聞きて腹だちけり。〔目井は〕四三が弟子なりけれども、目井[九]進まざりければ、親しき者ども、気色《けしき》[一〇]憎しとてありけるを、この大進、殊《こと》[一一]に語

一 修理職《しゆりしき》の長官、藤原顕季。白河院の寵臣。成親の曾祖父。
二 「夜詰《よづめ》」（夜勤）の対。ここでは昼間に芸妓を揚げること。
三 地名（岐阜県安八郡墨俣町）。青墓（二二三頁注二五参照）と並んで、古代陸上交通の要衝。
四 流れの君たち。ここは傀儡子《くぐつ》たち。
五 声の引きぐあい。
六 仕方なく、苦しまぎれに。
七 名称の由来等未詳。
八 次の「腹だちけり」にかかる。目井は、自分に今様の稽古をつけてもらった連中が、芸人として名が売れ出してくると、かつて目井に習ったことを否定し、まるで独力で偉くなったかのように広言していると、人のうわさに聞いて憤慨したのである。
九 目井という人は、性格上、あまり進んで教えたがらなかったので。
一〇 もったいぶって、いけすかない人だと。
一一 （目井に）熱心に頼み込んで。

らひて、いかならむ事も隔てじと《どんなことでも分け隔てすまいと》て、歌をも、目井、乙前・大進《目井は気をつかって私と大》とは見合せつつありけるに《大進とは不公平のないようにしてきたのに》、恨みられて《〔大大進に〕》術《ずち》なくて、かく藻《も》刈舟《かりぶね》と言ひなしたりける。

と、乙前語り申ししに、聞き置き《〔その時は〕》たりしかど、何となくて忘れてありしに、東山の法住寺[一二]に、五月の花のころ、花参らす[一三]とて、江口・神崎の君[一四]、青墓《あをはか》・墨俣《すのまた》の者[一五]、集《つど》ひてありしに、今様の談義ありて、様々《やうやう》の歌沙汰《歌の評判をし》、少々はうたひなどせしほどに、小大進に問ひていふ。〔院〕「乙前[一六]が様《やう》にはいづれも違《たが》はぬに、旧川こそ変りたれ。いかに[一七]」と問ふ。大進《小大進》申して言ふ、「よも変り候はじ《まさか変りはいたしますまい》。いかに変り候やらむ。承り候はばや」と申す、ある人[一八]うたひて聞かするを聞きて、〔小大進〕「この[一九]様《やう》には、藻刈舟が様《やう》とてこそ、大進《大大進》は教へ候ひしか」と申す。かねて聞きしに思ひ合せて、興ありておぼえ候ひき。その日、墨俣の式[二〇]部は、虫鳥[二一]の歌をよくうたひて、旧《もと》よりは世に覚え出で来てありし《前よりも世間で人気が出てきていたのに》ほどに、やがて《そのまますぐ》京にて身まかりにしかば《死んでしまったものだから》、世[二二]のはかなきあはれにて

一二 院の御所。二三五頁注一四参照。
一三 二三五頁注一五参照。
一四 遊女《あそび》たち。
一五 傀儡子たち。
一六 お前（小大進）の歌い方は、どれもみな乙前の歌い方とは違っていないのに。
一七 どういうわけかね。実は院は、かねて乙前から聞かされていたのだが、気にもとめず、すっかり忘れていたのである。
一八 ここも院自身のこと。二三七頁注二七参照。
一九 この歌い方については。
二〇 女芸人の名であろう。
二一 未詳。
二二 この世は何とはかないものだなあ、という感慨を催させはしたが、人間のならいとして、結局それっきりになってしまった。

止《や》みにき。

清経と目井との交情余聞

清経[一]、目井を語らひて《愛人にして》、相具して《〔京で〕一緒に》年来《としごろ》住みはべりけり。歌のいみじさに《〔目井の〕歌のすばらしさに免じて》、志[二]無くなりにけれど、なほありけるが《それでも同棲していたが》、近く寄るもわびしくおぼえけれど《やりきれない気がしたけれども》、歌のいみじさに、え退《の》か[三]でありけるに、寝[四]たるが、あまりむつかしくて《気味が悪いので》、空寝《そらね》[五]をして、後ろ向きて《目井に背を向けて》寝たり。背中[六]に目をたたきし睫毛《まつげ》の当りしも恐ろしきまでなりしかど《ぞっとするほどだったけれど》、それを念じて《こらえて》、青墓《〔目井が故郷の〕》へ行く時はやがて具して《すぐさま連れて》行き、また迎へに出で《出向いて》、具して帰りなどして、のちに《〔目井が〕》年老いては、食物あてて《食いぶちをあてがって》、尼にてこそ死ぬるまで扱《世話》ひてありしか《をしてやっていた》。「《〔乙前〕》このごろの人、志なからむに《色恋がなかったら》、京[七]なりとも行かじかし」とこそ言ひけれ。

清経、弟子をしごくこと

この乙前は、とく入り籠りにければ《早く隠退してしまったので》、伝へたる弟子どもの無かりけり。「《〔乙前〕》中納言家成[八]卿の、『ささなみ[九]に歌教へよ』とて、家へやられければ《〔ささなみを〕私の家へよこされたので》、足柄・黒鳥子《くろとりこ》・伊地古《いちこ》・旧川《ふるかは》・旧古柳《ふるこやなぎ》・田歌など教へたりしかど、[一〇]あまり車立て[一一]ながら数多《あまた》歌を習ひ候ひしかば、違《たが》ふ由も候

一 二三五頁注二一参照。
二 目井に対して、もはや異性としての魅力を感じなくなってしまっていたけれども。
三 手を切ることもできないでいたところ。
四 共寝をするにはしたものの。
五 眠ったふりをして。
六 ところが目井の方では、清経の背中に顔をすり寄せてくる始末で、まばたきをしたその睫毛が清経の背にあたった気配までも（これぞ悪女の深情けと）。
七 同《おんな》じ京の町なかへかて、連れて行ったり、迎えに行ったり、とてもそんなこと、せえしまへんえ。
八 藤原家成。二三二頁注七参照。
九 女芸人の名。二三二頁注八参照。
一〇「あまり」と「車立てながら」とを倒置すると分りやすい。
一一（乙前の家の前に）車を待たせておいて。こんなやり方を見て、ささなみの熱意の不足を、乙前は感じ取ったのであろう。

ひしかど、あながち《しいて》に徹《とほ》して教へむとも思ひ候はで《教え込もうという考えもございませず》、殊に直すことも候はず、みなも教へ候はざりしかば、[一二]伝ふるには及び候はざりき」と、乙前申しき。それに合はせて聞き合せしに《乙前の言葉を念頭に置いて〔ささなみの歌を〕》、[一三]振《ふり》も似ず、違《たが》ふ節も多かりき。

[一四]このささなみは、[一五]船三郎が子にて、その様《やう》《船三郎の》を習ひてうたひたれば、[一六]振《ふり》はその振《ふり》にて似ぬにや。おほかたはうたふなり《けれども大概の歌は歌えるのどす》。さしては《そのほか特別に》教へたる弟子も無し。「(目井)[一七]切利《たうり》・[一八]初声《はつこゑ》、みなわが弟子と人は知りて候へど《思い込んで》、[一九]僻事《ひがごと》に候。清経ぞ教へはべりしか。[二〇]誤りて、目井に《私》『さもあらむ秘歌《それ相応の》《秘伝の歌を〔切利と初声に〕早く教えてやれ》、とうとう教へよ』と清経が申し候ひしを、『それは、《そんなことは》さらでありなん《しない方がよろしい》』とわが申し候ひしかば《私が言うたものだから〔それで〕》、[二一]みな、さ心得たり」と、目井申しき。切利・初声を、〔清経は〕あまりに明け暮れせためて《責めさいなんで》ぞうたはせける。夜はあまり眠《ねぶ》たしとわびしがりて《やりきれながって》、切利は外《ほか》へ立ち出でて水に目を洗ひ、[二二]睫毛《まつげ》を抜きなどしけれど、なほ眠《ねぶ》たがりてぞありける。あまり夜ごとに明かして、夜明くれど、[二三]蔀《しとみ》し上げでうた

一二 とても皆伝というところまでは参りませなんだ。
一三 歌い方の上での細かい特徴をいう。節回しや声づかいなどの特徴を論ずるに当って、流派の違いに基づくような大きな特徴を「様」といい、それに対して、もっと個人的な要素の強い微細な特徴を「振」と呼んでいるようである。
一四 以下、また乙前の長話。
一五 未詳。
一六 振は船三郎ばりの振になってて、私（乙前）の振には似てないのとちがいますやろか。
一七 女芸人の名。
一八 二三二頁注一〇参照。
一九 それは間違いでね。
二〇 次々行の「さ心得たり」にかかる。
二一 （清経と私とのやりとりが半分誤り伝えられて）世間の人はみな、さように（目井が切利や初声を仕込んでいるのだと）信じ込んでいる。
二二 睫毛を抜いて、その痛さによって無理やり目をさまそうなどとしてみたが。
二三 蔀（二三〇頁注一参照）なんかも上げないで。「し」はニュアンスを付与する副助詞。

ひければ、乙前《私は》、「世の常ならぬ事かな。夜明くれば蔀《しとみ》は上げ、暮るれば下《おろ》すこそ、常の事にてはあれ。いまいましく《いやな感じがするし》、またかし《さわが》がまし《しい》さよ。時々はさなき折もあれかし《こんなでない時もあるといいのに》。むつかしく《うっとうしいこと》」など言ひければ、清経、「一などかくは歌をば憎むぞ。若からん時こそ、か《この》やうにてもあらめ《ままでもいいだろうがね》。年老いて目たつる人《注目してくれる人》もなからむ折は、世絶え二せぬものなれば、歌好ませたまふ《歌のお好きな》三上﨟《じやうらふ》もおはしまして、歌の節四のおぼつかなからむには、『五某《それがし》こそ知りたらめ』とて尋ね来る人もあらむに、歌を知りてこそ、六老の末にはさやうにてもあらめ」と申し候ひしが、七よく申し候ひけるとおぼゆ。

と、我に歌教へ候ひし折、乙前申しき。

乙前の死去と、追善に今様を歌うこと

乙前八八十四といひし春、病《やまひ》をしてありしかど、いまだつよつよし《体力がしっかりし》かりし《ていたのと》に併《あは》せて、九別《べち》の事もなかりしかば、一〇さりともと思ひしほどに、ほどなく大事《重態》になりにたる由〔人が〕告げたりしに、〔御所の〕近く《近所に》家を造りて置きた《住まわせ》りしかば《てあったから》、近々に忍びて《大急ぎでこっそりと》行きてみれば、女《むすめ》にかき起されて一一対《むか》ひて居

一 どうしてそんなに歌を目の敵《かたき》にするのかね。このあたり「歌」という語は「今様」と同義に用いられている。
二 人間の世の中というものが滅びてしまうようなことは決してないのだから。
三 高貴なお方。本来は法﨟《ほうろう》（僧尼が受戒得度後に経過した年数）の上位の者、すなわち年功を積んだ上席の僧を意味したが、宮中での席次の上位者に転用されるようになり、さらに狭く上席の女房ないし貴婦人の意に用いられることもある。ここでは広く高貴な身分の人をさす。
四 歌の節回しがうろおぼえであるというような場合には。
五 だれそれならきっと知っているだろう。
六 老後にそのような幸運に恵まれることもあるだろうよ。
七 清経はんは、ほんにまあ、ええ事申しましたのやなあと。乙前としては、自分が老後はじめて院に見いだされたことと思い合せて、清経を予言者のように感じたのであろう。
八 年号など未詳。
九 特別にどこが苦しいという事もなかったので。
一〇 いくら何でも容態が急変するような事はあるまいと思っていたところが。
一一 自分（院）に向い合って坐った。

たり。弱げに見えしかば、[一二]結縁《けちえん》のため法華経一巻よみて聞かせての
ち、〔院〕「歌や聞かむと思ふ」（歌を聞きたいと思うかね）と言ひしかば、〔乙前は〕喜びて急ぎうなづく。

[一三]像法《ざうほふ》転じては
薬師の誓ひぞ頼もしき
ひとたび御名《みな》を聞く人は
よろづの病ひ無しとぞいふ

二三返《べん》ばかりうたひて聞かせしを、経よりも賞《め》で入りて、「これを承るぞ、[一四]命も生き候ひぬらん」と、手を擦《す》りて、泣く泣く喜びしありさま、あはれにおぼえて（しみじみと感動をもよおして）帰りにき。そののち、[一五]仁和寺《にんなじ》[一六]理趣三昧《りしゅざんまい》に参りて候ひしほどに、二月十九日に〔乙前が〕早く亡《かく》れにし由を聞きしかば、[一七]惜しむべき齢《よはひ》にはなけれど、年来《としごろ》見馴れしに、あはれさ限りなく、世のはかなさ、[一八]後《おく》れ先立つこの世のありさま、今にはじめぬことなれど、思ひつづけられて、多く歌習ひたる師なりしかば、やがて聞きしより（〔死んだと〕聞いた時からすぐさま開始して）はじめて、[一九]朝《あした》には懺法《せんぼふ》をよみて[二〇]六根を懺悔《さんげ》し、[二一]夕《ゆふべ》には阿弥

一二 仏法に縁を結ばせるために。乙前の現世《げんせ》安穏《あんのん》後生《ごしよう》善処《ぜんしよ》を祈って。この書き方から見て、院はすでに法体《ほつたい》であったものと思われる。院の出家は嘉応元年（一一六九）六月十七日。

一三 この歌、三歌に同じ（ただし第四句小異）。院がこの歌を選んだのは、もちろん乙前の病気平癒を願ってのことである。二六六頁の記事によれば、かつて清経が危篤になった時、目井がこの歌を歌って奇蹟的全快をもたらした事があった。

一四 きっと寿命も延びますやろう思うのどすえ。乙前がこう言ったのは、単に歌の内容がありがたいからではなく、院の歌いぶりがすばらしかったからである。

一五 宇多法皇の創建した門跡《もんぜき》寺院。真言宗の本山の一つ。京都市右京区御室《おむろ》にある。

一六 「理趣礼懺《らいさん》」ともいい、『理趣経』を読誦《どくじゅ》する勤行《ごんぎょう》。『理趣経』（『大楽金剛《だいらくこんごう》不空真実三摩耶《さんまや》経』）は真言宗で最も重んぜられ、勤行に常用される密教経典。

一七 死んだことを惜しまねばならぬほどの若年ではなかったけれど。

一八 人よりも生き残り、あるいは人に先立って死ぬ。

一九 一九〇歌の注参照。

二〇 「六根の罪障を懺悔し」の意。六八頁＊印参照。

二一 一九〇歌の注参照。

陀《だ》経をよみて西方《さいはう》の九品《くほん》[一]往生を祈ること、五十日勤め祈りき。一年が間、[二]千部の法華経よみ了《をは》りて、[三]次の年二月十九日、[四]やがて申しあげてのちに、[五]法華経一部をよみてのち、[六]歌をこそ経よりも賞《め》でしかと思ひて、あれに《彼女に》習ひたりし今様、主《むね》とある《主要なものを》うたひてのち、暁方《あかつきがた》に足柄十首・黒鳥子・伊地古・旧川などうたひて、果てに長歌をうたひて、[七]後世《ごせ》のために弔《とぶら》ひき。それをも知らで、里にある《実家に下がっていた》女房[八]丹波《たんば》、夢に見るやうは《夢に見たのでは》、法住寺の広所にて《広間で》、わが《自分が》歌をうたひけるを、[九]五条尼《あま》、[一〇]白き薄衣《うすぎぬ》に足を裹《つつ》みて参りて、障子のうちにゐて《ふすまの内がわに坐って》、差し対《むか》ひて、この御歌を聞きに参りたるとて、世に《大変》賞《め》でて、我も付けてうたひて《乙前も声を添えて》、(乙前)「足柄など常にも候はぬ《いつもとは段違いにお上手》。この節どものめでたさよ《結構なこと》」と褒《ほ》め入りて、長歌を聞きて、「これはいかがとおぼつかなく《どうかしらと気がかりに》思ひ候ひつるに、めでたさよ。これを承り候へば、[一一]身も涼しく、うれしき」と見〔夢に〕て、両三日ありて《二三日してから》、かく見え候ひつる由を《こんな夢を見ましたと》、女房参りて申す。〔乙前は〕そのさは聞きけるにや《ように聞いたのだったか》。しかじかありし由を語りて《実はこれこれしかじかであったと語って》、我と女房たちもあはれ

一　一九歌参照。
二　法華経一部（注五参照）を読誦することを千回重ねること。一年間に千部といえば、一日に三部の割合になる。並みの志ではとてもつづかない。
三　乙前の一周忌の当日。この日に院が営んだ追善法要のために、安居院《あぐい》澄憲《ちょうけん》（信西入道の子）が作った表白《ひょうびゃく》（法要の趣旨を仏に申し上げる文）が残っている（横浜市・金沢文庫所蔵『転法輪鈔《てんぽうりんしょう》』所収）。
四　「やがて」を後ろへ置くと分りやすい。（一周忌の追善であることを仏に）申し上げてのちに、早速。
五　法華経ひととおり。一部八巻二十八品《ほん》、漢字で六万余字もあるから、短時間に真読《しんどく》（省略せずに読誦すること）は不可能。転読《てんどく》（二五七頁注一七参照）したのである。
六　（あの時、乙前は）今様を経よりも喜んで聞いたなあと。
七　乙前の後世のために。今様を歌うことの仏教的意義付けについては、二六七・二六八頁参照。
八　院の愛人の一人。もと江口の遊女《あそび》。
九　乙前のこと。おそらく死の数日前ぐらいに受戒して、名目上の尼になったのであろう。「尼」と呼んだ個所はここが初出。
一〇　未詳。あるいは「脚絆《きゃはん》」をさし、あの世からはるばるやって来た旅姿のイメージか。
一一　この世に思い残すこともなく、清涼な極楽世界へ往生できると思えば、ほんとにうれしい、の意。

がり合ひたりき。そののち、その日《乙前の命日には》は必ずうたひて後世を弔《とぶら》ふなり。

この乙前に《この乙前に師事して》、十余年が間に習ひ取りてき《〔今様を〕習得した》。昔《そのかみ》[一二]これかれを聞き取りてうたひ集めたりし歌どもをも、一筋[一三]を徹《とほ》さむために、みなこの様《やう》《乙前の》に違《たが》ひたるをば習ひ直して、残ることなく瀉瓶《しやびやう》[一四]し了《をは》りにき。年来《としごろ》かばかり《これほど》嗜《たしな》み習ひたる事を、誰《たれ》にても伝へて、その流れ《後白河院流などとも》なども、のちには言はればや《言われたいものだ》と思へども、習ふ輩《ともがら》あれど、これを継ぎ次ぐべき弟子のなきこそ遺恨《残念な》の事にてあれ。殿上人《てんじやうびと》・下臈《げらふ》[一五]にいたるまで、相具してうたふ輩《ともがら》は多かれど、これを同じ心に《自分と同じ熱心さで》習ふ者は一人《ひとり》なし。

この[一六]中には、信忠[一七]こそは年来弟子にてもあり、千日[一八]の歌に交《まじ》りたる者はあれ《者であった》。大様《おほやう》[一九]は習ひたる歌は数多《あまた》ありしに、足柄をさはのあこ丸《まろ》に習ひたりしかば、やがて《そのまま》大曲《だいごく》の様《やう》はそれに《あこ丸に》習ふべきなりとて、のちは教へざりき。仲頼[二〇]こそ、千日の歌みなうたひ徹《とほ》したる者はありしか。我より先達《せんだち》[二一]にてありし上に、同じやうにうたひ出でしかば、

一二　あれこれ。資賢《すけかた》、季兼《すえかね》、鏡の山のあこ丸《まろ》、神崎のかね、ささなみ、初声、さはのあこ丸等々をさす。

真の後継者のない院の嘆き

一三　乙前の流儀一本に徹底するために。
一四　師が弟子に秘法を漏れなく伝授すること。一つの瓶の水を他の一つの瓶に注ぐのに譬《たと》えていう。本来仏教語であるが、ここでは今様の皆伝に転用した。
一五　身分の低い者。「上臈」の対。

院の弟子たち（その一）

一六　以下、二五二頁まで、弟子たちの名をあげては、一々批評を下している。おおむね古い時期の弟子たちから順にあげてあるらしい。大部分は院の北面の武士、ないし近習と思われる。身分も高くなく、伝記の詳細の不明な者が多い。
一七　検非違使尉《けびいしのじょう》。山門の僧徒と紛争を起したことが『兵範記』に見える。
一八　二三〇頁一三行目参照。
一九　大体は、すでに習った歌が多くあった上に。
二〇　源仲頼。検非違使左衛門尉《さえもんのじょう》。『平家物語』首渡《くびわたし》の条に見える。
二一　ここは単に先輩の意。

一　仏事儀礼の折に、導師に伴う僧侶。ここでは、院が今様を歌う際に、付けて（声を添えて）歌う役目の者の意に転用されている。
二　甲高《かん》い声で歌うべき歌、の意であろう。
三　未詳。
四　女芸人の名。既出。
五　ちょっと寄り集まっては。
六　昔と今との中間の時期を漠然とさす語。
七　惟宗《これむね》広言。歌人。

院の弟子たち（その二）

八　二三七頁注二三参照。
九　未詳。
一〇　（広言や康頼が）こちら（院）の歌を聞いて会得《えとく》し、自身の欠点を矯《た》め直すこともあり。
一一　自分（院）の正真正銘の弟子たちだと。
一二　（院に）似るようにまねているようだけれど。
一三　二四三頁注一三参照。
一四　それを取り除くことができないで。
一五　未詳。あるいは「広言《ひろとき》」の誤記か。既出の「広時」も「広言」と同一人物かも知れない。
一六　声をセーブして、節回しを大事に扱うということをしない。
一七　メロディーの末尾や冒頭部を軽妙に歌うの意か。
一八　未詳。

いと歌教ふることはなかりしかど、[一]年来《としごろ》伴僧《ばんそう》にてありしかば、声《声量は》なけれど《ないが》、[二]責歌《せめうた》などは悪《あ》しくも聞えず。文字・言葉の聞えぬこと《歌詞がはっきり聞えないという欠点は》、末《将》に聞かむこと、などや無からん《来きっと聞えるようになるに相違ない》。[三]貞清ぞ年来《としごろ》伴僧してありしかど、殊《こと》の上手にて、[四]ささなみが流れを承《う》けたりき。[五]とよりては常に具し《一緒に》てうたひしかば、少々聞き取りてうたふこともありき。

[六]中頃《なかごろ》、[七]広言《ひろとき》・[八]康頼こそ、具してうたふ者にてあれ。これら旧《もと》より歌うたひ、知りたる歌も多かりしかど、旨の所《大事なところで》にて、いとしもなき《格別の事もない》[九]つしやうの節などありしかば、具してうたふに[一〇]聞き取りて直すもあり、また教ふる歌もあれば《こちらから教える歌もあるから》、大様《おほやう》はわが様にてありて、みなわが[一一]違《たが》はぬ弟子どもと思ひ合ひたれど、違へること多かり。おのおの節は[一二]似するやうなれど、旧《もと》の振《ふり》[一三]にて、[一四]えそれを除《の》かで、似ぬこと多かり。[一五]広時は声色《こわいろ》あしからず《声の質が悪くなく》、うたひ誤ちせず。節はうるせく《達者に》似する所あり。心敏《さと》く聞き取ることもありて、いかさまにも《どう見ても》上手にてこそ。い《〔だが〕》たくけうらに《きれいに》うたはむとて、[一六]声をなだめて節をもてなさず。あまり

興あらむと《面白味を出そうと》、このごろ節[一七]の尾頭《しりかしら》はねたるを、[一八]けふ好みうたふぞ、いまだいたらぬ《練達していない》とおぼゆる。節はうるせく似せたるも、その振《ふり》により違《たが》ふなり。いと《たいして》我に習はぬ歌をも、[一九]わが様《やう》わが様《やう》といひて、[二〇]表《おもて》に心に任せてうたふぞ、[二一]亡《な》からむあとにわが名や折らむずらんとおぼゆる。康頼、声に《声の質という点では》おきてはめでたき声なり。細くけうらなる《女性的できれいな》上に、人《人前で》うてせず《もあがることなく》、息つよし。声を喉《のど》に落し据《す》ゑて、[二二]底に遣《つか》ひて、[二三]しつるしむことぞ無きは、遣《つか》ひがらなり《上手なやり方だ》。敏《さと》くもあり。[二四]娑羅林《しやらりん》・早歌《はやうた》など、弁《わきま》へうたふこと、心得たる上手なるが、歌のほどより心が過ぎて《歌の難易の程度よりも意欲が先走って》、[二五]まだしき歌をもとく心得て《早のみこみして》、[二六]のどむることなくて、うたひ誤ち多かり。娑羅林も習ひたるままに、なだむる所なくて《じっくり練習する気がなく》、上手のほどよりは《上手である割には》若々しく《初心者めいて》稚《をさな》き所を《稚拙に》うたふ折のあるぞ、難《なん》にてある。[二七]嗜《たしな》まず、上走《うははし》りてものを習ふ故なり。[二八]様《やう》の歌も、足柄なども、我にも多く習ひたり。[二九]「滝の水」、小大進《こだいじん》。[三〇]「恋せば」は、さはのあこ丸に習ひたるとこそ《〔以前は〕》言ひしを、我に習ひたりと言ふ《〔今では〕》とかや。節も少ししどけなき《ととのわない》所

一九 後白河院流だぞ、後白河院流だぞと称して。

二〇 堂々と勝手気ままに。

二一 自分（院）の死後に、自分（院）の名声を損ずる結果になるであろうと、遺憾に思われる。

二二 低音を利《き》かせて。

二三 未詳。

二四 二二九頁注二参照。

二五 自分の力量ではまだ無理だというような難曲。

二六 （歌いまくって）慎重に歌うことを知らず。

二七 常に心がけて練習するということをせず。

二八 未詳。

二九 康頼は「滝の水」は小大進に習った、の意。「滝の水」は四四歌をさすものか。

三〇 「恋せば」は足柄（今様の一種目で大曲《だいごく》）中の一首と思われる。『平家物語』海道下《かいどうくだり》の一節に、

「恋せばやせぬべし、恋せずもありけり」と、明《みやう》神《じん》のうたひはじめ給ひける足柄の山をもうちこえて、……

という文句がある。これは足柄明神が唐へでかけ、しばらく留守にして帰ってきたところ、妻神は「色白肥美」であったので、明神は「私の帰りを待ちこがれていたのなら瘦《や》せ衰えるはずだ。お前は私を思ってはいなかったのだ」といって離別したという伝説を踏まえたものである。「足柄明神の神歌」といわれる足柄十首の全容は未詳だが、「恋せば云々」がその一つであることはまずまちがいなかろう。

ありしものを。今熊野《いまぐまの》[一]にて、広言《ひろとき》・康頼、わが足柄うたひしに付け《声を添》しを《えたのを》、歌うたひの姫牛《ひめうし》[二]、資賢《すけかた》[三]が傍《そば》にて聞きて《（姫牛）》、「この人ども、御様《おんやう》[四]をこそうたひ合はるらめと思ふに《歌いなさるのだとばかり思っていたのに》、何ごとをせらるるやらん《いったい何をしておられるのやら》。この《当世風》ごろ足柄《の足柄》の振《ふり》にてあるは」とこそ言ひけれ。振は似ずと思ひけるに《感じたのであろ》こそ《うよ》。この姫牛、目井が弟子《目井の弟子で》、伊通《これみち》[五]・伊実《これざね》父子の愛物《あいもつ》[六]なり。

院の弟子たち（その三）

[七]清重、これらよりのちに参りたれど、もとより上手なるうへに、歌をうるはしく《きちんと》うたひて、いと違《たが》はず。人に教ふるをも《〔自分が〕他人に教えるのをも》聞き取り、常に付けてうたひて違はず。娑羅林の今様など、殊《こと》によくうたふ。誤ちなき歌にこそ。親盛《ちかもり》[八]、これにて《自分のもとで》うたひ習ひたれば、いと違ひたることなし。様《やう》[九]の歌など知らぬ多かり。とよりて《ちょっと寄り集まって》、これら三四人具して習ひしかば、いと違はねど、おのおの振《ふり》は似ぬ所々あり。相具《一緒に》しては《歌う場合は》違はねど、おのおの違へる異振《ことふり》は多かり。[一〇]□こそ歌数は習ひたりしかど、声の弱くて、いと良くも聞えぬ。とく習ひすさび《早くから習いちらして》て、廃忘《はいまう》[一一]して、足柄等は、乙前が許《もと》に室町《むろまち》[一二]とてありし者に習ひき。

一 現在の新《いま》熊野神社（京都市東山区）。地名としては「今熊野」と書く。後白河院が院の御所法住寺殿の鎮守神として、熊野権現を勧請《かんじょう》創建した社。狭い境内に一本残った楠《くす》の巨樹は、当時のものであるという。
二 女芸人の名。
三 二三〇頁注九参照。
四 御所さま（後白河院）流の歌い方。
五 藤原伊通（父）と伊実（子）。伊通は太政大臣・正二位に至り、伊実は中納言・正三位に至った。
六 お気に入りの女性。
七 未詳。
八 二三七頁に既出。
九 未詳。
一〇 人名であろうが、原本の字体不分明。
一一 忘れ去って。
一二 女芸人の名。

[一三]それもわが様《やう》に似ざりけりとて習はざりき。為保《ためやす》[一四]こそ、善悪知らず〔何でもかでも〕わが様徹《やうとほ》[一五]し習ひたる者にてはあれ。それにとりて〔そのせいで〕足柄の振《ふり》など悪《あ》しくもなかりき。様《やう》[一六]の歌、いと[一七]尽さねどうたひたりき。今様[一八]ぞ、知らぬ多かれど、他人にいと〔さほど〕習ふ歌はなし。能盛《よしもり》[一九]、わざと[二〇]なかりしかど、明け暮れありてうたひ集めたる〔側近にいて多数の歌を習得した〕。物様《もののやう》[二一]は数多《あまた》知りたるにや、古柳などはよくうたひたるもあり。今様も習ひ[二二]あるは知りたれど、声ぞいとしなはぬやうに〔しなやかさを欠いて〕うたひし。詰めても〔せっせと〕覚えねど、いと節は違《たが》はず。これらも異人《ことひと》[二三]に歌は習はず。業房《なりふさ》[二四]、同じやうに習ひてうたひしに、声色《こゑいろ》よくて悪《あ》しからず。今様・神歌などは、上手にもいと劣らず聞ゆ。娑羅林[二五]の歌ならば、よく習ひたりき。物様ぞ、付けて[二六]聞き取りてはうたひしかども、いと知らざりし〔あまり知らなかった〕。知康《ともやす》[二七]、昨日今日の者〔昨今習いはじめた初心者〕にてあれども、声悪しからぬうへに、おもなくうたふ〔気おくれした様子もなく〕ほどに、習ひたるほどよりは〔習った程度より以上に〕上手めかしき所ありて〔上手らしい点があって〕、悪しくもなし。実教《さねのり》[二八]もいまだ、まだしかりしかど〔未熟であったけれど〕、歌の会[二九]に入りにしかば、憚《はばか》りなし。いまだいたら

一三 室町の歌い方も、自分(院)の歌い方には似ていないと言って。
一四 藤原為保。後段に「左衛門尉《さゑもんのじょう》」とある。
一五 自分(院)の歌い方を徹底的に練習した者である。
一六 未詳。
一七 マスターしたというところまでは行かないが。
一八 狭義の今様。
一九 二三五頁注一七参照。
二〇 特別に努力したというわけではなかったけれど。
二一 二二五頁にも見えるが、実体未詳。
二二 留意すべき事項は。
二三 自分(院)以外の人。
二四 二三五頁注一六参照。
二五 二二九頁注二参照。
二六 自分(院)に声を添えて歌ってみては、自分(院)の歌い方を聞いて会得し。
二七 平知康。左衛門尉。鼓判官とあだ名された鼓の名手。のち法住寺合戦を指揮して、木曾義仲の軍と戦い、敗走した旨、『平家物語』鼓判官・法住寺合戦の条に見える。
二八 藤原実教。権中納言に至った。
二九 今様のコンクール(二五二頁注一一参照)に出場する人数の中に入ったぐらいだから、もう一人前である。

ぬほどよりは、拍子などは違《たが》へず。[一]雅賢《まさかた》、[二]大様《おほやう》もともうたひしかど、娑羅林・早歌・[三]高砂《たかさご》・双六《すごろく》などやうの歌は、我《われ》にも習ひたりき。うたふに、節いとたぢろかず《ぐらつかない》。すこし声の弱かりしも良くなりて、しかも[四]重代《ぢゅうだい》なり。[五]沙汰《さた》に及ばず。[六]定能《さだよし》、声むげに不足にて《声がまるっきりだめで》、あるべく《ものになりそ》もなかりしかど《うにもなかったが》、責め嗄《か》らして、殊の外《ほか》に声遣《こゑづか》ひ心得て、振《ふり》などは確かに、忘れず。前払ふほどにはあり《前座をつとめる程度の力量》。[七]花山院《くわさんのゐんの》中納言兼雅《かねまさ》、も《元》と《来》、歌は殊の外に沙汰しげにもあり《あれこれ論評しそうであり》、[八]歌数うたひげなりき。定能・雅賢・実教など[九]蓮華王院《れんげわうゐん》にありし時、習ひ合ひたりしに具して、今様・早歌など少々は[一〇]うたはれき。足柄二三首ばかりぞ習はれたりし。この兼雅卿、[一一]今様合《いまやうあは》せの時に、足柄の中に「[一二]駿河《するが》の国」うたはれしを、乙前が女《むすめ》聞きて、「これは[一三]御所より賜はられたるとおぼゆる節のあるは、習ひ参らせたるやらむ《お習いになったのかしら》」と言ひける。[一四]異歌《ことうた》よりは付けてたびたびうたはれたりしを、かく申せば《〔乙前の娘が〕》、[一五]のどかにて付けて振《ふり》の似るべき、とこそおぼえしか。

一 源雅賢。資賢（二三〇頁注九参照）の孫。通家（二五七頁注一九参照）の子。参議・従三位に至った。祖父から糸竹・郢曲《えいきょく》の道を相伝した。

二 大体のところは以前から歌ったのだが。

三 「高砂」「双六」ともに未詳。

四 先祖から代々受け伝えること。この場合は郢曲（声楽）の家柄であることをいう。

五 自分（院）があれこれと批評するまでもない。

六 未詳。

七 藤原兼雅。清盛の女《むすめ》を妻とし、左大臣・従一位に至った。

八 レパートリーも広そうであった。

九 平清盛によって、長寛二年（一一六四）、院の御所法住寺殿の内に建立された堂。一千一体の千手観音像を収め、三十三間堂の俗称で有名。建長元年（一二四九）焼失したが、文永三年（一二六六）再建された。京都市東山区にある。

一〇 兼雅に対して敬語を用いているのは、彼が中納言（公卿）だからである。

一一 承安四年（一一七四）九月一日から十五夜にわたって、法住寺殿で催された今様のコンクール。一定以上の身分の者三十人を選び、左右に分けて、毎夜一組ずつ勝負を競わせた。

一二 未詳。

一三 御所さま（院）からそっくり頂戴なさったと思われるほど、よく似た節回しのあるのは。

女弟子延寿のこと

五月、花のころ、江口・神崎の君[一六]、美濃の傀儡子《くぐつ》[一七]集まりて、花参[一八]らせしことありき。歌沙汰《今様の評判》ありしに、「延寿《えんじゅ》[一九]、『恋せば』[二〇]と申す足柄をいまだうたはぬとて、御所に習ひ参らせたきを《お習いしたいのだけれど》、え申し出でぬと《それを口に出せないでいると》、これかれに[二一]聞かれ候」と言ふに《〔近臣が〕》、聞きしかども《それを知ったけれど》、聞き入れぬやうに《取り合わないようにしてい》てありしほどに《たところが》、季時入道《すゑときにふだう》[二二]して申し出だしたり。「いかでさる事は《〔院〕どうしてそんなことが》あらむずるぞ《あってよいものかね》。さかさま[二三]事にてぞあらむ。わがためは《自分にとっては》名聞《みやうもん》[二四]にてこそあれど、かたはらいたし《気はずかしい》。さは[二五]のあこ丸うたふめるは《歌うらしいよ》。それに習へかし」と返事にいふ。延寿また申すやう《申すには》、「いかさまにも《ぜひとも》習ひ参らせて候はむこそ《〔御所さまに〕お習いいたしましてこそ》、この世の喜びにては候はめ《この世に生きたかいがあると申すものでございます》。あこ丸は、大進《だいじん》[二六]も小《こ》大進《だいじん》もみな知り候はぬを、誰《たれ》に習ひたるぞとおぼつかなく候《不安でございます》。またこれらも[二七]、さ申せば《そう申しますので》、かたがたに[二八]」と申せば《申すので》、「のちにこそ《〔院〕後日のことにしよう》[二九]。これら居るときありて《いるときでは》、聞き取られなむずるは《盗み聞きされてしまうだろうよ》。ひとりあらん時に《〔延寿が〕》、さらば《そんなら》教へむ」と言ひしを、残り留まりて《〔皆と一緒に帰国せず〕》習はむと、いたく《しきりに》言ひしかば《〔延寿が〕》、乙前に「いかに《〔院〕どうしたものか》」と語りしを、「さ申さば、教へ《〔乙前〕そないに申しますのなら》

一四 外の歌よりは。
一五 のんびりと付けて歌ったぐらいで、振の似ることがあるのかしらん、と思われたことであった。
一六 流れの君。ここは遊女《あそび》の意。二三三頁注二二参照。
一七 二三三頁注二三参照。
一八 供花会《くげゑ》のこと。二三五頁注一五参照。
一九 女芸人の名。二三五頁注一三参照。
二〇 二四九頁注三〇参照。
二一 あの人もこの人も（延寿の言葉を）聞いておられます。延寿としては、自分の希望を院の近臣のだれかれに語ることによって、間接に院の耳に達することを期待したのであろう。
二二 季時入道を介して（延寿がはっきりと希望を）申し出てきた。季時は二三七頁に既出。
二三 正当な順序とは逆の事柄。ここでは玄人《くろうと》の芸人である延寿が、素人《しろうと》名人である院を師として今様を習うことをさす。プロとアマとの序列が逆になるので「さかさま事」と言った。
二四 名誉なことではあるが。
二五 女芸人の名。既出。
二六「大進」「小大進」ともに女芸人の名。既出。
二七 この者ども（延寿の仲間）も。
二八（院に習う喜びと、あこ丸への不信との）どちらから申しましても。
二九 注二七に同じ。

させたまへかし《教えてお上げやすな》。さやうにいみじがり申さば《たって望みますのやったら》、一さやうの料《れう》にてこそ候へ」と乙前申ししかば、夜々《よるよる》二三夜ばかりにぞ教へたりし。二似せぬ所も、かたはらいたくおぼえて、え直さで、我良くなるまでうたひてぞ教へし。そののち、〔延寿が〕三暇乞《いとま》ひしに、とくとてありしを《すぐ退出しようとしていたのを》、呼び返して、〔「恋せば」を〕うたはせて聞きしに、四「神妙《しんべう》なり」と言はれて、

五四大声聞《しだいしやうもん》いかばかり
喜び身よりも余るらん
我らは来世のほとけぞと
たしかに聞きつる今日《けふ》なれば

とうたひたりしかば、〔自分は〕感に堪へずして、六唐綾《からあや》の七染付《そめつけ》なる八二衣《ふたつぎぬ》を九纏頭《てんとう》にしてき。をりふしにつけては《時宜にかなっていて》興がりて《興味ぶかく》おぼえき。かやうに、男女これかれ《あの人この人》、我に歌を習ふ者、その数ありしといへど、みな一〇好《この》みさしつつ、始終《一貫して》習ふ者なくて、相継《あひつ》ぐ者なし。年来《としごろ》好みたる事に、たしかに伝へたる弟子の無き、口惜《くちを》しきことなり。

一 それだけの料簡《りようけん》があるのどすやろ。
二 延寿がうまくまねられぬ所でも、（素人が玄人を教えるなど）気はずかしく思われて、ぴしぴし矯正もできないで、延寿自身がうまく歌えるようになるまで（こちらは根気よく何度でも）歌ってやって教えたことである。
三 暇乞《いとまご》い（別れの挨拶《あいさつ》）に来たものだから。
四 「でかしたぞ！」と、自分（院）からほめられて。
五 八五歌に同じ（ただし第三句小異）。延寿自身を四大声聞に、院を釈迦になぞらえて、今様の正伝を保証された延寿の喜びを表明したものである。
＊ このように既存の今様を利用しながら、その場の情景や感慨を巧みにそれに託して歌う当意即妙の才が重んぜられた。歌唱力と並んでこの種のエスプリが今様歌手には必須とされたのである。
六 中国渡来の綾。模様を浮織にしてある。
七 布や衣服などに藍《あい》色の模様を染め出したもの。
八 同色の袿《うちき》や衵《あこめ》で二枚重ねて着るもの。
九 引出物として延寿に与えた。「纏頭」は芸能などの労をねぎらい、褒美《ほうび》として与える衣服や金品のこと。もとは衣服が与えられ、これをもらった者が頭に纏《まと》ったのでいう。
一〇 打ち込みかたが中途半端で。

熊野参詣（初度）

我《われ》、永暦《えいれき》[一一]元年十月十七日より精進《しやうじん》[一二]をはじめて、法印[一三]覚讃《かくさん》[一四]を先達《せんだち》[一五]にして、二十三日進発《出発した》しき。二十五日、厩戸《むまやど》[一六]の宿に、為保[一七]、左衛門尉《さゑもんのじよう》[一八]にてありしに《として随従していたが》、それが具したりし《為保が連れていた》先達の夢に、（王子）「このたび参らせたまふはうれしけれど、古歌《ふるうた》[一九]を賜《た》ばぬこそ口惜《くちを》しけれ」と見たる由を申す。（近臣）「もとより、王子にては《道中の王子の社では》、[二〇]する事をばすなるに、御歌などは《御所様の今様など》あるべきものを《があってしかるべきなのに》」など言ふ者ありしかど、（近臣）[二一]「あまり下臈《げらふ》がちにて顕証《けんしよう》にや」など言ふ者もありて、ありしほどに《そのままになっていたのだが》、かく夢のことを聞きて、左右《さう》[二二]なくうたはむとて、厩戸を夜深く発《た》ちて、長岡[二三]の王子に夜《よ》の中《うち》に参りぬ。相具したりしかば、太政大臣《だいじやうだいじん》清盛、大弐《だいに》[二四]と申しし折なるべし、参り会ひてありしに、この夢を言ひ合せしかば《相談してみたところ》、（清盛）「さる事候はば《さようなことがござるのなら》、さにこそ候なれ《それももっともでござる》。沙汰に及び候はぬ《とやかく申すまでもござらぬ》」由を返事に申して、〔清盛は〕心の中《うち》「いたく《たいへん》雑人《ざふにん》など数多《あまた》ありて、いかが《どうかしらん》」と思ひけるほどに、きと《ふらふらと》寝入りたりけるに、束帯[二五]したる御前《ごぜん》具して、唐車《からぐるま》[二六]に乗りた

一一 一一六〇年。院三十四歳。前年十二月に平治の乱が起っている。
一二 仏事・神事などを控えて、心身の穢《けが》れを清めるために行う忌《い》みの生活をいう。熊野精進はきわめて厳しかったといわれるが、その実態は未詳。
一三 僧位（法印・法眼《ほうげん》・法橋《ほっきょう》の三階）の最高位。
一四 園城寺《おんじょうじ》（三井寺《みいでら》）の僧。『古今著聞集《ここんちょもんじゅう》』に「那智千日の行者、大峰《おおみね》数度の先達なり」とある。
一五 山伏修行の指導者。登山の案内者。
一六 厩戸王子は熊野九十九王子（三六八歌の注参照）の一つ。大阪府泉南市内。
一七 二五一頁注一四参照。
一八 左衛門府の三等官。
一九「なつメロ」（懐《なつ》かしのメロディー）を歌ってくれないというのが残念なんだよなァ。
二〇 する事（法楽の奉納など）をするのだと聞いているが。
二一 下賤《げせん》の者が多いのに、あけっぴろげすぎるのじゃないか。
二二 あれこれ思案せずに歌うことにしよう。
二三 厩戸王子の次の（もしくは次の次の）王子社。
二四 まだ大弐（大宰府の次官）と呼ばれていた時。
二五 以下は、清盛が見た夢。正式礼装を着用した先払いの者を伴って。
二六 最上の牛車《ぎっしゃ》。

る者、御幸《ごかう》[一]のなるやらむとおぼしくて、王子の御前《おまへ》〔車を〕に立てたり。こ[二]の歌を聞くにかと思ひて、〔清盛は〕きとおどろきたるに〔はっと目をさましたところが〕、今様[三]をある人出だしたり。その歌にいはく、

[四]熊野の権現は
名草《なぐさ》の浜に降《お》りたまふ
若の浦にしましませば
年はゆけども若王子《にやくわうじ》

これを、おどろきて[五]、資賢《すけかた》[六]卿に語りて、あさまれける[七]。夢[八]に思ひ合せられて、人々現兆《げんてう》[九]なる由を申し合ひたりき。霜月〔十一月〕二十五日、奉幣《ほうへい》[一〇]して、経供養《きやうくやう》[一一]・御神楽《かぐら》など了《をは》りて、礼殿《らいでん》にて、我音頭《おんど》にて、古柳《こやなぎ》よりはじめて、今様・物様《もののやう》まで数を尽す間《はざま》に、〔次々に〕やうやうの琴《こと》・琵琶《びは》・舞・猿楽《さるがう》[一二]を尽す。初度[一三]のことなり。

応保《おうほう》[一四]二年正月二十一日より精進をはじめて、同二十七日発《た》つ。二月九日、本宮奉幣をす。三《みつ》[一五]の御山《みやま》に三日づつ籠《こも》りて、そのあひだ、

一 上皇・法皇・女院などが外出なさるのだろうかと思われる様子で。
二 院の歌う今様を聞いているのかしら、と思って。
三 院（二三七頁注二七参照）が歌っている最中だった。
四 三九歌に同じ（ただし第二句小異）。
＊ この場合この歌を歌ったのは、もちろん王子を讃美するためであるが、また地理的にも長岡王子は和歌浦にほど近い。
五 （清盛が）目をさましてから。二行目の「おどろきたるに」と同時。二回繰返して述べたために、かえって分りにくい文章になっている。
六 二三〇頁注九参照。
七 びっくりされたことだった。
八 「夢に」は「夢二《ふたつ》」の誤写であろう。先の夢（為保の先達の夢）と後の夢（清盛の夢）との二つが、自然と思い合されて。
九 まのあたり確かなお告げのしるし。
一〇 神に幣《ぬさ》（四六歌の注参照）を奉ること。
一一 神前で経を読んで神に供えるのは当時の常識。熊野のように仏教的色彩の濃厚な社にあっては、とりわけ重要な儀礼である。
一二 滑稽《こつけい》劇。芸能はすべて神の心を楽しませるために行われ、人がそれに相伴《しやうばん》したのである。

熊野参詣（第二度）

一三 この時を初回として、院の熊野参詣は、実に三十

一六千手経《せんじゆきやう》千巻を一七転読したてまつりき。同月十二日、新宮に参りて奉幣す。その次第、常のごとし。夜更《よふ》けてまた〔社頭へ〕上《のぼ》りて、宮廻《めぐ》りののち、礼殿にして一八通夜《つや》、千手経をよみたてまつる。しばしは人ありしかど、片隅に眠《ねぶ》りなどして、前には人も見えず。一九通家ぞ、二〇経巻くとて眠《ねぶ》りゐたる。やうやうの奉幣などしづまりて《次々に奉幣する物音が一段落して》、夜中ばかり過ぎぬらんかしとおぼえしに、宝殿《神殿》の方《かた》を見やれば、わづかの火の光に、二一御正体《みしやうたい》の鏡、ところどころ輝きて見ゆ。あはれに《しみじみと》心澄みて、涙も止《とど》まらず、泣く泣く〔千手経を〕よみゐたるほどに、資賢、通夜し果てて、暁方に礼殿へ参りたり。(院)「二二今様あらばや。只今《ただいま》おもしろかりなんかし」と勧むれば、二三固まりて居たる。術《ずち》なくて《仕方なく》、みづから出だす。

二四よろづのほとけの願《ぐわん》よりも
千手の誓ひぞ頼もしき
枯れたる草木もたちまちに
花さき実なると説いたまふ

四度という驚異的な回数を記録することとなった。

一四 一一六二年。院三十六歳。

一五 本宮・新宮・那智の三社。前回の参詣はおそらく本宮だけで、今回はじめて三山を廻ったのであろう。

一六『千手千眼《せんげん》観世音菩薩広大円満無礙《むげ》大悲心陀羅尼《だらに》経』の略。これを千巻（千回）転読したのである。

一七 一つの経典全体を通読する（真読《しんどく》）のでなく、単に経題や経の初・中・終の数行を略読すること。巻数の多い経典は多くこの方法によった。

一八 寺社に籠って終夜祈願・念誦《ねんじゅ》などする事。

一九 資賢の子。この五年後に早世した。

二〇 巻物に書かれた経典を転読する場合、経巻をひもといて、経題と経文の初め数行を読み上げたあと、さっと床の上にころがして広げ、それで一巻を読み終えたことにする。したがって、その経を巻きもどす役が必要となる。この場合、通家がその役に当りながら、つい居眠りをしていたわけだが、てきぱきと片付けてゆかないと、転読の進行に支障をきたす結果になる。

二一 御神体。

二二 今様《うた》の欲しいところだね。今ならきっと気分が出るにちがいないよ。

二三（遠慮して）畏《かしこ》まっているばかり（で歌わない）。

二四 三九歌に同じ。『平家物語』『古今著聞集』などにも見え、広く歌われた歌らしい。「枯れたる……」は、千手経に基づいた文句で、千手陀羅尼《だらに》（大悲心陀羅尼）の有する絶大な功徳力《くどくりき》を讃美したものである。

押し返し押し返し、たびたびうたふ。資賢・通家、付けてうたふ。心澄ましてありし故《け》にや、常よりもめでたく《すばらしく》おもしろかりき。[一]覚讃法印、宮廻《めぐ》り果てて、御前《社頭の》なる松の木の下《もと》に通夜《つや》してゐたりけるに、その松の木の上に、[二]「心とけたる只今かな」《(神)》とうたふ声のしければ、夢現《うつつ》ともなく、かく聞き、あさみて《びっくりして》、礼殿に参りて急ぎ語る。一心に心澄ましつるには、かかること《〔不思議な〕》もあるにや。夜明くるまでには、うたひ明かしてき。これ[三]第二度たびなり。

熊野参詣（第十二度）

[四]仁安《にんあん》四年正月九日より精進をはじめて、同十四日進発、二十六日奉幣なり。今度第十二度にあたりて、[五]出家の暇《いとま》を申しに参る。毎度に王子の今様《王子の社での》、礼殿の遊び《音楽》、たびたびありき。この姿にては今度ばかり《俗体での参詣は今度が最後になるだろうと思われるので》にてこそあらむずれば、我ひとり[六]両所の御前《おまへ》にて、[七]長床《ながとこ》に[八]寝《ね》ぬ。[九]柴燈《さいとう》の火の光ありて、衝立《ついたて》・障子《ふすま》をすこし隔てて、誰ともなきやう《身分による区別もなく》にて、そばそばに《かたわらに》[一〇]成親《なりちか》・親信《ちかのぶ》・業房《なりふさ》・能盛《よしもり》、前の方《かた》に康頼《やすより》・親盛《ちかもり》・[一一]資行《すけゆき》、寝《ね》あひたり。こなたは暗くて、柴燈の火に御正体《御神体》の鏡、[一二]十二

一　二五五頁注一四参照。

二　今様の歌詞の一句。二六〇頁所出の今様の第四句に該当する。

＊　この場合、院が二五七頁所出の今様を歌ったことを神が嘉《よみ》して、別の今様の一句を借りて院をねぎらったのである。すなわち「花さき実なる」の文句から「喜び開けて実なる」の文句を有する歌を連想し、その歌の結びの句「心とけたる只今かな」に、「我（神）の心は今こそ寛《くつろ》ぎ楽しんだよ」の意を寓したものである。二五四頁における延寿のやり方と同工異曲。

三　「第二度なり」でよいところを、「馬から落ちて落馬して」式の言い方になっている。

四　一一六九年。院四十三歳。四月改元で嘉応元年。

五　出家するため、暇乞《いとまご》い（別れの挨拶《あいさつ》）に参詣した。院の落飾は同年六月十七日。

六　両所権現の御前で。二五六歌参照。熊野本宮の礼殿は、正殿たる証誠殿《しょうじょうでん》の正面にではなく、両所合殿の前に設けられていたのである。

七　板敷の上に長く畳を敷いた所。

八　休息した。眠りこけたのではない。次記のように法楽《ほうらく》をささげる合間に休息したのである。

九　神前にたくかがり火。

一〇　成親から親盛まで既出。

所おのおの光を輝き[一三]て、応化[一四]《おうけ》の姿映《うつ》るらんと見ゆ。これかれの奉幣の声、やうやうに《次々に》聞ゆ。法楽[一五]《ほふらく》のものの心経《般若心経》、もし千手《もしくは千手経》・法華経、こころごころに《各自の意向に応じて》変るにつけて尊《たふと》し。その紛《まぎ》れに、長歌《ながうた》よりはじめて、古柳《こやなぎ》「下がり藤《ふぢ》」[一六]をうたふ。次に十二所[一七]の心の今様、そののち、娑《しや》羅林《らりん》・常の今様[一八]・片下《かたおろし》・早歌《はやうた》、節あるを尽す《主な歌はみな歌った》。神歌《かみうた》など果てて、大《だい》曲《ごく》の様《やう》になりて、足柄《あしがら》・黒鳥子《くろとりこ》・旧川《ふるかは》果てて、伊地古《いちこ》をうたふ。暁方にみな人しづまりて、人音せで《人の音もしないで》、心澄ましてこの伊地古を殊にうたひしほどに、両所西の御前[一九]《おまへ》の方《かた》に、えもいはぬ[二〇]麝香[二一]《じやかう》の香《か》す。成親、「こはいかなることぞ。これは嗅《か》ぐや《嗅いだかね》」と親信に言ふ。みなその座の人あやしみをなす《不思議に思っている時に》ほどに、また宝殿[二二]《ほうでん》鳴りて聞ゆ。また成親驚きて、「これはいかに」と申す。我、「よう[二三]にんのかりおほいしたるに、雞《にはとり》の寝たるが音にこそ」と言ふ。しばしありて香[二四]《かうば》しき充《み》ちにほへり。さて御簾[二五]《みす》をかかげて、人の入らむやうに《人が入る時のように》御簾はたらきて《すだれが動いて》、懸《かか》りたる御正体の鏡ども鳴りあひて《共鳴しあって》、みな揺《ゆる》ぎて久し。その時、驚き

一一 平資行。検非違使尉《けびいしのじよう》。鹿ヶ谷《ししたに》の陰謀の加担者。
一二 熊野十二所権現。二六六歌参照。
一三 輝かして、の意。自動詞と他動詞との混同。
一四 仏や菩薩が衆生を救うため、相手に応じていろいろの身体（ここでは神々の形）を現出すること。
一五 神仏を楽しませるため、神仏の前で経典を読誦して供養すること。芸能を奉納することをもいう。
一六 二歌をさす。
一七 十二所権現を詠じた今様の意であろう。
一八 「只《ただ》の今様」に同じ。狭義の今様。
一九 両所のうち西の御前、すなわち結《むすび》の宮（那智の主神）。五四六歌参照。
二〇 何ともいえない。ここでは、非常にかぐわしい、の意。
二一 ジャコウジカの雄《おす》の腹部にある袋から製した香料。強い芳香を有する。
二二 神殿が鳴るような音響を立てた。
二三 未詳。
二四 「香しき」は「香しき香《か》」を言いさした形。
二五 すだれ。ここでは、神殿のすだれ。

て去りぬ。寅《とら》[一]の時なるべし。

賀茂参詣

同じ年の二[二]月七八日ごろ、大雪ふりたりし日、様《さま》[三]を変へむ暇《いとま》申しに、賀茂へ参りき。まづ下《しも》[四]の社《やしろ》に参りてみるに、おもしろきこと（風情のあることは）限りなし。御前《おまへ》の梅《むめ》の木に雪ふりかかりて、いづれを梅と分きがたく（〔白色の〕どちらを梅の花と見分けにくく）、朱《あけ》[五]の玉垣までみな白妙《しろたへ》[六]に見えわたりて、たぐひなくおぼゆ。次第《しだい》[七]の事、御神楽《みかぐら》果てて、そののち、法華経一部・千手経一巻を転読[八]したてまつり、終りてのちに成親卿[九]、平調《ひやうでう》[一〇]に笛をならす。催馬楽《さいばら》[一一]を資賢卿出だす。「青柳《あをやぎ》[一二]」「更衣《ころもがへ》」「いかにせん」なり。そののち我、今様を出だす。

春のはじめの梅《むめ》の花
喜び開けて実なるとか

資賢、第三[一三]句を出だしていはく、

御手洗《みたらし》川の薄氷
心とけ[一四]たる只今かな

一 今の午前三時から五時までをいう。寅の正刻《しょうこく》（正《ジャスト》寅の刻）は午前四時。
二 当時の記録類には「二十九日」とある。
三 僧形《そうぎょう》に姿を変えるにあたっての御挨拶に。
四 今の下鴨《しもがも》神社。二〇一頁注三参照。
五 朱塗りの垣。「玉」は美称。
六 あたり一面の銀世界で。
七 「次第」（法要・神事などのプログラム）にしたがって行われる儀式。
八 二五七頁注一七参照。
九 二三七頁注一五参照。
一〇 西洋音楽のE音を主音とする律旋《りっせん》（呂旋《りょせん》の対）の旋法。比喩的にいえば、ホ長調。
一一 二三〇頁注九参照。
一二 以下ともに催馬楽の曲名。
一三 『朗詠九十首抄』によれば、この今様の第三句は本来「お前の池なる薄氷《うすごほり》」であるらしい。この場合、第三句を「御手洗川（賀茂社の境内を流れる川）の薄氷」と替え歌にしたのは、場所柄をわきまえた適切な処置であり、資賢のエスプリをよく示している。
一四 〔参考〕資賢はのち治承三年（一一七九）、清盛のクーデターに際し、信濃《しなの》（長野県）に配流されたが、翌々年帰京、院参して、「信濃にあんなる（あるという）木曾路河《きそぢがは》」という今様を「信濃にありし木曾路河」と

とうたふ。折に合ひてめでたかりき《時節にぴったりで申し分がなかった》。[一五]敦家《あついへ》、内裏《だいり》にてこの句《第三句》を「前の流れの[一六]御溝水《みかはみづ》」と[一七]うたひけるも、かくやありけんと《まさにこのようであったろうかと》、[一八]我感じ送りにき。

[一九]松の木蔭《こかげ》に立ち寄れば
千歳《ちとせ》の翠《みどり》ぞ身に染《し》める
梅《むめ》が枝《え》[二〇]插頭《かざし》にさしつれば
[二一]春の雪こそ降《ふ》りかかれ

と、この歌三十返ばかりありけり。そののち、[二二]同じ人、神歌を出だす。

[二三]ちはやぶる神
神におはしますものならばあはれにおぼしめせ
神も昔は人ぞかし

そののち、足柄四首・[二四]あまのとうさい二返・[二五]関神・[二六]滝水《たきのみづ》・[二七]黒鳥子・伊地古・旧川、これらなり。この歌ども、[二八]折からにや、常よりもお

歌い替えて、やんやの喝采《かっさい》を博した旨、『平家物語』嗄声《しわがれごえ》の条に見える。

一四「氷解けたる」と「心解けたる」（心が寛《くつろ》いで楽しい）とを掛けた表現。

一五 二三九頁注一四参照。

一六 内裏の御殿のまわりを流れる溝の水。

一七 この典拠未詳。

一八 追懐したことであった。

一九 この今様は下記朗詠（『和漢朗詠集』所収）をやわらげて作られたものであろう。「松根ニ倚《よ》ツテ腰ヲ摩《す》レバ、千年ノ翠《みどり》手ニ満テリ、梅花ヲ折ツテ頭《かうべ》ニ插《さしはさ》メバ、二月《じげつ》ノ雪衣ニ落ツ」。

二〇 髪に插《さ》した草木の花や枝、また造花をいう。

二一 梅花の散るさまを見立てたもの。

二二 資賢をさすか。院自身をさすとも考えられる。

二三 四四七歌に同じ（小異あり）。この場合は、「院の出家の志をば、神よ、あはれにおぼしめせ」という気持がこめられていよう。

二四 未詳。

二五 未詳。

二六 四〇四歌をさすか。

二七『口伝集』の記述では、「黒鳥子」「伊地古」「旧川」はいつでも足柄に付随して歌われている。実体は未詳だが、おそらく足柄に次ぐ大曲なのであろう。

二八 時宜にかなっているせいだろうか。

もしろきこと限りなし。その座に、権中納言成親・源宰相《げんさいしやう》資賢・[一]三位中将兼雅・中将[二]宗盛・少将[三]通家・[四]右馬頭《うまのかみ》親信、これらなり。今様はじまりけるほどに、東の宝殿《ほうでん》の御扉《みと》あく音しけり。参り集《つど》ひたる男女、「[五]御幸《ごかう》には音《おと》の響きのあるか」と思ひけるほどに、宝殿のうちより琵琶の声、歌に付けらるるか《伴奏なさるのかと》と、聞く人あやしみけり《不思議に思った》。のちに、賀茂の者ども沙汰すと《うわさをしたと》、資賢語りしにぞ聞きし《語ったので知った次第である》。熊野のやうに[六]我らは聞かず。

厳島参詣

安芸《あき》の[七]厳島《いつくしま》へ、[八]建春門院《けんしゅんもんゐん》に相具《あひぐ》して参ることありき。[九]三月《やよひ》の十六日、京を出でて、同じ月二十六日、参り着《つ》けり。宝殿《神殿》のさま、廻廊ながく続きたるに、潮《しほ》さしては《満ちてくると》廻廊の下まで水たたへ、入海《いりうみ》の対《むか》へに浪白くたちて流れたる。対《むか》への山を見れば、木々みな青みわたりて緑なり。山に畳める岩石《がんせき》の石、水際《みづぎは》に白くしてそばだてたり。白き浪、時々うちかくる、めでたきこと限りなし《すばらしいことといったら》。思ひしよりも《予想していたよりも》おもしろく見ゆ。その国の[一〇]内侍《ないし》二人、[一一]黒《くろ》・[一二]釈迦《しやか》なり。[一三]唐装束《からしやうぞく》をし、[一四]髪を

一 二五二頁注七参照。
二 平宗盛。清盛の三男。清盛の死後、平家一門の統率者となり、内大臣・従一位に至ったが、壇の浦で敗れ、捕えられて刑死した。
三 二五七頁注一九参照。
四 二三七頁注一七参照。
五 上皇さまのおでましには、いつでも不思議な音がすることになってるのかしら。
六 「我ら」は「我」に同じ。院自身をさす。
七 二一七頁注四参照。
八 平滋子。清盛の妻時子の妹。はじめ小弁と称し、後白河院の女房であったが、殊寵《しゅちょう》を得て高倉帝を生み、女御となる。高倉帝の即位とともに皇太后、さらに院号を受けて建春門院と称した。安元二年（一一七六）、三十五歳で没。
九 承安四年（一一七四）のこと。
一〇 厳島では巫女《みこ》のことを内侍と称した。
一一 内侍の名。美人として有名であった。
一二 内侍の名。黒とならぶ美人であったか。
一三 中国風の衣裳。
一四 垂髪の頂上に小さな髷《まげ》を結び、釵子《さいし》（かんざし）を挿したさまをいう。髪全体を結い上げるのではない。

あげて舞をせり。一五五常楽《ごじやうらく》・狛鉾《こまぼこ》を舞ふ。一六伎楽《ぎがく》の菩薩《ぼさつ》の袖《そで》振りけんも、かくやありけんとおぼえて、めでたかりき。公卿・殿上人・楽人《がくにん》・一七太政入道《だいじやうにふだう》・その供人《ともびと》、いまだ座を起《た》たぬほどに、一八正《まさ》しき巫女《みこ》とて年よれる女を具して、人来たれり。我に対《むか》ひて居《ゐ》ぬ。言ふやう《（巫女が）言うには》、「一九我に申すこと《祈り願うこと》は必ず叶《かな》ふべし。二〇後世《ごせ》のことを申すこそ、あはれに二一おぼしめせ。今様を聞かばや《聞きたいものよ》」と言ふ。あまり二二晴《はれ》にして、しかも昼なり。出だすべきやうもなくてあるに《歌い出すこともできないでいたのだが》、なほたびたび言へば《（巫女が）言うので》、資賢を呼びて、「これうたへ《（院）その歌を歌え》」と言ふ。二三固まりて居たり。なほ聞かんと言へば《それでもやはり聞きたいと（巫女が）》、術《ずち》なくて出だす《仕方なく（自分が）歌い出した》。

二四四大声聞《しだいしやうもん》いかばかり
喜び身よりも余るらん
我らは後世《ごせ》のほとけぞと
たしかに聞きつる今日《けふ》なれば

出だして、「これ付けよ《（院）これに付けて歌え》」と言へど、資賢あらで《その場にいなくて》、付くることなく

一五 ともに舞楽の曲名。
一六 音楽歌舞を奏する菩薩。阿弥陀聖衆来迎図《しようじゆらいこうず》に描かれる二十五菩薩などをさすのであろう。
一七 太政大臣で出家した人。ここは平清盛をさす。
一八 正真正銘の巫女。当時の巫女には、遊女《あそび》・傀儡子《くぐつ》のような女芸人に近い者が多かったので、そうでない本当の巫女をこう言った。
一九 発言者は巫女であるが、巫女は神意を託宣しているのだから、「我」は実は神の自称である。
二〇（現世の利益《りやく》を祈るよりも）後世の成仏を願うことをば、しみじみうれしく思うぞよ。本地垂迹《すいじやく》・神仏一如の思想に由来。
二一「こそ」の結びの已然形。お思いになる。いわゆる自敬表現。神が自身に対して敬語を使用した形になっているが、実は神の言葉を取り次ぐ巫女が神に対して敬語を使用しているのである。（帝王の自敬表現と称せられる場合も同様）。会話を「　」で囲むことも、純粋な直接話法も、古典日本語には存在しないことに留意。
二二（満座の前で歌うのは、あまり）はれがましく。
二三（遠慮して）かしこまっているばかり（で歌わない）。
二四 八五歌に同じ。なお二五四頁をも参照。院が後世成仏を詠じたこの歌を選んだのは、もちろん厳島明神の神意に応じたもの。

て二返《へん》了《をは》りにき。心に《実は内心ひそかに》後世のこと他念なく申しし事を、《ひたすら祈り願っていた》〔巫女が〕いひ出でた《言い出した》りしかば《ものだから》、信おこりて《信心がわき起って》、涙抑《おさ》へがたかりき。太政入道、この御神《おんがみ》は後世を申すを喜ばせたまふ由申されしかば《〔かねて〕言っておられたから》、一さらぬだに現世のこといと申さぬ《あまり祈らない》うへに、二さありしかば、三後世を申すを言ひ出でたりしなり。

八幡参詣

我、四八幡《やはた》に参りて十ケ日籠《こも》りて、五千部経を六はじめてよみしに、九月二十日より籠りたりしに、二十五・六日のほど、経果てて、今様を御前《おまへ》《神前で》にして終夜《よもすがら》うたひき。夜中に及ぶほどに、七足裹《つつ》みたる女の、中門《廻廊正面の門の所に》のもとに、八親盛ゐたる所に寄りて、〔衣服の〕後ろを引く。九申しけんに、〔親盛が〕何わざいふとて聞き入れず。また〔女が〕寄りて、たびたびになる折、〔親盛が〕見返りてみれば、一〇勧学院《くわんがくゐん》の一一厨女《くりやめ》なりしが、言ふことを聞けば、〔厨女〕「夢に、この一二階隠《はしがく》しの柱のもとに、うつくしき《かわいらしい》児《ちご》の十二三ばかりなるが、一三うらうへに、ひとりは薄青の一四薪みそ織りたる一五腋開《わきあ》けを着たまひたるが、白馬に奉り《お乗りになり》、いまひとりは白き薄物とおぼしきに、下は一六こむはいに

一 そうでなくてさえ。太政入道（清盛）が、かねてそんなことを話さなかったとしても。
二 そうであったから。あのように巫女が神意を告げたものだから。
三 自分（院）は後世を願っている旨を、今様に託して歌い出したのであった。
四 「石清水」に同じ。四九五歌参照。
五 法華経千部の意か。二四六頁注二参照。この場合は十日に千部だから、一日に百部の割になる。
六 十日間で千部経を読むことが初めて、の意であろう。乙前の時には一年がかりであった。
七 二四六頁注一〇参照。ここでは労働のための服装を意味するか。
八 二三七頁注二四参照。
九 （その女が親盛に）何か言ったのであろうが、親盛は「何を言うか」といった調子で、耳を傾けようとしない。
一〇 藤原冬嗣《ふゆつぐ》が一門の子弟を教育するために建てた大学南曹をいう。
一一 台所仕事をする女。
一二 寝殿などの正面中央、屋根の付いた階段の部分。
一三 裏表に。ここでは、階隠しの左右に、の意。
一四 未詳。
一五 両脇を縫ってない上衣。主として武官が着用。
一六 未詳。

見ゆるを召して、斑《ぶち》なる馬に乗りて、うらうへに立ちたまひて、この《院の》御歌を聞かせたまふとおぼしく見え候て、うちおどろきて候へば《はっと目がさめましたところ》、

一七峰の嵐《あらし》のはげしさに
木々の木《こ》の葉も散り果てて

この歌の盛り《最中で》におはしますに、一八右の後ろを向けて居させたまひたるぞ」と、告げ申す由を、一九おこしに来たるなりと申しけり。この女、夢の中に、二〇若宮のこの御歌を聞かせおはしますとおぼえし由《お聞きになっているのだと思われた》を申す。さて、次の夜《よ》、若宮に参りて、今様の会終夜《しゅうや》ありてのち、二一乱舞《らんぶ》・二二猿《さる》楽《がう》・二三白拍子《しらびやうし》、品々し尽しき。二四治承《ぢしよう》二年九月二十四日のことなるべし。

四十余年の劫

神社に参りて、今様うたひて二五示現《じげん》を被《かぶ》ること《こうむること》、たびたびになる。一々《いちいち》この事を思ふに、二六声足らずして妙《たへ》なることなければ、神感ある《神の感応があ》べき由を存ぜず《ろうとも思われない》。ただ、年来《としごろ》たしなみ習ひたりし二七劫《こふ》の致すところか。また殊に信を致してうたへる信力の故か《信心をこめて歌ったその信心の力によるものか》。二八おほよす今様を好むこと、

一七『古今目録抄』紙背今様によれば、第三句以下
せいしよう秋の水の面に
紅葉の錦の波ぞ立つ
であるらしい。「せいしよう」は未詳。

一八 未詳。

一九 未詳。

二〇 五〇〇歌の「若宮」参照。

二一 即興的に演じられる自由奔放な歌舞。

二二 二五六頁注一二参照。

二三 男装の舞姫が今様を歌いながら舞った舞をいう。

二四 一一七八年。院五十二歳。

二五 神仏が霊験を現すこと。

二六 院の謙遜である。

二七 ここでは年功の意。多年の修練のたまもの。

二八「おほよそ」の訛《なまり》。二七歌参照。

四十余年の劫《こふ》を致す。かくのごとく劫入りたる者《年功を積んだ者は》、古き者も《古人の間にも》、少なくやあらん。然《しか》は《それほど》好めども、声こはく《声が固く》、立たずして《朗々としていなくて》、その得たらぬ条《不足な点は》、その憾《うら》み深しといへど、[一]力及ばず。この《〔しかし〕》劫の故には《せいで》、あさましき《我ながらあきれるほど》不足の声なれど、楽しく《ゆたかで》めでたく《きれいで》追ひつくべくもなき《とてもまねのできないような》声に遭《あ》ひても、また[二]女の責めて及ばぬにも、[三]やうやう責めあひたるに、[四]いと声及ばず棄てらるることはおぼえず。[五]高くかりたるも、下がりて《低音で》遣《つか》ひ難《にく》き調子なれど《であっても》、うたひ難《にく》しとおぼゆることはなきぞ、この劫の致すところにはおぼゆる。

今様の霊験の数々

この今様、[六]今日《けふ》ある、一つにあらず。心を致して神社・仏寺に参りてうたふに、示現を被《かうぶ》り、望むこと叶はずといふことなし。司《つかさ》を望み、命を延べ、病《やまひ》をたちどころに止《や》めずといふことなし。[七]敦家《あついへ》、声めでたくて、[八]御嶽《みたけ》に召し留《とど》められて御眷属《けんぞく》となり、[九]目井《めゐ》は、[一〇]監物《けんもつ》清経病に患《わづら》ひて限りなりけるに《もはや絶望という時に》、「[一一]像法《ざうほふ》転じては、薬師の誓ひぞ」とうたひて、たちどころに病を止《や》め、近くは[一二]左衛門督通季《さゑもんのかみみちすゑ》、[一三]瘧《おこり》ごこ

一 どうにも仕方がない。謙遜であるとともに、きびしい自省の語でもある。
二 女の声で、甲高《かん》くて、その高さまでついて行けないような声に対しても。
三 次々に甲高い声を出し合ってみても。
四 とても声がついて行けなくて、振り離されるような経験はしたことがない。
五 甲高い調子でも。「かり」（高音）は「めり」（低音）の対。
六 今日世間に行われているのは、娯楽一本というわけではない。
七 二三九頁注一四参照。
八 「御嶽」は「金《かね》の御嶽」の略。二六三歌参照。敦家は金峰山《きんぷせん》参詣の帰途頓死したが、これは神がその美声を愛して、引き留めたせいであり、彼は神の随伴者に加えられたのだ、という伝説を生じた。ただし金峰山でなく、熊野の神に召し留められ、御眷属となったとの所伝もある。
九 二三五頁注一九参照。
一〇 二三五頁注二一・二二三参照。
一一 三歌。なお二四五頁参照。
一二 左衛門府の長官、藤原通季。
一三 熱病にかかって。

ちに患ひて、ししこらかして《こじらせて》ありけるに、[一四]「ゆめゆめいかにも毀《そし》るなよ」と、両度《二回》うたひて、汗あえて止みにけり《汗が流れて全快した》。頸《くび》に疽《そ》[一五]出でて、今は限りにて、医師《くすし》も棄てたる《見離した》者、太秦《うづまさ》[一六]に籠りて、今様を他念なく《一心不乱に》うたひて、たちまちに疽潰《つぶ》れて止み、また盲《めし》ひたる者、御社《みやしろ》に籠りて、歌をうたひて百余日、目あきて出でにけり。[一七]これならず、遊女《あそび》[一八]とねくろが戦《いくさ》に遭ひて、臨終の刻《きざ》めに《際に》、[一九]「今は西方《さいはう》極楽の」とうたひて往生し、[二〇]高砂《たかさご》の四郎君、[二一]「聖徳太子」の歌をうたひて、[二二]素懐《そくわい》を遂げにき。

今様即仏道

この今様をたしなみ《常々愛好し》習ひて《練習して》、秘蔵の心《大切に思う心》ふかし。[二三]定めて輪廻業《りんゑごふ》たらむか。わが身五十余年を過し、夢のごとし幻《まぼろし》のごとし。既に半ばは《人生の半ばは》過ぎにたり。今はよろづを抛《な》げ棄てて、往生極楽を望まむと思ふ。

たとひまた、今様をうたふとも、などか[二四]蓮台の迎へに与《あづ》からざらむ。その故は、遊女《あそび》のたぐひ、舟に乗りて[二五]波の上に浮び、流れに棹《さを》をさし、着物を飾り、色を好みて《男に愛されることを望み》、人の愛念を好み、歌をうたひても、

一四　一六〇歌。
一五　悪性の腫物《はれもの》。
一六　太秦寺すなわち広隆寺（京都市右京区）。
一七　いや、これは問題ではない。以上の現世利益《げんぜりやく》の話よりも、次に述べる後生安楽の話の方がはるかに重大問題なのだ、の意。
一八　神崎《かんざき》の遊女《あそび》。男に伴って筑紫《つくし》へ行ったが、海賊のために殺された。「とねくろ」のこの往生談は『十訓抄』その他に見える。
一九　三三五歌。
二〇　女芸人の名であろう。「高砂」は四四三歌参照。
二一　未詳。
二二　平素の念願。ここでは「往生の素懐」の意。
二三　今様という芸能への深い愛着を、必ずや輪廻《りんね》の業因となるであろう、と自省したもの。仏教的に言えば、執着心は罪である。したがって今様への愛着も否定さるべきものである。筆者は一旦そう考えた上で、次に一転して今様が仏道に離れたものでないことを述べようとする。
二四　（自分の臨終の時に）どうして極楽から蓮のうてなの座席を用意して迎えに来てくださらぬことがあろうか。
二五　三八〇歌参照。

よく聞かれんと思ふにより〔思うものだから〕、外《ほか》に他念なくて、罪に沈みて、菩提の岸〔さとりの世界へと〕にいたらむことを知らず。それだに〔そういう者ですら〕、[一]一念の心おこしつれば往生しにけり。[二]まして我らは、とこそおぼゆれ。[三]法文《ほふもん》の歌、聖教《しやうげう》の文《もん》に離れたることなし。[四]法華経八巻《やまき》が軸々《ぢくぢく》、光を放ち、二十八品《ほん》の一々の文字《もんじ》、金色《こんじき》のほとけにまします。[五]世俗文字の業《ごふ》、翻《ひるがへ》して讃仏乗の因《いん》、などか転法輪《てんぽふりん》にならざらむ。

口伝を作りおくいわれ

おほかた、詩を作り〔漢詩〕、和歌を詠《よ》み、手を書く〔書道に励む〕輩《ともがら》は、書きとめつれば、末の世までも朽つることなし。声わざ〔音声芸術〕の悲しきことは、わが身亡《かく》れぬるのち、留《とど》まることの無きなり。その故に、[六]亡《な》からむあとに人見よ、とて、いまだ世になき今様の口伝を作りおくところなり。

[七]嘉応《かおう》元年三月中旬のころ、これら〔口伝集九巻〕を記《しる》し了《をは》りぬ。やうやう〔ぽつぽつと〕撰びしかば、はじめけんほど〔開始した時期は〕は憶《おぼ》えず。

瀉瓶の弟子の出現

[八]左兵衛佐《さひやうゑのすけ》[九]源資時、[一〇]治承二年三月二十三日、[一一]滝尻《たきじり》宿よりはじめて、

一 ひとたび仏を念ずる心を起すというと。
二 まして自分のような者——遊女《あそび》のような罪深い生活とは無関係で、平生仏教に親しみ、信心深い生活を送っている者は、なおさら往生できるはずだと思われるのである。
三 今様の中の法文歌は、仏教経典の文句から離れたものではない。
四 法華経に対する熱烈な信仰から発せられた文言。法華経は八巻・二十八品から成る。「軸々」は「巻々」に同じ。巻物は軸を中心に巻くから、一巻のことを一軸ともいう。
五 世俗の文芸作品であっても、転じて仏道を讃嘆し仏法を説く因縁に、どうしてならないことがあろうか。典拠は白楽天の「願ハクハ今生《こんじやう》世俗ノ文字ノ業《ごふ》、狂言綺語《きやうげんきぎよ》ノ誤リヲ以テ、翻《かへ》シテ当来世々讃仏乗ノ因、転法輪ノ縁ト為《せ》ム」（『和漢朗詠集』）であるが、『口伝集』の文意は、詩人の意図よりも積極的に文芸を肯定したことになる。こういった文芸観は平安中期以来、文人たちに一種の免罪符としてもてはやされた。
六 自分（院）の没後、人はこれを見るがよい。
七 一一六九年。院四十三歳。この注記は、二二九頁に「故事を記し了りて、九巻は撰《えら》び了りぬ」とあるのと首尾相応じている。
八 『口伝集』巻十の内容としては、一応前行までで完結してお

二年があひだに今様・娑羅林・片下歌《かたおろしうた》・早歌・足柄・黒鳥子・旧川・伊地古・旧古柳・権現[一二]・御幣《みてぐら》[一三]等・物様・田歌にいたるまで、みな習ひて瀉瓶《しやびやう》[一四]し了《をは》りぬ。熊野の道よりおこる。年来《としごろ》継ぐ者なしと思ひしに、権現の御はからひか。家重代《いへぢゆうだい》[一五]なり。他人[一六]に異なり伝へたらむに、その道[一七]なるか。

熊野参詣の道中から開始した
熊野権現の神慮によることか

もう一人の後継者

太政大臣師長《もろなが》[一八]、琵琶《びは》[一九]の譜に作らむとてありしほどに、のちには習ひて、大曲《だいごく》の様《やう》はみなうたはれにき。今様[二〇]も主《むね》との歌、娑羅林・片下・早歌の様《やう》あるはうたはれき。この二人が様《やう》ぞ、振《ふり》[二一]いと違《たが》はぬにてあるべき。これに同じからむをば、よく習へりと思ひ、違《たが》はむをば、疑ひをなすべし。我も我も、わが様《やう》[二二]といふ者多からんずらむ。当時だに、わが様《やう》とてもろもろの僻振《ひがぶり》[二三]を言ふめれば、まして亡《な》からむ跡は、とおぼえてこそ。

〔自分に〕
歌いなさった
節の面白いのは
この二人と同じ歌い方をするのをば
習得したと
あやしいと思うがよい
だれもかれも
さぞ多いことであろう
現在ですら
〔どんなでたらめが横行するだろうかと〕憂慮に堪えない次第である

り、以下の文は後年追記されたものと考えられる。
九 資賢（二三〇頁注九参照）の子。院の近臣として『平家物語』にも名が出るが、若年にして出家した。
一〇 一一七八年。院五十二歳。
一一 滝尻王子の所在地。中遍路《なかへち》（今の和歌山県田辺市から熊野本宮に至る山道）の途中にある。院の熊野参詣に随行して、この地で今様の伝授を初めて受けたのである。
一二 未詳。
一三 未詳。
一四 皆伝すること。二四七頁注一四参照。
一五 先祖代々の郢曲《えいきよく》（声楽）の家柄である。
一六 素養のない他人とは違って、資時は自分（院）の今様の歌い方を正しく伝承しているであろうが。
一七 それはやはりその道の者だからであろうか。
一八 藤原師長。頼長（保元の乱に敗死）の子。資時よりも二十余歳の年長。二度も配流の厄にあって出家した。音楽万般の達人として知られ、妙音院と号した。
一九 今様のメロディーを、琵琶の楽譜を用いて表わそうとしていたが。師長は琵琶に最も堪能であった。
二〇 狭義の今様についても、そのおもだった歌。
二一 自分（院）の振《ふり》と、ほとんど違わないと言えるだろう。
二二 自分（院）の歌い方。後白河院流。
二三 でたらめな歌い方。

此《この》本ハ、[一]妙音院入道殿《ノ》御本歟《か》。而[二]法性寺禅定殿下《ノ》御辺ニ、年来[三]御日記ニ相具《シ》テ被《るる》取置《リカ》之由伝承《スル》者也。而[四]二条中将経定朝臣[五]預置《リク》之間、[六]彼《かの》羽林又依《リ》為《ルニ》雅曲之弟子、密々借寄《ニリセ》テ書《キ》写《スヲ》之也。

[七]寛元四年八月二十一日送《リ》給《フヲ》之。同二十二日書写《キス》也。

此草子自《より》[八]入道中納言経資遺跡所《ニ》尋取《ネル》也。

[九]康暦元年長月十七日書了《キル》。[一〇]此奥ノ御奥書者、伏見院《ノ》宸筆也。[一一]御所《ノ》御本自《より》当家《ノ》文書出来《デル》之間、[一二]当道雖《いへども》不相応《ト》、猶《なほ》依《リ》因縁《ニ》、以《テ》老眼《ヲ》書《ク》之《ヲ》。[一三]頗《すこぶル》以《テ》枝葉歟《か》。

（花押）

＊奥書は三段から成るが、内容を検討してみると、第一の奥書の筆者は郢曲《えいきょく》の名門綾小路《あやのこうじ》家の有資、第二の奥書の筆者は伏見院、第三の奥書の筆者は伏見宮栄仁《よしひと》親王であろうかと推定される。

一　師長のこと。二六九頁注一八参照。

二　藤原（九条）兼実《かねざね》のこと。『新古今集』では「入道前関白太政大臣」と呼ばれる。「御辺」は「御身辺」の意。

三　兼実の日記。『玉葉《ぎょくよう》』の名で有名。

四　水無瀬《みなせ》親定《ちかさだ》の子。

五　保管していたので。

六　「羽林」は近衛府の唐名。ここでは「中将」をさす。あの二条中将経定朝臣は、また私（筆者）の声楽の弟子であるところから。

七　一二四六年。

八　源（綾小路）有資の子。有資は資賢（『口伝集』巻十に頻出）の孫にあたる。

九　一三七九年。

一〇　第二番目の奥書。「此草子……尋取也」をさす。

一一　伏見院の御本が私（筆者）の家の文書の中から出てきたものだから。

一二　この道（郢曲）のことは、私には似付かわしくないけれども。

一三　まったく余計なことをしたのかもしれない。

解説

榎克朗

グレゴリオ聖歌と長唄と梁塵秘抄と　こう並べると三題噺《さんだいばなし》めきますが、例えばグレゴリオ聖歌の「Salve regina」をミュンヘン・カペラ・アンティカ・コラル・スコラの演唱で、また長唄の「京鹿子娘道成寺」を芳村伊十郎らの演唱で、聴き比べてみるとします。用語・旋法・気分・本意等々、何一つ似たところはありませんが、あるいは切々たる感動に誘われ、あるいは津々たる感興を催すという点では、共に古典的名曲と評してもよいでしょう。前者は「南無大慈大悲のマリアさま」といった風《ふう》の素朴なラテン語の祈禱《きとう》文ですが、単に文学作品としてなら、外《ほか》にもっと美しい詞章もあり得ましょうし、また後者は随処にいきな名文句を鏤《ちりば》めながら、全編を通して見れば支離滅裂なナンセンスの感を免れません。

　実のところ、今日我々が『梁塵秘抄』を読む場合、残念至極ではありますが、今様というものの曲調が――後世のいわゆる越天楽《えてんらく》今様（雅楽の越天楽のメロディーに合わせて今様を歌うこと）を除き――完全に滅失してしまっているのですから、言うならば、音楽抜きで「サルヴェ・レジナ」や「娘道成寺」の歌詞だけを鑑賞するようなものでしかあり得ないという事実は、一応銘記しておく必要があるのではないでしょうか。

『口伝集』巻十を読んでみますと、後白河院らの愛唱した「四大声聞《しだいしやうもん》いかばかり」（八五歌）とか「よろづのほとけの願《ぐわん》よりも」（三九歌）などは、彼らにとっては面白い歌だったに相違ないのですが、我々の目にはどうも無味乾燥な作のように映りますし、逆に近代の知識人がこぞって褒《ほ》める「ほとけは常にいませども」(二六歌)や「遊びをせんとや生まれけむ」(三五九歌)などに関しては、『口伝集』巻十その他どの古楽書・説話集等の中にも、ついぞ言及された例《ためし》がないのです。

つまり『秘抄』は現代の我々にとって、もはや歌謡集ではなく、むしろ詩歌集というべき面が強いのでして、本書の頭注に記した私の評語にしても、もっぱら文学面に限られたものであることを、まずお断りしておきたいのです。

お千世さんのことなど　しかし、折角訳注を試みる以上、ちっとは歌謡らしい雰囲気《ふんいき》を出す術《すべ》はないものかしらん――こんなことを考えながら、某年の秋も暮れ方、『秘抄』の複製本を開《あ》け、第一歌

そよ君かよは千世に一たひゐるちりのしら雲かゝる山となるまて

という字面をながめて――古語辞典に説くごとく、物思いにふけりながら、見るともなしにじっと見て――いますと、

「あら、こんなところに私《わたし》の名が……」

という声に、振り返ると、ぼくの「お千世《ちせ》さん」が立っていたのでした。彼女は東都『日本橋《にほんばし》』の教坊でまだ一本《いっぽん》になりたての、生娘の芸者なのです。その若い妓《こ》が、ぼくに同情して、撥《ばち》を取り上げるや、

「こんな感じじゃいけなくって?」

と――ぼくみたいな野暮天には、端唄《はうた》とも小唄とも、ましてや二上《にあが》りとも三下《さんさが》りとも、つかぬのです

が――

〽お前さまには御全盛、幾久しくておわしませ。

これを例えば、千年に……

と、小声で歌ってみせてくれたものです。

「うーん、そうだ！　元々この歌の歌い手は、君たち芸者衆の遠い先祖筋に当る姉《ねえ》さん連だったんだ。よーし、一つその伝で、千世《ちせ》ちゃんの三味線《いと》に乗せてもらえるようなのを、工夫してみることにするよ」

以上が本書小訳の縁起なのでして……。

一　『梁塵秘抄』をめぐって

梁塵を動かす

「梁塵」とは今日耳なれぬ語になっているが、『秘抄』巻一にあるように（二一一頁参照）、昔の中国の名歌手が歌った時、梁《うつばり》の上の塵《ちり》が感動して舞い上がったという故事があり、音楽や歌声の美しいのを賞する例として用いられる。されば、この二字を冠した書物は、みな音楽に関するものと思って間違いないが、後白河院の撰述《せんじゅつ》に成る『梁塵秘抄』は、もと歌集十巻、口伝集十巻、計二十巻の大著だったと推定されるのに、早い時代に散逸して、今日伝存するのは、わずかに

(イ) 梁塵秘抄巻一(断簡)
(ロ) 梁塵秘抄巻二
(ハ) 梁塵秘抄口伝集巻一(断簡)
(ニ) 梁塵秘抄口伝集巻十

のみに過ぎない。これらのうち、(ニ)は夙《つと》に『群書類従』に収められたが、他は近代に至るまで世に知られることがなかった。

ところが、明治四十四年の秋、歴史学者和田英松が東京下谷《したや》の古本屋で(ロ)の写本を発見し、歌人にして国文学者なる佐佐木信綱がこれを研究した結果、かの幻の大著の一部分に相違ないことが判明した。引きつづいて、雅楽の名門綾小路《あやのこうじ》家から(イ)と(ハ)とが出現したが、この(イ)と(ハ)とは一連の古文書で、断簡と称せられてはいるが、写しざまから見て、残欠ではなく、『秘抄』全体の見本として作成されたと推量されるものである。

右の(ロ)に(イ)(ハ)を添えた活字本が出版されたのは、翌大正元年八月のことで、学者のみならず、詩人・歌人の間にも一種のブームを捲《ま》き起した。数百年も昔の歌声の残響が、二十世紀初頭の世に、まさしく梁塵を動かしたのであった。

秘抄歌拾遺　『秘抄』の残り十余巻は、いまだ姿を消したままであるが、現存歌集部所収の五百六十六首の外にも、『秘抄』に収められていたかと思われる歌が数首ある。まず『口伝集』巻十に載っていて、五百六十六首中には見えないもの若干(ここには再掲しない)。

次に『夫木《ふぼく》和歌抄』(鎌倉後期にできた類題和歌集)に「梁塵秘抄」として引いたものが二首あり、それを左に参考として掲げておく。

甲斐《かひ》にをかしき山の名は
白根《しらね》　波崎《なみさき》　塩《しほ》の山
室伏《むろふし》　柏尾山《かしはをやま》
篠《すず》の茂れるねはま山

振り立てて
鳴らし顔にぞ聞ゆなる
神楽《かぐら》の岡の鈴虫の声

先行注釈書

『秘抄』の再発見以来、多数の研究論文・著書のほか、選釈・鑑賞の類も次々に刊行されたが、左に現存五百六十六首の全注釈を遂行した一般向き参考書のみを示しておく。

(a) 小西甚一『梁塵秘抄』(朝日新聞社・日本古典全書)
(b) 荒井源司『梁塵秘抄評釈』(甲陽書房)〔絶版〕
(c) 志田延義「梁塵秘抄」(岩波書店・日本古典文学大系、「和漢朗詠集」と合冊)
(d) 新間進一「梁塵秘抄」(小学館・日本古典文学全集、「神楽歌」「催馬楽」「閑吟集」と合冊)

右のうち、(a)と(c)とは、『口伝集』についても全文を収め、注をも施してある。また(d)には、雑誌論文をも含む「参考文献」の目録が添付されているから、好学者は参照されたい。

今様と演歌など

「今様」とは「モダーン・スタイル」「ア・ラ・モード」といった意味合いの語で、平安末期の流行歌の総称である。平安中期には「今様歌」と呼ばれ、『枕草子』や『紫式部日記』中に、その歌詞の片鱗《へんりん》かと思われる記録があり、その頃から追々流行し出したものらしい。そして盛行するにつれて、種々雑多な種目を生じたが、それはちょうど昭和五十年代の今日、一口に通俗歌謡といっても、演歌もあればブルースもあり、ポップスやフォークとともに懐《なつ》メロや民謡も人気がある、といった状況に似たものであったに違いない。『口伝集』巻十の中には、さまざまな種目の名が記されているが、今日の流行歌群を整然と分類し定義することが至難なごとく、それらもおそらく歴史的変化や概念の重なり合いなどを含んだ、雑然たる呼称の集積であるに相違なく、これらの曲調が伝わらぬ以上、その一々について特徴を論ずることなど、ほとんど無意味に近い。

ただ「今様」という語には、広義の総称のほかに、狭く七五調四句一章の歌詞を有する一類の歌謡群を特にさす場合があり、『口伝集』巻十で、時に「只《ただ》の今様」「常の今様」と呼んでいるのは、この狭義の今様をさすものと考えられる。狭義の今様は、今様の中でも特に代表的な今様と見なされていたのであろう。

なお、若干付言すれば、今様の伴奏には一般に鼓が用いられたこと、また独唱された場合もあるが、「付けて歌う」場合もあったことが『口伝集』巻十などの記事によって分る。「付けて歌う」とは、おそらく歌詞の全部を合唱するのではなく、声明《しょうみょう》（仏教音楽）における「同音」（一人が句頭を独唱したあと、衆僧が斉唱に移ること）のような歌い方をいうのであろうか。あるいは、何か別のやり方をさすのかも知れないが、正確な意味合いは不明である。

憂き川竹の流れの君

今日の流行歌は、男女の歌手たちにより、舞台・テレビ・ラジオ・レコード等を通じて、あっという間に全国に広まるが、今様の場合、詳細な事情は不明であるけれども、大体は当時の女芸人たちが宴席などで歌った歌が、だんだんと愛好者の間に広まって行ったものらしい。そして藤原敦家《あついえ》（二三九頁注一四参照）のような貴族の男性で、今様の名手と謳《うた》われる人も現れたが、後白河院は空前絶後の今様のファンで、『口伝集』巻十に自ら記したとおり、少年時代から名ある女芸人を次々に召し寄せては、今様の習得に精励し、ついには自らが今様界の第一人者と仰がれるほどの歌唱力を身に付けたのであった。

当時の女芸人は「遊女《あそび》」や「傀儡子《くぐつ》」などと呼ばれたが（二三三頁注二二及び二三参照）、「遊び」とは元来歌を歌うことを中心とした遊戯をさし、「遊女《あそびめ》」を略称して「遊女《あそび》」と言った。漢字で「遊女」と書くと、後世の「遊女《ゆうじょ》」（公娼《こうしょう》・私娼の総称）と混同されやすく、またある程度は似ていることも事実であるけれど、違った点もまた多い。「遊女《ゆうじょ》」の概念の重点をなすものは売春であるが、「遊女《あそび》」の概念の重点をなすものは歌、すなわち今様を歌うことである（三八〇歌参照）。その点で「遊女《あそび》」は娼妓よりは芸妓に近いものと考えてよい。「傀儡子《くぐつ》」も「傀儡子女《くぐつめ》」の略で、「遊女《あそび》」とはルーツ（出自）が異なるようであるが、『秘抄』時代における社会的機能は「遊女《あそび》」と同様に今様歌手であって、どちらも後白河院の御所に頻々と出入りしていた。

もっとも、このように貴族社会と交渉のあったのは、おそらく比較的高級な女芸人たちのことであって、もっと低級な、不見転《みずてん》に近い芸人たちもいたろうし、さらにその底辺には、後代の飯盛女や辻君に相当する無芸売色の女たちも多数存在したことであろうと想像される。

後白河院の師として今様を伝授した乙前《おとまえ》は、美濃《みの》（岐阜県南部）の出身であるから、おそらく傀儡《くぐ》子《つ》の一員であるが、『口伝集』巻十の記述によれば、まだ十代の少女時代から、養母であり師匠である目井《めい》とともに京に上り、ずっと京に住みついたらしい。そして後白河院に召し出された頃には五条に住居があった。目井には、監物《けんもつ》清経というパトロンがあったが、乙前が老年に至るまで、どのようにして生活を立てていたのかは皆目分らない。（私は『口伝集』巻十の傍注や頭注で、乙前に京の老名妓らしい感じを持たせたいと考え、彼女の言葉をわざと京都弁で訳出してみた）

乙前のことはさておくとして、古来一般に芸妓の境涯というものは、所詮《しよせん》は苦界《くがい》であり、憂き節しげき川竹の流れの身たることを免れないものだった。そして多くの名もない流れの君たちにとっては、遊女《あそび》とねくろ（二六七頁注一八参照）が臨終に歌ったという

われらは何して老いぬらん
思へばいとこそあはれなれ
今は西方《さいはう》極楽の
弥陀《みだ》の誓ひを念ずべし（二三五歌）

の嘆きは、まさに身をゆるがす痛切なものだったに違いないと思われる。

『秘抄』に収められた今様の歌詞は種々雑多であるが、どの歌の背後にも、我々は数多くの流れの君

たちの涙と呻《うめ》きとを感じ取り、聞き取り、粛然と襟《えり》を正す気持を忘れるべきではないであろう。（私の彼女たちに対する哀悼の念の一端を、例えば三八歌の訳詞などから汲《く》み取っていただければ幸いである）

後白河院略伝

『口伝集』巻十は、今様の鬼としての後白河院の自叙伝であるといっていいが、そこには、院政時代最後の主権者としての公生活面が、きれいさっぱりと切り捨てられている。

しかし院は、周知のごとく、清盛・義仲・義経・頼朝ら、新興武家の圧力をぬらりくらりとかわしては、皇族・貴族の特権を擁護しようとした政治家であり、頼朝が「日本国第一ノ大天狗《てんぐ》」と評した怪傑であった。以下、参考までに、院の生涯を概観しておこう。

院政時代皇室系図（数字は即位の順番　□は院政の主権者）

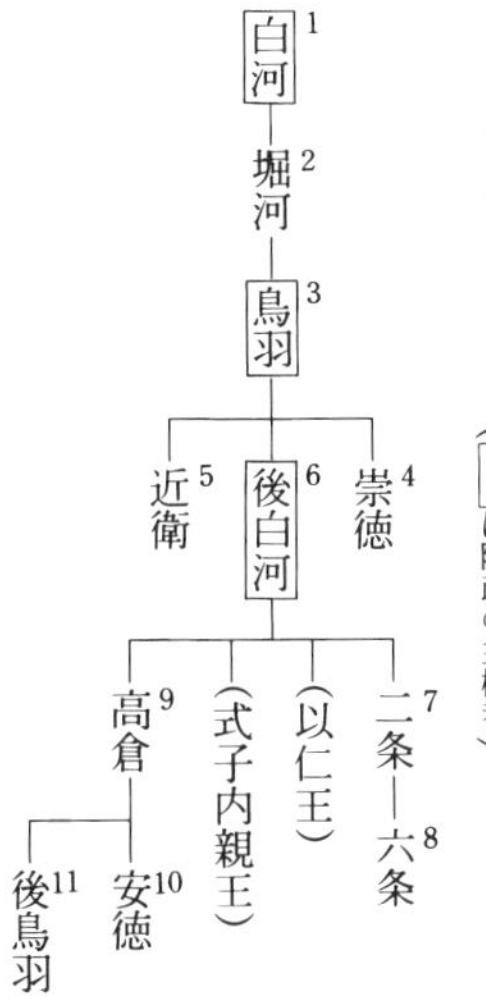

院は大治二年（一一二七）、鳥羽院の第四皇子として誕生した。母は待賢門院である。

十五歳（数え年、以下同じ）の時、同母兄崇徳帝が譲位し、異母弟近衛帝が即位した。新帝の母は、鳥羽院晩年の寵姫《ちょうき》美福門院であった。『口伝集』巻十には、「十余歳の時より今にいたるまで、今様を好みて怠ることなし」と記しているが、流行歌に熱中するより外に取柄のなさそうなこの皇子（院）は、誰からも帝王の器とは認められていなかった。

ところが久寿二年（一一五五）、近衛帝の夭折《ようせつ》によって形勢が一変する。常識的には崇徳院の皇子の即位が有力視されたが、崇徳院を嫌悪する美福門院の横車によって、にわかに後白河帝の出現を見るに至ったのである。院政時代の天皇としては異例の高齢、時に二十九歳であった。

翌保元元年（一一五六）、鳥羽院の没とともに、保元の乱が起り、後白河方が勝ち、崇徳院は敗れて讃岐《さぬき》へ流された。

保元二年正月、老妓乙前を召し出し、これに師事して今様の習得に精励した。当代無双の学者信西《しんせい》入道が、「当今《たうぎん》（後白河帝）、和漢ノ間、比類少キ暗主ナリ」と酷評したのは、この頃のことであろうか。

保元三年（一一五八）、三十二歳で譲位。以後、没年に至るまで、二条・六条・高倉・安徳・後鳥羽の五代にわたって院政を執《と》り、事実上の主権者として武家方に対抗した。

平治元年（一一五九）、平治の乱が起り、以来、平家は全盛をきわめるに至る。

嘉応《かおう》元年（一一六九）、院四十三歳の三月、『口伝集』巻九までが完成した（歌集の部及び『口伝集』巻十の成立年時は未詳）。そして、この年六月、入道して法皇となった。

治承元年（一一七七）、院五十一歳、鹿ケ谷《ししたに》事件が起る。同三年、清盛のクーデターにより、鳥羽殿に幽閉《ゆうへい》される。同四年、以仁王《もちひと》の挙兵、頼朝の挙兵と、天下ようやく騒然となる。

そして養和元年（一一八一）、清盛が没し、寿永二年（一一八三）、義仲が平氏の軍を破って入洛《にゅうらく》したが、その翌年には早くも戦死。そのまた翌年には、平家一門が壇の浦で滅亡、という忙《あわただ》しさである。

文治五年（一一八九）、義経は奥州平泉で討たれ、建久元年（一一九〇）、頼朝は上洛して、院と対面している。

同二年の末に院は発病、翌建久三年三月十三日、没。享年六十六歳であった。

二　仏教、特に天台宗をめぐって

仏教、特に インドの仏教　『秘抄』の歌謡には仏教の影響がいちじるしい。単に法文歌だけでなく、神歌などもそうであり、撰者後白河院の生活にも仏教信仰が浸透している。そこで『秘抄』の理解のために、当時の仏教、特にその中心を占める天台宗について、少しふれておくことにしたい。

仏教とは何か、というような大問題を論ずる資格は私にはないが、諸先学の高説を参考にしながら、自分なりに一応の見当を付けてみようと思う。

仏教の開祖は、いうまでもなく釈迦《しゃか》牟《む》尼《に》（釈迦族出身の聖者の意。以下「釈迦」と略称する）であるが、西暦紀元前ほぼ五六〇〜四八〇年の頃、北インドに出現したこの人物の言説の全容を正確に復原することは至難のようである。

釈迦は自身を仏陀《ぶつだ》（悟りを開いた者）と称したが、悟りを開くとは、苦しみや迷いの世界から抜け出ること、輪廻《りんね》の繋縛《けばく》から解脱《げだつ》すること、もはや生れたり死んだりすることのない境地へ到達すること、を意味する。そのためには、智慧《ちえ》によって迷いの根源である無明《むみょう》を打破することが必要であり、それは、快楽と苦行との両極端から離れた、中正な道によらなければならない。以上が釈迦の教えの核心をなすものと思われる。

「輪廻」とは、我々が六道・三界（三六歌参照）をぐるぐると果てしなく流転することである。たとい天上界に生れて、人間以上の楽《らく》を受けたとしても、それは一時のことに過ぎず、結局どこにも窮極の世界はあり得ない、という厭世《えんせい》観であり、古代インド人の有した根本思想である。この輪廻の束縛から自己を解放する道を教えるのが仏教であった。

釈迦（仏）とその教え（法）とを慕って、多数の弟子たちが集まるようになり、出家修行者の団体（僧伽《そうぎゃ》）が成立するに至るが、仏・法・僧の三宝に帰依することは、仏教徒の最も基本的な心得である。

出家者のほか、在家の仏教信者も追々に増加したが、釈迦は彼らに対しては、一足とびに解脱の道を示さず、まず布施と持戒とをすすめ、その功徳《くどく》による生天《しょうてん》（天上界に生れること）の道を説いたらしい。在家信者の間にも、慈悲・智慧にすぐれた人々が多数あった。

ところが、釈迦の入滅後、出家の教団を中心とした保守的グループと、在家の信者を中心とした進歩的グループとの対立がようやく顕著となり、後者は前者をけなして「小乗」と呼び、自らを「大乗」と称して、釈迦の精神の真の継承者をもって自任した。そして、保守的グループの編集に成る聖典に対抗して、様々の大乗経典が次々に生み出されることとなったが、一々の大乗経典の成立事情はほとんど不明である。

保守的仏教においても、過去仏及び未来仏の信仰はあったらしいが、大体は「仏」といえば釈迦一人をさし、「菩薩《ぼさつ》」といえば、釈迦の成道《じょうどう》以前の修行中の地位をさした。ところが大乗にあっては、「上求菩提《じょうぐぼだい》・下化衆生《げけしゅじょう》」（上に向っては無限に悟りを追求し、下に向っては無限に衆生を教え救うこと）の心を起したものはみな菩薩とされる。したがって、初歩の菩薩もあれば、仏と区別のないほどに優秀な菩薩もあり、また、完全な悟りを開いてすでに仏となった者もあれば、遠い未来に成仏《じょうぶつ》する者もあるはずだ、ということになる。

　このようにして、薬師仏・阿弥陀《あみだ》仏をはじめとする多数の諸仏、観世音菩薩・普賢《ふげん》菩薩等々の無数の菩薩の存在が説かれることになった。さらに一切諸仏の本源としての法身《ほっしん》の思想を生じ、仏の三身《さんじん》説（二九歌参照）の成立を見るに至った。これらの仏・菩薩の来歴も、経典と同様に、大部分未詳であるが、今日の仏教史学の知見では、弥勒《みろく》・文殊《もんじゅ》の二菩薩は、他の多くの神話的ないし哲学的菩薩と異なり、元来はインドに実在した人物に由来しており、前者は釈迦の高弟であり、後者は般若《はんにゃ》思想の鼓吹者であったと考えられている。なお、龍樹菩薩のように、明白な歴史上の人物を菩薩と呼ぶことがあるが、これは日本でも高徳の僧を菩薩と呼んだ例があるのと同様である。

　大乗経典の主要なものの原型が成立したのは西暦紀元の頃で、二世紀には早くも中国で漢訳されている。また、密教の要素も古くから仏教に含まれ、大乗経典にはしばしば陀羅尼《だらに》（一六〇歌参照）が説かれているが、大日如来と曼荼羅《まんだら》を中心とした密教（金剛乗）が成立したのは、七世紀の頃といわれる。

　その後、仏教はインドでは衰滅に向うが、保守的教団の仏教は南方（スリランカ・ビルマ・タイ）に伝わり、大乗や密教は北方（中国・日本・チベット）に伝わって、今日に至っている。

中国の仏教特に五時説について

仏教は西域を通じて中国に入り、仏典の漢訳は、二世紀以来盛んに行われた。大乗経典のほか、いわゆる小乗経典も伝わり、各種の経典が順序不同に訳出されたのであるが、中国の仏教徒を悩ませた最大の問題は、何が釈迦の説法の本意であるのかという疑問であった。

すでにインドにおいて、雑多な内容を有する各経典がすべて釈迦の口から実際に説かれたものであると信じ込まれていたのだが、今日の仏教史学を夢にも知らぬ当時の中国人にとって、経典間に存する諸矛盾を何とか論理的に会通《えつう》し、釈迦の真意をさぐり出すことこそが、第一の課題なのであった。もろもろの学僧たちは、各自の主観に従って、これこそ釈迦の窮極の真意と考えられた経典を特に信奉し、他はみな方便説——雑多な能力の衆生を導くため、一時の手段として説かれた説——であるとして、この難題を解決しようとした。

そのうち中国仏教界で最大の地歩を占め、日本の仏教に対しても決定的な影響を与えたのは、隋《ずい》の天台大師智顗《ちぎ》（五三八～五九七年）の唱えた「五時説」であった。

そのころ密教はまだ伝わっていなかった（実はインドでもまだ成立していなかった）が、天台大師は『法華経』をもって釈迦出世の本懐であるとし、他の経はすべて方便説に過ぎないとして、一切の経典を釈迦一代中の五時期の所説として整理することにより、この難問に解答を与えたのである。その「五時」とは、

一、華厳《けごん》時　釈迦が悟りを開いた直後の時期。その悟りの内容は華厳経典に開示されている。釈迦は絶対者（毘盧遮那《びるしゃな》仏）として深い瞑想《めいそう》に入り、普賢・文殊の二菩薩が中心となって説法が進行す

る、という体裁を取っている。漢訳には『六十華厳経』『八十華厳経』『四十華厳経』の三訳があり、巻数の違いだけでなく、内容にも多少の差がある。一般には『六十華厳経』が広く用いられる。

二、阿《あ》含《ごん》時　華厳経はあまりに深遠なので、釈迦の弟子たち（声聞《しょうもん》）には全く理解できない。そこで次の時期には、これらの弟子たちを対象に平易卑近な阿含経典が説かれた。（阿含はいわゆる小乗の経典で、南方仏教の聖典と類似した内容のものが多い）

三、方等《ほうどう》時　弟子たちの理解力が高まったのを見て、釈迦は小乗の考えを打破するため、次にもろもろの方等経を説いて、大乗を鼓吹した。方等経とは固有名詞でなく、大乗経典の総称であり、特に小乗を排撃した内容のものをさす。『維摩《ゆいま》経』はもっとも先鋭な方等経典で、主人公の維摩居士《こじ》という在俗信者のために、舎利《しゃり》弗《ほつ》・迦葉《かしょう》ら十大弟子がさんざんに論破される場面がある。

四、般若《はんにゃ》時　次に釈迦は、仏教思想の根底をなす「空《くう》」の理を説いた。般若とは「般若波羅蜜多《はんにゃはらみった》」（智慧《ちえ》の完成の意）の略。般若経も総称で、大部の『大般若経』から、ごく短い『般若心経』に至るまで、種々の般若経典がある。

五、法華《ほつけ》涅《ね》槃《はん》時　釈迦は諸経を説いて来て、最後に、これこそ窮極の法であるとして『法華経』を説き、その後間もなく涅槃に入った。したがって『法華経』は諸経の王である。

以上が天台大師の五時説の大要であるが、今日の仏教史学の見地からすれば、ほとんど無意味に近い。しかしながら、歴史ではなく、経典の論理的分類法として見れば、一応の達見であるということもできよう。ともかく、『秘抄』の法文歌の配列が、この五時説に準拠していることは、巻二の目録（二四頁参照）を一見すれば明らかである。

なお、天台大師は「五時」とともに「八教」（化《け》法《ほう》の四教と化《け》儀《ぎ》の四教）の説をも立てたのであるが、この方は『秘抄』との関係が薄いので省略する。大師が講述した『法華文句』『法華玄義』『摩《ま》訶《か》止《し》観《かん》』を合わせて「天台三大部」といい、天台宗の教学及び修行法の規範となっている。

日本の仏教特に天台宗について　日本の仏教は、いうまでもなく中国の仏教の影響下に成立発展したものであるが、平安時代盛期から院政時代にかけて、仏教界で主流派ともいうべき位置を占めていたのは、中国の天台大師を高祖とし、本朝の伝教大師最澄を宗祖とする天台法華宗、略して天台宗であった。

天台宗の金看板はもちろん法華信仰であったが、最澄自身密教をも学んでいるし、また彼が申請し獲得した年分度者《ねんぶんどしゃ》（政府公認の給費学生）定員二人のうち、一人は止観業《しかんごう》（本来の天台教学）、一人は遮《しゃ》那《な》業（密教）を修める規定であった。そうして、第三代の天台座主《ざす》（正確には初代座主）慈覚大師円仁《えんにん》、五代座主智証大師円珍が、それぞれ入唐《にっとう》して、主に密教をもたらしてからというものは、実際上は、密教を主とし法華信仰を従とする、といってもいいような形勢に転じていたのである。

さらに、十八代座主慈恵《じえ》大師（元三《がんざん》大師）良源以後になると、彼の属する山門《さんもん》（延暦寺・円仁系）が、寺門《じもん》（園城寺《おんじょうじ》・円珍系）に対する劣勢から逆転して優位に立ち、ついに延暦寺と園城寺（三井寺《みいでら》）との分立を見るに至った。以後、叡山《えいざん》系僧侶《そうりょ》の優勢がつづくのである。

良源は口八丁手八丁の英傑で、大いに叡山の教線を拡張した。まず応和三年（九六三）、清涼殿で行われた宗論《しゅうろん》において、南都東大寺を論破し、また対世間的には、右大臣師輔《もろすけ》（道長の祖父）・太政大臣兼家（道長の父）、その他藤原氏一門の帰依を得て、叡山僧徒の貴族社会への進出を決定的ならしめた。

南都の興福寺は、もと藤原鎌足が開創したもので、藤原氏の菩提所として尊崇されたが、中央政界とのつながりの上では、北嶺（延暦寺）に及ばなかったようである。

また弘法大師空海に始まる真言宗は、東密（東寺所伝の密教の意）と称せられ、宇多法皇の帰依を得るなどの業績をあげたが、全般的には台密（天台所伝の密教の意）の盛行に水をあけられた感がある。

円仁の業績

話を少しあともどりさせることになるが、『入唐求《にっとうぐ》法《ほう》巡礼行記』の著者円仁（慈覚大師）は、かの地で天台学を修めると同時に、大いに密教をも学んだ。密教は、先に述べたように、大乗よりも遅く、七世紀ごろ、インドの民間信仰を取り入れて成立したものとされる。曼荼羅《まんだら》を画《えが》き、印を結び、真言を唱え、護摩《ごま》を焚《た》くなど、教理よりもむしろ事相を重視する宗教である。

中国へは唐代に輸入され、日本人留学僧によって故国へもたらされたのであるが、日本では寺院の内部にとどまらず、古来の山岳信仰と結びついて、修験《しゅげん》行を生み出すこととなった。叡山無動寺の相応和尚《かしょう》は円仁の門弟で、染殿《そめどの》の后の物怪《もののけ》を調伏《ちょうぶく》した話で知られるが、彼は叡山独特の荒行たる千日回峰行の創始者と伝えられている。

なお、円珍（智証大師）や醍醐《だいご》寺の聖宝《しょうぼう》（理源大師）もこの方面に活躍し、後代、聖護院（園城寺に属）と三宝院（醍醐寺に属）とが、それぞれ天台及び真言山伏《やまぶし》の二大本拠となる素地を築いた。

密教ないし修験が平安時代にあれほど流行したのは、病気平癒《へいゆ》・安産・皇子誕生等々、貴族社会の切実な現世利《り》益《やく》的願望にこたえて、よく加持祈禱の効能を発揮した——と信ぜられた——からなのであろう。

そのほか、円仁の将来した特記すべきものに、常行三昧《じょうぎょうざんまい》をはじめとする儀式ないし儀式音楽（声《しょう》明《みょう》）があるが、声明については章を改めて述べることにする。

常行三昧とは、天台大師の『摩訶止観』に説かれた四種三昧（常坐・常行・半行半坐・非行非坐の四種の行法）の一つで、九十日間道場内の仏像のまわりをあるきめぐって、阿弥陀仏《あみだぶつ》の名を念じ唱えるのであるが、円仁は五台山竹林寺の作法――引声《いんぜい》念仏及び引声阿弥陀経の歌唱――を移し、叡山東塔に常行三昧堂を建て、不断念仏を修したと伝えられる。

常行堂は、寛平《かんぴょう》年間、西塔《さいとう》にも建立され、さらに良源（慈恵《じえ》大師）によって横川《よかわ》にも設置された。現在の常行堂は、法華堂と左右二堂一廊の建物（弁慶の担《にな》い堂と俗称）として、西塔に位置するが、もちろん、織田信長による一山焼亡後の再建である。蛇足《だそく》ながら一言すれば、東塔・西塔・横川を三塔と総称するが、この場合の「塔」は通常の用法でなく、いわば叡山大学東分校・西分校・横川分校に相当し、大学本部ともいうべき根本《こんぽん》中堂は東塔内にある。

また、民俗芸能の「延年」で名高い陸中平泉の毛越《もおつ》寺常行堂も、円仁の創建にかかるといわれる。常行堂はその後広く各地の諸寺院に付設せられ、上東門院彰子《しょうし》（道長の長女）のごときも、法成寺《ほうじょうじ》内にこれを建てた。美術史上著名な宇治平等院鳳凰《ほうおう》堂、日野法界寺《ほっかいじ》阿弥陀堂、大原往生極楽院（現在は三千院庭内）、陸中中尊寺金色《こんじき》堂なども、みな常行三昧堂の様式にのっとったものといえよう。

源信と浄土教

常行三昧は阿弥陀信仰（浄土教）を形式の面から推進するのに寄与するところ大であった。これを内心の面から開拓したのが恵《え》心僧都《しんそうず》源信の『往生要集』等である。源信は良源の門下で、同門の檀那《だんな》僧都覚運とともに、師の教学面を継承発展させた。二人は生前に併称されただけでなく、その学風は後代それぞれ恵心流・檀那流として二大流派を形成するに至った。

源信は今日、『往生要集』の編著者、阿弥陀信仰の鼓吹者としてのみ名高いが、彼の生涯の著述は多方面にわたっており、決して浄土一辺倒だったわけではない。しかしこの書の成立（九八五年）が、「往生」に関する理論と方法とを明示することによって、日本浄土教史にエポックを画したことは事実であり、彼がそのために記憶されることも故《ゆえ》なしとはしない。

彼はまた『二十五三昧《さんまい》式』を製して（九八六及び九八八年）、二十五人の念仏結社の集会用に供したが、これの縮約は『六道講式』と呼ばれ、「講式」の濫觴《らんしょう》とされる（講式については、「声明」の章で述べる）。

さらに『法華験記《げんき》』の記述によれば、彼は臨終（一〇一七年）に上品下生《じょうぼんげしょう》をこいねがったというが、彼の作と伝えられる和讃『極楽六時讃』の冒頭の段も、『観無量寿経』に照らして見ると、やはり上品下生の者を想定していることが分る（和讃についても、やはり「声明」の章で述べることにする）。『往生要集』及び『極楽六時讃』の文句は、『栄花物語』の巻々の修辞に鏤められていて、世間（少なくとも貴族知識層）への流布の一端がうかがわれる。これらは平安後期の仏像や仏画（例えば高野山現蔵「阿弥陀聖衆来迎《しょうじゅらいこう》図」など）の製作にも、当然影響を及ぼしたことであったろう。

平安時代中期の貴族と仏教信仰

源信は、『源氏物語』手習《てならい》の巻に登場する横川《よかわ》の僧都のモデルだと考えられてきた。が、『源氏物語』には、浄土教的色彩はさして明瞭でないように見える。この物語中には、数多くの仏教行事の記述があり、出家の場面の描写があり、その他仏教的思考が随処にしみついている。さらに薫大将の異香のごとく、『法華経』薬王品の文言にヒントを得たと思われるような設定もなされている。しかし作者紫式部は、宗教の世界へのめり込んでゆくことを――意識的にか無意識的にか――回避しようとしている気配が感ぜられ、『無名草子』の筆者が「など、源氏とてさばかりめでたきものに、この経（法華経）の文句の一偈《げ》一句おはせざるらん」と難じたような、一種の仏教離れの側面をも有している。

作者自身の信仰についても、『紫式部日記』の中に「阿弥陀仏」への言及がなされているけれど、これも文意にあいまいな点があって、にわかに判断しがたいうらみがある。

一代の幸運児というべき道長の晩年の宗教生活については、『栄花物語』が委曲を尽している。入道殿下《てんが》と呼ばれた彼の、法成寺の建立をはじめとする作善《さぜん》の数々は、我々の目には、富と権力との威光でまことの極楽の風光をこの世に現出しようとしたいい気なものという感が先走ってしまうのであるが、しかし彼が――少なくともその主観の上では――大まじめに仏道を行じようと力《つと》めたことは認めてよい。彼の葬送の時、導師院源（良源門下。当時天台座主）が「今は極楽の上品上生の御位と頼み奉る」（『栄花物語』鶴の林）と呪願《じゅがん》の詞を述べたのも、あながちにおべんちゃらとばかりはいえない。しかし中宮威子《いし》（道長の三女）への夢告では、「いと思はずに」下品下生であったというのも、すこぶる興味をそそられる。

ともあれ、「法華経をいみじく帰依し奉らせ給ひければ、現世安穏・後生善所と見えさせ給ふぞ、世になくめでたきや」と評してあるのは、「法華最第一」の天台の伝統がなお健在であることを明白に示している。

院政時代の皇室特に後白河院の仏教信仰

平安時代末期すなわち院政時代に入っても、仏教信仰の基本的傾向は中期と変りがなかった。ただ、この時期には、皇室による大寺院の建立が目立つ。

承暦元年（一〇七七）、白河帝の発願によって法勝寺《ほっしょうじ》が創建されるや、仁和《にんな》寺の性信法親王が検校《けんぎょう》に、そして園城寺《おんじょうじ》の覚円が別当に、延暦寺の覚尋が権別当《ごんのべっとう》に補《ぶ》せられた。仁和寺（真言宗）は、宇多法皇以来皇室とは特に深い関係にあったから、一応当然として、園城・延暦両寺の僧をそれぞれ別当・権別当に据えたのには、派閥均衡人事の苦心が読み取れよう。

つづいて堀河帝の尊勝寺（一一〇二年）、鳥羽帝の最勝寺（一一一八年）、待賢門院の円勝寺（一一二八年）、崇徳帝の成勝寺（一一三九年）、近衛帝の延勝寺（一一四九年）と、いわゆる六勝寺が次々に建立されて、壮麗を競うこととなった。（これらはいずれも中世に廃絶し、今日その片影をもとどめない）

後白河院の発願による蓮華王院は、院が上皇になってからのことで、長寛二年（一一六四）、平清盛が造進したものである。鳥羽院の得長寿院に対し、新千体堂と呼ばれ、一千一体の千手《せんじゅ》観音像を安置し、俗に三十三間堂と称する（現在の建物は一二六六年の再建）。そしてこれを延暦寺の昌雲に管掌せしめた。

しかし嘉応元年（一一六九）、院の出家落飾に際しては、園城寺の覚忠が戒師となっている。院の法名は行真といった。

院は、『口伝集』巻十によって知られるとおり、熱烈な仏教信者であり、とりわけ『法華経』の信奉者であった。これは、すでに院が在位中（保元年間）、宮中仁寿殿《じじゅうでん》で法華《ほっけ》懺法《せんぼう》を修したことからも見てとることができよう。（宮中懺法講は長く後代に継承された）

また、院の三十余度にも及ぶ熊野《くまの》参詣《さんけい》も注目すべきであって、本地《ほんじ》垂迹《すいじゃく》思想の浸透した時代だから、熊野権現《ごんげん》の信仰は、取りも直さず、仏教信仰の一形態に外ならなかった。院の場合に特徴的な事柄としては、今様を歌うことがそのまま仏道を行ずることであるという信念で、『口伝集』巻十の終りの方に表明されている（二六七頁参照）。

これは、狂言綺語《きょうげんきぎょ》も讃仏乗《さんぶつじょう》の因、転法輪の縁になるという考えの流れを汲《く》むものであり、平安中期以来、主として歌人の間に行われた和歌即仏道の思想を、今様に応用したものに外ならないが、ここに今様は単なる趣味娯楽の域を越えて、仏教の哲理に裏打ちされた「道」として自覚されるに至ったのであった。

三　声明ないし和讃をめぐって

声明とは

『秘抄』の歌には、和讃の一節を抜き出して歌詞としたものが若干ある。声明《しょうみょう》（仏教音楽）全般と今様との関係については判然としないが、曲節などに多少の影響があったかも知れない。そこで、声明ないし和讃について概観しておきたい。

仏教の儀式音楽を梵唄《ぼんばい》または声明というが、声明とは、経典・偈頌《げじゅ》・陀羅尼《だらに》・仏名等に高下抑揚の曲節を付して歌唱するものである。したがって今日葬式などの際に聞かれるあの音痴的な読経も、一応声明に入れられはするが、天台・真言両宗所伝の由緒ある声明は高雅優麗な声楽であって、近年レコードも若干発売されている。儀式に用いられるものに限って声明というので、西国や四国巡礼の御詠歌などは声明とはいわない。単旋律で、僧侶により斉唱（時に独唱）されること、その他一般に西洋カトリック教会のグレゴリオ聖歌と類似する点が多い。

声明についての詳細は、次のレコード（解説書付き）を参照されたい。

片岡義道演唱・解説『声明』（「天台宗大原流声明大全」上・中・下、キングレコード）

声明も経典と同じく、起原はインドにあるが、中国における元祖は陳思王曹植《そうち》（魏《ぎ》の曹操《そうそう》の子）だとされていて、彼が魚山《ぎよさん》に遊んだ時、天来の妙音を感得して作曲したと伝えられる。

天台声明と良忍

声明はすでに一部奈良時代に伝来し、東大寺の大仏の開眼《かいげん》供養に、唄《ばい》・散華《さんげ》・梵音《ぼんのん》・錫杖《しやくじよう》の「四箇《しか》法要」が用いられたことが知られる。しかし、体系と古色とを保存しつつ永く後代に伝承されたのは、天台・真言の両声明のみである。

円仁（慈覚大師）は、顕教系・密教系・浄土系の諸声明を唐から一式将来したが、彼自身はあまり音楽に堪能ではなかったらしい。彼は数人の門弟に五つの秘曲を分割相伝したといわれ、その相承譜の中に、相応・良源・源信等の名を見いだすことができる。これを再統一し、大成した功労者は名手良忍（一〇七三〜一一三二年）である。

良忍（聖応《しようおう》大師）は、教義的には融通念仏の祖として知られるが、もと叡山東塔の常行三昧堂の堂僧で、雑役をつとめながら不断念仏を修《しゆ》した。二十二歳で洛北大原に隠遁《いんとん》し、この地に来迎《らいこう》院を開いて声明の道場とし、目安博士《めやすはかせ》（ネウマ式楽譜）を創案して、学習に便ならしめた。以来、大原（魚山）

声明が天台声明の主流をなすに至ったのである。声明をめぐる状況がかなり明らかになるのは、良忍以後のことであって、それ以前の資料はきわめて乏しい。

後白河院は、この良忍の門弟家寛を師として声明を学んでいるから、声明習練の功は、今様歌唱の上に何らかの影響を及ぼしたことであろうかと推察される。

声明の分類　仏教の儀式は多様であり、これに用いられる声明も多数にのぼる。声明は、その用途・旋法・拍子等の観点から、幾とおりかの分類が可能であるが、今一番単純な、詞章の用語の観点からすれば、

㈠ 梵語（ただし漢字で音を写してある）のもの
㈡ 漢語のもの
㈢ 日本語のもの

に三大別される。さらに細分すれば、

㈡ 漢語 ｛(イ) 呉音で読むもの　(ロ) 漢音（声明特有の漢音）で読むもの｝
㈢ 日本語 ｛(イ) 漢文訓読体のもの　(ロ) 和文体のもの｝

に分類することができる。それぞれに属するものを若干、次に例示しておく（天台声明になくて、しかも重要なものは、真言声明の中から選んであげておく）。

㈠梵語……四智梵語讃・大讃・驚覚《きょうがく》真言など。

㈡漢語
(イ)呉音……四《し》箇《かの》法要・総礼《そうらい》伽陀《かだ》・衆罪《しゅざい》伽陀など。
(ロ)漢音……四智漢語讃・九方便・法華懺法・例時作法など。

㈢日本語
(イ)訓読……法華八講の経釈や論義・六道講式・四座講式（真言宗）など。
(ロ)和文……法華讃嘆《さんだん》・法華大会《だいえ》の教化《きょうけ》・四座講の四和讃（真言宗）など。

これらのうち、㈡と㈠、すなわち中国伝来のものが最も重視され、㈢、すなわち日本製のものは幾分軽く扱われる。しかも「和讃」は、天台宗ではほとんど声明に数えられず、歴史的にも重視された形跡がない。

法華懺法と例時作法

声明の実例として、『秘抄』一七一歌及び一九〇歌と関連のある「法華懺法」と「例時作法」の一部をあげてみよう。

法華懺法は、敬礼段・六根段・経段の三段から成り、まず敬礼段では、諸仏諸菩薩の名を呼んで、立居をくりかえしながら礼拝する。

一心《イッシム》敬礼《ケイレイ》本師《ホンシ》釈《セ》迦牟《キヤボ》尼仏《ヂフ》
一心《シム》敬礼過去《クワキヨ》多《タ》宝仏《ホウフ》
一心《シム》敬礼十方《シハウ》分身《フンジン》釈迦牟尼仏

一心《シム》敬礼東方善徳仏《トウハウセントクフ》尽《シン》東方法界一切《ハカイセイ》諸仏《ショフ》
一心《シム》敬礼東南方無憂《トウナムハウブイウ》徳仏尽東南方法界一切諸仏

……………………

一心《シム》敬礼文殊師利《ブンジユシリ》菩薩《ホサ》弥勒《ビロク》菩薩摩訶薩《ホサンバカサ》
一心《シム》敬礼薬王《ヤクワウ》菩薩《ホサ》薬上菩薩《ヤクシヤウホサン》摩訶薩

……………………

次に六根段では、おのが罪過を、眼《げん》・耳《に》・鼻・舌・身・意の各根ごとに懺悔する。

至心懺悔弟子《シシモサムクワイテイシ》某甲与《ヨ》一切法界衆生《イッセイハカイシウセイ》。従無量世来《ショウブリヤウセイライ》。眼根因縁貪著諸色《ガンゴンインネンタムチヤクショセキ》。以著色故《イチヤクセキコ》。
貪愛諸塵《タムナイショチン》。以愛塵故《イアイチンコ》。受女人身《シウヂヨジンシン》。世々生処《セイセイセイショ》。惑著諸色《クヱキチヤクショセキ》。

……………………

このあと経段で、法華経安楽行品《あんらくぎょうほん》を読むが、これも、

妙法蓮華経安楽行品《ベウハレングワケイアンラッケイヒム》
爾時《ジシ》文殊師利《ブンジユシリ》法王子《ハウワウシ》菩薩摩訶薩《ホサンバカサ》。白仏言世尊《ハキフツゲンセイソン》。是諸菩薩《シショホサ》甚為難有《シムニナンニウ》。敬順仏故《ケイシユンフツコ》。発大《ハツタイ》
誓願《セイグヱン》。於後悪世《ヨコウアクセイ》。護持読誦《コチトクショウ》。説是法華経《セッシハクワケイ》。

……………………

のように発音する。このように一風変った読み方をするのは、円仁の所伝に由来するのである。

法華懺法は、法華三昧《ざんまい》（半行半坐三昧）を行うための声明であり、一方、常行三昧のための声明を例時作法という。前者は朝の、後者は夕の勤行《ごんぎょう》にも用いられるが、両者とも、日常用の簡単な曲節のものと、特別用の「声明懺法」及び「声明例時」と呼ばれる音楽性の豊かなものとがある。一九〇歌に見える「引声阿弥陀経《いんぜいあみだきょう》」は、声明例時の一部を構成するが、短声・引声いずれの場合も、

仏説阿弥陀経《フッセツアビタケイ》
如是我聞《ジョシガブン》。一時《イッシ》仏在《フッサイ》。舎衛国《シャヱクヱキ》。祇樹給孤独園《キシユキッコトクヱン》。与《ヨ》大比丘衆《タイヒキウシウ》。千二百五十人倶《センジハキゴシウジンク》。………

のように、独特の漢音が用いられ、「念仏」のごときも、

南無阿弥陀仏《ナモアビタフ》

と発音する。

讃・伽陀など

法華懺法や例時作法は、散文の詞章を歌唱するものであるが、「讃」や「伽陀《かだ》」と呼ばれるものは一般に韻文であり、漢語の伽陀には、七言・五言の四句から成るものが多い（古くは和文の伽陀も作られた）。四句から成る点で、法文歌の歌詞の形式に近いが、伽陀や讃には、豊かなメリスマ（一音節を高下抑揚させながら、長く引いて歌うこと）を有するものが多い。

メリスマはグレゴリオ聖歌を特徴づける一技法であるが、今日では極端に長く引くことは行われず、一呼息（長くても約十二秒）以内の短いものが多い。ところが声明では、ユリ・ソリ・マクリ等と呼ばれる多彩なメリスマが使用され、漢字一字分を歌うのに五分間も要する場合さえある。

メリスマが長過ぎると、歌詞が聞き取れなくなってしまうが、今様の場合、歌詞を聞き取れないほどに長く声を引いたとは思えないので、伽陀などの曲節がそのまますぐ今様に流用されたとは考えにくい。しかし、声明の旋律が適当にアレンジされ、利用されることはあったかも知れない。

表白と講式

法要の際に用いられる声明の大部分は漢語・梵語《ぼんご》のものであるが、日本で新たに作り出されたものもある。法要の主旨を述べる「表白《ひようびやく》」は、本来は法要のたびごとに新作

されるべきもので、漢文を訓読するのであるが、一般に音楽的変化には乏しい。

これに似て「講式」と呼ばれるものは、もっと高い音楽性を賦与されたもので、後代の平曲・謡曲・浄瑠璃《じょうるり》など、語り物の曲調の淵源《えんげん》となったと考えられており、したがって日本音楽史の上からいえば、講式が最も重要な声明であるともいえよう。ともあれ、講式は一般の声明とは違って独唱曲であり、旋律の面でも異なった性格を有する一ジャンルである。

講式とは、講(信心会)の式文であり、前に述べたように、源信の『二十五三昧式』、その縮約たる『六道講式』が濫觴《らんしょう》であるとされる。ただし、源信は作詞者ではあるが、作曲者ではなかったらしい。講式の旋律の作曲者は、禅林寺の永観《ようかん》(一一一一年没)であるといわれ、この人には『往生講式』の作がある。

今日行われている講式のうち最も重要なのは、明恵《みょうえ》上人高弁(一二三二年没)の手に成り、真言宗の涅槃会《ねはんえ》の四座講に用いられる『四座講式』であろうが、『秘抄』や後白河院よりもややのちの時代に属するので、ここには名をあげておくにとどめる。

法華八講と広学竪義

古典文学にしばしば出て来る「法華八講」とは、『法華経』八巻を八座(朝夕一座ずつ四日間)に分けて講説し、問答を行う法要である(今日では通常一座に集約して行う)。中国で創始され、わが国では延暦年間に大和《やまと》石淵《いわぶち》寺で初めて修せられたというが、諸寺もやがてこれにならい、さらに宮中でも行われた。

どんな法要にも、いわば飾りの部分と中核の部分とがあるが、法華八講の中核部分は「経釈」(読《とく》師《し》が経文を読誦《どくじゅ》し、講師がこれを解説する)と「問答往復」(問者が質疑し、講師が応答する)とにある。現

行の一端を示すと、読師が

妙法蓮華経序品《みょうほうれんげきょうじょほん》第一

と唱えたあと、講師が、

大意者《は》

如来秘密之奥蔵《ナリ》。故開《ニクコトヲ》レ之不レ輙《たやすカラ》。釈尊出生《ノ》本懐《ナリ》。故聞《ニクコトヲ》レ之甚難《ダシ》。成道四十余年之間、未《ダ》レ顕《サ》二真実《ヲ》一。仏寿七十二歳之後、方《はじめテ》説《ク》二此《ノ》経《ヲ》一。逢《フコト》レ難《キニ》レ逢《ヒ》、宿習可《シ》レ悦《よろこンヅ》。開《クコト》二於難《キヲ》レ聞《キ》、作仏無《シ》レ疑《ヒ》。

題目者

………………

入《ツテ》レ文《ニ》判釈《セバ》者

………………

序品《トハ》者

………………

といったふうに唱えてゆくのである（「真実ヲ」を「シンジット」のように連声《れんじょう》で読む）。

そのあと、問者と講師との間に論義が交わされるが、これもやはり漢文訓読口調で、一定のパターンを踏みながら進行する。

昔、五之座（三日目の朝座）の半ばに行われた「薪《たきぎ》の行道」は、現在もその名残りをとどめ、提婆《だいば》達多《だった》品《ほん》前半の内容にちなんで「法華讃嘆」（行基作）、

法花経ヲワガエシコトハ、タキギコリ、ナツミミヅクミ、ツカヱテソエシ、ツカヱテソエシ

を歌いながら堂内をめぐるのであるが、これは和文体の声明とはいえ、曲調が複雑で、歌詞は聞き取りにくい。

『法華経』に開結二経（『無量義経』『観普賢経』）を加えて、「法華十講」（十座・五日間）、あるいは「法華三十講」（一日一品ずつ三十日間）として行うこともあった。最澄は天台大師の忌日《きにち》に十講を修し（霜月会《しもつきえ》の起り）、また当の伝教大師の忌日にも十講が行われるようになり（六月会《みなづきえ》の起り）、さらに良源のとき、六月会に付随する夜儀《やぎ》として「広学竪義《りゅうぎ》」と称する論義法要が創始された。

法華八講や十講の論義では、問者はいわば学生で、答える講師の側に権威があるのに対して、広学竪義にあっては、問者はいわば口頭試問の担当教官であり、答弁する竪者《りっしゃ》は受験生、出題・及落判定を司る探題《たんだい》は主任教授ないし学長に見立てることができようか。

なお、これらの論義は、おそらく初めは自由討論だったのであろうが、形式も内容も次第に固定し、曲節も加わって声明化し、謡曲の「ロンギ」の源流となった。

和讃とは　『秘抄』の歌詞と最も関係の深いジャンルは「和讃」であるが、和讃とは、決して和文の讃歌の総称ではなく、何々和讃（もしくは何々讃）という題名を有し、和文脈七五調ないし八五調の長編（時に短編のもある）の詞章を有するものをいうのである。

和讃の古いものは、おおむね天台の僧侶によって作られているが、製作の事情や使用の状況については、ほとんど不明であり、声明関係の古文書中にも、和讃に関する記述を見いだすことは絶無とい

ってよい。

古く平安時代中期に作られたと思われる和讃としては、千観（九八三年没）の『極楽国弥陀和讃』、源信（一〇一七年没）の『極楽六時讃』などがあるが、前者は今日歌詞が残るのみ、後者も天台宗では行われず、時宗《じしゅう》に伝わって『浄業和讃《じょうごう》』（全三巻）に収められ、その上巻の内容に相当する。

私は、これらは元来教団の儀式用でも歌唱用でもなく、一般人、とりわけ女性信者向きに、唱え物として作られたのであろうと推定している。そして、世間に流布するにつれ、簡単な曲節が付けられるようになり、長編の歌詞を四句ごとに区切って曲節の一単位とし、同一曲節を繰り返していって全編を歌ったのではないだろうか、と私は推量する。

儀式用でないから、天台宗では声明に入れられず、他宗の儀式に取り入れられて、はじめて声明扱いされるようになったのであろう。源信の作と伝えられるものには、なお『天台大師和讃』があるが、これも天台宗の「天台大師供《く》」には用いず、漢語の声明である『天台大師画讃《がさん》』（顔魯公《がんろこう》作）を歌うのである。

和讃のうち、声明として最も重んぜられているのは、真言宗涅槃会《ねはんえ》の四座講において『四座講式』に付随して歌われる四つの和讃（「涅槃《ねはん》和讃」「羅漢《らかん》和讃」「遺跡《ゆいせき》和讃」「舎利《しゃり》和讃」）であろうが、音楽上は後世の旋律の混入が甚だしく、一般の声明とはかなり趣の異なったものとなっている。これは天台では用いないけれども、和讃全般を論ずるときには見落すことのできないものであるから、一応和讃というものも、声明の一ジャンルとして扱うべきであろうと考える。

源信の『極楽六時讃』は、現存する最長編の和讃で、阿弥陀仏の浄土へ往生した人が昼夜六時（晨朝《じんじょう》・日中・日没《にちもつ》・初夜・中夜・後夜《ごや》）に見聞するであろう彼土の荘厳《しょうごん》と、勤《ごん》修《じゅ》するであろう仏事の数々とを、豊麗な空想力を駆使して詠じた一種の叙事詩である。その冒頭の四句を、時宗の『浄業和讃』上巻によってあげると、

往生極楽コトバニハ
イヘドモ心ハトドマラズ
自《みづ》カラココチニネガハシキ
コトニオモヒヲ係《かく》ベシ

この文意はやや解しにくい。第四句の「コトニ」は「事ニ」か「殊ニ」か、ちょっと迷うが、時宗本山清浄光寺《しょうじょうこうじ》（通称遊行《ゆぎょう》寺、藤沢市）所蔵の古写本（伝二祖他阿《たあ》上人筆、重要文化財）には「事に」とあるので、これに従うこととし、そして「事に」は「事として」の意と解すると、すんなりと通釈できよう（「事に」を「事に対して」と解すると、文意がすっきりとしないものになる）。

これにつづく二十四句では、念仏行者の臨終から往生・証果までを略述するが、この段を『観無量寿経』の文言と対照してみると、前述したように、上品下生《じょうぼんげしょう》の者を想定していることが分る。ここにおいて連想されるのは、山城浄瑠璃《じょうるり》寺の九体《くたい》阿弥陀仏の中尊が上品下生印を結んでいることである。しかし、美術で上品下生印というのは来迎印と同じであるから、この仏像の場合、単純に上品下生印だと片付けてしまうわけにはゆかない。

以上の段までがいわば序章で、この次からはいよいよ極楽における晨朝の光景の描写が始まるので

ある。

アシタニ定《ぢやう》ヨリ出《いづ》ルホド
ホノカニ天ノ楽《がく》キケバ
十方諸仏如来ノ
所有《しよう》ノ功徳ヲ讃嘆セム
定ヨリイデテ見ヤレバ
タカラノハチス空ニフル
黄金瑠璃《るり》ノニハニデテ
ヒトビト倶《とも》ニハナヲトル
…………

何分長大なため、ほんの片端だけを見本に示しておく外はないが、全文と略注とは次記を参照されたい（ただし、冒頭四句の解釈については、訂正意見を右に記した）。

榎　克朗「極楽六時讃私箋」（「大阪教育大学紀要」第二十巻）

『秘抄』二二七歌はこの和讃の歌詞を抜き出したものであるが、その頃この和讃（ないし他の和讃）がどのような用いられ方をしていたかは、残念ながら不明である。和讃として何らかの曲節を有していたと仮定しても、それと今様の曲節との関係など、一切は謎《なぞ》に包まれている。

四　神仏習合をめぐって

本地と垂迹

『秘抄』の神歌には、しばしば「権現《ごんげん》」という語が出て来る。これは、権《かり》に現れたもの、すなわち仏菩薩が人間を利益《りやく》・救済するため、仮に神祇《じんぎ》の姿を取って現れたもの、という意である。この場合、もとの仏菩薩を本地《ほんじ》といい、神祇となって仮に現れることを垂迹《すいじゃく》という。本地垂迹思想は、法華経に見える久遠実成《くおんじつじょう》の釈迦仏と、古代インド人として現れた釈迦との関係を、仏菩薩と日本の神祇との関係に流用し、拡大解釈したものに外ならない。

仏教が日本へ入って来た時、最初は神祇信仰との間に摩擦衝突もあったが、漸次神仏習合の風潮が高まり、神宮寺（社に付属した寺）が建てられ、神前読経が行われた。また一方、寺院の鎮守神として、神々が祭られるようにもなった。

最澄が延暦寺を創建するに際し、大和三輪《みわ》の神を勧請《かんじょう》して大宮とし、叡山本来の地主《じしゅ》神を二宮《にのみや》として祭ってから、これらの神々が日吉《ひえ》山王《さんのう》権現と呼ばれるようになり、その他の神々をも合わせて山王七社、ないし二十一社と数えるに至った。春日《かすが》社と興福寺との関係もこれに類似し、神と仏とは境内や付属地を共有し、両者は不可分の関係にあったのである。

そして、神々には漸次その本地仏が定められるようになって行った。例えば、

日吉大宮の神――釈迦

同　二宮の神――――薬師
熊野本宮の主神――阿弥陀
同　新宮の主神――薬師
同　那智の主神――千手観音

をはじめ、その由来・経過は明らかでないが、各社の祭神について本地仏が説かれ、神体として、本地仏の像、あるいはこれを彫《ほ》った鏡が祭られ、また本地曼荼羅《まんだら》が画《えが》かれるようにもなった。

神々の名称

また神名も、神仏習合時代には、何々のミコトなどとは呼ばれず、『秘抄』の神歌に見られるように、

八幡《はちまん》大菩薩
熊野権現　山王権現　白山権現
北野天神　祇園《ぎおん》天神
賀茂明神《みようじん》　住吉明神　春日明神

等と称せられた。そして、ほぼ、大菩薩・権現・天神・明神の順に、仏教的色彩の濃度が段階付けられるように思える。大権現・大明神という呼び方もあるが、それぞれ権現・明神を一層尊称したものである。

八幡神は古くから最も仏教化の進んだ神で、大菩薩という称号が示すように、菩薩として仏道修行中の神とされた。そして僧形《そうぎよう》の神像が造られ、精進《しようじん》の神（魚鳥の肉などを供えず、いわゆる精進物のみを供える神）として祭られる等、まさに日本版の菩薩であった。この神自体が菩薩なのだが、本地垂迹

思想の進展に伴って、はじめは釈迦、のちには阿弥陀が本地仏とされた。

権現は、前述のごとく、典型的な本地垂迹の神であり、日本の神でありつつ、本地の仏菩薩そのものでもあった。熊野特に本宮が阿弥陀信仰と密接な関係を有し、のちに一遍《いっぺん》上人が熊野の神託によって時宗《じしゅう》を開くに至ったのもそのためである。

天神はインドの諸神に似た性格の神で、祇園《ぎおん》天神とは牛頭《ごず》天王のことであるが、これはインド祇園精舎の守護神であるという。また北野天神は、天満《てんまん》大自在天神、すなわち菅原道真の霊を神格化したもので、多分にインドないし密教の神めいた命名である。

明神は、多くの通常の神々に対して用いられ、権現よりも日本的性格を残存させてはいるが、これにも次々に本地仏があてはめられるようになって行った。

本地仏の決定は、多く篤信者の感得によるので、同一神に対して異なる仏菩薩が本地とされる場合もしばしばあった。

神仏分離

こうした仏教化に対し、最後まで抵抗を試みたのは、おそらく伊勢の神宮であったろう。例えば「斎宮忌詞《さいぐういみことば》」といって、斎宮（伊勢に奉仕した未婚の内親王）は、仏教関係の言葉を忌避する風習があった。やむを得ず「僧」といわねばならぬ際には「髪長《かみなが》」、また「経」といわねばならぬ際には「染紙《そめがみ》」といったふうに、隠語でもってこれに対処したのである。

しかし、仏教思想が社会全般に浸透して来ると、斎宮自身、こうした非仏教的生活を罪深いものと反省するようにもなった。

さらに『とはずがたり』の時代（鎌倉後期）になると、伊勢神宮にも法楽舎《ほうらくしゃ》が設けられて、そこで僧尼に読経などをさせるようにもなった。また、いつの頃からか、内宮の本地は胎蔵界《たいぞうかい》大日如来、外宮《げくう》の本地は金剛界《こんごうかい》大日如来であるとも説かれるようになった。

それはともかくとして、『秘抄』中に伊勢のことが全く出て来ないというのは、一体どうしたわけなのであろうか。

時代が下り、明治維新の際の神仏分離政策によって、神社からの仏教色の一掃が強行されるまでの長い間、一部に反本地垂迹説が唱えられはしたものの、一般に神社には仏教的雰囲気が濃厚にただよっていたのである。

なお、古くは「神社」といえば神を祭る社の汎称《はんしょう》であって、個々の社は単に何々社と呼んだようである。「社」は建物や神域を主とした概念であり、祭神を主とする時は、前述のごとく、「大菩薩」「権現」「天神」「明神」等と呼んだ。

いずれにしても、『秘抄』時代の神や社は、今日のそれとはかなり違ったものであったことを忘れてはならないのである。

以上、一般読者の参考に資するため、主として仏教関係の事項につき概説してみた。頭注の補いになれば幸いである。

新潮日本古典集成〈新装版〉

梁《りょう》塵《じん》秘《ひ》抄《しょう》

平成三十年三月三十日 発行

校注者 榎《えのき》克《かつ》朗《ろう》

発行者 佐藤隆信

発行所 株式会社 新潮社

〒一六二-八七一一 東京都新宿区矢来町七一

電話 〇三-三二六六-五四一一（編集部）

〇三-三二六六-五一一一（読者係）

http://www.shinchosha.co.jp

印刷所 大日本印刷株式会社

製本所 加藤製本株式会社

装画 佐多芳郎／装幀 新潮社装幀室

組版 株式会社DNPメディア・アート

乱丁・落丁本は、ご面倒ですが小社読者係宛お送り下さい。送料小社負担にてお取替えいたします。

価格はカバーに表示してあります。

ISBN978-4-10-620836-2 C0392

新潮日本古典集成

古事記　西宮一民
萬葉集　一〜五　青木生子　井手至　伊藤博　清水克彦　橋本四郎
日本霊異記　小泉道
竹取物語　野口元大
伊勢物語　渡辺実
古今和歌集　奥村恆哉
土佐日記　貫之集　木村正中
蜻蛉日記　犬養廉
落窪物語　稲賀敬二
枕草子　上・下　萩谷朴
和泉式部日記　和泉式部集　野村精一
紫式部日記　紫式部集　山本利達
源氏物語　一〜八　石田穣二　清水好子
和漢朗詠集　大曽根章介　堀内秀晃
更級日記　秋山虔
狭衣物語　上・下　鈴木一雄
堤中納言物語　塚原鉄雄
大鏡　石川徹
今昔物語集　本朝世俗部　一〜四　阪倉篤義　本田義憲　川端善明
梁塵秘抄　榎克朗
山家集　後藤重郎
無名草子　桑原博史
宇治拾遺物語　大島建彦
新古今和歌集　上・下　久保田淳
方丈記　発心集　三木紀人
平家物語　上・中・下　水原一
金槐和歌集　樋口芳麻呂
建礼門院右京大夫集　糸賀きみ江
古今著聞集　上・下　西尾光一　小林保治
歎異抄　三帖和讃　伊藤博之
とはずがたり　福田秀一
徒然草　木藤才蔵
太平記　一〜五　山下宏明
謡曲集　上・中・下　伊藤正義
世阿弥芸術論集　田中裕
連歌集　島津忠夫
竹馬狂吟集　新撰犬筑波集　木村三四吾　井口壽
閑吟集　宗安小歌集　北川忠彦
御伽草子集　松本隆信
説経集　室木弥太郎
好色一代男　松田修
好色一代女　村田穆
日本永代蔵　村田穆
世間胸算用　金井寅之助　松原秀江
芭蕉句集　今栄蔵
芭蕉文集　富山奏
近松門左衛門集　信多純一
浄瑠璃集　土田衞
雨月物語　癇癖談　浅野三平
春雨物語　書初機嫌海　美山靖
與謝蕪村集　清水孝之
本居宣長集　日野龍夫
誹風柳多留　宮田正信
浮世床　四十八癖　本田康雄
東海道四谷怪談　郡司正勝
三人吉三廓初買　今尾哲也